105

AUG UM AUG

SIEGFRIED ANZINGER
CHRISTIAN LUDWIG ATTERSEE
ERWIN BOHATSCH
GÜNTER BRUS
HEINZ CIBULKA
BRUNO GIRONCOLI
CLEMENS KALETSCH
PETER KOGLER
BRIGITTE KOWANZ
MARIA LASSNIG
ALOIS MOSBACHER
HERMANN NITSCH
OSWALD OBERHUBER
WALTER PICHLER
ARNULF RAINER
HUBERT SCHMALIX
RUDOLF SCHWARZKOGLER
ERNST TRAWÖGER
ELMAR TRENKWALDER
MARTIN WALDE
MAX WEILER
LOIS WEINBERGER
ERWIN WURM

AUG UM AUG

GALERIE KRINZINGER
WIEN SEILERSTÄTTE 16

Diese Publikation erscheint anläßlich der Eröffnung der Galerie Krinzinger, Wien, Seilerstätte 16, am 24. Mai 1986 und wurde gefördert vom Amt der Tiroler Landesregierung, Kulturamt der Steiermärkischen Landesregierung, Amt der Oberösterreichischen Landesregierung und von der Kulturabteilung der Stadt Innsbruck.

ISBN 3-900683-01-8
© 1986, bei Galerie Krinzinger und den Autoren
Herausgeber und Verleger: Galerie Krinzinger, Wien, Seilerstätte 16
Idee und Konzept für Ausstellung und Katalogbuch: Dr. Ursula Krinzinger, Wien
Wissenschaftliche Mitarbeit: Dr. Inge Praxmarer
Organisatorische Mitarbeit: Dr. Franziska Lettner

Fotonachweis:
Susi Attersee, Heidi Harsieber, Wilfried Klanssek-Bratke, Fritz Krinzinger, Heimo Kuchling, Rudi Molacek, Atelier Erich E. Niedermayer, Gregor Retti, Franz Schachinger, Christoph Scharff, Thomas Walther, Kurt-Michael Westermann

Archivfotos:
Galerie Krinzinger, Innsbruck; Bernhard Sickert, Innsbruck

Druckerei Ritter, Klagenfurt

Motiv am Buchdeckel:
Griechisches Augenvotiv aus einem Heiligtum in Herakleia, Unteritalien, 5. Jh. v. Chr., überarbeitet von Peter Kogler

Diese Publikation erscheint anläßlich der Eröffnung der Galerie Krinzinger, Wien, Seilerstätte 16, am 24. Mai 1986

Baden · Badgastein · Bregenz
Graz · Kitzbühel · Kleinwalsertal · Linz
Salzburg · Seefeld · Velden · Wien

HUMANIC

Die Kunst, Kunst zu versichern

Raiffeisen-Zentralkasse
Tirol

tyrolean

INHALT

Ursula Krinzinger Aug um Aug	9
Dieter Ronte Ars galeriae	11
Peter Weiermair Stichworte zu einer Ausstellung	13
Christian Ludwig Attersee	23
Günter Brus	29
Heinz Cibulka	32
Bruno Gironcoli	34
Maria Lassnig	38
Hermann Nitsch	40
Walter Pichler	45
Arnulf Rainer	50
Rudolf Schwarzkogler	55
Oswald Oberhuber	58
Max Weiler	62
Wilfried Skreiner Zeit der Erfüllung	67
Siegfried Anzinger	82
Erwin Bohatsch	87
Clemens Kaletsch	92
Alois Mosbacher	96
Hubert Schmalix	100
Lois Weinberger	104
Erwin Wurm	108
Helmut Draxler Die Blickbrecher	113
Peter Kogler	120
Brigitte Kowanz	124
Ernst Trawöger	128
Elmar Trenkwalder	132
Martin Walde	136
Autorenbiographien	141
Künstlerbiographien	143
Dokumentation Galerie Krinzinger 1971–1986	239

AUG UM AUG
EIN AUGENVOTIV

Die Wiener Galerie, dieses Buch, diese Ausstellung sind für mich eine Herausforderung, eine bewußt gesuchte.

Eine Konfrontation mit mir selbst, den Künstlern, den Inhalten der Kunst, der Szene, dem Umfeld.

Aug um Aug auch als Aufarbeitung meiner historischen Situation als Galerie und schließlich der Reibungstitel für die Ausstellung, die verschiedene Generationen österreichischer Künstler, die die Galerie seit Jahren vertritt, in ihren Utopien, ihren künstlerischen Weltbildern gegenüberstellt und in Vergleich bringt.

Der Titel Aug um Aug nicht nur im alttestamentarischen Sinne verstanden, sondern als komparativer Sehprozeß. Die Generationen einander gleichgesetzt, in gleichwertige Diskussion gebracht.

Aug um Aug, eine Geschichte der österreichischen Kunst seit den sechziger Jahren, subjektiv gewählt, doch gültige Konfrontation der Weltbilder, die einander nicht ausschließen, die sich ergänzen. Künstlerische Utopien, die überzeugen, mich überzeugen.

Aug um Aug steht für Sehen und Erkennen.

Das alttestamentarische Aug um Aug wird zum Augenvotiv, zum gewidmeten Auge, apotropäisch die Szene beschützend.

Ursula Krinzinger
1986

ARS GALERIAE

In einem kapitalistischen Marktsystem gibt es keine Berufsgruppe, die nicht verketzert wird. Dies gilt insbesondere für die Kunstgalerie, da diese Artefakte der Ästhetik anbietet, deren kapitalistische Vermarktbarkeit irgendwo letztlich mit dem nur mehr in Resten vorhandenen Humboldtschen Weltbild kollidiert. Während in allen anderen Gebieten das menschliche Individuum sich auch preislich fixieren läßt, heißt es bei der bildenden Kunst, die doch Produkte herstellt, die man nicht nur sehen, sondern auch anfassen kann, für den Vermittler Kunstgalerie seit Hunderten von Jahren: Ausbeutung der Künstler, Manipulation der Preise, Forderung von öffentlichen Zuschüssen, Festsetzung von Trends, Vernachlässigung schwieriger Kunstwerke etc.

Diese Vorwürfe kommen zumeist von Außenseitern der Szene, jenen, die nicht oder nur selten eine Kunstgalerie betreten haben, die zeitgenössische Kunst pflegt. Ihre Aufgabe der Vermittlung und des Verkaufens ist von besonderer Bedeutung für eine Gesellschaft, die die Gegenwart akzeptiert.

Das blühende oder das nichtblühende Leben von Kunstgalerien in einer großen Stadt sagt mehr über die Akzeptanz der Gegenwart durch die Bevölkerung aus, mehr von der Attraktivität einer Metropole, als es die anderen Statistiken im Kulturbereich, möglichst durch Umwegrentabilität verstärkt, können.

Das Verhältnis des Galeristen zum Künstler, das Verhältnis von beiden zum Sammler ist ein äußerst kompliziertes, von vielen Psychologismen getragenes Zusammenspiel, das vom Galeristen immer neuen Mut, ein stets intensiveres Engagement verlangt. Dabei geht der Galerist äußerste Risiken ein, weil die wirtschaftliche Seite durch ihn verantwortet wird, und zwar gedeckt durch private finanzielle Mittel, weniger denen der öffentlichen Hand. Der Galerist steht an der vordersten „Front" der Kunstvermittlung. Für den Museumsmann stellt er ein Vorfeld von Informationen und Angeboten dar. In den Galerien werden Kunstwerke einer öffentlichen Prüfung unterzogen, zugleich aber belastet mit der Diktion eventueller Verkaufbarkeit. Diese Zweckbindung ist dem öffentlichen Institut fremd, es tut sich leichter, weil, wenn es in geregelten Verhältnissen verwalten könnte, das finanzielle Risiko der Tätigkeiten der Unterhaltsträger deckt.

In Wien haben nach 1945 viele Zwischenformen im Galeriebereich bestanden (z. B. die Informationsgalerie), die versucht haben, das Zeitgenössische einer Gesellschaft zu präsentieren, die ihrerseits einen langen Gewöhnungsprozeß gehen mußte, um sich mit dem Neuzeitlichen anzufreunden. Hier haben die Galerien Arbeit geleistet, längst bevor 1962 eine öffentliche Institution (Museum des 20. Jahrhunderts, Wien) gegründet wurde. Ohne die Arbeit der Galerien aber wären viele ästhetische Innovationen in Wien gänzlich unbekannt geblieben. Ähnliches gilt auch für die Bundesländer und ihre Hauptstädte.

Es gilt festzuhalten, daß eine Stadt ohne Privatgalerien keine fruchtbare Museumsarbeit erlaubt (diese Feststellung gilt auch umgekehrt), keine Privatsammler in ihren Mauern bergen wird, keine Konfrontation mit dem Neuesten eingeht, eine wirkliche kulturelle Attraktivität nicht erreichen kann. Die Auswirkungen von Kunstgalerien auf das städtische Leben sind als primärer kultureller Faktor anzusehen.

Es ist daher an der Zeit, daß wir private Kunstgalerien akzeptieren, ihr Engagement verstehen lernen, ihr Angebot aufnehmen, ihre kulturellen Beiträge würdigen. Lamentieren hilft nicht weiter. Unterstützung, am besten durch Erwerbungen, ist angebracht.

Die öffentliche Hand muß sich überlegen, wie sie eine wirtschaftliche, autarke Existenz einer Galerie ermöglichen kann, weil dadurch indirekt ein wesentlicher Teil an Künstlerförderung geleistet wird. Diese Risikoverminderung, die zu verstärkten Aktivitäten führen könnte, liegt zuvorderst im steuerlichen Anreiz wie auch in einer anderen Budgetierung der öffentlichen Institutionen, die sich mit dem Erwerb von Kunstgut befassen.

Eine Stadt ohne Galerien wird zur Stadt ohne Künstler, eine Stadt ohne Künstler ist zum Sterben verurteilt.

Dieter Ronte
1986

Peter Weiermair

STICHWORTE ZU EINER AUSSTELLUNG

„Aug um Aug", der Titel dieser Ausstellung und des sie begleitenden Handbuches, welches mit auch die Aktivitäten Ursula Krinzingers resümiert, klingt aggressiv und herausfordernd. Damit will man zum einen die Tatsache ansprechen, daß bei der Rezeption der Kunst unterschiedlicher Generationen unterschiedliche Sehweisen erforderlich sind, will man den Kunstäußerungen gerecht werden, zum anderen klingt dieser Titel aber auch nach unvermeidbarem Kampf der Generationen, dem Ruf nach dem Tod der Väter.

Darüber hinaus liegt die Betonung auf dem Auge als dem Organ der Perzeption von Kunst, dem Auge, welches vor allem in der jüngsten, malerisch-sinnlicheren Kunst wieder alles Recht eingeräumt bekam. Im Zusammenhang der in der Ausstellung gezeigten Künstler, deren radikale Konzepte in den späten fünfziger Jahren und beginnenden sechziger Jahren, den heroischen Zeiten der österreichischen Kunst, angelegt sind, ist jedoch vor allem der Untertitel der Ausstellung von Bedeutung. Der Begriff der „Utopie" ist ein Schlüsselbegriff der Kunst der sechziger Jahre, nicht nur der in Österreich produzierten Kunst.

Denn die Kunst dieser Jahre war von einem Fortschrittsglauben erfüllt, der sich nicht nur materiell in der Erweiterung der Vielfalt der Medien dokumentierte, um damit auch den Bereich des Visuellen in Richtung auf das Konzept hin zu verlassen, sondern auch als Artikulation von Freiheitsvorstellungen, welche in dem Wunsch nach der utopischen Identität von Kunst und Leben gipfelten, einem der wesentlichen Utopiekonzepte in der Kunst des 20. Jahrhunderts, die von de Stijl, dem Suprematismus und Dada ihren Ausgang nahmen. Es geht in der Kunst der sechziger Jahre um Vorstellungen von einer „Ästhetischen Gesellschaft, des Ästhetischen als der sinnenhaft-sinnlichen Erfahrung von prozessualer Leibhaftigkeit (Individual-, Sozial-, Weltleibhaftigkeit)."[1]

Gerade in den extremsten und radikalsten Formulierungen des Aktionismus, die bis heute den Protest konservativer Kreise hervorrufen, ging es den Künstlern um die vollständige Emanzipation aller menschlichen Sinne und Eigenschaften. Was sie interessierte, war die Untersuchung von Körpersprachen, Verhaltensweisen, den Voraussetzungen menschlicher Erfahrung und Kommunikation. Dabei wurde die trennende Barriere zwischen den einzelnen Bereichen der Kunst niedergebrochen, Tendenzen eines Gesamtkunstwerkdenkens werden deutlich und gipfeln bei Nitsch in dem „Orgien-Mysterientheater", welches die unterschiedlichsten medialen Bereiche integriert. Bezeichnend dafür ist auch das Vorherrschen von Künstlern, welche in den verschiedensten Bereichen gleichzeitig tätig sind, Musiker/Dichter (Gerhard Rühm), die in die bildende Kunst wechseln, Musiker/Maler (Ch. L. Attersee), die dichten, Maler, die filmen (M. Lassnig), Zeichner, die dichten (G. Brus), Architekten, die sich der Bildhauerei zuwenden (W. Pichler). Die Liste ist beliebig fortsetzbar. Die Dichter/Maler stehen in der langen Tradition der Doppelbegabungen der österreichischen Kunst seit Oskar Kokoschka, Alfred Kubin, Egon Schiele, Albert Paris Gütersloh und Fritz von Herzmanovsky-Orlando.

Was die Künstler aber vor allem verbindet, ist ihr radikaler Ansatz, das eigene Ich den extremen und oft selbstgefährdenden Erfahrungen auszusetzen, was zu Leistungen geführt hat, die über das konventionelle Maß künstlerischer Produktionen hinausgingen, und zu Lösungen geführt hat, die von den im südlichen Burgenland realisierten

Ritualarchitekturensembles eines Pichler zu den riesigen Objekten Bruno Gironcolis, die sein Atelier fast sprengen, von den immer zwischen zwei extremen Polen pendelnden Werkserien eines Rainer zu den manisch fortgeschriebenen Zeichnungsserien von Brus führen, in denen seine aktionistischen Körpererfahrungen noch nisten. Der moralische Rigorismus dieser Arbeiten, die oft selbstquälerische und zweifelnde Auseinandersetzung mit der Sprache des Bildes unterscheidet sie von der nachfolgenden Generation, der ihre Väter Erfahrungen abgenommen haben, die sie nun nicht mehr zu machen brauchen, so wie der Priester stellvertretend für den Gläubigen agiert. Das Bild des Künstlerpriesters wurde immer wieder beschworen.

Als deutlich zusammengehörig muß die Gruppe des Aktionismus (Nitsch, Brus, Schwarzkogler) angesehen werden, der Rainer zeitlich und als Vorbild vorausläuft, sowie in deren thematischem Umkreis Pichler, Gironcoli, Lassnig und Attersee. Oswald Oberhuber teilt zwar mit Lassnig und Rainer seine Herkunft im Informel, aus dem auch Aktionisten wie Brus und Nitsch kommen, hat jedoch dann eine gänzlich unterschiedliche Entwicklung genommen und vor allem durch den Ruf nach permanenter Veränderung die Kritik gerade der vorgenannten Künstler herausgefordert. Max Weiler zählt zu einer wesentlich älteren Generation, seine Entwicklung setzte bereits vor dem Kriege ein. Die pantheistisch gefärbte, von der Erfahrung des Informel mitbestimmte Malerei schlägt eine Brücke zur Kunst der Enkel, hat jedoch auch einen Zusammenhang mit den Künstlern, für die die Schichten und Quellen des Unterbewußten eine wesentliche Rolle spielen.

Arnulf Rainer ist eine der zentralen Figuren der österreichischen Kunst seit den späten fünfziger Jahren, Vorbild für Künstler des Aktionismus, deren Weg er 1952 mit seinem Manifest „Malerei, um die Malerei zu verlassen" geebnet hatte. In dieser Ausstellung ist er mit Proben der beiden wesentlichen Pole seines Schaffens vertreten, den Übermalungen wie den Überarbeitungen von Fotografien, darunter Beispiele der Body-Poses und Totenmasken, jene wichtigen Werkgruppen. In den Übermalungen unternimmt Rainer einen Auslöschungsprozeß, der auch als Negation von Kommunikation, als Verweigerung anzusehen ist. „Das Auslöschen und Abtöten des Vorhandenen durch immer neue Überdeckungen konnte als ikonoklastischer Gestus begriffen werden. Das allmähliche Ertränken in Schwarz deutet auf Verzicht, auf Abkehr und Verinnerlichung. Die in den meisten Bildern dominierende Farbe Schwarz weist allein schon auf den Tod und das Ende".[2] Das Bild stellt einen Anspruch, der wiederum im Zusammenhang mit dem im Titel dieser Ausstellung angesprochenen Utopiebegriff zu interpretieren ist. „Rainer will ... Malerei nicht verlassen, um Leben zu erreichen, er will eine neue Form der Malerei finden, jedenfalls eine solche, die heutigen Grunderfahrungen entspricht, eine Malerei, in die gegenwärtige Lebenspraxis Eingang findet. Sein Ziel ist nicht das Leben, auch nicht die Gesellschaft, sein Ziel ist ausschließlich die Kunst. Sie inmitten aller Demokratisierungs- und Nivellierungsprozesse glaubhaft zu verwirklichen und als eigene Qualität zu bewahren, scheint viel eher Grundprinzip dieses Lebenswerkes zu sein. Um zu überleben, muß das Kunstwerk die Intensität erhalten, die Leben auszeichnet. Gleichzeitig aber muß diese Intensität in gültige Form eintreten, wenn sie mehr sein will als nur Lebensäußerung. Dieser Dualismus von Kunst- und Lebensanspruch, die Notwendigkeit glaubwürdig aus beidem zu werden, macht das Werk Rainers so komplex und für den Betrachter oft auch so schwierig. Er muß den Kunstanspruch vor dem Leben und den Lebensanspruch vor der Kunst bewahren, und dies ohne ideologische Absicherung."[3]

Rainer sucht in den Übermalungen die letzte, die vollkommene, gültige Lösung und geht daher einen Prozeß des Überarbeitens ein, welcher nicht abschließbar ist. „Die nicht entschiedene und schwer zu entscheidende Offenheit und damit auch Unvollkommenheit des Bildes vermittelt sich als emotionale, nicht als ästhetische Unsicherheit, die ja in dem stets andauernden Streben nach der vollkommenen und gültigen Lösung Halt bekommt. Die Sicherheit im Unsicheren, diese Vertrauen erweckende Einlösung des Uneinlösbaren, diese Anspruchslosigkeit im Anspruch machen die besondere Qualität Rainers aus."⁴ Der zweite Bereich „Kunst als Entfaltungsmöglichkeit der fleischlichen Person" (Arnulf Rainer), der Versuch der Erweiterung der Person, der Überarbeitung und Korrektur der Erscheinung mimischer Attitüden und Körperposen, „das holt mich wieder in die Arena zurück, nachdem ich mich eineinhalb Jahrzehnte den Übermalungen (eine Abtötungs- und Vollkommenheitsübung) gewidmet hatte" (Arnulf Rainer 1971). Rudi Fuchs hat zu Recht erkannt, daß Rainers Werk als ein fast archäologisches Vorgehen zu begreifen sei, um den Reichtum an Ausdruck jenseits der kodifizierten Sprache wiederzugewinnen oder besser einen vorsprachlichen Zustand zu erreichen. In den Totenmasken registriert Rainer die Auslöschung der Expression, die er durch Überarbeitung noch zusätzlich kommentiert.

Auch für Maria Lassnig gilt der Begriff der Selbstbeobachtung, der der Analyse der Körpererfahrungen! Diese Selbstbeobachtung setzt bereits bei den informellen Anfängen, den abstrakt-expressionistischen Zeichnungen und Gouachen um 1950 ein. „Maria Lassnig hat das Gestenrepertoire des Informel nie als bloße Motorik begriffen, sondern die physische Dynamik des Action-Painting offensichtlich immer auch auf die eigene Empfindung, den eigenen Körper bezogen" (P. Weibel), bereits in den frühen Arbeiten ist es die Erfahrung des eigenen Körpers, die thematisiert wird. „Body Awareness" ist ein Begriff, den Maria Lassnig ihren Arbeiten gibt. „Körpererfahrung: die aufmerksame, reflexive, denkende Beobachtung des eigenen Körpers also hat Maria Lassnig zum Thema ihrer Kunst gemacht. Der eigene Körper als Erkenntnisquelle, der Körper als Instrument und Objekt der Selbsterkenntnis, als Modell für Welterfahrung überhaupt ist zur Konstante ihres Œuvres geworden. Ihrem eigenen Geständnis nach zur Obsession."⁵ Ihr gesamtes Werk steht unter dem Diktat der rigorosen Selbstbeobachtung, wobei sie neben dem Medium des Films vor allem die Malerei eingesetzt hatte, auch bereits zu Zeiten, als die Untersuchung des Körpers mit anderen Mitteln, denen der Fotografie, des Videos oder der Performance, geübt wurde, die Malerei als Medium generell eher in den Hintergrund geriet. Lassnig ist nach den Worten Oswald Wieners eine Forscherin, die wissen will, was „ist", nämlich was das Erlebnis ermöglicht und bestimmt.

„Ein Gefühl grafisch zu beschreiben, scheint eine unmögliche, romantische, auf jeden Fall supersubjektive Unternehmung zu sein. Ich habe es aber immer mehr als wissenschaftlich angesehen, gleich wie Cézannes optische Sensationen."⁶ Die Kontinuität ihrer malerischen Praxis hat sie wie auch Christian Ludwig Attersee zu einem Bindeglied der Generationen werden lassen, zur jüngeren, wieder stark an malerischem Ausdruck interessierten Generation. Auch Siegfried Anzingers Werk, um nur einen wesentlichen Exponenten zu nennen, kommt stark vom expressiven Körperausdruck her, wenngleich für sein Œuvre der Begriff „wissenschaftlich" nicht angewendet werden kann. In seinen Zeichnungen vor allem, bei ihrem prozessualen Charakter wird das Moment der psychophysischen Selbstuntersuchung deutlich.

Christian Ludwig Attersee ist in dieser Ausstellung mit seinen jüngsten Arbeiten vertreten, die ein Thema Attersees variieren, welches in der österreichischen Kunst ein durchgängiges Motiv darstellt, das Thema der Sexualität. „Was in den rasenden Wirbeln dieser Arbeiten sichtbar wird, ist der Bestandteil einer Apotheose der Sexualität, die sich ihre Metaphern aus der Welt der Landschaft ebenso holt wie aus der Welt der Architektur, aus den Wassern ebenso wie aus den Lüften. Alles kann sich mit allem verbinden, die Zentrifuge, durch die Attersee seine Vision treibt, zerteilt seine Bildwelten und fügt sie aufs neue zusammen."⁷

Ein Stichwort, welches für das gesamte Œuvre Christian Ludwig Attersees gelten könnte und welches seine Arbeit charakterisiert, ist das der Metamorphose, denn es gilt in gleichem Maße für seine frühe, der Pop Art nahestehende Collagetechnik, welche Inhalte der Werbung ironisch kombinierend zitierte, wie für seine Erfindungen, aber auch seine poetischen Texte und die Bilder der achtziger Jahre, etwa die jüngste Serie des „Artwechsel", in denen Gegenstände aus dem Fluß der Malerei auftauchen und in ihr zurücksinken, sich der Prozeß der Malerei, einer fleckigen, aufgewühlten Malerei, mit dem Subjekt dieser Malerei verbindet.

Das Moment der ständigen Veränderung, auch im Sinne der Travestie, des Überschreitens der Geschlechtergrenzen ist kein ausschließlich formaler Prozeß, sondern reflektiert einen psychophysischen Zustand, artikuliert ein Bedürfnis, welches einem stark sinnlichen Bilddenken entspricht, das nicht nur in den sechziger Jahren, sondern bis heute Kunst und Leben überblendet. Gerade aus der Unschärfe und den Übergängen, den unterschiedlichen Leseweisen der in der Malerei auftretenden Objekte bezieht Attersees Malerei ihre sinnliche Kraft. Die Kraft der Vorstellung ist es, welche die Welt verändert, und es ist ein Zeichen des Lebens, wenn diese Veränderung unerschöpflich ist. Diese Erneuerung ist auch ein Charakteristikum seines Gesamtwerkes. Attersees Malerei ist eine Sublimierung triebhafter Zustände. Seine innovative optische Phantasie ist ohne tiefenpsychologischen Hintergrund nicht denkbar. Eine Welt, die sich gegen Erstarrung wendet, die hohe malerische Kultur mit dem Anspruch extremer Sinnlichkeit, Seelandschaften als Orgien fleischlicher Gelüste vorführt.

Attersee war ein Zeitlang mit Auftritten und Aktionen in der Gruppenbewegung des Aktionismus aktiv involviert, Peter Weibel hat in einer frühen Dokumentation[8] die zahlreichen Protagonisten dieser heute historischen Gruppe aufgeführt, von denen in dieser Ausstellung zentrale Figuren wie Brus, Nitsch und Schwarzkogler gezeigt werden. Der Aktionismus war eine Möglichkeit des ästhetischen Überlebens in einer feindlichen Umwelt. Vor allem als Gruppenarbeit und Gruppenstrategie war „diese absolute Reduzierung auf den Körper, auf die körperlichen Funktionen ... eine Entleerung und Ablehnung unserer Kultur, wie sie in der bildenden Kunst noch nicht vorgekommen war, höchstens im absurden Theater" (Peter Weibel). Von den führenden Vertretern des Aktionismus hat lediglich Hermann Nitsch die Arbeit an seinem Konzept des Orgien-Mysterientheaters fortgesetzt und erweitert. Rudolf Schwarzkogler, dessen Leben nicht – wie immer wieder fälschlich kolportiert wird – als Konsequenz seiner künstlerischen Arbeit endete, hinterließ ein komplexes Werk, das durchaus nicht nur aus den wichtigen Fotosequenzen allein bestand, wenn diese auch durch ihren Einsatz der Fotografie revolutionär und innovativ sind. Sein Programm „Kunst als Erlebnisschulung und Destruktion aller etablierter Vorstellungen vom Leben" wurde auch in Texten, Aufforderung zum Erfahrungsnachvollzug, Zeichnungen für Installationen etc. propagiert. „Er veränderte die Wirklichkeit zur als zweite Wirklichkeit zu begreifenden Kunst, zum ‚Bild' und ließ das neu Geordnete fotografisch festhalten. Der alte Tafelbildgedanke fand auf diese Art seine Auflösung in der Wirklichkeit und wurde zu einem sensiblen Spiel mit Vorgefundenem, mit der ‚Ausstrahlung', mit dem sinnlichen und assoziativen Übermittlungswert der Objekte und Gegebenheiten. Schwarzkogler wollte nie Abbilder herstellen, sondern geordnete Gegebenheiten übermitteln."[9]

Rudolf Schwarzkogler setzte im Unterschied zu Nitsch sehr früh die statische Fotosequenz ein, mit welcher er ein aktionistisches Thema durchspielte. Es handelte sich dabei nicht um die bloße Notation einer bestimmten Aktion im Sinne einer sekundären Dokumentationsabsicht, die auf das Ereignis in der Zeit zurückverweist und vor allem etwa bei Nitsch das synästhetische Erlebnis nur beschränkt vermittelt (viel stärker geschieht dies etwa in den Bildquartetten Heinz Cibulkas), sondern der exakt bestimmte Ausschnitt, der hell ausgeleuchtete, klinisch sterile Ort, die wie erstarrt wirkende arrangierte Montage von Wirklichkeiten, wie auf einem „tableau" präsentiert, sind in Hinblick auf die ästhetischen Bedingungen des Mediums gewählt worden. Wartet man bei den Objekten Bruno Gironcolis auf das Auftreten des Opfers, so ist hier das Opfer in einem Zustand, der offen, aber gefährdet ist, da das Foto die Authentizität des Vorgeführten verspricht. Anders als bei den Aktionen eines Nitsch oder den radikalen Monodramen von Brus, etwa der „Zerreißprobe", bei der Modell und Aktionist identisch sind, sich Modell und Betrachter in einem gemeinsamen Zeit-Raum-Kontinuum befinden, sieht der Betrachter hier die Gegenstände und das Opfer in einem Zustand, der durch die Aufnahme als wirklich, nicht simuliert, empfunden wird. Konsequent hat Schwarzkogler ein synästhetisches Programm weitergedacht bis dorthin, wo er den Betrachter mit ausgesuchten Speisen und Rauschmitteln, durch Fastenkuren und Reinigungen in ein Ritual einschließt.

Für Nitsch war Schwarzkogler der Ästhet. „Seine Arbeiten", schreibt er, „haben jene fiebrige erotische Süße, die aus der Wiener Tradition ableitbar ist, wo extremer Ausdruckswille bis zu erotischer Grausamkeit überhöht, aber stets ästhetisch bewältigt wird. Der oft durch die Wiener Kunst zitierte Tod, die Angst vor dem Tod und die betäubende Sehnsucht nach dem Tod, verbunden mit der Schönheit der Form, bringt die letzte Süße und Bitterkeit der Resultate von Schubert, Mahler, Schönberg, Schiele, Hofmannsthal, Trakl usw. zutage."[10]

Hermann Nitsch setzt sich, ausgehend von einem informellen Beginn, seit 1957 mit dem Konzept des Orgien-Mysterientheaters auseinander. „Er fand dazu über das Wesen des automatistischen Psychismus in der Form des Tachismus der Fünfzigerjahre, bei dem die sinnlich-triebhaften Tiefenschichten durch den psychophysischen Erregungszustand während der Malaktion durch die Form bewußt gemacht werden." (P. Weibel) Mit dem Erwerb von Prinzendorf (1971) hat Hermann Nitsch eine ideale Spielstätte gefunden, um die synästhetischen Spiele zu inszenieren. „Das psychoarchäologische Interesse und die Auseinandersetzung mit der religiösen Problematik teilt Nitsch mit einigen anderen Künstlern der österreichischen Nachkriegsgeneration."[11] Seine Schüttbilder entspringen einer frühen Übung, und diese Praxis hat sich während und innerhalb seiner Aktionen erhalten. Schüttbilder sind Ergebnisse von Aktionen (Relikte) wie auch unabhängig von Aktionen entstandene bildnerische Äußerungen, in denen die Aggression zeichenhaft gerinnt. Die Zeichnung hat für Nitsch zweierlei Funktionen. Sie kann zum einen Skizze für Handlungsverläufe und Choreographien sein, zum anderen Darstellung einer phantastischen Spielarchitektur, Überblendungen uteraler oder intestinaler Phantasien mit einer den Abläufen seines Orgien-Mysterientheaters gewidmeten unterirdischen Architektur.

Waren die Malaktionen Vorstufen zu den 1962 einsetzenden, noch einfach strukturierten, später immer komplexer werdenden Handlungen und Aktionsstrukturen, so sind die großen Schüttbilder der späteren Zeit wieder als Malerei belebt worden.

Heinz Cibulka, über lange Jahre Modell von Hermann Nitsch und Figur des Wiener Aktionismus, hat in einer ihm eigenen Arbeitsweise der Montage von fotografischen Einzelbildern, die stärker in der Tradition einer kunstlosen Erinnerungsfotografie angesiedelt sind denn innerhalb der Kunstfotografie, eine Bildpoesie realisiert, die auch das synästhetische Erlebnis der Aktionen von Nitsch übersetzt, Lebensanschauung in ein Bildgedicht bringt. „Seine Fotografien sind streng genommen Sprache, Ersatz für Sprache, Ersatz für Wirklichkeit, stellvertretend für Wirklichkeit, so wie die Sprache Symbol für die jeweiligen, durch Worte und Begriffe abgetasteten Wirklichkeitsbereiche ist." (H. Nitsch)

Brus hat 1971 mit der Aktion „Zerreißprobe" seine aktionistische Praxis beendet. Eine weitere Entwicklung hätte zwangsläufig zur Selbstzerstörung geführt. Brus gehörte mit seinen Aktionen, die frühesten zeigen in ihrer Tendenz zur Selbstbemalung den Übergang von der informellen Malerei zur Aktion, zu den wesentlichen Figuren der internationalen Körperkunst. Gerade durch die extreme Zuspitzung seiner „Psychodramen", die Vorführung realer Prozesse, erhalten die „Körperanalysen" den Charakter einer Wahrheitsfindung, die sich mit dem zentralen Thema des Auseinanderfallens von Sprache, Denken und Realität auseinandersetzt. Das hemmungslose Offenlegen innerster Empfindungen setzt Brus in seinen Zeichnungen fort. „Die ausschließlich später entstandenen Zeichnungen sind die Fortsetzung aktionistischer Situationen über das Machbare hinaus ins Ausgedachte und Imaginierte. Der Vorstellung des Zeichners allein ist es möglich, auch jenseits der gewissen Grenzen extrem verletzend, bekennerisch fortzufahren."[12]

Im Zusammenhang mit Rudolf Schwarzkogler fiel bereits der Name Bruno Gironcoli. Gironcoli gehört nur über seine Themen, die ebenfalls mit der Bewältigung (Bannung) zentraler Kommunikationsprobleme, Sexualität, Mutterbindung, Vaterbeziehung etc., Kastrationsängste, im thematischen Bereich des Aktionismus anzusiedeln sind, in den Zusammenhang des Aktionismus. In dieser Ausstellung zeigt er ein relativ kleines und damit seltenes Objekt, welches die Vater/Mutterthematik der letzten Jahre aufgreift. Die Zeichnungen begleiten die bildhauerische Produktion, erreichen jedoch oft eine Autonomie, das heißt gehen über Konstruktionsvorschläge oder weiterverfolgte Inszenierungsprojekte hinaus. In den letzten Jahren sind beeindruckende Objektensembles entstanden, deren Teile nach langen abwägenden Studien und mit genau kalkuliertem Materialeinsatz entstanden sind. Die Arbeiten bleiben einem ständigen Veränderungsprozeß unterworfen, der die wechselnde emotionale und intellektuelle Besetzung der Teile verrät. Das „Privat-Sexistische", wie es Gironcoli nennt, ist einem anderen Thema gewichen, aber nach wie vor gilt, daß seine Bildhauerei Ausdruck „einer autistischen Veranlagung ist", er sucht Neuordnungen, in denen Harmonien entstehen, „deren Klang Selbstbewußtsein werden und die Persönlichkeitsidentität finden helfen könnte."[13] Im Unterschied zu Pichler verweist Gironcolis Werk immer auf den Alltag zurück, seine individuelle Ikonographie ist der Versuch, „im Widerspiel der Welt der Ort zu werden, diese daraus resultierenden Ängste der Begreifbarkeit festzulegen."[14]

Im Vergleich zu Pichler mit seiner „kultisch inszenierten Feier des Irrationalen und der Suche nach einer existentiellen Wahrheit"[14], in der Selbsterfahrung mit den selbstgeschaffenen Objekten liegt „die Problematik, aber auch das Zwanghafte seiner Vorstellungswelt (Gironcolis Vorstellungswelt ist offensichtlich darin begründet, daß er nicht ins Mythische ausweicht ... Der Ekel haftet an einer banalen Alltäglichkeit, die freilich näherer Bestimmung entgeht."[15]

Für Pichler ist die ästhetische Beschwörung des Mythischen Ausdruck eines Wunschdenkens, eines Wunsches nach dem Archetypischen, der verlorenen Kindheit, dem überlegenen Alter, der Unmittelbarkeit der Natur etc., des Archetypischen, das symbolisch beschworen wird. Pichler hat mit seinem Projekt in St. Martin, in dessen Zusammenhang auch die hier gezeigten Entwürfe und Zeichnungen gehören, eine utopische Perspektive entworfen, durch die nahezu alle Arbeiten, Zeichnungen wie bisher realisierten Skulpturen als Vorstufen und Vorarbeiten für St. Martin erscheinen. Er schuf damit einen Bezirk, innerhalb dessen er die wesentlichen Werke, die sich bis auf wenige in seinem persönlichen Besitz befinden, in einem Kunst- wie Lebensbereich aufstellt, damit Leben und Kunst identisch setzend. Seiner „bildhauerischen Kunst gelingt die Beschwörung einer Aura, die in der Vieldeutigkeit einer elementar verdichteten Form gründet ... Pichlers ästhetisches

Vexierspiel assoziativ verschränkter Form- und Inhaltsebenen sagt etwas aus, das zugleich verborgen wird und damit sich dem logischen Zugriff entzieht."[16] Bei dem Plan eines Bootshauses inmitten eines kleinen Stausees mit seinen Fresken, die vom eingefahrenen Schiff aus besehen werden können, spielt das Motiv des Bootes (Styx), die Sehweise der Fresken (vom schwankenden Boot aus), die männlichen und weiblichen Figuren, das gemalte wie das reale Wasser eine wichtige Rolle. Pichler schafft auch hier einen Ritualraum, „in einer Zone zwischen Kostbarkeit und Beiläufigkeit, zwischen Härte und Verfall" (W. Hofmann), der vom Betrachter erfahren, erfühlt werden muß. Pichlers Weg hat von der utopischen Stadt zur Utopie auf dem Lande geführt, aber nicht um sich „in ein behütetes Leben zurückzuziehen oder weil ich mir von der Natur irgendwelche Offenbarungen erwartet hätte. Wenn man sich auf das Land einläßt, ist es gut von vornherein zu wissen, was man dort tun will."[17] Pichler kennt die Ausdrucksqualitäten der elementaren Materialien, die Möglichkeit einer „sprechenden Architektur", die er zu Erlebnisräumen seiner Skulpturen gestaltet.

Die Natur in einer, weil auch generationsmäßig abgehobenen, anderen Form feiert Max Weiler, der ein Außenseiter der österreichischen Kunstszene ist, ein Vertreter einer expressionistischen Generation, dessen Werk vor dem Kriege, der entscheidenden Zäsur der bisher behandelten Künstler, einsetzt. Man könnte Weiler in den Zusammenhang der amerikanischen Colourfield-Malerei oder des späten abstrakten Expressionismus einer Helen Frankenthaler stellen, wäre nicht bei ihm eine obsessive Leidenschaft zur Natur vorhanden, die er in einem pantheistischen Sinne ins Bild bannt. „Der Reichtum der Möglichkeiten der Natur findet in ihm seinen ausformenden Schöpfer, der das Geheimnis des Werdens sich angeeignet hat und in aller Freiheit seine eigenen Gestalten entstehen läßt. Hier liegt der eine Aspekt des unvergleichlichen Schaffens Max Weilers. Die Spekulationen der Naturphilosophie finden mit ihm ihre überzeugende Verwirklichung."[18]

Hier wird der spekulative Charakter von Weilers Kunst angesprochen, auch der utopische, denn diese Malerei ist auch Weltanschauung und Welterklärung, nichts weniger. Der Begriff der „inneren Figur" wie des „Traums", zwei Begriffe, die Weiler immer wieder in Zusammenhang mit seiner Entwicklung gebraucht, sind dabei Schlüsselbegriffe. Unter der „inneren Figur" versteht er den Begriff der Identität in schöpferischer Hinsicht, Deckungsgleichheit zwischen Ausdruckswillen (dem Traum) sowie den erarbeiteten medialen Möglichkeiten. Der Formwille dieses Künstlers ist existentiell begründet. Weiler sieht sich selbst, sein Denken und Empfinden, vor allem sein Unterbewußtsein, als Teil der Natur.

Ein selbsternannter Außenseiter ist, und daher kommt das Stichwort am Ende der Überlegungen, Oswald Oberhuber, der mit einer Reihe hier bereits genannter Künstler die Anfänge teilt, den Beginn im Informel. Oberhubers Arbeit muß man außerhalb der gängigen Gruppen sehen. Die im Werk der genannten Künstler vorgeführte Identität zwischen Leben und Werk, die Utopie eines Aufgehens von Leben in Kunst oder Kunst als einzig möglicher Gegenentwurf zum Leben, lehnt er mit der These einer permanenten Veränderung, einer ebenfalls utopischen, weil nicht einlösbaren These, ab. Diese Forderung nach ständiger Verwandlung, der Möglichkeit stilistischer Rösselsprünge, der chamäleonartigen Tarnung, des Vor- und Rückgriffs auf das, was von den anderen als stilistischer Privatbesitz angesehen wird, ist der Wunsch ständiger Offenheit, ständiger Veränderbarkeit. Aber auch die Kunst der vielen Masken und zahllosen Kommentare ist vom Maskenträger und Kommentator eingefärbt, wenn auch als ein Zug hinter den Erscheinungen des Visuellen. Robert Fleck hat zu Recht dieses Charakteristikum im Linearen angesiedelt, im Zeichnerischen, nicht im Hinblick auf das Medium Zeichnung allein, sondern als ein Charakteristikum aller künstlerischen

Dimensionen, Malerei, Skulptur und Zeichnung: „Die Arbeit Oswald Oberhubers ist durch eine spezifische Linie charakterisiert, durch eine Verlaufs- und Ablauflinie (im Gegensatz zu zangenartigen Spannungslinien, die Farbflächen ermöglichen), deren Wunsch darin besteht, ständig ihre Gleitbahn zu wechseln, die aber zugleich die Tendenz aufweist, bogenförmig in ihre frühere Bahn einzuschwenken. Diese Linie teilt ihre Herrschaft niemals mit der Farbe und der Fläche und begründet somit die lineare Zeichnung und die lineare Plastik als Paradigma der Oberhuberschen Arbeit."[19]

[1] Vgl. W. Höck, Kunst und Freiheit, Köln 1972
[2] Armin Zweite, Ausstellungskatalog A. Rainer, Bern 1977, S. 12
[3] Dieter Honisch, Ausstellungskatalog, Berlin 1981, S. 9
[4] ebda.
[5] Dorothea Baumer, Ausstellungskatalog M. L., Düsseldorf 1983, S. 9 ff.
[6] Maria Lassnig, Faltblatt, Galerie Ariadne, Wien 1975
[7] C. Haenlein, Katalog Kestnergesellschaft, Hannover 1986
[8] Wien, ein Kompendium, Kohlkunstverlag, Frankfurt 1970
[9] Hermann Nitsch, Katalog R. Schwarzkogler, Innsbruck o. J.
[10] ebda.
[11] Arnulf Rainer, Rede auf Hermann Nitsch, 14. 2. 1985
[12] Otto Breicha, Katalog der Ausstellung „Innovativ", Graz 1985
[13] Bruno Gironcoli, Selbstäußerungen, in: Protokolle 84/2, Wien 1984
[14] ebda.
[15] Armin Zweite, Katalog Bruno Gironcoli, Allerheiligenpresse, Innsbruck 1977
[16] Monika Steinhauser, Katalog W. Pichler, Kestnergesellschaft, Hannover
[17] Walter Pichler, Skulpturen, Gebäude, Projekte, Salzburg 1983
[18] Wilfried Skreiner, in: Max Weiler, Salzburg 1975
[19] Robert Fleck, Vorwort zu: Lust auf Worte, Wien 1986

CHRISTIAN LUDWIG ATTERSEE

GÜNTER BRUS

HEINZ CIBULKA

BRUNO GIRONCOLI

MARIA LASSNIG

HERMANN NITSCH

WALTER PICHLER

ARNULF RAINER

RUDOLF SCHWARZKOGLER

OSWALD OBERHUBER

MAX WEILER

CHRISTIAN LUDWIG ATTERSEE

ATTERSEES KUNST

Attersees Malerei hat im Bereich der figurativ orientierten Malerei einen besonderen Platz. Attersee hat diese Bilder ganz eigenständig entworfen – anders als die Italiener Chia, Clemente, Cucchi, Paladino und die Deutschen Baselitz, Hödicke und Lüpertz hat er sich nicht in einer Gruppe entwickelt. Ganz im Gegenteil, die ihm nahestehenden österreichischen Künstler, darunter Walter Pichler, Arnulf Rainer, Hermann Nitsch und Günter Brus, vertreten außerordentlich unterschiedliche künstlerische Positionen. Dazu kommt, daß der Ansatz in Attersees Kunst ein literarischer ist, auch das unterscheidet ihn vor allem von den erwähnten deutschen Malern.

Attersees Kunst erschließt sich dann, wenn die komplizierte Vielstimmigkeit des Œuvres gesehen wird. Attersee holte immer aufs neue sein Leben mit diesen Bildern ein. Längst vergangene Phasen seiner Biographie tauchen in der Arbeit, sozusagen mit erneuerter Ladung und taufrisch, wieder auf. So hängt in diesem Kunstsystem auf phantastische Weise alles mit allem zusammen: das Leben mit dem Werk, die Bilder mit den Texten, Malerei mit Musik. Dieses metamorphotische Prinzip, das die Genese des Werks beschreibt, gilt auch für das Œuvre selbst: Den alles bestimmenden Zusammenhang hat Attersee einmal als Ziel seiner Kunst bezeichnet. Im *Artwechsel,* sagt er, gelingt es dem Künstler, den Fisch zum Vogel zu machen und das Meer in die Berge zu heben.

Das Phantastische hat in der Malerei Attersees in mehrfacher Hinsicht einen dominierenden Rang. Phantastisch ist im Sinne des Wortes, wie Attersee Leben mit Kunst verbindet. Und es muß Phantasie gewesen sein, die den jungen Meistersegler Christian Ludwig über die Grenzen des sportlichen Ruhms seiner Seglerexistenz hinaus gelockt hat. Eine phantastische Idée fixe war es, die den jungen Meistersegler dazu gebracht hat, in den Jazzclubs der österreichischen Provinz den Aufstieg zum Rockstar zu versuchen. Und mit Phantasie hat Attersee die sportliche Vergangenheit auf dem Wasser und die musikalische in den Rockclubs von Salzburg und Linz in das Leben, das er heute führt, also in seine Kunst eingebaut.

Attersees Werke waren noch nie Oasen der Stille und der Meditation. Heute prägt ein diese Bildräume von oben nach unten und von hinten nach vorn durchdringender Aufruhr Farbpigmente wie Formteile. Das Bild wird von dieser Vibration erfaßt – die Erregung, die die Arbeiten ausstrahlen, sind unmittelbare Folge von Aktionen, die Attersee in den Arbeiten stattfinden läßt, die sämtlich mit Trennung und Verbindung, mit Verletzung und Heilung, mit Zerstörung und Aufbau zu tun haben. Nur in der totalen Zerlegung, die in akzelerierenden Momenten explosiven Charakter annimmt, findet Attersee die Möglichkeit für den Aufbau seiner Traumlandschaften. Diese Schauplätze metamorphotischer Ekstasen sind das Generalthema der Arbeit dieser Jahre geworden.

Die Potenz, die die reißende Bewegung dieser Bilder erzeugt, ist eine erotische – jeder nur denkbare Gegensatz wird hier in einen Kampf des Männlichen mit dem

Weiblichen umgedeutet. Was in den rasenden Wirbeln dieser Arbeiten sichtbar wird, ist Bestandteil einer Apotheose der Sexualität, die sich ihre Metaphern aus der Welt der Landschaft ebenso holt wie aus der Welt der Architektur, aus den Wassern ebenso wie aus den Lüften. Alles kann sich mit allem verbinden, die Zentrifuge, durch die Attersee seine Visionen treibt, zerteilt seine Bildwelten und fügt sie aufs neue zusammen. In den Himmelfahrten dieser Bilder reißt Attersee das Unterste nach oben – in ihren Höllenstürzen treibt er die Himmel ins Meer.

In der explodierenden Vision dieser Schöpfungsanstrengung erfahren wir die Kunst Attersees – hier ist der Kern seiner Kunstleistung zu suchen. Mit einem metaphorischen System, das man sich erfindungsreicher nicht vorstellen kann, beschreibt Attersee den fundamentalen Gegensatz zwischen Mann und Frau, Tag und Nacht, Welt und Mensch.

Carl Haenlein
Hannover 1986

Christian Ludwig Attersee   Zu Dir   1985/86   Acryl auf Lw., Holzrahmen bemalt   105 × 105 cm/118 × 118 cm

Christian Ludwig Attersee   Sucht   1986   Acryl auf Leinwand, Holzrahmen bemalt   107 × 82 cm/121 × 96 cm

Christian Ludwig Attersee   Das Zweiern   1986   Acryl auf Lw., Holzrahmen bemalt   107 × 82 cm/121 × 96 cm

Christian Ludwig Attersee   Neidstück   1984   Acryl auf Lw., schwarzer Holzrahmen   105 × 105 cm/118 × 118 cm

GÜNTER BRUS

BEMERKUNGEN ZUR „SELBSTBEMALUNG"

Nach meiner ersten Aktion (Ana) wurde mir bald bewußt, daß ich vom dynamischen Handlungsablauf (Monodrama) zunächst einmal abzurücken hatte. Zuerst sollte sozusagen das Abc meiner Selbstdarstellungssprache postuliert werden. Und diese bestand eben, abgeleitet von der informellen Malerei, aus der Selbstbemalung.

Ich konzipierte meinen eigenen Körper und den Malvorgang gleichsam wieder als „Gemälde", gebaut aus meinem Handeln und geschaut von der Kamera. John Sailer, dem ich meine Pläne vortrug, stellte mir sein Atelier zur Verfügung.

Ich gliederte diese in drei Teile:
1. Handbemalung
2. Kopfbemalung
3. Kopfzumalung

Analog zu Arnulf Rainers „Übermalungen" und diese mit meinen eigenen, aktionistischen Mitteln erweiternd, sollte der Kopf des Malers in die Bildfläche eingebunden werden, mit dem Bild eins werden, im Bild verschwinden. „Die Geburt aus der Auslöschung", wie ich Jahre später in einem etwas anderen Zusammenhang schrieb. Freilich gelang mir dieses Zumalen des Kopfes etwas unvollständig, da mir ja sozusagen die Sicht auf mich (und auf das Bild) verstellt war. Später ärgerte ich mich über diese Unzulänglichkeit, als mir klar wurde, daß ich zu wenig Ausdauer bei der Zelebration bewiesen hatte. Im allgemeinen kann gesagt werden, daß ich die Fehler bei einer Aktion in der nächsten zu korrigieren trachtete, daß sich aber prompt neue einstellten. Die „Direkte Kunst", dies sei zu meiner Entlastung gesagt, bot jedoch keine Chance, ein Werk nachträglich zu verbessern, wie es in den herkömmlichen Arbeitsverfahren möglich war. Man mußte sich mit den Schwachstellen im Werk abfinden, mußte sie ertragen. Dies war umso bitterer, wenn die Arbeit vor einer Zuschauerschaft stattfand. Dieses Ausgesetztsein aber war ein bewußt gesetzter Teil meines theoretischen Denkens. Es half mit, die Früchte zur Reifung zu bringen.

Günter Brus
Aus: Portfolio, Wien 1985

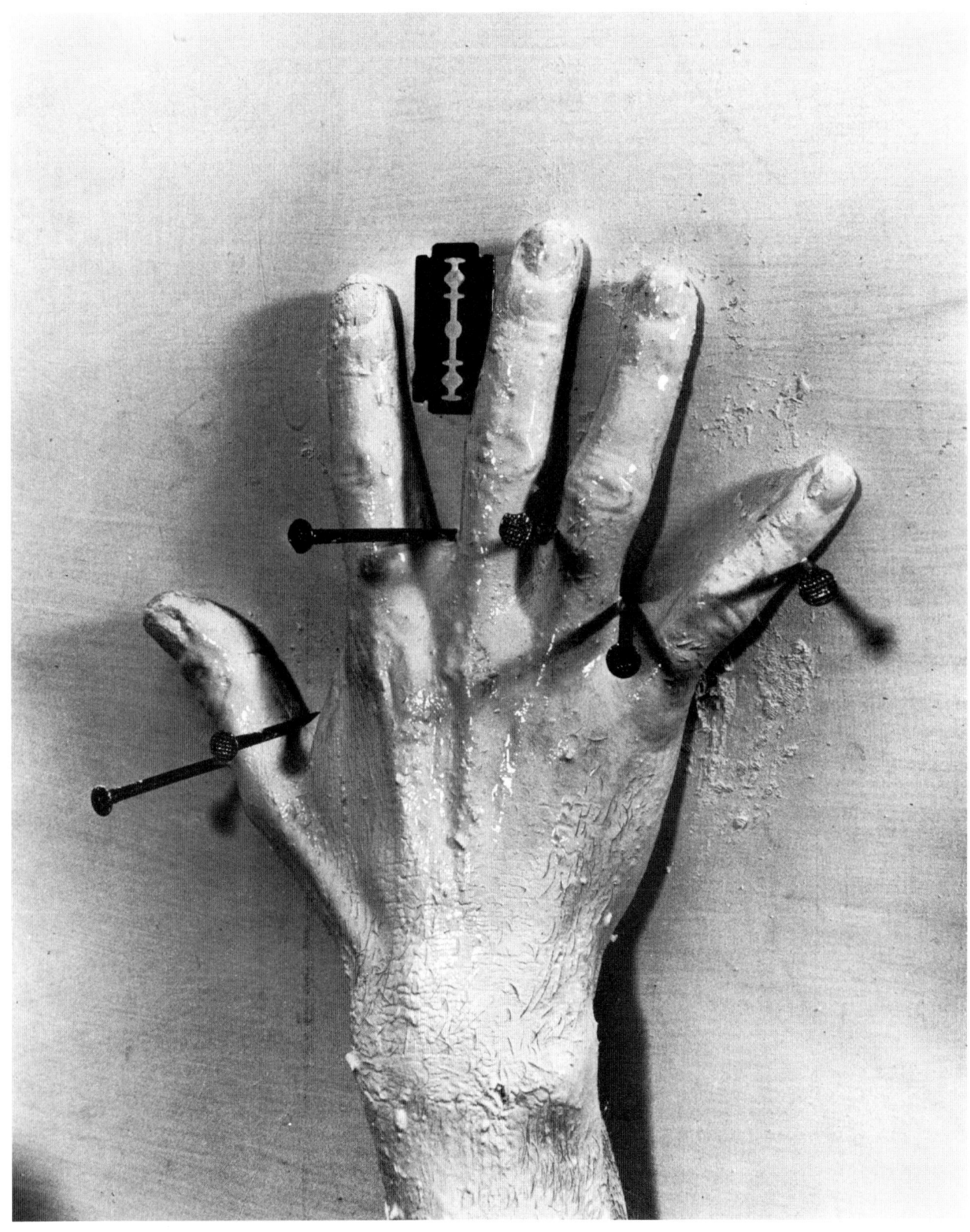

Günter Brus Selbstbemalung I 1964 (aus Portfolio Galerie Curtze / Galerie Krinzinger, Wien 1985, Aufl. 35) SW-Foto je 48,1 × 38,7 cm

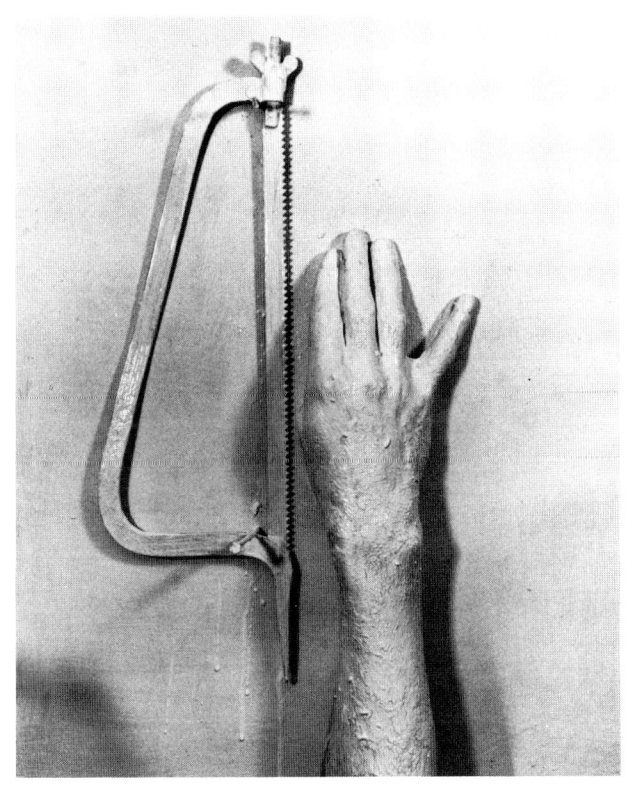
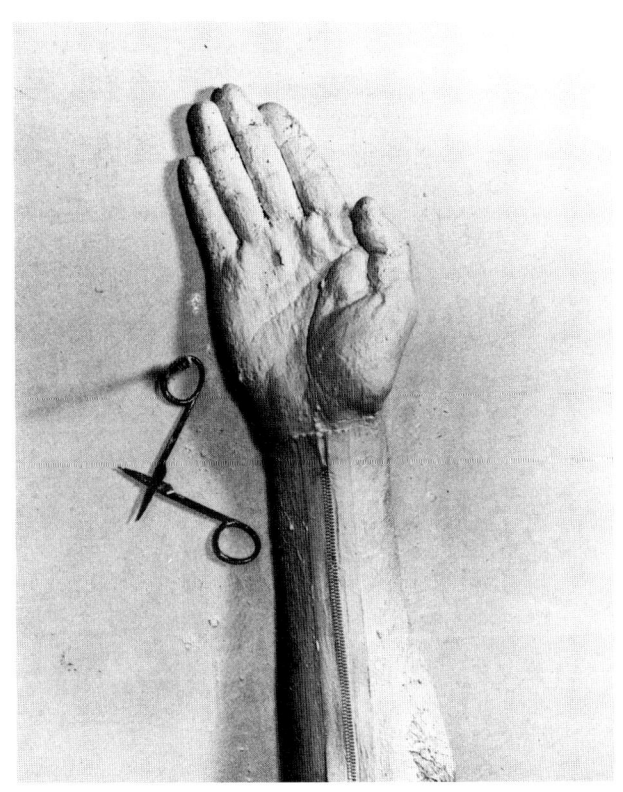
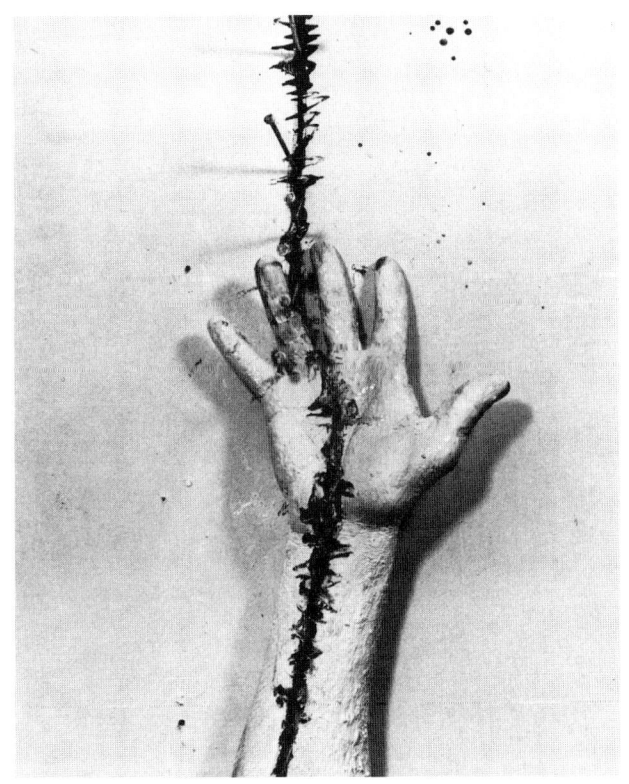
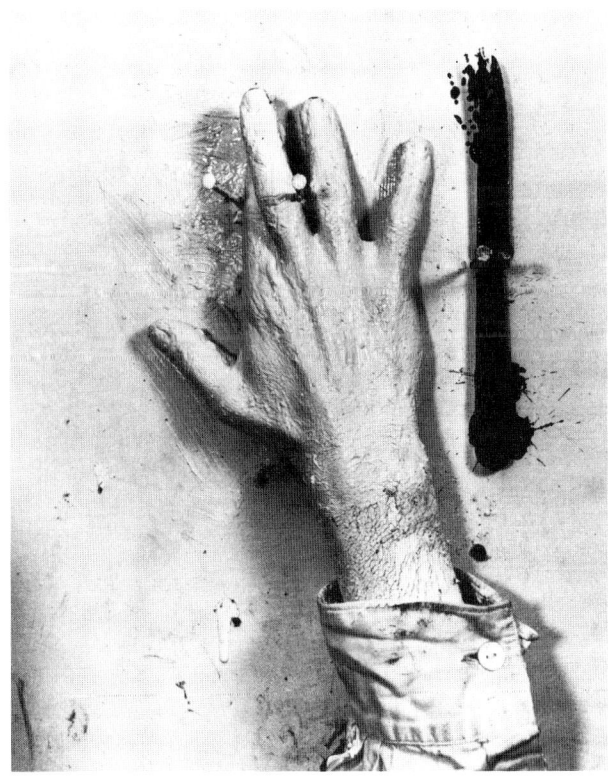

HEINZ CIBULKA

DASEINSFÜLLE

Der Fotograf Heinz Cibulka stand und steht dem Wiener Aktionismus nahe. Er beruft sich, wenn er die für seine Arbeit ersprießlichen Anregungen herzählt, auf das Filmschaffen Peter Kubelkas. Da wie dort werden die sinnlichen Qualitäten der je nachdem zum Anlaß genommenen Wirklichkeit geradezu inbrünstig durchkostet und bezeugt. Jene Sensibilität, die von Sinnlichem ausgehend zu Sinnlichem führt, beruht auf jener bestimmten Sinnenhaftigkeit, die Hervorbringungen österreichischer Kunst (und vor allem aus Wien) von solchen von anderswoher unterscheidet. Und zumal den Wiener Aktionismus von der Ereigniskunst in aller Welt.

Heinz Cibulka lebt gegenwärtig in der Nähe Wiens, am Rande des vom Weintourismus noch weitgehend unentdeckten und unverdorbenen Weinviertels. Von seinem Freund Hermann Nitsch wird Cibulka Breughelhaftigkeit nachgesagt: eine Vorliebe für Vielfalt und Verschiedenartigkeit, für des Daseins Fülle. Wie auch andere (und nicht die schlechtesten) Vertreter der neuen österreichischen Fotografie gibt sich Cibulka mit einem nur eindimensionalen Bildschaffen nicht zufrieden. Zum wenigsten vier aufeinander abgestimmte, zu einem Bildblock collagierte Einzelbilder geben wenigstens vier Aspekte dessen, was Cibulka das Fotografieren immer wieder dafürsteht, was ihn zu Bildmotiven motiviert. Gerochenes, Geschmecktes, Gesehenes und Gehörtes, Ertastetes und Befühltes werden zum fotografischen Tagebuch gefädelt, zu protokollarischen Komplexen, wobei eines das andere und nächste bedingt und herbeizieht: „vom Brechreiz zur Glückswallung".

Mahler und Schubert gelten Cibulka und seinen Freunden, mit denen er sich auch darin einig weiß, viel. Unter anderem vielleicht auch deswegen, weil gerade bei diesen Kompositeuren auf eine sehr bestimmte und empfindliche Art Sinnlichkeit zu Form strebt, inbrünstiges Erleben mit allem Drum und Dran in Form umverwandelt und unvermindert pulst und bebt.

Das Weitausholende hat System, das Wiezufällige Struktur. Dementsprechend sind alle jene „lebhaften Eindruckswolken" gediehen, auf die es Cibulka bei seiner fotografischen Arbeit prinzipiell und mit Bedacht anlegt.

Otto Breicha
Aus: „Stoffwechsel", Protokolle 1977

Heinz Cibulka   Projekt O. M. Theater Hermann Nitsch I   Wien 1981   (aus Portfolio, Auflage 15)   Farbfoto   25,4 × 35,1 cm

BRUNO GIRONCOLI

Heute tragen sie (diese) den Schopf wegrasiert oben, damit es deutlich ist: Galerie ist in ihrer Existenz mit oder ohne Schopf Parameter, vor viele noch werdende und meßbare Bereiche gestellt. Meßinstrument, ist sie Galerie als dieses Mittelding, Beispiel hervorgerufener Konjunktur, um die kulturellen Einflußsphären vorzulegen. So steht dieses Zuvor von Begleitung in gestreuter oder zielbewußter Form in seiner Funktion dem Zueinander von Öffentlichkeit und Macht, weiterhin in paradoxer Form als Wesenswerdung künstlerischer Nöte. Machtbeschreibung, Machtbezeichnung in einer scheinbar so verwendeten Welt als Funktionäre im magischen Bündnis; sie ist im Bündnis eine Unterhaltungsbranche. Kunstaufbereitung als private Initiative in das Auge öffentlicher Obhut gestellt, um deren Binnenbereiche aus solcher Sicht zu erkunden: Kultur.

Schon durch das zuvor Beschriebene wurde die ästhetische Frage zum Thema „Mutter – Vater" zur Zeit gestellt, um eine persönliche Frage aus allgemeiner Sicht zum Vorschub zu gewinnen, um zuvor besprochenen Vorgängen nicht unmittelbar ausgesetzt zu sein, und dieses beginnend etwa zur Zeit der Schließung des Galerieunternehmens Sharpira & Beck. Sich änderndes ästhetisches Vorgehen war mir in dieser Form dann unter anderem auch Möglichkeit, Physisches, Personelles und Öffentliches in solchem Vergleich zu finden. Diese Vorgangsweise ins Extrem gebracht beschäftigt mich in meiner funktionellen Bezogenheit noch heute.

Wieder mit einer Galerie in Verbindung zeige ich diesen Anfang.

Bruno Gironcoli
Wien 1986

Bruno Gironcoli   Kopf der Mutter   1972   Holzmodell mit Fassung, Flächenausbreitung der Figur 350 x 300 cm
Detail 45 × 30 × 30 cm

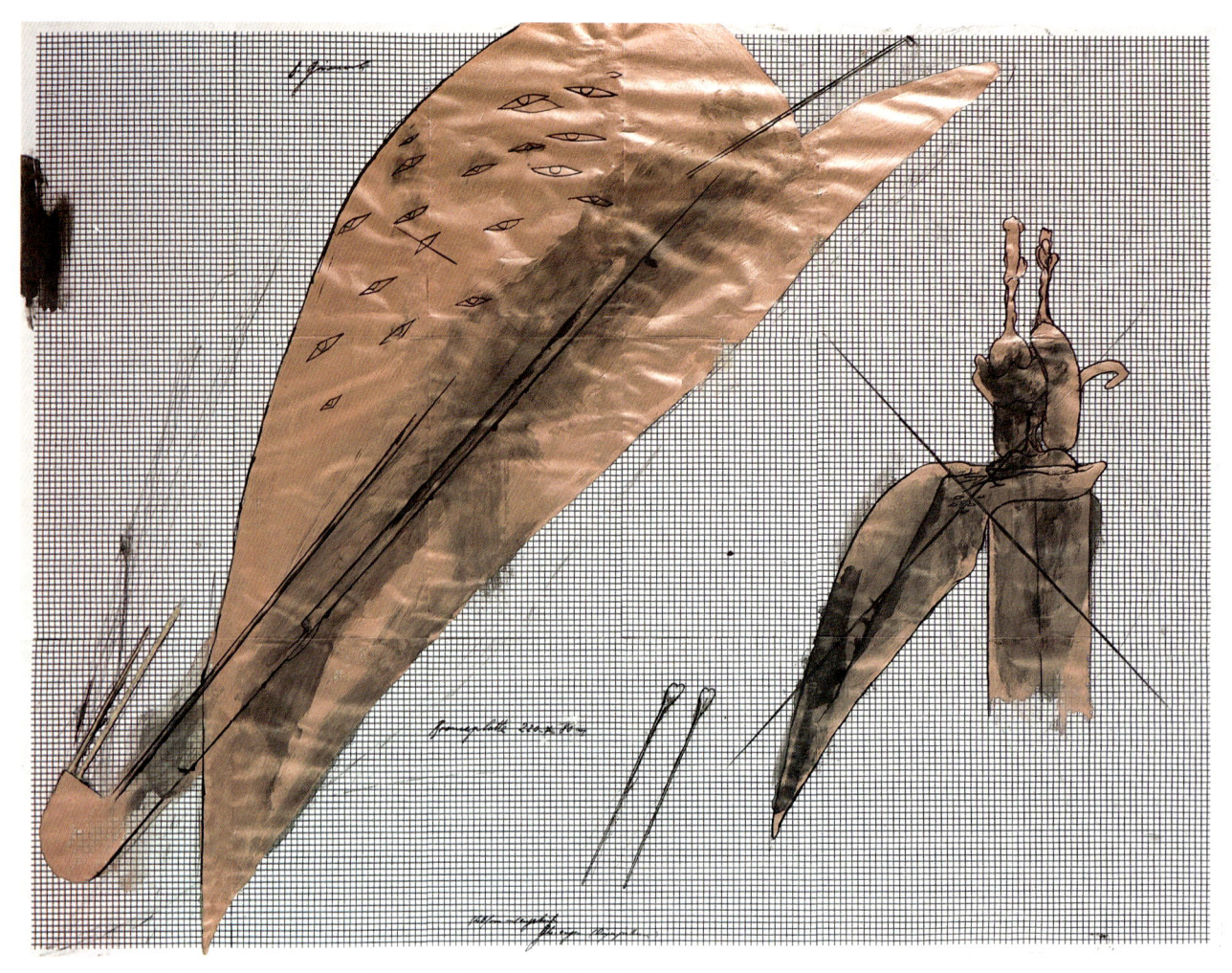

Bruno Gironcoli   Mütterliches   1972   Tempera mit Metallfarben   110 × 120 cm

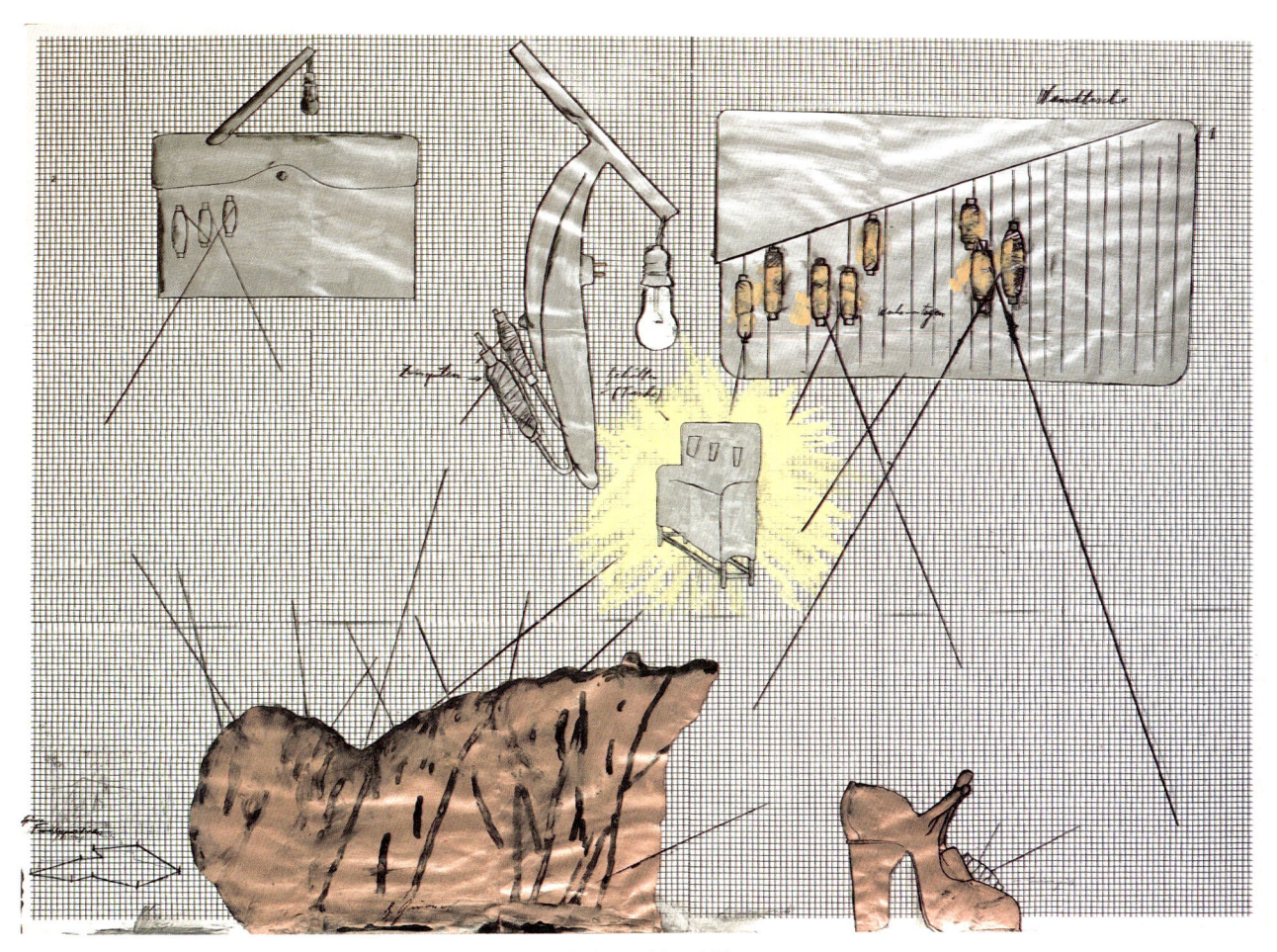

Bruno Gironcoli   Mütterliches   1972   Tempera mit Metallfarben   95 × 117 cm

MARIA LASSNIG

     Maria Lassnig dringt schon seit Jahren in die Geheimnisse des somatischen Kosmos ein, in den „Kosmos Anthropos", der in unseren Sinnen und in unserem Leib/Körper liegt. Vielleicht ist sie eine der Vorläuferinnen der großen Wende, die weit über die System-Kosmologie Fritjof Capras hinausgehn, nämlich die Wende vom verdinglichten Universum der Wissenschaft hinweg zum lebendigen Kosmos der Erfahrung, zum leiblichen Ursprungsfeld der Wirklichkeit und den heute nur metaphorisch faßbaren Intensitäten der Phänomene. Diese gegenkopernikanische Wendung ist von Husserl in einigen Manuskripten skizziert worden. Sie brächte das Gemeinsame in Sicht, indirekt und doch immer-nah, was diese beiden Welt-Interpretationen zusammenhält. Vielleicht könnte die Wende so total sein, daß der äußere Kosmos zu einer von vielen möglichen Bedingungen des erlebten und erfahrenen Kosmos zusammenschrumpft.

Armin Wildermuth
Aus: „Vom Leib zum Bild. Maria Lassnigs künstlerischer Erkenntnisprozeß"

     Es gibt Hauptwege und Nebenwege eines Malers. Diese muß es auch geben, denn der Hauptweg wird oft als Käfig empfunden, aus dem man ausbrechen möchte.
     Einen Gedanken zu illustrieren wäre zusehr eine Absicht gewesen, und das war nicht mein Weg. Ein Irrweg kann aber neue Möglichkeiten zeigen. Die Abenteuer des Dschungels führen zu neuen Klärungen. – Die Gefährdung der Weltkugel ist ein klarer Gedanke und eine Tatsache. –

Maria Lassnig
1986

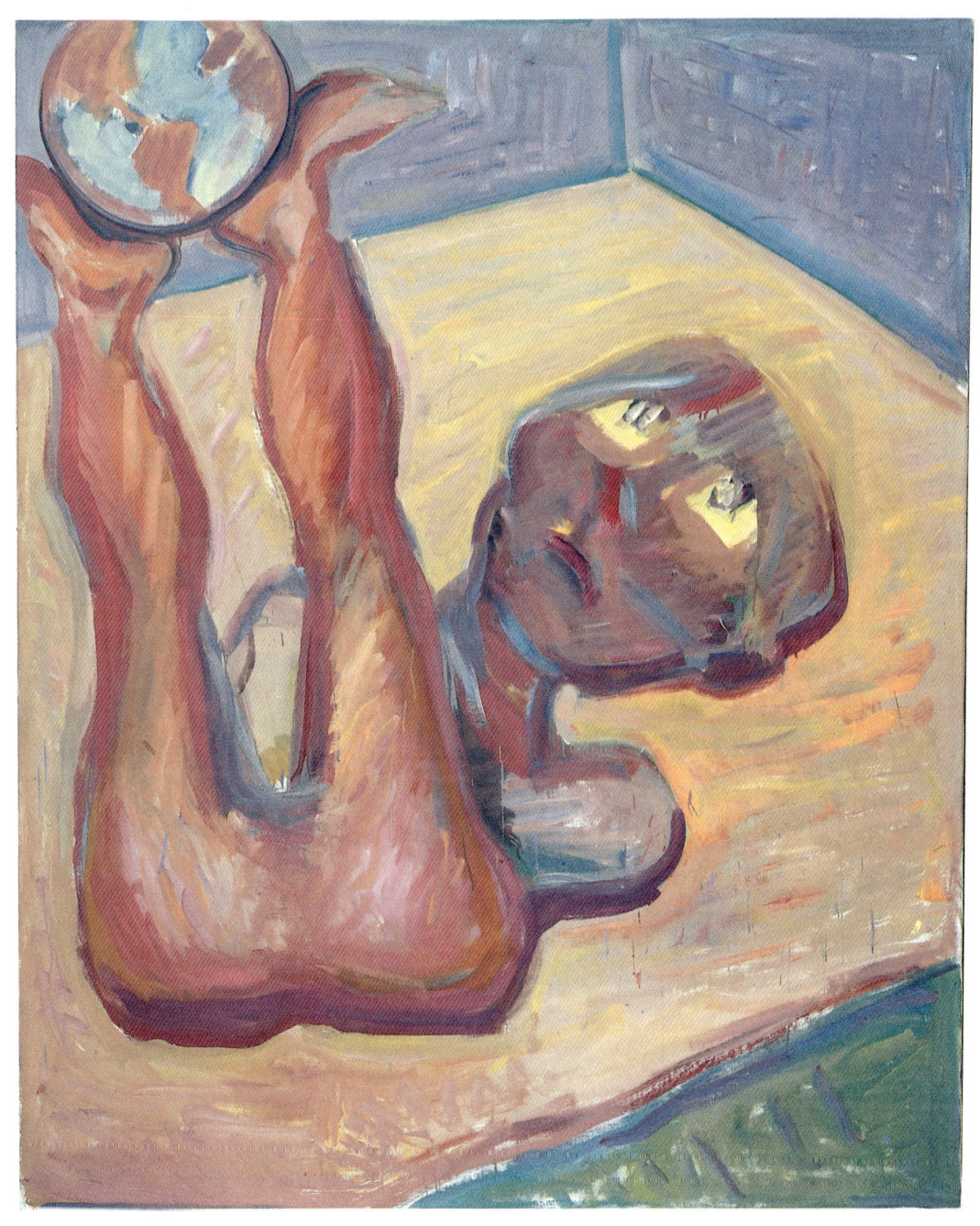

Maria Lassnig   Kind mit Weltkugel   1985   Öl auf Lw.   165 × 135 cm

HERMANN NITSCH

DIE MALEREI DES O.M. THEATERS

ich faßte ursprünglich mein theaterkonzept als die realisation eines tachistischen theaters auf und versuchte mit den mitteln des theaters das tachistische restlos auszukosten, um bis in seine tiefer liegenden bezirke der die psyche erfassenden konsequenzen einzudringen. dies alles umsomehr, weil ich sah, daß das theater dem tachistischen erst die letzten möglichkeiten abringen konnte und weil das tachistische seinem dynamischen wesen nach zum dramatisch exzessiven, orgiastischen ausagieren hindrängte. wie ich es begreife, entwarf ich mit meinen 3 abreaktionsspielen (1. abreaktionsspiel 1961) den versuch, den tachismus auf seinen höhepunkt zu bringen und ihn all seinen theoretisch erkennbaren möglichkeiten nach auszuschöpfen. der tachismus, sein drang nach regression, triebdurchbruch, abreaktion und destruktion, sein drang ins unbewußte einzutauchen, mußte im endpunkt aller orgiastik, im exzeß, in der qual am überfluß des genusses, in der destruktion seine konsequenz haben. (mit dem durch tachistische methoden erreichten grundexzeß hat der tachismus seinen endpunkt erreicht.) das exzessive verspritzen, verschütten und verplantschen fand seine erweiterung und vertiefung im zerreißen des abgehäuteten schafkadavers. rohes fleisch, blut, blutwasser, heißes wasser, eidotter und andere substanzen wurden zur erweiterung und vertiefung der farbe, welche vom tachismus vielfach ohnehin nurmehr als flüssige substanz begriffen wurde.

die konsequenz des tachismus, 1965

die aktionsmalerei des o.m. theaters ist kein wiederaufleben der informellen kunst, sondern eine ständig vorhandene grundsätzliche struktur des o.m. theaters, welche zum grundexzeß, zur zerreißung des GOTTIERES führt, offenbart sich zeitlos. die aktionsmalerei des o.m. theaters ereignet sich im raum spontan bei jeder aktion. im fall der neuen resultate wird die visuelle grammatik des o.m. theaters exempelhaft auf bildflächen gezeigt.

20 jahre habe ich im obigen sinn nicht mehr gemalt. ich beschäftigte mich nur noch mit der verwirklichung von aktionen, der erstellung von partituren und aufbereitung von aktionsrelikten. durch meine ausstellung in eindhoven wurden die räume von prinzendorf leer. eine starke lust überkam mich, alle wände und bodenflächen wieder zu bemalen. ich erlebte im heißen august dieses jahres viel freude beim beschütten, besudeln und bespritzen der flächen mit blutroter farbe. geschult durch die aktionen erreichte ich eine bei den früheren malereien nicht vorhandene unbekümmertheit, frische und spontaneität. eigentlich HABE ICH ALLES NUR VON OBEN BIS UNTEN BESCHÜTTET UND BESUDELT.

hermann nitsch
malaktion 1983

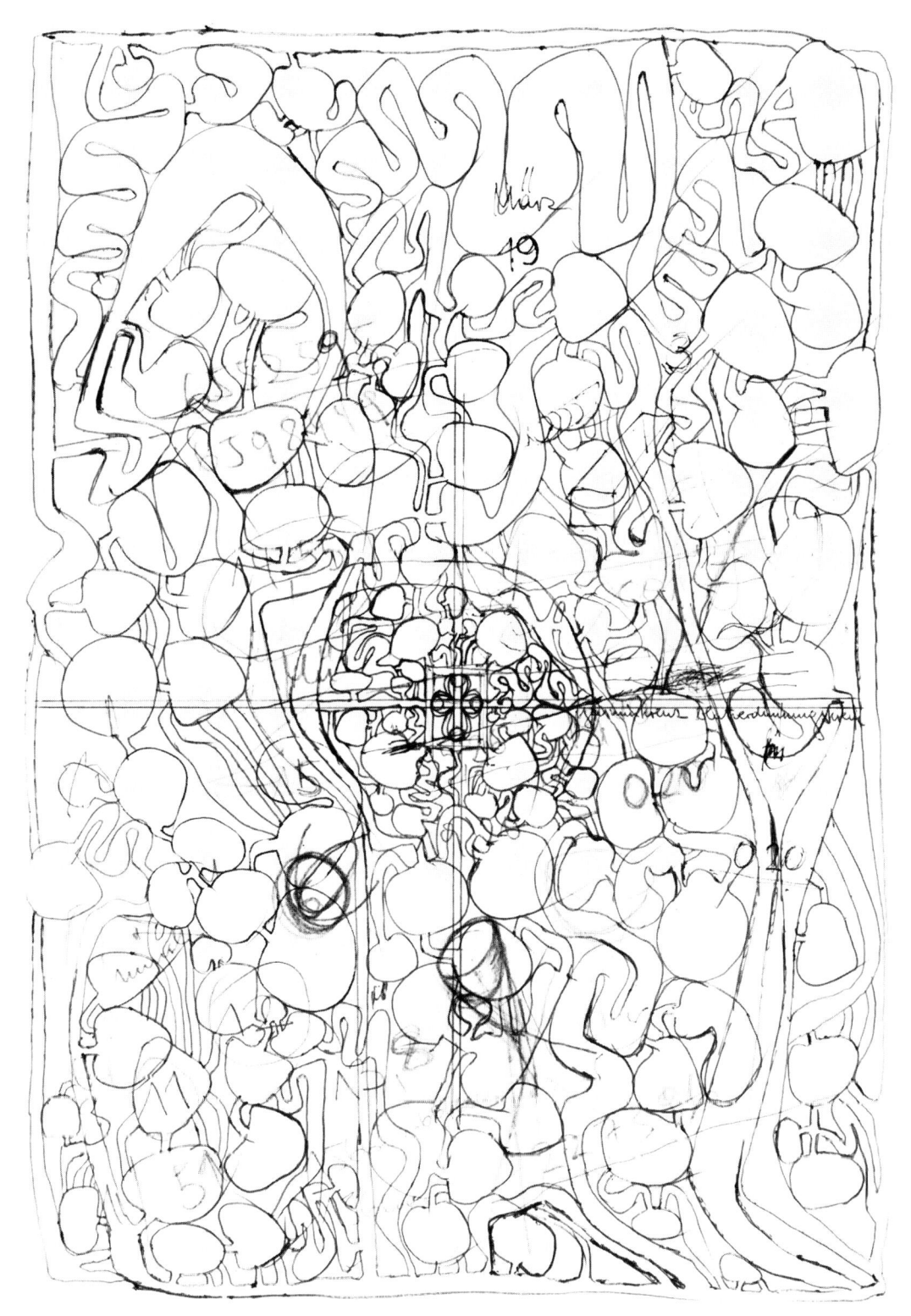

Hermann Nitsch   Zur Architektur des O. M. Theaters   1986   Kugelschreiber/Filzstift auf Papier   29,7 × 21 cm

Hermann Nitsch   Schüttbild   1983   Dispersion auf Jute   200 × 299 cm

Hermann Nitsch   Schüttbild   1983   Dispersion auf Jute   200 × 299 cm

Hermann Nitsch   Schüttbild   1983   Dispersion auf Jute   105,5 × 80 cm

Walter Pichler   Stausee, Malerei auf der Stirnwand   1986   Tempera auf Papier   83 × 55,5 cm

Walter Pichler   Stausee, Kupferhaus Grundriß   1982   Tempera, Bleistift auf Papier   77 × 62 cm

Walter Pichler   Stausee, Kupferhaus Frontansicht   1985   Tempera, Bleistift auf Papier   29,5 × 21,5 cm

WALTER PICHLER

Eine Skulptur, an der ich mit Unterbrechungen vielleicht einige Jahre gearbeitet habe und die dann fertig vor mir steht, ist im Idealfall für mich etwas, das schon immer da war; es ist, als wäre ihre Entstehungsgeschichte vergessen. Auch ergibt sich bei langandauernder, zusammenhängender Tätigkeit eine Art von Bewußtlosigkeit, die durch *Untersuchung* aufgehoben werden kann; was dabei herausgekommen ist, hätte mich früher wahrscheinlich erschreckt. Ich habe bemerkt, daß ich nicht auf *Entwicklung* aus bin, schon gar nicht auf die ausgedachte Idee; immer wenn ich auszuweichen versucht habe, in die Professionalität, in die Utopie, in die Mystik, war ich an der Grenze des Kraftfelds, das mich trug.

Meine frühen Skulpturen waren ursprünglich nicht für eine konkrete, auf sie abgestimmte Umgebung gedacht, oder ich wollte sie, wie die Stelen, einfach in der offenen Landschaft aufgestelllt sehen. Daraufhin bin ich dazu gekommen, Skulpturen als Modelle von Gebäuden und Städten zu deklarieren, damit sie autark wären und ihren Raum schon mit sich trügen. Allmählich bin ich es müde geworden, so zu tun, als ob: ein Gebäude sollte Haus sein und eine Tür haben, zu der man hineingehen kann, eine Rampe sollte nicht unverbindlich für einen beliebigen Hang erfunden werden, und wenn eine Skulptur ein Gehäuse brauchte, wollte ich es mir nicht fortgesetzt in der Vorstellung von neuem erzeugen müssen. Ich habe mir also einen Platz gesucht, der für *Verwirklichung* geeignet wäre. Ich bin nicht nach St. Martin gegangen, um mich in ein behütetes Leben zurückzuziehen, oder weil ich mir von der Natur irgendwelche Offenbarungen erwartet hätte. Wenn man sich auf das Land einläßt, ist es gut, von vornherein zu wissen, was man dort tun will. Die Alltagstätigkeit draußen und die Arbeit eines Bildhauers sind bei oberflächlicher Betrachtung eng miteinander verwandt, und Künstler, die beides durcheinanderbringen und in die Idylle abstürzen, bieten ein erbärmliches Schauspiel. Ich habe in St. Martin die Bedingungen gefunden, die mir für eine Arbeit am günstigsten scheinen. Ich habe gute Werkstättenräume zu ebener Erde, die auf einen großen Innenhof gehen, ich habe Materialien zur Hand, die ich mir in der Stadt nicht beschaffen könnte oder auf die ich dort gar nie gestoßen wäre, ich kann mir Handwerks- und Bautechniken zu eigen machen, die schon beinahe vergessen sind; und vor allem sind die Lage des Grundstücks, das mir zur Verfügung steht, und die Beschaffenheit des Geländes ideal für meine Projekte. Auch fließt in einer derartigen Umgebung die Zeit ruhiger und gleichmäßiger, und man lernt, mit seinen Tagen behutsamer umzugehen. Man spürt, daß die Zeit ein Werkstoff ist wie Lehm, Holz, Metall.

Walter Pichler

Aus: Walter Pichler, „Skulpturen Gebäude Projekte 1983", Residenz Verlag, Salzburg 1983

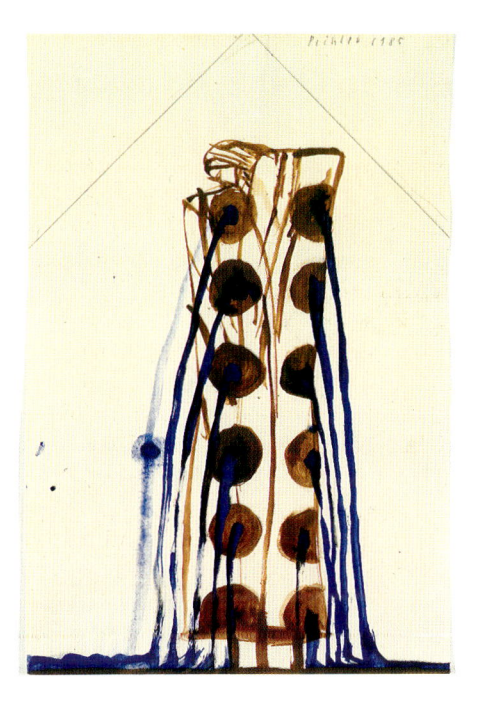

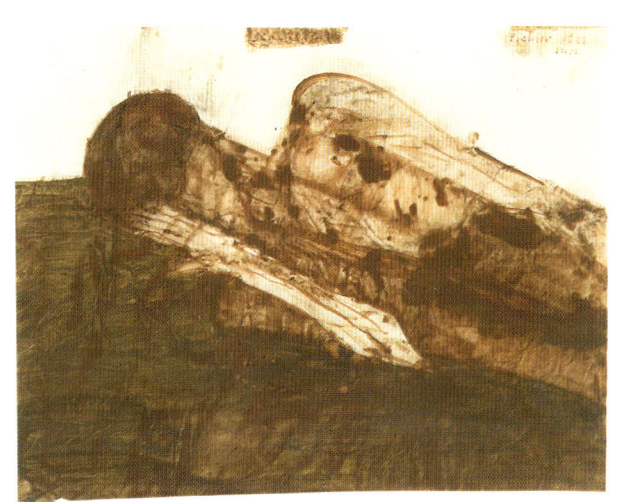

Walter Pichler
Stausee, Malerei auf der Stirnwand (Skizze)   1985
Bleistift, Tempera auf Papier   29,5 × 20 cm

Stausee, Malerei auf der Seitenwand   1982
Bleistift, Tempera auf Papier   50 × 70 cm

Walter Pichler
Stausee, Malerei auf der Stirnwand (Skizze)   1986
Tempera auf Papier   29,5 × 21 cm

Stausee, Malerei auf der Seitenwand   1986
Tempera auf Papier   36,5 × 48 cm

ARNULF RAINER

EINE EINZIGE ZUSTÄNDLICHKEIT

Die Lautstärke und das Pathos der vergangenen Aktionsmalerei haben die Stille, das Verdeckte, das Gleichgewichtige auf den Plan gerufen. Neben der vertikal-horizontalen Struktur (das Kreuz) hat sich die Monochromie als ein königlicher Weg zur Stillegung und Mortifikation erwiesen.

Die allmähliche und organische Überdeckung eines Bildes, das dynamisch, etwa wie Mathieu, oder religiös figurativ sein sollte, geschieht am adäquatesten mit einer einzigen dominierenden Farbe. Der Bilduntergrund muß dabei nicht vom Maler selbst stammen. Im Gegensatz zur aktionalen Übermalung vollzieht sich die monochrome Übermalung langsam. Denn es ist ein passiver schöpferischer Vorgang, d. h., der Maler muß mit Geduld erhorchen und abwarten, bis sich die nächstfolgende zu übermalende Stelle unangenehm bemerkbar macht. (Es liegt allerdings in der Struktur jeder Imagination, daß schließlich alle Punkte darin diesen Wunsch einmal äußern, und die Reihenfolge ist von höchster Wichtigkeit.) Der organisch schöpferische Akt ist hier also vielleicht noch wesentlicher als das fertige Bild; denn die Teilnahme an der schrittweisen Umnachtung beziehungsweise Ertränkung des Bildes, seinem allmählichen Eingehen in die Ruhe und Unsichtbarkeit (der „große Ozean") könnte man vergleichen mit dem Erlangen der Kontemplation im religiösen Leben. Aus Bewegungen und Akten wird eine einzige Zuständlichkeit, aus der Vielheit eine einzige große Leere. Die Fülle dieser Leere repräsentiert Absolutes, und der Künstler muß permanent der heroische Zunichtemacher sein, weil er der Gläubige ist.

Arnulf Rainer, 1964
Aus: „Hirndrang", Salzburg 1980

GESCHWOLLENES – VERRONNENES

Die Totenmaske ist Dokument letzter menschlicher Expressivität. Sie ist das Abbild einer Ausdruckshaltung, stammt von der letzten Anstrengung des Lebens, sich zu zeigen, den eigenen Untergang zu demonstrieren. Sie ist der Abguß der letzten Selbstdarstellung beim Eintritt in das Unmittelbare, Gesichtslose. Diese Welt der Unübersichtlichkeit ist in uns präsent, denn dieses Unsichtbare ist Hintergrund der sichtbaren Kunst. Wie das Weiß des Zeichenpapiers ist es dialektischer Kontrast zu unserem ausdruckshaften Wesen, eindrucksuchenden, wachen Leben.

In meinen Totenmaskenbildern kommen direkt und indirekt spirituelle und gestalterische Prinzipien zum Tragen, die für mein Werk wichtig wurden: Auslöschung, Abwendung, Tabuberührung, clownesker Übermut, das Quasi-Sakrale, die Entrückung, Todesneugier, Sterbegymnastik, Blütenschwang.

Zu allen diesen Fotoüberarbeitungen trieb mich die Suche nach Kommunikation, Identifikation, Selbstverwandlung; Dialog oder Einfühlung, zumindest war es Neugier, Einfühlungsversuch in Auslöschung und Neugeburt.

Arnulf Rainer
Aus: „Geschwollenes – Verronnenes", Salzburg/Wien 1985

Arnulf Rainer   Der gestürzte Engel   1977   Ölkreide auf Photo   60 × 46 cm

Arnulf Rainer   Übermalung   1956   Öl auf Papier (auf Lw. aufgezogen)   52,5 × 59 cm

Arnulf Rainer   Zentralgestaltung 1951, Offsetlitho auf Transparentpapier   1957/62 übermalt (auf Lw. aufgezogen)   42 × 61,5 cm

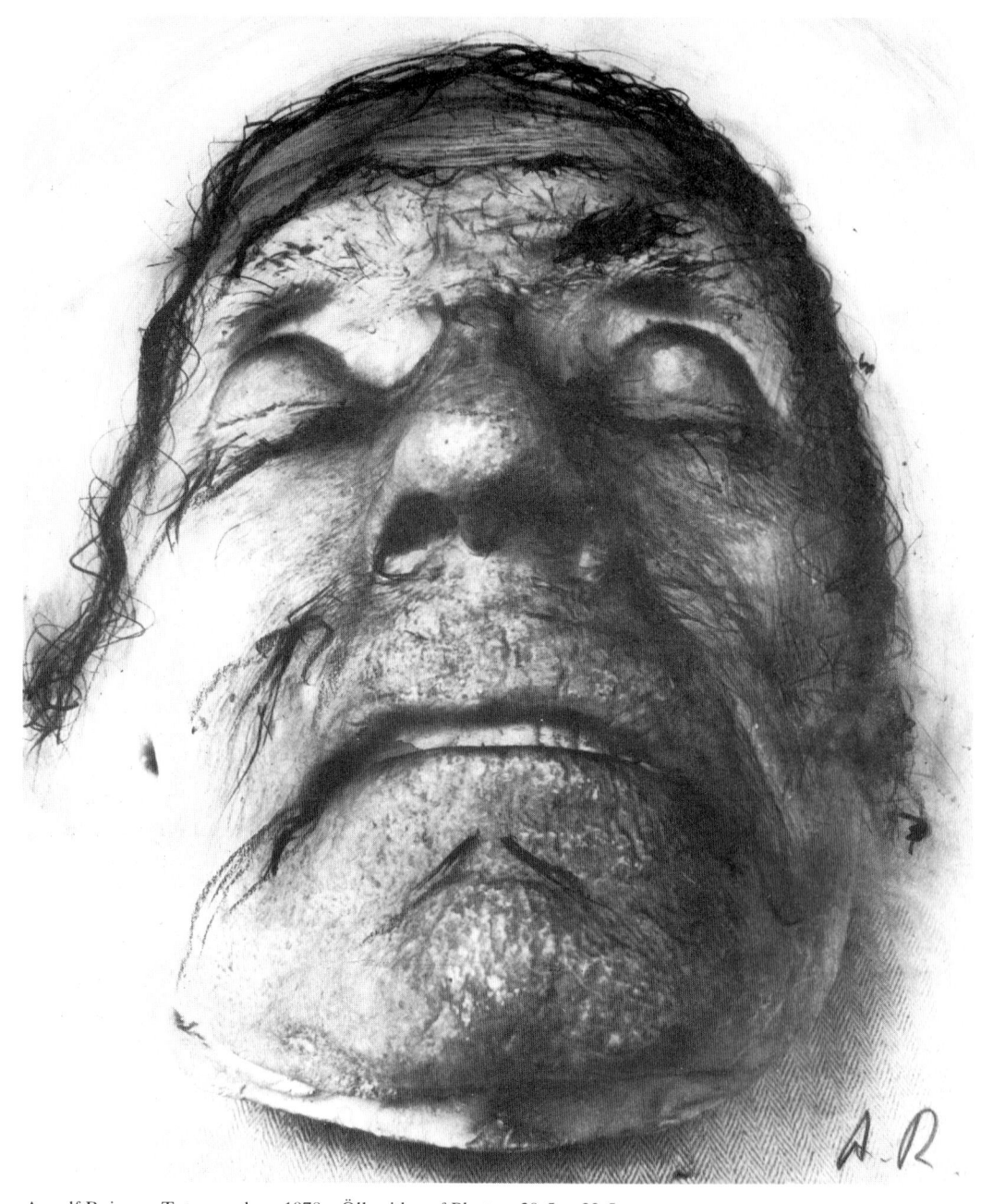

Arnulf Rainer   Totenmaske   1978   Ölkreide auf Photo   29,5 × 22,5 cm

RUDOLF SCHWARZKOGLER

4. AKTION: WIEN, 1965, MODELL: HEINZ CIBULKA

Weiß gedeckter Tisch mit Kopf von C. Die Augen sind schwarz geschminkt, Gesicht und Haare sind stark eingefettet. Geschminkter, eingefetteter Kopf mit weißer, eingeschnürter Kugel. Die Schnur der Kugel führt über eine Zündholzschachtel zur Schläfe von C. Geschminkter, eingefetteter Kopf mit weißer, eingeschnürter Kugel. Die Schnur der Kugel führt über eine Zündholzschachtel zur Schläfe von C. Zwischen den Lippen steckt weißer Zellstoff.

Kopf von C. auf weiß gedecktem Tisch. Die Haare sind eingefettet. Stirn, Augen und Nase sind mit weißen Mullbinden bandagiert. Der Kopf ist mit einem Kabel verschnürt. Aus dem Mund kommt Zellstoff.

Kopf von C. auf weiß gedecktem Tisch. Die Haare sind eingefettet. Stirn, Augen und Nase sind mit weißen Mullbinden bandagiert. Zwischen den Lippen steckt Zellstoff. Eine Hand mit schwarzen Fingernägeln hält ein schwarzes Netz vor den Kopf. Daneben liegen Kabel. Das schwarze Netz über den Kopf gestülpt. Die Hand mit den schwarzen Fingernägeln liegt auf dem Kopf. Kopf mit Netz, von dem ein Kabel zur Wand dahinter läuft. Drähte laufen vom Kopf über die Wand zu einem schwarz glänzenden kugelförmigen Gegenstand, der in schwarze Folie eingeschnürt ist.

Kopf von C. auf weiß gedecktem Tisch. Die Haare sind eingefettet. Stirn, Augen und Nase sind mit weißen Mullbinden bandagiert. Der Kopf ist an eine weiße, eingeschnürte Kugel gelehnt. Zwischen die Lippen ist weißer Zellstoff gesteckt. Ein Kabel führt vom Kopf über eine Zündholzschachtel zur weißen, eingeschnürten Kugel, die daneben liegt. Der Kopf ist mit einem Gewirr von Drähten und Kabel verbunden.

Kopf von C. auf weiß gedecktem Tisch. Die Haare sind eingefettet. Stirn, Augen und Nase sind mit weißen Mullbinden bandagiert. An der Schläfe sind zwei Streifen kreuzförmig übereinandergeklebt. Vom Verband geht ein Kabel weg. Neben dem Kopf liegt eine weiße, eingeschnürte Kugel, auf der ein Streifen geklebt ist. Eine Hand mit schwarz lackierten Fingernägeln hält Verbandstoff zum Gesicht.

Kopf von C. auf weiß gedecktem Tisch. Stirn, Augen und Nase sind mit weißen Mullbinden bandagiert. Auf dem Kopf liegt Kernfett, auf dem Kernfett eine Zündholzschachtel, von welcher Kabel auf den Tisch laufen. Zwischen den Lippen steckt Zellstoff. Vom Kernfett rinnt eine schwarze Flüssigkeit herunter.

Kopf von C. auf weiß gedecktem Tisch, an weiße, verschnürte Kugel gelehnt. Am Verband über dem Auge ist ein kleiner schwarzer Fleck zu sehen. Am Verband über dem Auge ist ein großer schwarzer Fleck zu sehen. Kabel liegen auf Kopf und Kugel. Auf Kopf und Kugel liegt ein Gewirr von Drähten, Schläuchen, Kabel.

Kopf von C. auf weiß gedecktem Tisch. Die Haare sind eingefettet. Stirn, Augen und Nase sind mit weißen Mullbinden bandagiert. Vor dem Kopf liegen Brotkrumen. Eine Hand mit schwarz lackierten Fingernägeln greift zum Mund. Vor dem Kopf liegt eine Hand mit schwarz lackierten Fingernägeln.

Edith Adam

Aus: Portfolio, Rudolf Schwarzkogler, Innsbruck 1985

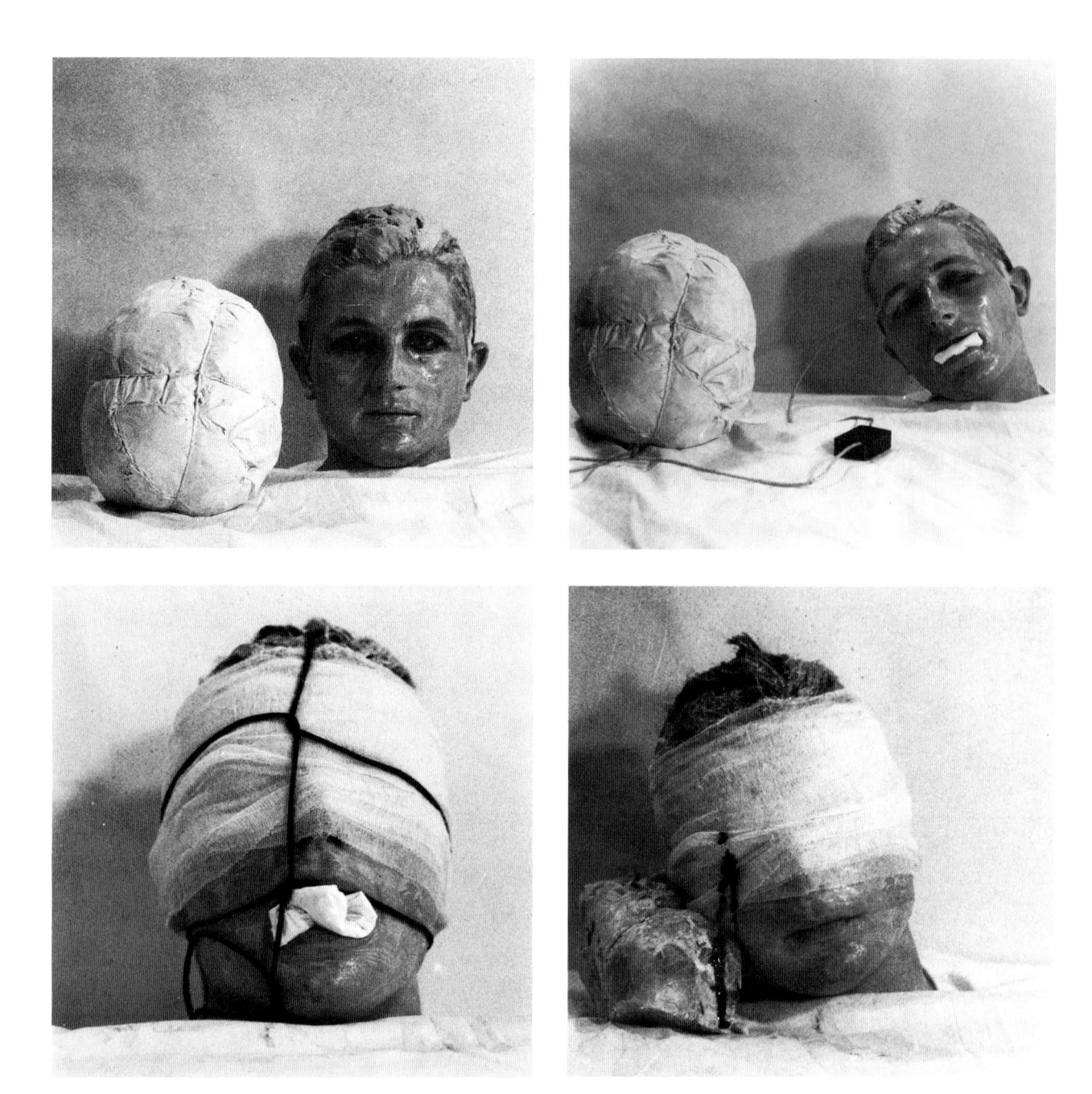

Rudolf Schwarzkogler   4. Aktion, Wien, Sommer 1965   (aus Portfolio, Galerie Krinzinger, Innsbruck '85, Auflage 40)   SW-Foto je 34,6 × 38,7 cm

57

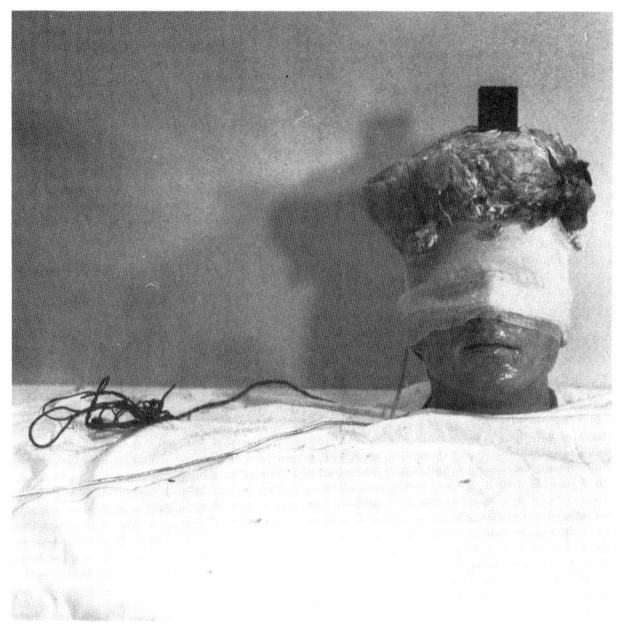

OSWALD OBERHUBER

FRAGMENT GEGEN SYSTEM

Für mich sind diejenigen Künstler am interessantesten, die – wie Oswald Oberhuber – den Vorwurf eklektizistischer Apartheit mit mattem Lächeln übergehen und die mit leichtem Achselzucken bekunden, daß sie nicht darauf angewiesen seien, krampfhaft jede ihrer Werkäußerungen der ihnen abverlangten monolithischen Identität zu unterwerfen.

Für Oberhuber scheint es selbstverständlich zu sein, daß nicht jeder Künstler die zu seinen Lebzeiten wichtigen künstlerischen Problemstellungen selbst zu entdecken hat, sondern daß es darauf ankommt, sich den für die eigene Zeitgenossenschaft nun einmal wichtigen Fragen zu stellen – wer auch immer diese künstlerischen Fragestellungen zur Diskussion gestellt haben mag. Nicht modische Anpassung an das, was jeweils gerade künstlerisch ad hoc ist, sondern die Verpflichtung zur Zeitgenossenschaft veranlaßt einen Künstler, auf Sachverhalte zu reagieren und das Werk in die Welt zu setzen.

Nach meinem Verständnis fühlt sich Oberhuber tatsächlich eher zur Arbeit als Zeitgenosse denn zur Arbeit am Sockel für das eigene Denkmal künstlerischen Genies verpflichtet. Es ist nur allzu verständlich, daß sich Oberhuber – wie andere – mitunter doch versucht sieht, sein Genie zu pflegen, indem er darauf hinweist, daß er, lange bevor sich bestimmte Problematiken als allgemein interessierende herausgestellt haben, bereits an ihnen arbeitete; selbstverständlich insofern, als kreative Künstler eben doch ein beachtliches Gespür für jene Aspekte des künstlerischen Schaffens ihrer Zeit haben, die dann auch allgemeines Interesse finden.

Oberhuber hat im Laufe der Jahre in seinem grafischen Werk immer wieder die Auseinandersetzung um die Leistungsfähigkeit künstlerischer Notationen geführt. Einerseits gibt es im Werk Oberhubers Perioden, in denen er der Forderung nach künstlerischer Selbständigkeit des vereinzelten, fragmenthaften Zitats zuzustimmen scheint; andererseits entspricht er den Vorschlägen durch hinreichende Beiläufigkeit, ja Zufälligkeit, die Einzelnotate nur als Spielmaterial prinzipiell gleichwertiger Aussagenzusammenhänge anzubieten. Drittenseits gibt es im Oberhuber-Werk immer wieder demonstrative Sequenzbildungen. Der Charakter der Sequenzen ist weniger von den vor allem fotografischen und filmischen Realisierungen der zeitgenössischen Komzept-Künstler bestimmt; er scheint sich vielmehr für die spezifische Notationsleistung des Amateurduktus zu interessieren.

Bazon Brock

Aus: „Oswald Oberhuber – Pinturas – Dibujos – Esculturas"
Katalog Museo de Bellas Artes, Bilbao 1985

Oswald Oberhuber   Weiße Linien   1985/86   Dispersion/Lw.   63 × 79 cm

Oswald Oberhuber   Pferde   1985   Dispersion/Holzfaserplatte   95 × 126 cm

Oswald Oberhuber   Marquis de Sade   1985   Dispersion/Holzfaserplatte   67 × 51 cm

MAX WEILER

16. 8. 1964: Mit der Zeit habe ich erkannt: Was eine Linie mit dem Pinsel, mit der Kohle, mit dem Bleistift, mit der Feder gezogen, ausdrücken kann; wie sie eine Fläche gestaltet, teilt, verändert, was sie spannend macht; was die Farbe verlangt, was sie aus sich allein macht, was ihr Wesen ist, wie man sie einsetzt und was sie spricht; was die Leinwand, der Grund überhaupt bewirkt, was das Format ausmacht, wie die verschiedenen Bindemittel derselben Farbe einen ganz anderen Charakter geben, und daß alles dies dazu da ist, daß der Traum, die zu schaffende Form, Wirklichkeit werde.

23. 4. 1970: Meine Malerei, nur von ihr kann ich reden, ich weiß von ihr etwas, gibt sich mit Nicht-Ausdenkbarem, Nicht-Durchschaubarem, Nicht-Planbarem, Nicht-Ausrechenbarem und Nicht-Aussprechbarem ab. Ich will, daß sie in einer reinen (puren) Weise Malerei sei, so Malerei an sich, daß sie alle Möglichkeiten der Malerei ausschöpft, alles, was man mit Malen gut oder allein mit Malen machen kann, was der Mensch mit seinem Verstand und mit seinem Gemüt, wenn er eine Fläche und einen Stift und Farbe hat, machen kann und nicht auch mit anderen Mitteln, also Worten, Noten oder Gebärden, sondern eben mit Flächen und Stift und Farben, mit diesen aber alles, was gemacht werden kann, was mit dieser Materie möglich ist.

17. 11. 1972: Für Dinge, die ich mache, ist eine gewisse Zartheit vonnöten, ein scheinbarer Naturalismus, eine scheinbare Ähnlichkeit mit der Natur. Vor allem darf nichts vergewaltigt werden, weil dieses das Naturverhältnis stören würde. Bei mir selbst ist es Neuschöpfung der Natur ohne jede Naturähnlichkeit, ein neues Hervorbringen von Bergartigem, Grasartigem, Wolkenartigem, Erdartigem, Blumenartigem, Luftartigem, Baumartigem. Aber es ist nichts Abgemaltes, nichts Abgeklatschtes. Es hat keine Verwandtschaft mit dem Naturalismus oder auch der Naturabmalerei der Romantik. Ich mache die Lüfte, die Stimmungen, Bäume, Gräser und Dinge der Natur mit meinen eigenen Formen. Die Natur aber läßt ein amüsantes, auch gutes Bild zurück – hat sich aber mit besten Grüßen empfohlen!

Aus: „Tag- und Nachthefte"

– Nicht weil ich die Bilder aus dem Unbewußten heraufschöpfe, nicht weil sie weiß Gott was aussagen, nein, weil ich das machen kann, weil ich das mit Farben machen kann, weil ich den Weg kenne, die Mittel und die Methode, weil ich mich auskenne –

Es gibt Ansichten, Urteile, Ergebnisse, da läßt sich nichts beschleunigen, da muß man geduldig warten, bis sie da sind. Wer das nicht tut, wird einer Sache nie innewerden. Ich selbst muß immer wieder meine eigenen Bilder lang anschauen, bis ich jenen Eindruck wieder kriege, unter dem ich sie gemalt habe. Wer hat so viel Geduld?

Ich muß also sagen: Bleib stehen und tu mir den Gefallen, länger auf das Bild zu schauen und wiederzukommen, dann wirst du etwas gewinnen.

Max Weiler
1986

Max Weiler Naturbild Danae 1986 Eitempera/Lw. 195 × 96 cm

Max Weiler   Euphorischer Hügel   1986   Eitempera/Lw.   96 × 195 cm

65

Max Weiler Ostern 1986 Eitempera/Lw. 200 × 110 cm

Wilfried Skreiner

ZEIT DER ERFÜLLUNG

NEUE MALEREI UND NEUE SKULPTUR IN ÖSTERREICH
IHRE CHARAKTERISTIK UND INTERNATIONALE BEDEUTUNG

Nicht oft in der Kunstgeschichte, aber dann umso nachhaltiger, sind österreichische Künstler als Innovatoren aufgetreten und haben eine eigene und bedeutende neue Kunst in den internationalen Kontext eingebracht. Innerhalb der Generation der heute dreißigjährigen Künstler traten einzelne Künstlerpersönlichkeiten auf, die aus der Höhe der Zeit heraus arbeiteten, aus sich heraus im internationalen Kontext einen neuen Weg beschritten und damit die Kunst veränderten. Für sie war die Zeit der Erfüllung gekommen, sie waren es, die diese in die Zeit einbrachten.

Im Rahmen des Programms der Galerie Krinzinger stellt die Neue Malerei und die Neue Skulptur einen wesentlichen Aspekt dar. Ursula Krinzinger hat sich mit den unterschiedlichsten Künstlerpersönlichkeiten befaßt, demgemäß spiegelt ihr Galerieprogramm auch die geistige Entwicklung innerhalb der Kunstszene. Da sie auf Persönlichkeiten ansprach, kennzeichnen diese ihr Programm.

Mit den heute Dreißigjährigen tritt eine Generation in die bildende Kunst ein, die mit den sogenannten neuen Medien aufgewachsen ist und im Säuglingsalter schon das Fernsehen mitbekommen hat – und von all diesen Möglichkeiten keinen Gebrauch machen will, da sie in ihnen keinen sinnvollen Ansatz für künstlerische Gestaltung mehr sieht. Sie haben von Anfang an gemalt und treten Mitte der siebziger Jahre als Maler hervor. Zeitgleich mit den Italienern suchen sie sich, nur scheinbar gegen den Strom der siebziger Jahre, das heißt der Concept Art und ihre Folgen, schwimmend, ihren Weg. Denn wenn man von der Kunst der siebziger Jahre spricht, dann meint man von der Concept Art her die neuen Medien, das soziale Engagement etc. Aber es gibt nicht nur eine allgemeine Kontinuität des Malens, die in unserem Jahrhundert vielgestaltig offensichtlich ist, sondern auch immer wieder neue Ansätze des Malerischen an sich, vor allem auch in den siebziger Jahren. Während die Italiener sich aus einer konzeptuellen Einstellung heraus zu Historikern entwickelten, einen Dialog mit der eigenen Kunstgeschichte aufnahmen und der Maler sozusagen zum Kunsthistoriker wurde und darin seine eigene Geschichtlichkeit und Italienità erfuhr, spielte sich die Traditionssuche in Österreich in ganz anderer Weise ab. Es waren eben nicht die Madonnenmalerei des Tre- und Quattrocento oder die Porträt- und Ereignisbilder des Cinquecento, die als eigene Vergangenheit erarbeitet wurden, sondern die Suche nach Vätern, die in vielfältiger Weise in der Kunstgeschichte gefunden wurden, bei den Brücke-Expressionisten, bei einem Baselitz, Penck und Gerhard Richter, bei Maria Lassnig etc. Diese Suche nach Positionen war auf das engste verbunden mit einem Neusehen und Neubewerten von Kunst und Künstlerpersönlichkeiten und Zeitströmungen. Ein neues Bild der Welt entstand in ihren Bildern und wirkte durch diese ihre neue Sicht in die Vergangenheit zurück. Manchem, wie Achille Bonito Oliva, erschien das Vorgehen dieser Maler als ein bewußter Eklektizismus, der für die Anfänge in Italien auch eine gewisse Bestätigung in den Kunstwerken fand. Innerhalb der österreichischen Malerei war dies aber nicht das Problem, da eine nationale Schule nicht gegeben ist und es daher zu einem wesentlich differenzierteren Dialog mit der Kunst der Vergangenheit kam, ohne fertige Lösungen übernehmen zu wollen und zu können. Wesentlich und bestimmend war der Verzicht auf die Avantgardehaltung, die ebenfalls Mitte der siebziger Jahre einsetzte. Der Glaube an die Veränderungsmöglichkeit der Gesellschaft durch Sensibilisieren und Bewußtmachen im politischen wie im künstlerischen Bereich in der Folge des Jahres 1968 erwies sich als ein Irrglaube. Fortschrittsdenken, politisches Engagement und die Verbesserung der Lebenssituation des Menschen durch die politische Macht oder durch die Erringung der politischen Macht erwiesen sich als Trugbilder, als Utopien und die Weltbilder als zu einfach angesichts der komplexen politischen Machtapparate und deren Handhabung der Massenmedien. Auf sich selbst zurückgeworfen und gestellt als der einzelne, der nicht mehr durch Ideologien und Utopien gestützt wird, suchten diese jungen Künstler nach persönlichen Antworten. Bei kritischer Prüfung ihres eigenen Standortes wandelten sie sich Themenbereiche an, untersuchten überkommene Modelle auf ihre Tragfähigkeit, entwickelten ihre eigene künstlerische Sprache. Es war keine Flucht in den Individualismus, sondern eine Umkehr zu einer Eigenverantwortung angesichts der Tatsache des offensichtlichen Scheiterns der Veränderungsideologie der Gesellschaft mit Hilfe der Kunst. Diesen österreichischen Anteil als Transavantgarde zu bezeichnen heißt, eine Heroisierung, eine einseitige politische Aufladung vorzunehmen, die dem Charakter und der Bedeutung dieser neuen Position nicht gerecht wird.

Ebenso unrichtig wie unsinnig ist es, die österreichischen Maler Hubert Schmalix, Siegfried Anzinger, Alois Mosbacher, Josef Kern, Erwin Bohatsch und Alfred Klinkan als Wilde zu bezeichnen. Die wilde und heftige Malerei ist der Anteil der Bundesrepublik Deutschland. Berlin, die Mühlheimer Freiheit und damit Köln waren und sind ihre Zentren. Die meisten Biografien der deutschen Wilden beginnen mit dem Jahr 1980. Sie treten damit um circa fünf Jahre später als die Österreicher als Maler hervor. Viele von ihnen haben sich mit den neuen Medien und dem sozialen Engagement in den siebziger Jahre auseinandergesetzt. Und von dort bezogen sie auch ihre Thematik durch den Transfer der politischen und sozialen Kritik, das Eintreten für Minderheiten und explizite Enttabuisierungsbestrebungen. Das alles verbindet sich zu einer expressiven Farbigkeit und Formauflösung. Das Wilde, das Engagement wirkt auch in die Schweiz hinein, wenn es dort auch andere Traditionen, wie Claude Sandoz zum Beispiel, gab. Aber eine Beeinflussung der Österreicher durch diese deutsche und schweizerische Generation ist schon wegen des zeitlich viel späteren Einsetzens unmöglich. Zugleich ist sie wegen der grundsätzlich verschiedenen künstlerischen Ausrichtung auch nicht eingängig.

Es ist daher richtiger, von einer Neuen Malerei in Österreich zu sprechen. Diese entwickelt sich seit Mitte der siebziger Jahre in sehr eigenständiger Weise und wird von den einzelnen Künstlerpersönlichkeiten getragen und nicht von einer Gruppenideologie oder einem Gruppenformalismus geprägt. Es waren geistig die rechte Zeit und der richtige Weg, die diese jungen Künstler wählten. Es waren ihre kritische Distanz zu den zeitgenössischen Kunsthandhabungen und eine neue Sinnlichkeit und Visualität, die sie den sich selbst verbrauchenden Gestaltungsmodellen der Vorgängergenerationen entgegenstellten. Sie konnten nach eigenen Gesetzen dieses Neuland betreten, weil sie es waren, die sich dieses Feld erschlossen, jeder auf seine Weise, aus seiner Sicht und doch durch die Zeit miteinander verbunden. Suchen wir im folgenden ihre Positionen kurz zu charakterisieren.

DER GLANZ DES SINNLICHEN IN DER BILDWELT DES HUBERT SCHMALIX

Hubert Schmalix malt seit zwei Jahren ausschließlich weibliche Akte. Es ist seine philippinische Frau Fresnaida, die er uns in der sinnlichen Schönheit des jugendlichen Körpers vorstellt, in einer sich kultivierenden Malweise, die den Glanz und die Poesie des weiblichen Körpers steigert. Das Hedonistische und Sensualistische macht jedoch diese Bilder allein nicht aus. Trotz der motivischen Fixierung ist Schmalix seinem Grundsatz treu geblieben, in relativ kurzen Abständen die Bildmodelle zu wechseln. Es ließe sich eine dichte Folge von stilistischen Ausprägungen aneinanderreihen, die Schmalix in seinem Werk ausarbeitete, die einen bei Verfolgung seines Werkes zu einem ständig erneuten Nachvollzug und manchmal zu dem fast schmerzlichen Verzicht auf bereits erschaute Formen zwingen. Wenn auch die Dargestellte gleich bleibt, so sehen wir als malerisches Thema eine ständige neue Akzentuierung. Wir erinnern uns an die expressive Donna Gravida, an die Erinnerungsbilder von den Philippinen mit den badenden Mädchen, an die großen Badenden mit ihrer dekorativen Einbindung in die Fläche für „trigon '81". Die Frau als Hexe und Zauberin trat auf, der weibliche Körper oder Teile von ihm als Projektionen der geschlechtlichen Lust wurden unter dem Titel „Melancholie" gemalt. Dann tritt die schöne Frau auf, umgeben von Vergänglichkeitssymbolen, als Badende, im atmenden Reiz des weiblichen Körpers, als Liegende. In der Folge thematisiert Schmalix die Fremdartigkeit des zarten Körpers der Philippina, die mit einem Fisch, mit Tongefäßen, kauernd, sitzend, kniend dargestellt wird. Die Körper erblühen in Sinnlichkeit, sie schweben im Raum, vor einem karminroten oder grünen Grund, sie verkürzen sich perspektivisch. Wir stehen vor dem schwebenden und perspektivisch verkürzten Rückenakt, dessen Blick auf uns zurückgewandt ist. Kopfüber liegt die Gestalt in einem nicht artikulierten Raum. Alles konzentriert sich auf die Erscheinung des jugendlichen Leibes. Und dann steht Fresnaida frontal im Raum, ruhig, still, bewegungslos, ein Bild des Seins, der Zeit enthoben. Ihr Inkarnat hat sich längst aufgehellt, ist gelblich, rosig, bräunlich, aber immer hell. Wir stehen ihr gegenüber, die sich unseren Blicken zeigt, aber Schmalix gibt sie immer weiter hinten im Raum wieder. Sie nimmt gerade das halbe Bildformat ein, steht im Zentrum, im Bildmittelgrund, in einer Distanz zu uns. Wir können sie nicht berühren oder ihr zu nahe treten, weil sie uns trotz der Sichtbarmachung zugleich vorenthalten wird. Schmalix malt sie auf monochromen Gründen, er teilt den Grund in der Bildmitte horizontal und legt die beiden Hälften verschiedenfarbig an, gelb und grün, gelb und rot, ein müdes Ocker mit einem zarten Violett usw. Wir lesen die beiden Flächen räumlich und empfinden die Distanz stärker. Bei den monochromen Flächen hatten wir dafür überhaupt keinen Zutritt, standen nicht auf dem gleichen Grund. Schmalix' Akte stehen, sitzen, kauern oder knien. Ihr Anblick impliziert die Erotik, die schöne samtene Haut, der wohlgeformte jugendliche Leib verbindet sich mit den Gebärden der Keuschheit, einem zurückhaltenden und doch erotischen Sich-zur-Schau-Stellen. Sie fließen in Bilder ein des Nachgebenden, des an sie Herangetragenen oder des in ihnen wohnenden Verlangens. Aber die Gründe sind manchmal plan und manchmal bewegt, Stühle treten als Requisiten auf, Barockkommoden oder mit Tüchern bespannte Nachttischchen, und immer wieder versteht es Schmalix, neue Ansätze zu finden. Manchmal verlagert sich der Schmelz des Sinnlichen in diese Accessoires, in die farbige Differenzierung des Hintergrundes, die sinnliche Körperhaftigkeit der Stühle und Tischchen. Dann wiederum zeigt Schmalix in mehreren Bildgruppen den Frauenkörper in einem Farbraum liegend, gestreckt, in spannungsvoller Verrenkung, mit kräftigen Achsenverschiebungen, verbunden mit einer Minimierung der Farbkontraste. Er stellt den Körper von verschiedenen Seiten, in verschiedenen Bewegungsmöglichkeiten, ja manchmal fast schraubenartig gewunden dar. Diese Körper stellen einen möglichst weitgehenden Objektivierungsversuch dar. Schmalix hält tatsächliche Bewegungsmotive mit dem Fotoapparat fest und will so das komplettierende Sehen, das in das Gesehene immer das gesammelte Wissen um das Ganze hineinsieht, zurückdrängen: So bemüht er die Fotografie als objektivierende Überprüfung. Und hie und da spielt er ganz offen eine sinnliche Karte aus, wenn er uns das Gesäß recht nahe bringt und die vorgehaltene Hand die möglichen Einblicke verwehrt oder sich die weibliche Gestalt mit dem erhobenen Beinpaar als eine Doppelform erweist und umspringend zugleich das männliche Geschlecht darstellt. Bei seinem letzten Aufenthalt auf den Philippinen hat er ganz programmatisch drei Aktbilder gemalt.

Einmal zeigt er uns die Stehende im Profil bei der Toilette in zartem rosigem Inkarnat. Der verhalten rote Teppich, das warme Ocker des Vorhangs bilden die Folie des vom Umriß her gestalteten Aktes. Der Stuhl mit Toiletteutensilien erscheint zum Teil im Spiegel, in dem sich die Dargestellte betrachtet, die wir aber darin nicht sehen. Im zweiten Bild haben wir einen mit breitem Pinsel belebt gemalten grünen Grund, der die Gestalt in seiner Sattheit umgibt, der helle Körper ist an einen Schrank gelehnt. Der grünschwarze Grund assoziiert den Fußboden bis zum Schrank und zur Gestalt, wird spätestens dann mehrdeutig, ungreifbar, nichtidentifizierbar, von dort nach oben wird das Grün wieder zur Fläche. Der Schrank ist stumpffarbig, flächig gemalt, aber er wirft Schatten im Bild nach unten, schafft also Raum. Körperhaft volumenbetont ist der Akt im Licht und Schatten gemalt. Die Zartheit, das Grazile, die köstliche, etwas fremde Schönheit werden uns in Distanz unbewegt als ein Seinsbild geboten, wie eine poetisch sinnliche Erscheinung. Waren im ersten Bild eher der Raum und die Gegenstände körperhaft geschildert, so liegt der Reiz dieses Bildes ganz in der Hervorhebung des Körpers. Das dritte Bild zeigt einen grauschwarz dunklen Grund. Rechts im Vordergrund ist ein grüner Schrank oder Tisch ganz geometrisch eingestellt, darauf die braune tropische Frucht. Sitzend im Profil sehen wir den Akt bei der Toilette, der Grund und der Schrank-Tisch sind durch Pinselstriche belebt. Das intensive Inkarnat ist nicht nur durch Licht und Schatten, sondern farbig nuanciert. Die seitlich angezogenen Beine und die erhobenen Arme haben eine starke verräumlichende Wirkung. Aber die Ungreifbarkeit des Raumes, in der die Figur zu schweben scheint, obwohl sie doch so deutlich sitzt, die starke Draufsicht auf den Schrank, die diesen fast orthogonal in die Fläche projiziert, schaffen letztlich keinen Raum. Körperhaft ist die Tropenfrucht in ihrer Vielteiligkeit entwickelt und ein Gegenbild und eine Konkurrenz für den weiblichen Körper. Dieser wirkt fast wie ausgeschnitten, seine Körperhaftigkeit wird durch die grafische Begrenzung der Farben aufgezeigt, und auf raumschaffende Details, vor allem im Gesicht, wird verzichtet. Den Zwischenraum von Gesicht und Armen malt Schmalix in einem leuchtenden Blau aus (so wie im ersten Bild in einem helleren Gelb). Schmalix versteht es meisterhaft, uns die Dimensionen des Raumes, des Volumens aufzuzeigen und wechselnd mit der Fläche zu konfrontieren und die Lesungsmöglichkeiten von Körpern und Flächen immer wieder neu zu inszenieren. Immer und immer anders bleibt der Reiz des Sinnlichen, des weiblichen Körpers, des Interieurs erhalten. Und durchwegs haben wir eine außerordentliche Malkultur in den Bildern vor uns, die uns immer wieder neu entgegentreten, obwohl sich uns im Rückblick die Konsequenz und Kontinuität im Schaffen Schmalix' ebenso auftun wie seine sich ständig erneuernden Ansätze.

SIEGFRIED ANZINGERS BILDER EINES LEIDENSCHAFTLICHEN HERZENS

Siegfried Anzinger stammt aus Oberösterreich, sein Temperament, seine Weltsicht und seine Leidenschaft unterscheiden ihn sehr stark von Hubert Schmalix. Das Mediterrane, die geistige Distanz, die Schmalix von seinem Südtiroler Vater und seiner italienischen Mutter, in Graz aufgewachsen, entwickelte, ist eine markante Position. Anzinger ist aufgrund der regionalen kulturellen Strukturen wesentlich stärker einer mythologischen Tradition verpflichtet, die seit der Romantik sich der germanischen Wurzeln bewußt wird. Seine Themen sind die Angst, die Geworfenheit des

Menschen in die Welt, seine Fragilität und Vergänglichkeit, sein fast aussichtsloser Kampf gegen die auf ihn einwirkenden Kräfte und sein unbändiger Behauptungswille. Seine Themen sind aber auch der Tod, die Tötung, Mord und Gewalt, der urtümliche Triumph über den besiegten Gegner. Ein eigener, in seiner Bedeutung nicht zu unterschätzender Aspekt ist die Leidenschaft, das Bändigen und Sich-gefügig-machen-Wollen des anderen, der Frau, das Dranghafte und das Leiden am Geschlecht, der ständig wiederholte Liebesversuch und das Scheitern, die Lockung, die Zartheit des Frauenleibs und die von diesem ausgehende Faszination, die sich zur Besessenheit steigern kann. Genauso aber auch sind es in allen Bereichen die Isolation des Menschen, das Zurückgeworfensein auf sich selbst, die Unerlöstheit, das zerreißende Eingespanntsein in die schicksalhafte Verflochtenheit des Menschen. „Anzinger malt mit seinem Herzblut", sagt Lois Weinberger und erkennt richtig das uneingeschränkte Engagement Anzingers für die Kunst, der er sich mit aller Kraft und Leidenschaft bis zu den Grenzen seiner physischen Möglichkeiten widmet, die ihn obsessiv beherrscht. Das Gesagte unterstreicht die Arbeitsweise des Künstlers auf das deutlichste. Er produziert nicht ein Bild nach dem anderen, arbeitet nicht akademisch ein Bild oder zwei zu Ende in einem vielleicht auch noch geregelten Tagesablauf. Anzinger durchlebt und durchleidet Malphasen, in denen er Nächte hindurch, kaum schlafend, ein Thema bearbeitet, seien es Zeichnungen, Gouachen oder Bilder. In diesem Prozeß entwickeln sich seine Vorstellungen, die Form, verdichten sich die Farben. Immer wieder setzt er neu an, immer wieder geht er über die Bilder mit der Farbe her, sieht neue Wege und Möglichkeiten, verstärkt, korrigiert und erneuert er. Diese ihn selbst verzehrende Arbeitsweise hat in ihrer Leidenschaftlichkeit auch viel von dem Charakter der Sublimation des Sexuellen. Die Bilder sind deshalb auch sehr personlich, tragen in sich das Intime des Innenlebens des Künstlers, und manchmal erschreckt er darüber, wie sehr er sich in seiner Kunst bloßlegt. Anzinger bietet uns einen unverhüllten Einblick in seine Seele. Seine Malweise ist stark expressiv und fügt sich auf diese Weise als ein neuer wichtiger Beitrag in die sehr starke österreichische Tradition des expressiven Gestaltens seit dem Expressionismus. Die Spontaneität seines Pinselstrichs, das ständige Übermalen und Überlagern seiner Bilder mit neuen Farbschichten führt zu stark verdichteten Bildern.

Öfter bleiben mehrere inhaltliche Dimensionen aus den verschiedenen Etappen des Malprozesses im Bild stehen, verbinden und verdichten sich. Anzinger ist kein literarischer Maler, er schöpft nicht aus dem Fundus unseres literarischen Besitzes und so schneidet er eine einfache Identifikationsmöglichkeit mit bereits Gewußtem ab. Er dringt zu menschlichen Grundsituationen vor, zu oft einfachen, aber trotzdem schicksalhaften Situationen. Es sind stürzende Figuren, archaische Kopfwerfer oder heroische männliche Gestalten in letzter Ausgesetztheit. Nichts deutet auf Trost, Erlösung, Befriedigung oder Belohnung hin, keine wie immer verstandene christliche Botschaft vergoldet das Sein. Vielfach siegt die Gewalt, überwuchert die Leidenschaft, erweist sich der Tod als nicht überwindbar. In letzter Zeit hat Anzinger viele Grafiken gemacht, er ist dabei, seine Vorstellungen in Tonplastiken umzusetzen, hat aber wieder begonnen zu malen. „Hänger in der Landschaft" zeigt den Erhängten, wie er schlingernd von einem doppelmastigen Galgen herunterbaumelt. Der malerische Glanz der gerundeten Stämme, der Ausblick in die vielgestaltige Landschaft macht den „Hänger" zu einem Nebenmotiv. Die den Betrachter überragende, monumentale und zugleich urtümliche Galgenarchitektur ist gleichsam ein mythisches Tier. Der Durchblick führt in die Landschaft, über der im blauen Himmel Wolken erscheinen. Diese nehmen die Gestalt eines mit weit geöffneten blauen Augen auf uns herausblickenden Männergesichtes an, das als andere Malschicht ins Bild integriert wird. An dem linken Masten, wie angelehnt, erscheint eine füllige weibliche Gestalt mit transparenter Körperlichkeit, vielleicht ein Zwischenwesen. Ihr entspricht auf der rechten Seite so etwas wie eine Rückenansicht, die möglicherweise in einem früheren Zustand mit dem Wolkenkopf verbunden war und die auch die gegenständliche Vielschichtigkeit von Anzingers Bildern unterstreicht. Das Farbklima in diesem Bild ist heller geworden, ohne daß die Farben ihre Intensität verloren hätten. Ebenso kräftig wie nuanciert werden sie nebeneinander eingesetzt. Die „Geschlitzte" ist ein spontan hingemalter expressiver Kopf in einem vergrauten Grün. Mächtig wölbt sich der Schädel dieses Profilkopfes, die dick aufgetragene Farbe modelliert das Gesicht. Die dominierende Beschränkung auf Grün- und Schwarztöne verdichtet dieses Bild und unterstreicht die Bedeutung des Pinselstriches, des Spiels von Licht und Schatten an der Oberfläche der Farbe und verlangt von uns zugleich eine Beobachtung der unterschiedlichen Gestaltungsqualitäten in diesem Bild. Doppelschichtig bedrängend ist auch das Bild „Magdalena, Flüchtende Rot-Kreuz-Schwester", die wir in dieser kleinen, dunklen, laufenden Gestalt im unteren Bildviertel identifizieren können. Anzinger verdeutlicht die Szene durch die Rot-Kreuz-Form rechts oben. Dasjenige, vor dem die Krankenschwester flüchtet, ist der Tod, der ständige Tod, der sie umgibt, den sie zu bewältigen nicht mehr in der Lage ist. Und in der zweiten Bedeutungsschicht manifestiert sich der Tod in dem großen zentralen verblichenen Frauenkopf mit dem starr blickenden rechten Auge und dem zurückgesunkenen Mund, der vergrauten Trauerphysiognomie. Anzinger ist ein dem Leben Ausgesetzter, der sich der Vergänglichkeit, den Gefahren und Bedrängnissen stellt, der seine Angst aus sich in die Bilder stülpt, zugleich auch voll Leidenschaft und Sinnlichkeit sich behauptend verwirklicht.

DIE LANDSCHAFTSFALLENBILDER DES ALOIS MOSBACHER

Alois Mosbacher war in seiner Malerei lange der Figur verhaftet. Der Mensch, beispielhaft, symbolisch und in vielen Fällen auch allegorisch eingesetzt, war ihm das Medium zur Übermittlung seiner Botschaft. Diese frühen Jahre waren erfüllt von einer sehr eigenständig erarbeiteten Inhaltlichkeit, die er aus dem reichen Reservoir seiner religiösen Erziehung und seiner humanistischen Interessen schöpfte. Andererseits ist es wichtig festzuhalten, daß Mosbacher aus einer einschichtigen Berggegend kommt, in der Natur mit Tieren aufwuchs und sein Verhältnis zu dieser Umwelt durch ein frühes Bewußtsein von natürlichen Abläufen, vom Werden und Vergehen und der Realität des Todes gekennzeichnet war. Die Natur war ihm Lebensraum und nicht die schöne Aussichtskulisse des Städters, voll der Gefahren, aber auch des Bergenden. Jugenderlebnisse wie der hohle Baum manifestieren sich in seinen Bildern, die Einstellung zur Natur als solche ist von daher geprägt. Die Natur, der Landschaftsausschnitt, ist ihm in den letzten Jahren auch das Feld seiner Bildfindungen geworden, und in dieser Zeit verzichtete er so gut wie überhaupt auf den Menschen im Bild. Er stellt Situationen dar, den Abgrund, den vom Ast des Baumes herabhängenden Bienenschwarm, der die Luft schwirren und in uns Angst aufsteigen läßt, Höhlen, schwankende Übergänge, Blumen und Blattpflanzen, die in Abgründe herabhängen, Tore ... In diesen Bildern vollziehen sich Erscheinungen, ein Augenpaar blickt uns aus dem Himmel oder aus einer aufragenden Steinform an. Isoliert erscheint ein Mund, schwebt ein Ohr im Raum und gefährliche Balancesituationen werden veranschaulicht. Man denkt an Odilon Redons mythologische oder christologische Figuren, an das Verfremdete der surrealistischen Verbindung verschiedener Realitätsebenen, an Magrittes Bildlogik und Dislozierung von Teilen aus dem gewohnten Umraum. All diese Assoziationen erweisen sich als ferne, zu einer neuen Eigenständigkeit gebrachte Anverwandlungen, Parallelen oder Ähnlichkeiten. Mosbachers Ausschnitte aus der Wirklichkeit werden immer kleiner, Felsen, Tor oder Abgrund beherrschen als solche das Bild, darüber ist nur Platz für den Himmel. Die dargestellten Situationen ergreifen uns, ziehen uns in ihren Bann, aktivieren unsere eigenen Erlebnisschichten der bestandenen Gefahren, Ängste, Mutproben und ziehen zugleich den Blick auf die Schönheit dieser eigengesetzlichen Natur ohne moralische Hinterlegung oder ästhetische Verschönung. Das „Tor" oder „Spitzbogen" ergeben für den Betrachter eine schützende Höhlen- oder Architekturform mit dem Ausblick in eine unbestimmte Weite oder den Blick auf seltsame, den Ausgang verwehrende Blumenstengel. Die Verbalisierung der Bildinhalte trägt in sich eine große Gefahr, nämlich die des Transfers in ein rein literarisches Erleben oder eines kurzschließenden Identifikationsdenkens. Mosbachers Malerei entwickelt sich in den letzten Jahren in einer Weise, die die Erfahrungen des Stimmungsimpressionismus ebenso für sich fruchtbar macht, wie er neben den surrealistischen Ebenenverschränkungen, sich die frische Spontaneität bewahrend, immer mehr zu einer klassischen Malerei findet, deren Expressivität verhalten ist. Dies wird in dem Bild „Das Phänomen" deutlich. Landschaft reduziert sich fast zu einem welligen Bodenstreifen, von vier Rundformen bestanden, die in aller Fremdheit und Unidentifizierbarkeit gleichsam auf den Betrachter zurollen. Im wolkigen Himmel schwebt ein Stein, zum guten Teil von Blättern verhüllt, fast fruchtartige Blütenformen überragen ihn. Das Schweben des Steins ist rational nicht erklärbar, der Magrittesche Bildwitz verwandelt sich nicht nur zu Staunen, sondern zur Bedrohung, die durch das Schattenwerfen auf den Boden noch einprägsamer und bohrender wird. Vor der ockrig felsigen Landschaft im „Zopfbild", die durch die spontan pastose Pinselführung charakterisiert wird, und dem dramatischen Spiel der Wolken darüber ragen von oben zwei helle Zöpfe ins Bild. Wie hineingespannt verwehren sie uns den Blick aufs Ganze, teilen das Bild optisch. Diese bleichen dünnen Zöpfe, denen bewußt die strenge Geordnetheit genommen ist, sind andererseits wie Fetische des Weiblichen, die zur Aggression herausfordern, da sie etwas Fremdartiges, Feindliches auszustrahlen in der Lage sind. In den letzten Bildern tauchen wieder Menschen auf. In felsiger Landschaft, auf kargem sandigem Boden sind zwei Gestalten „in Betrachtung" gezeigt. Das Licht der Sonne läßt sie weiß aufleuchten, zum anderen dunkel verschattet erscheinen. Klein, in verhaltenen Formen fast pfeilerhaft sind sie in die Landschaft gestellt. Sie sind der ruhende Pol, das Zentrum, während sich dramatisch der Felsen nach oben entwickelt. Mosbachers Gestalten sind Symbole des Menschen in Extremsituationen, wie im Bild „Zwei". Aus einer Schlucht mit schwindelndem Abgrund bricht die Helle herauf, und ganz am Rand der vorragenden Felsen stehen sich zwei Gestalten gegenüber, wiederum pfeilerhaft bewegungslos, wieder in Weiß und schattendem Grau und wie der Zeit enthoben. Die prinzipielle Dualität und Zurückgeworfenheit des Menschen auf sich selbst, die tödliche Gefahr und deren Meisterung, aber auch jene merkwürdige Verfremdung, die uns nicht sagen läßt, ob wir es hier mit Menschen aus Fleisch und Blut, mit versteinerten Relikten einer grauen Vorzeit oder mit gleichnishaften Lichtgestalten zu tun haben, stellt er dar. Mosbacher hat sich in den letzten Jahren zu einem außerordentlichen Maler entwickelt, der uns eine ganz eigenständige Sicht der Welt vermittelt, die jenseits gesicherter und vertrauter Bereiche angesiedelt ist.

Anzinger, Mosbacher und Schmalix sind anfänglich ein Stück des Weges gemeinsam gegangen. Heute noch befreundet, haben sie gemeinsam mit Josef Kern die innere Gruppe der Neuen Malerei in Österreich gebildet, die seit der Mitte der siebziger Jahre mit ihren Werken hervorgetreten ist. Eine Sonderentwicklung haben ein Alfred Klinkan oder ein Erwin Bohatsch durchgemacht, die sich erst später dieser inneren Gruppe näherten.

ERWIN BOHATSCH' INNENBILDER EINER PHANTASIE ZWISCHEN DEN ZEITEN

Erwin Bohatsch gestaltet eine dunkle Welt des geheimnisvollen Lebens. Seine Bilder sind Projektionen seines Inneren, seiner Träume, seiner aus dem Unterbewußtsein gespeisten Phantasie. Waren vor Jahren seine Bilder durch eine Fülle von Kleinformen charakterisiert, Tiere, die nur durch ihren übermalten Umriß im Bild in Erscheinung traten, menschliche Figuren, Säulen, Räder, die wie vom Sturm durch die Luft gewirbelt wurden, so erarbeitete sich Bohatsch eine immer mehr von Einzelgestalten dominierte Bildwelt. Im nächtlichen Dunkel oder in Schattenbildern formt Bohatsch mythische Themen aus in anthropologischer und ethnologischer Nähe. Der rituelle Tanz, die Verstoßung der Maske, die Mutterschaft waren Themen, wie auch Familie, der Puppen- und der Schattenspieler. In den zeichenhaft besetzten Bildern kam die Ferne des Urtümlichen stark zum Tragen, und doch waren uns alle dargestellten Szenen auch persönlich vertraut. Die Einbettung in die Natur, die der Mensch nicht dominiert, sondern in der er seinen ihm zugemessenen Platz erhält, ist für diese Bilder bezeichnend, in denen Frauen tanzen, Blumen und Farne farbig aufblühen, Männer Abschied nehmen, Pferde stürzen. Die immer reduzierten Figuren wurden dann zu geometrisierenden Kürzeln verdichtet, die in dem dunklen schattenden Raum wie Felszeichnungen, Höhlenmalereien oder geheimnisvolle Bildzeichen auf uns wirkten. Das Erlebnis der Großstadt schlug sich in Architekturbildern nieder, in gereihten und durchschränkten Einzelformen, die das Bild erfüllten, und dann wieder in einzelnen Bildgegenständen, Masken, Köpfen, Gestalten, die zum Teil mit intensiverer Farbe dargestellt wurden.

Es sind zu Zeichen reduzierte Menschen, Köpfe oder nicht identifizierbare Gegenstände, Relikte, die uns fremd gegenüberstehen. Oder es sind gelängte Leiber, die die Bilder durchziehen, die den Schlaf darstellen, die Nacht symbolisieren, Feuer speien. Einzelne maskenhafte Köpfe treten auf, von einem Seitenlicht verräumlicht, und dann wieder der Mensch in einem bleichen, vergrauten Inkarnat, betont in seiner verletzlichen Fleischlichkeit und mit Pfeilen durchbohrt wie beim Sebastian.

Bohatsch ist in seinem Schaffen kontinuierlich, wenn wir uns das Farbklima seiner Gemälde vor Augen halten. Seine knappe, reduzierte Formensprache mit ihren unterschiedlichen Modulationsmöglichkeiten kennzeichnet ihn ebenso wie die psychische Verhaltenheit, das Scheue und Phantasmagorische, und alle seine Werke sind erfüllt von fremden Zeichen, vom rituellen Verweis, über das Rätselhafte einzelner Situationen bis hin zum mythischen Blick auf das Leben. Und doch erneuert sich Bohatsch ständig in seiner Malerei, setzt immer wieder neue Schritte, die vielleicht schon aus der kurzen Anführung der unterschiedlichen Themata zu erkennen sind. Waren seine Bilder am Anfang wie ein Universum, so dominiert heute der Einzelgegenstand. Fegte in der Frühzeit ein Wirbel durch die Bilder, so herrscht heute in ihnen eine spannungsvolle Ruhe. Waren sie früher streng in die Fläche projiziert, gewinnen sie in den letzten Jahren immer wieder eine sich verstärkende Körperhaftigkeit. Das schattende Dunkel wechselt mit einer milden Helle, und das dunkle Leuchten des Kolorits konzentriert sich in manchen Bildern in zwei einander entgegengesetzten intensiven Farben. Bohatsch hat immer schon ein besonderes Empfinden für die Stille, die stumme Sprache der Zeichen gehabt, auch dann, wenn aus dem bunten flirrenden Wirbel der Formen sich uns einige zur Erkennbarkeit vergrößerten. Manchmal glaubt man diese Stille durchbrochen durch einen kultischen Gesang, ein einfaches Lied des Lebens, das Stampfen der Beine im Tanz oder auch nur durch das Rauschen der bewegten Blätter. Diese Stille nimmt in den letzten Bildern noch zu. Die schlank aufragende Form des „Dunklen Kopfes" wird durch zwei wie gewichste Linien strukturiert. Milchig trüb ist der Hintergrund in sich bewegt, wie

Nebel oder eine Wand, die den Charakter des Festen und Abschließenden verloren hat. Vereinzelt ragen Gegenstände ins Bild, aber es werden nur so kleine Ausschnitte sichtbar, daß wir sie eher erahnen können als identifizieren. Die nebelhafte Unschärfe überzieht auch den Grund des Bildes „Ring", durch den das einzelne nur schemenhaft hervortritt. Haben wir links eine Figur und rechts den Stamm eines Baumes vor uns? Fallen die vier schwarzen Formen nach unten, die ebenfalls Ringe sind? Sind sie dem Ring gleichgestaltet oder Blätter? Der Ring öffnet sich uns in seiner Gestalt, in seiner Stärke und Größe und stellt doch wiederum neue Fragen. Immer auffallender wird die Tendenz zu ungreifbaren, flächigen Bildgründen, so auch in „Rote Frau", in der der nebelschwadige Grund quantitativ überwiegt. Von rechts stoßen fünf Blattformen ins Bildgeviert, in starker Abstrahierung ragt die rote Frau auf, von den Schultern über den langgezogenen Hals bis zu dem aufgeklüfteten Kopf. Das aktive Rot der Gestalt, die aggressive „Gebärde" des Kopfes, nichts kann die lastende Stille durchdringen, und nichts ermöglicht uns den Zutritt ins Bild. Vollends verdeutlicht sich die Flächigkeit, ja die Undurchdringlichkeit des Grundes im Bild „Die Wand". In belebtem Grau schließt sie das Bild bis auf den schmalen roten Wandstreifen fest nach hinten ab. Rechts oben sehen wir zwei geschnitzte Hölzer ins Bild hereinhängen, links eine streng vereinfachte, räumlich artikulierte Maske. Diese Dinge werfen Schatten auf die Wand, sind als Volumen betont. Relikten gleich sind sie an dieser Stelle verblieben, Reste der geschichtlichen Zeit, ethnologische Funde. Belebter und mehrschichtiger ist der Raum im Bild „Kriecher". Wald- und gebüschähnlich ist das zarte Geschiebe im Grund, in das sich von links die rötliche Figur des Kriechers hereinschiebt. Rechts oben am Bildrand erkennen wir vor rotem Grund eine dunkle menschliche Gestalt, halb durch das Laubwerk verborgen, links davon wird durch helle konturierende Pinselstriche ein Profilkopf wahrnehmbar. Mehrschichtigkeit und Mehrdeutigkeit verbinden sich mit der Verschränkung der Zeiten zu einem allgemeinen Bild der menschlichen Situation. Diese verbildlicht uns Bohatsch in einem Reichtum an Bildvorstellungen bei einer äußersten Konzentration und Reduktion des Gegenständlichen.

FIGUR UND TIEFENRAUM BEI CLEMENS KALETSCH

Clemens Kaletsch, nur wenige Jahre jünger, vertritt bereits die folgende Generation der Malerei in Österreich. In München geboren, studierte er seit 1977 in Tirol und seit 1980 in Wien und ist einer der ersten Schüler Arnulf Rainers an der Wiener Akademie. Kaletsch ist ein experimentierfreudiger Künstler, der sich mit bemalten Skulpturen und farbigen Rauminstallationsobjekten ebenso befaßte, wie er als Maler tätig ist. Seine unvoreingenommen zupackende Art des Umgangs mit dem Medium und seine künstlerische Sensibilität ließen ihn sehr früh beachtliche Lösungen finden. In letzter Zeit hat sich die Dominanz des Malerischen in seinem Werk verdichtet. Seine Auffassung der Malerei schließt ihn eher an die Neuen Maler an als an die dritte Gruppe innerhalb dieser Ausstellung mit ihren strengen minimierenden Tendenzen. Kaletsch fühlt sich in der österreichischen Kunstszene beheimatet und hat sehr früh die prinzipielle Unterschiedlichkeit im Kunstleben zwischen der Bundesrepublik Deutschland und Österreich erkannt. In den letzten Arbeiten reduziert Kaletsch die Farbigkeit zu vereinheitlichenden Grüntönen, die er mit Schwarz und Ocker durchzieht. Meist setzt er eine ausgeprägte Räumlichkeit ein und wählt als Motiv den Menschen in verschiedenen Umwelten. „Vier Beweise" zeigt einen Innenraum, der nach rückwärts zu verdunkelt ist, aber durch eine eingeschnittene Tür durchbrochen wird. Mit breitem Pinselstrich und begleitenden Grafismen stellt er vier stark bewegte Figuren in den Raum. Die Gesten sind ausfahrend, die Stand- und Schreitmotive ausgeprägt, die Gestalten untereinander stark differenziert. Aber es sind die Gesten und Haltungen der Figuren und ihre Unterschiede, die Kaletsch interessieren, weniger das Detail. Jede dieser Gestalten ist wie in sich selbst verfangen, stellt eine Position dar und scheint gehaltlich aufgeladen. Sind es zwei Männer und zwei Frauen, die uns Kaletsch zeigt, charakterisiert er sie nach alten Lastervorstellungen, und wozu dienen die vier Beweise, die im Dunkeln bleiben? Es ist keine überkommene Ikonografie, die er uns bietet, keine Rechtfertigungs- oder Beweismalerei. In merkwürdiger Weise erinnert mich das Bild an Magrittes „Der bedrohte Mörder", in dem alles zur Fragwürdigkeit erhoben wird und Mörder und Häscher letztlich nicht identifizierbar sind. Aber das ist eher eine Allusion als eine Verbindung, denn das Dramatische bei Kaletsch, die malerische Auflösung und die grafische Intensivierung gehen ganz eigene Wege. In „Queren" errichtet er eine weite Landschaft, die mit großen gestängehaften Figuren besetzt ist. Aufragende Formen wie Beine queren das Bild nach oben, und ganz im Vordergrund in der Mitte sitzt eine kleine menschliche Gestalt. Fremd, unvertraut, halluzinatorisch wirken die Erscheinungsformen. Die durch große Figuren im Hintergrund bestandene öde Fläche hat in sich etwas von manchen Bildvorstellungen Salvador Dalis. Die befremdende Mehrschichtigkeit tritt uns auch aus dem Bild „Dahinter" entgegen. Ein sitzender Mann mit gegrätschten Beinen und einem Buch in den Händen blickt grau, verformt und ängstlich aufmerksam zu jener Paraventform, die dem von ihm gehaltenen Buch ähnelt. Ist es die lichte Ovalform, die ihn ängstigt? Ist diese Ovalform ein technoides Gebilde, ein Radarschirm, und welche Gefahr geht von diesem aus? Die aufgeklappte Fläche des Bildes führt unseren Blick rasch in den Hintergrund. Dort sind Formen entwickelt, die an ein städtisches Ambiente oder an eine Industrieanlage erinnern, die aber andererseits wie ein Bord mit Stillebengegenständen aussehen, Gläser, Kaffeeschalen, Schachteln und Bücher, über die wie eine Rückenbeschriftung das Wort „Absicht" hingeschrieben ist. Einprägsam, expressiv, ausdrucksvoll sind Kaletsch' Pinselstrich und Charakterisierungskraft, und seine Bildwelt in ihrer Vielschichtigkeit und Fragwürdigkeit reißt uns aus jeder Vertrautheit des Alltags heraus.

NEUE FORMEN DER SKULPTUR

In den achtziger Jahren tritt eine Neue Skulptur in Erscheinung, in einer gewissen zeitlichen Verschiebung zur Neuen Malerei und einmal mehr von dieser stark befruchtet, wie dies mehrfach in bedeutender Weise in den letzten hundert Jahren der Fall war. Wie im internationalen Kontext so haben auch in Österreich Maler wie Schmalix, Anzinger und Mosbacher Skulpturen und Keramiken geschaffen, die signalhafte Impulse gaben. In den letzten Jahren sind zahlreiche Ausstellungen zur Neuen Skulptur veranstaltet worden, die vielfach eng mit der Neuen Malerei zusammenhingen. Aus einem malerischen Ansatz entwickelt, ist für sie der Einsatz aller möglichen Materialien und Formvokabulare kennzeichnend und damit die Freiheit vom akademischen Skulpturbegriff als Merkmal festzustellen. Aus einer anderen Perspektive gesehen ist der Wille zur Erstellung einer Skulptur, zu einem räumlich körperhaften Gebilde, zum Artefakt deutlich, nach den langen Jahren einer Antikunst und Artefaktfeindlichkeit. Ohne von den akademischen Regelbildungen vorgeformt zu sein, werden beispielhaft Modelle erarbeitet, die oft als Synonyme für Skulptur, als neue Deutungen und Bedeutungen des Skulpturbegriffes anzusprechen sind. Betrachtet man diese Werke, so fällt einem der grundsätzliche Unterschied zu vorangehenden Generationen auf. Diese Neue Skulptur ist nicht ein prozessualer Akt der Befreiung von akademischen Traditionen, benützt nicht das Flair des Antikünstlerischen. Diese neue Skulptur verwendet nicht Lampenschirme als spätdadaistischen Gestaltersatz und begnügt sich nicht mit dem Abdrücken von Autoreifen in frischem Beton. Von daher ist keine Vaterrolle zu behaupten, wie auch die bereits klassische Objektkunst nicht von sich aus als Ursprung gewertet werden kann. In bestimmten Bereichen wirkt sich am ehesten die Gestaltungsweise von Bruno Gironcoli als Vorbild für einen abgegrenzten Bereich des neuen plastischen Gestaltens aus. Die Neue Skulptur dieser Generation wird in der Ausstellung durch die Arbeiten von zwei Künstlern vertreten: Erwin Wurm und Lois Weinberger.

SUBSTITUTION UND METAMORPHOSE ALS METHODEN DES ERWIN WURM

Es ist für die Kunstauffassung Erwin Wurms entscheidend, daß er von Beginn an gar nicht daran dachte, die Wirklichkeit in seinen Skulpturen abzubilden. Seine Arbeiten sind nicht Abstraktionen der Wirklichkeit, die aufgrund eines mehr oder weniger langen Entwicklungsprozesses erarbeitet wurden, setzen sich auch nicht mit unserer heutigen zivilisatorischen Wirklichkeit auseinander, die von vorangegangenen Generationen immer wieder thematisiert wurde, sondern gehen von Anbeginn von der Substitution der Wirklichkeit durch die Kunst aus. Mit seinen frühen Holzskulpturen, aus Abfallholz zusammengenagelt und bemalt, bildete er Pferde und Reiter, den Akt auf der Treppe nach. Er begab sich dazu nicht auf die Rennbahn oder ließ ein Akademiemodell posieren, sondern er entnahm seine Motive der Kunstgeschichte. Aus einer ironischen Distanz führte er Marcel Duchamps „Akt, eine Treppe herabschreitend" aus der futuristischen Bewegungsdarstellung und der Flächigkeit der kubistischen Malerei in die räumliche Körperhaftigkeit der Skulptur über. Die Demaskierung des Widerspruchs der kubistischen Plastik, die auf ihre angestammte Dreidimensionalität zugunsten der illusionistisch flächenhaften Körperdarstellung der kubistischen Malerei verzichtete, und das letztliche Scheitern eines additiven Bewegungsmodells des Futurismus unterstreichen und thematisieren in einem die frühen Arbeiten von Erwin Wurm. Seine Badenden, mit und ohne Woge, die Schreitenden, in denen auch Boccioni kritisch verarbeitet

wird, beziehen darüber hinaus auch noch den Charakter einer antiken Ausgrabung einer Bronzestatue in sich ein. Es sind durchlässige Körper im Raum, die sich aus einzelnen in verschiedene Richtungen genagelten Holzstücken aufbauen. Das Spiel der Gerichtetheiten wird von der Gesamtgestalt und deren achsialer Stoßrichtung generalisiert, Achse und Umriß lassen erst die Gestalt zusammenschauen. Die Bemalungen in Schwarz, Grau und Ocker haben etwas Bronzeartiges an sich. Gärtner und Gärtnerinnen, eine Fülle von Figuren entstehen in dieser Periode. An sie schließt eine Phase, in der sich Wurm mit gerundeten kontinuierlichen Formen in Gips befaßt: stehende männliche Figuren, vor allem aber die Geburt der Venus, die Leda mit dem Schwan, alle frei bemalt. Immer wieder griff er zum Holz als Material. Dann folgt eine große Periode, in der er sich mit Abfallblechen, Kanistern, Büchsen und Schalen befaßt. In der ersten Zeit wird er allegorisch: antike Flußgötter werden in knappen Röhrenformen gestaltet, stürzende Liebespaare hängen schräg an der Wand, der tödlich getroffene Soldat beginnt im Laufen zusammenzubrechen, oder Wurm schafft die Allegorie der Malerei. Diese, eine monumentale männliche Gestalt aus Blech, trägt als Kopf einen Plastikkübel, aus dem offensichtlich die Ockerfarbe über die Figur gegossen wurde. Alle Figuren sind bemalt, Schwarz, Grau und Ocker dominieren, aber auch Grün tritt auf. Fundgegenstände, wie Plastikkübel, Kannen, geflochtene Blumenetagen, Steine, spielen in dieser Phase eine größere Rolle, mit ihnen substituiert er die Köpfe. Eine Zeitlang experimentiert Wurm mit Doppelfiguren: er malt auf Blechfiguren divergierende Körper, um so die formale Spannung zu erhöhen und zu motivieren. Daran schließen sich als neues Medium Betonfiguren, die, Köpfen gleich, Landschaftsstücke, Felsen, Naturformen darstellen. In ihnen vermindert sich die Bemalung, die, meist dunkel gehalten, wenige ockrige Partien aufweist. Daneben befaßt sich Wurm mit Landschaftsstücken, die er aus Blech formt und bemalt. Er gestaltet

Ausschnitte aus Bergrücken, die im Grün der Wiesen gehalten sind und auf die er natürliche Äste montiert, vor allem aber sich kugelig verdichtende Landschaften, die, sandfarbig und mit einem schattenden Braun bemalt, zur Darstellung der Welt selbst werden. Und hier sind wir in der Gegenwart angelangt, denn immer wieder greift er zum Holz und schafft aus verschieden starken Abschnitten von Pfosten und Latten welthaltige Rundformen, wie das Objekt „Stiller Morgen", in dem sich die Formen sozusagen zu einem Weltmodell verdichten. Das warme lichte Gelb der Morgensonne wird in beiden Teilen dieser Arbeit thematisiert, lichter und daher später im Holzobjekt, rötlicher und intensiver in dem aus Blechstücken, das dadurch als das frühere, dem Sonnenaufgang nähere, charakterisiert wird. Zerdrückte Kübel, Kanister, Kannen und Schüsseln sind in diesen zu einer stark von Licht und Schatten belebten Rundform verdichtet. Wie in einer zeitlichen Verschiebung, gleichsam als zwei mögliche Weltmodelle, sind sie zu einer Arbeit verbunden, voll der Beziehungen und Unterschiedlichkeiten des differierenden Reizes des Materials und der veränderten Form. Formveränderung wendet er direkt in einem weiteren Bereich seiner Arbeit an. Es sind oft kleinere Objekte, die er dadurch herstellt, daß er Gegenstände aus Blech bearbeitet, sie mit dem Hammer flachklopft und so einen Gestaltwandel vollzieht, hinter dem man die ursprüngliche Form und den Verwendungszweck errät. So entstehen Vögel aus der kleinen grünen Blumengießkanne, dem Lavoir, aus Milchkannen und Blechwaschbecken. Die Gestaltmetamorphose geht so weit, daß das sich unter den Hammerschlägen wellende Blech zum Gefieder in unseren Augen wird. Überblicken wir Wurms Schaffen, so erkennen wir als methodischen Ansatz die Substitution der Wirklichkeit durch die Kunst, weil er aus einer Dialogsituation schöpft. Es ist sicher nicht möglich, seine kubischen Plastiken direkt von Fritz Wotruba abzuleiten. Es sind außer Duchamp und Boccioni auch weniger zitathaft bemühte Künstlerpersönlichkeiten, mit denen oder mit deren Arbeitsmethoden sich Wurm auseinandersetzt. Wurm streift eher durch die Epochen, antike Bronzeplastiken und Flußgötter, barocke Gartenfiguren oder Sonnenaufgänge, die er scheinbar aus Altarbekrönungen erschaut, der Kubismus und Futurismus, wie wir gesehen haben, aber auch vieles, das aus dem Bereich der Malerei stammt, wie die rinnenden Farben des Tachismus oder der Pop Art beschäftigen ihn und geben ihm die Möglichkeit, in einem geistvollen Dialog mit diesen Epochen zu neuen Formen und zu einem neuen Verständnis der Skulptur vorzudringen. Das ist sein Akt der Substitution durch Kunst der Vergangenheit. Als zweiter wesentlicher Aspekt seiner Arbeit seien hier die Formmetamorphosen hervorgehoben. Wenn es gelingt, die aufgehende Sonne mit ihren Strahlen durch das Integrieren einer geflochtenen Blumenetagere darzustellen, deren Beine dann die Sonnenstrahlen veranschaulichen, wenn Krug oder Kübel den Kopf darstellen, hineinmontierte Schüsseln Wellen und wenn die Gieß- und Milchkannen samt den Lavoirs zu Vögeln transformiert werden können, dann erkennen wir, wie sehr es Wurm versteht, gestalthaft zu sehen und Gestaltmetamorphosen herbeizuführen.

DIE ETHNOPOESIE IN DEN STEINEN VON LOIS WEINBERGER

Von der Herkunft her ist Lois Weinberger dem Leben in der Natur verbunden, den steil aufragenden Bergen und Felsen seiner Heimat ebenso wie dem Schicksalhaften in der Natur, dem lebensbedingenden Wechsel der Jahreszeiten. Weinberger ist mit den formalen Möglichkeiten der Skulptur immer sehr frei umgegangen, ohne sich um akademische Lehren zu kümmern. Aber deshalb ist sein Umgang mit den Formmöglichkeiten nie ein spielerischer gewesen, ganz im Gegenteil. Er hat in jeder Arbeit mit all seinem Ernst eine echte Lösung gesucht. Er hat sich den Blick durch das Gewohnte nicht einengen lassen und hat vieles, was ihm in die Hand geriet, mit unverbrauchtem Auge angesehen. Aus Papier und farbig bedrucktem Plastikmaterial hat er Blumen oder blütenähnliche Gebilde hergestellt, die er auf Bäume oder zwischen deren Stämme montierte. Manche seiner Arbeiten beziehen ihre Kraft aus dem tatsächlichen Kontext mit der Landschaft, dann wieder hat er versucht, durch eine einfache Bearbeitung von Holz räumliche Situationen zu schaffen oder aus diesem Holz urtümliche Gerätschaften oder eine Art von Werkzeug herzustellen. In einer sehr schönen Installation aktivierte er Tendenzen der bäuerlichen Volkskunst in der Bemalung der Objekte. Das braunweiße Pferd, der schwarzweiße Baumstamm auf den roten Rädern, der schattenhaft dunkle Mann, transenenartige bunte Fensterformen und manches mehr verband er zu einem Werk, das ohne Titel belassen wurde. Alles Folkloristische, Volkstümliche war ihm im Grunde fremd, fremd ist auch die Zusammenstellung dieser Objekte, die von einem durchaus dramatischen Stimmungsgehalt durchzogen sind, des Tragischen nicht entbehren. In der Folge entstand eine große Anzahl von Steinskulpturen. Lois Weinberger suchte und fand Steinbrokken, die ihn von ihrer Gestalt her ansprachen und die er, wenig bearbeitet, zu Werken zusammenschichtete. Es entstanden liegende Männer- und Frauenkörper, Hockende, Schauende, Selbstporträts, Bilder der Zuneigung, einer losen Lippe, der Hysterie, des Erotischen. Das Leid, der Schmerz, die Unerlöstheit sind seine Themen, die stark auch das Wissen um die Vergänglichkeit, den Tod einbeziehen. Wenn er aus einzelnen Steinbrocken Gestalten schichtet wie den Schlaf, auf dessen Körper eine spitze gelbe Dreiecksform schwer lastet, oder eine weibliche Liegende ihre Beine angezogen sein läßt, indem er auf einen Steinquader einen anderen legt und diese mit einem Kopfstein ergänzt, dann können wir diese Gestalten lesen, weil in uns die Erinnerung an eine Bilderwelt lebt. Weinbergers Skulpturen wirken wie archäologische Funde, wie aufgedeckte Bestattungen, fremd, vorzeitlich, oder wie der Künstler selbst sie nach einem Begriff von Michel Leiris nennt: ethnopoetisch. Es ist ihre bestimmende zeichenhafte Kraft, die uns diese Ethnopoesie freilegt. Konstitutiv dazu gehört, daß Weinberger diese Steine wenig bearbeitet. Drei Einschlitzungen in einen kantigen Stein zeigen sich uns als das Augenpaar und der Mund. Die Köpfe sind die von Lebenden, von Schlafenden, von Toten in einem. Diese rauh belassenen Steine strömen eine herbe Poesie aus, gewinnen eine mythische Dimension und sind doch zugleich wie die versteinten Leiber Bestatteter. Sie werden zu Gefäßen unserer Phantasie, die sie aber durch ihren tragischen Charakter selbst bestimmen. Der Mensch in seiner Körperlichkeit, in seiner Schwäche und Vergänglichkeit wendet sich in der „Neige" zu einer Schlafposition, die seine letzte ist. Der Kopf, der sich zum Boden neigt, der flache Oberkörper, der aufgewölbte Bauch und die torsierten angezogenen Beine, die seitlich gelegt sind, zeigen uns unverhüllt die Trennung, das zu Ende gegangene Leben. Der Ernst, die Trauer, der Schmerz des Todeskampfes kennzeichnen diese Skulptur, deren Gestaltqualitäten ebenso organisch wie versteint in einem sind.

Eine tragische Gebärde der Entschlossenheit zeigt die Skulptur „Vorüber". Auf einer rauhen pfeilerhaften Form sitzt der hellere kantige Kopfstein mit Augen- und Mundschlitzen, die ihm die Wirkung von Stolz, Entschlossenheit und der Kraft des Bestehens geben. Der erhobene und über den Kopf gelegte Arm unterstreicht die keilförmig aufragende Geschlossenheit der Figur, deren stolzen Willen, die tragische Entschlossenheit. In dieser Plastik führt Weinberger noch einmal die Menschendarstellung weiter. Schon die „Nacht" zeigt eine Wendung zur Darstellung von Zuständen, in denen der menschliche Leib nur noch anklingt. Die geformte Pyramidalform hat sich weit von dem quergelegten Stein entfernt, und deutlich hebt sich das farbig unterschiedene Steinpaar räumlich vom Mittelstück ab. Schon in der „Neige" war der Kopf vom Rumpf getrennt, hier ist die Körperanalogie nur noch als fernere Erinnerung spürbar. Obwohl sich Weinberger von dem Menschenbild entfernt, dominiert hier das bedrückende Erlebnis der Nacht. Der Zustand des Schlafes, die Schwere und drückende Last der Nacht, die den Körper beherrscht und ihn in seiner Beweglichkeit eng umgrenzt, ihn gleichsam teilt und auseinandertreten läßt, führt zu einem Erlebnis der Isolation und letztlich in die Nähe eines todesähnlichen Zustands. Die belebte Oberfläche der schrundigen Körpersteine, die scheinbare Glätte der quergelegten Schulterachse und die aufrechte pyramidale Schädelform, sie werden doppeldeutig, mehrschichtig, als Analogon zum Körper, als vorgeschichtliches Totenmahl, als fernes Abbild des menschlichen Körpers. Und vielleicht ist es kein Zufall, daß Weinberger für das Haupt die alte Verewigungsform der Pyramide aus der Grabkunst und Memorialarchitektur anwendet. „Was soll ich sagen" ist ein weiteres Zustandsbild. Zwei Steinbrocken sind polar gegeneinandergestellt. Ihre Oberflächen sind mit der Steinsäge aufgerissen, aufgeschlitzt. Die eine aufragende Form ist gleichsam gefiedert, aus- und emporschwingend, in sich vielteilig und beweglich, die andere in sich geschlossen, verdichtet. In verschiedenen Richtungen sind hier die Furchen eingesägt. Diametral verlaufen die Körperbewegungen, die Expansion der einen steht der Verdichtung der anderen gegenüber. Die Unbestimmtheit, die Unentschlossenheit, das „Was soll ich sagen" als Zuständlichkeit wird uns hier veranschaulicht.

Mit Erwin Wurm und Lois Weinberger haben wir zwei exemplarische Vertreter der Neuen Skulptur in Österreich vor uns. Ihre Bildhaftigkeit, ihre Bejahung der sinnlichen Gestalt, die Freude am Artefakt unterscheiden sie deutlich von den plastischen Ansätzen der siebziger Jahre.

SIEGFRIED ANZINGER

ERWIN BOHATSCH

CLEMENS KALETSCH

ALOIS MOSBACHER

HUBERT SCHMALIX

LOIS WEINBERGER

ERWIN WURM

SIEGFRIED ANZINGER

Siegfried Anzinger Kopf mit Hand aus Mund 1985 Öl/Lw. 60 × 40 cm

Siegfried Anzinger Hänger in der Landschaft 1986 Öl/Lw. 60 × 50 cm

Siegfried Anzinger   Magdalena, flüchtende Rot-Kreuz-Schwester   1986   Öl/Lw.   50 × 60 cm

Siegfried Anzinger   Der Geschlitzte   1984   Öl/Lw.   60 × 40 cm

ERWIN BOHATSCH

FINSTERNIS

Die Finsternis dauert nur kurz.

Während die Welt um mich herum, der ich durch das Schließen der Augen zu entgehen suche, noch mit ihrem Lärm und Geruch drängt, blühen allmählich im weichen Schwarz der Dunkelheit erste Blüten des Neuen auf.

Ich träume nicht, bin hier, aber doch weit entfernt. Ich fühle nichts anderes als mein eigenes Wesen, hinter meinen geschlossenen Augen findet aber das Schaffen des ganzen Universums statt. Die Finsternis verwischt alte Konturen und Beziehungen. Schon formiert sich, mit zunehmender Heftigkeit aus dem Chaos drängend, das Neue; und es unterliegt einer anderen Ordnung. Die Finsternis hat die Welt bis auf ihre letzte – emotionale – Haut entblößt, so daß die neuen Gesetze eher dem Ästhetischen als irgendeinem anderen Prinzip gehorchen.

Die Malerei Erwin Bohatschs hat mit dieser Kindern eigenen Fähigkeit, durch das Schließen der Augen eine Phantasiewelt an die Stelle der Welt des Alltags zu setzen, sehr viel zu tun.

Diese Fähigkeit ist schon allein im Prozeß des Malens verankert. Die ursprünglich weiße Leinwand wird mit Gestalten und Figuren so lange bemalt, bis sie die Farbe der Finsternis erreicht. In dieser Farbe, die nicht unbedingt schwarz, jedoch immer undurchdringlich sein muß, sind die Erfahrungen, Erkenntnisse und Erlebnisse des Malers verdichtet. Die Finsternis der Leinwand ist mit der „Wirklichkeit" geladen, um zum „Bild" werden zu können.

Genauso, wie sich hinter den geschlossenen Augenlidern die „Bilder" auf dunklem Hintergrund verselbständigen, fixieren sich auf der Leinwand ähnliche Beziehungen. Genausowenig wie jene – und dies ist von großer Wichtigkeit – willkürlich erfunden sind, sind es die Beziehungen auf der Leinwand. Sie sind nicht durch Zufall oder Konstruktion zusammengeschmiedet, sondern es sind Beziehungen mit Geschichte, mit Vergangenheit.

Erwin Bohatsch wiederholt in seinen Bildern geradezu buchstäblich das Spiel des Kindes, das sich dem Alltag entfernt, indem es seine Augen schließt und phantasievolle Geschichten sieht. Auch in die Leinwand sickern die aktuellsten und stärksten Eindrücke des gerade Erlebten ein.

Da sie aber einer anderen – künstlerischen – Gesetzmäßigkeit unterworfen sind, nehmen sie von der Wirklichkeit unabhängige Beziehungen zueinander an. Das Wichtige kann zu einer kaum dechiffrierbaren Marginalie am Rande werden, das Nebensächliche zum Hauptakteur.

Jiri Svestka

Aus: Katalog „Erwin Bohatsch", Daadgalerie, Berlin 1985

Erwin Bohatsch   Dunkler Kopf   1986   Öl/Lw.   95 × 60 cm

Erwin Bohatsch   Die Wand   1986   Öl/Lw.   95 × 60 cm

Erwin Bohatsch   Rote Frau   1986   Öl/Lw.   70 × 55 cm

Erwin Bohatsch Ring 1986 Öl/Lw. 70 × 55 cm

CLEMENS KALETSCH

NOTIZ ZU CLEMENS

Die verschlüsselten Botschaften und Inhalte der Bilder von Clemens Kaletsch zu deuten würde heißen, sie endgültig zu verstehen, und eben dies beraubte sie ihres Geheimnisses. Seine Arbeiten beschwören auf beunruhigende Weise innere Regungen, sind ja selbst Ausdruck aus der Tiefe dringender Gefühle: „Es entwickeln sich Einfälle zu bildnerischen Anfällen, manches davon verfällt, oder ich trage es in die Tiefen meines Materialspeichers". Kaletsch beschwört mit seinen, von menschenähnlichen Wesen bevölkerten Phantasielandschaften Ängste und Sehnsüchte, ohne zu symbolträchtiger Geste auszuholen.

Gerade das in sich gekehrte, ruhige und uns doch bestürmende Element seines Schaffens gibt schwer dechiffrierbare Rätsel auf. Inmitten großflächiger, koloristisch sensibel gestalteter Flächen spielt sich ein spannungsreiches, nervös aufgeladenes Leben ab, werden Figurationen und abstrakte Zeichen in Kontakt gebracht und zu bisher ungesehenen Systemen verwoben. Die entstehenden Konstruktionen, deren Farbskala streng begrenzt ist und durch ihre Zwischentöne – besonders die Abstufungen der „Nichtfarbe" Grau – körperhaft wirken, stehen bei aller Verhaltenheit der Bewegungsabläufe in strenger Auseinandersetzung zu ihrer Umgebung, lassen Obsessionen vermuten, spiegeln Fragmente von Träumen, realen Erfahrungen und phantastischen Einfällen. Es scheint bisweilen, als mache sich Kaletsch' Pinsel selbständig, notiere er absichtslos wie von selbst Imaginationen, deren Sinn kaum interpretierbar ist und sein soll. Sie zwingen jedoch umso nachhaltiger zu ruhiger und überlegter Betrachtung. Auch die Titel der Bilder geben lediglich metaphorische Hinweise auf die Motivwelt, die Stille und Einsamkeit in sich trägt. Obwohl sich angesichts dieser Arbeiten die Erinnerung an bestimmte Werke Tanguys, Mattas oder Gorkys aufdrängt, hat Clemens Kaletsch' Kunst doch nichts Surrealistisches, liegt ihr Wert vielmehr in seiner Auffassung von Malerei, seinem Bemühen um eine andersartige und eigenständige Artikulation seiner geistigen Bilder mit handwerklichen Mitteln. Seine schwerelosen Figuren und illusionistischen Körper, die Fremdheit der Situationen setzten in Erstaunen, stören, verunsichern, üben aber eben deshalb einen magischen Reiz aus, dem man sich kaum wird entziehen können.

Jürgen Schilling
1986

Clemens Kaletsch   Queren   1985/86   Mischtechnik auf Papier   70 × 100 cm

Clemens Kaletsch   Dahinter   1985/86   Mischtechnik auf Papier   70 × 100 cm

Clemens Kaletsch   Vier Beweise   1985/86   Mischtechnik auf Papier   70 × 100 cm

ALOIS MOSBACHER

DIE WENDUNG

So gesetzte Schritte bilden eine Linie von kräftigender Schönheit:
Rechts angekommen nach links schauend und über links nach rechts zu gehen, um sich ein klein bißchen zu irren, und vom Vertrauen in geklärte Herkunft zu erfrischen, und sich an der anonymen Fülle zu klären. Jede Biegung sieht jenes Bild von den Bergen wieder, die er kannte und fast erkennen kann, wenn sie nur nicht plötzlich so lebendig geworden wären, als hätten sie sich leicht gedreht.

Aus der Ferne einer zugefallenen Photographie mit diesem Prickeln unbewiesener Erfahrung spürt er, wie hoch oben er über die Hochebene geht: Das Licht ist sehr klar, die Steine werden unbelastend, und die Farben der Blumen – sie zählen nicht mehr.

Der Windrose fehlt ein Strich für Höhe.

Nur Ariadnes Zöpfe ordnen die Aussicht eingedenk ihres Mitleids für solche, die das Ziel nicht meiden können.

Ursula Pühringer
1986

Alois Mosbacher   Zopfbild   1986   Öl/Lw.   65 × 65 cm

Alois Mosbacher   Spitzbogen   1986   Öl/Lw.   70 × 50 cm

Alois Mosbacher   Das Phänomen   1986   Öl/Lw.   70 × 50 cm

Alois Mosbacher   Betrachtung   1986   Öl/Lw.   70 × 50 cm

Alois Mosbacher   Zwei   1986   Öl/Lw.   70 × 50 cm

HUBERT SCHMALIX

Die Farben verhalten sich zueinander nicht dissonant, sondern harmonisch; sie binden und verstreben die Bildwelt: Mais, Pfirsich, Lachs, Safran, Mohn, Pompejanisch, Flieder, Creme, Petrol, Nachtblau, ein Ton mengt sich in den nächsten, ein unbenennbares Farbfließen und Farbrauschen, Farbrotationen um den hellsten oder den dunkelsten Fleck, kontrastreich und doch immer verschmolzen vom Weiß.

Helmut Draxler
Aus: Katalog „Schmalix Montescudaio", Innsbruck 1985

Hubert Schmalix   Canayun   1985   Öl/Lw.   122 × 90 cm

Hubert Schmalix   Canayun   1985   Öl/Lw.   122 × 90 cm

Hubert Schmalix   Canayun   1985   Öl/Lw.   122 × 90 cm

LOIS WEINBERGER

Leise öffnet
die Skulptur ihren Mantel
auf daß sich in ihrer Einsamkeit
die Worte verlieren

                    Lois Weinberger
                            1986

Lois Weinberger   Gegenwärtigkeit   1986   Kalkstein   Höhe 45 cm

Lois Weinberger   Vorüber   1985   Kalkstein   Höhe 105 cm

Lois Weinberger   Neige   1986   Kalkstein   140 × 60 cm

ERWIN WURM

Ich habe mich bemüht, in der Kunstgeschichte unseres Jahrhunderts Künstler aufzuspüren, die, um es so simpel wie möglich sagen, mit einem Haufen Blech und einigen Tuben Farbe genauso oder ähnlich gearbeitet hätten wie Wurm.

Selbst der Gottvater des Jahrhunderts, der nun wirklich so ziemlich alles versucht hat, was zu seinen Lebzeiten ausgedacht werden konnte – selbst Picasso also bleibt in dieser Hinsicht bei relativ wenigen, zumeist gestaltpsychologisch gut erklärbaren Vorgehensweisen. Er fügt heterogenstes Material zu Gestalteinheiten, die ganz eindeutig als „Affe mit Kind" oder „Frau mit Kinderwagen" identifiziert werden müssen, so sehr auch der Kopf des Affen als Spielzeugauto und sein Schwanz als Bratpfannenstiel oder die Gliedmaßen der Frau als Schrauben erkennbar sind.

John Chamberlain, an dessen Verwendung und Formung von Ausgangsmaterial man sich vor Wurms Arbeiten unmittelbar erinnert fühlt, setzt, soweit mir bekannt, nur die vorgegebene Farbe der verwendeten Ausgangsmaterialien als malerische Größe ein. Er bemalt seine Skulpturen und Plastiken nicht, ebensowenig wie César oder Arman.

Instinktiv wehre ich mich wie jedermann dagegen, annehmen zu müssen, daß hier ein junger Künstler auf Anhieb einen bildhauerischen Ansatz gefunden habe, der völlig originell ist. Man versucht, selbst mit unlauteren Mitteln, sich vor dem Eingeständnis zu bewahren. Hat nicht Picasso in zahllosen seiner Holzplastiken schon geleistet, zumindest als Konzept vorgestellt, was Wurm uns präsentiert? Offensichtlich nicht, – das ergibt jedenfalls die Überprüfung anhand von Werner Spies' Œuvre-Katalog des plastischen Werks von Picasso. Warum blieb Picasso bei den reduktionistischen Röntgenfiguren, die im wesentlichen die Menschengestalt über die Analogie von vertikaler Körperachse, horizontalem Schultergürtel und radialen Arm- und Beinspeichen vermitteln? Wieso hat er nie die vielen kleinteiligen Hölzer zu einer Figur addiert, wie sie uns Wurm vor Augen führt – einmal ganz abgesehen von der Tatsache, daß Picasso vorwiegend seine Bemalungen von Skulpturen und Plastiken grafisch akzentuiert, während Wurm die Farbe als Malerei aufträgt?

Auch für Schwitters hätte es nahegelegen, zu einer zumindest formal ähnlichen Lösung zu kommen, wie sie nun Wurm entwickelt hat. Warum wählte er diese so naheliegende Konzeption nicht? Die Antwort ist einfach: Erst seit Wurm seine Position behauptet, vermögen wir mit ihr zu rechnen! Man weiß immer erst im Nachhinein, was alles möglich ist. Daß aber von Wurms Werk her nach rückwärts, in die Geschichte dieses Jahrhunderts zurück gefragt werden kann, warum niemand zuvor wie er als Bildhauer konzipiert und argumentiert habe, das beweist, in wie hohem Maße uns seine Setzung selbstverständlich zu sein scheint! Wie fraglos sie bereits jetzt zum unverlierbaren Bestand unserer Kunst und Welterfahrung gehört!

Bazon Brock

Aus: „Kann das Gutgehen? Doch es kann!", Berlin 1985

Erwin Wurm   Kannen   1986   Öl auf Blech   100 × 40 cm

Erwin Wurm   2 Vögel   1986   Öl auf Blech   60 × 70 cm

Erwin Wurm   Stiller Morgen I   1986   Öl auf Holz   150 × 150 × 70 cm

Erwin Wurm   Stiller Morgen II   1986   Öl auf Blech   150 × 150 × 70 cm

Helmut Draxler

AUG UM AUG

DIE BLICKBRECHER

In der momentanen jüngeren Kunstszene kommt Andy Warhol rund gleichviel Bedeutung zu wie Gustav Klimt. Das will heißen, daß der evolutionäre Kulturdarwinismus mit seinen vatermörderischen Generationsfolgen und dem immergleichen Erbe aus gegenreformatorischem Katholizismus und habsburgischem Absolutismus langsam auf Sand läuft. Viele der damit verbundenen Strategien bleiben vorerst auch für die jüngsten Künstler bedeutsam, aber die Anpassung an veränderte Rahmensituationen rückt vor; an ein letztlich kolonisiertes Österreich, das seine Energien nicht mehr aus der geistigen Isolation gewinnt, sondern im Anschluß an eine autonome, westliche, funktionale und kapitalistische „Welt der Kunst", wie sie in den sechziger Jahren in New York entstanden ist und seither wuchert, die in sich voll augenblicklicher Spannung ist, aber ohne jedes Zeitgefühl.

Mit anderen Worten: Die jüngsten Künstler begnügen sich nicht mit der Rolle des „Dritten", des Zeugen und Garanten eines masochistischen Verhältnisses von Aug zu Aug, von Generation zu Generation. Sie wollen zumindest eine Dreiecksgeschichte, sich selbst involvieren, ohne als eigene Generation sich mehr zu installieren.

Auch, wenn da nicht bloß Liebe in den Blicken liegt. Das standfeste Auge, ein Wägen und Messen der Positionen, das Abgrenzen der Reviere, die Musterung der Kräfte und der Gegner sind unabdingbare Anliegen. Denn die Zerstörung der traditionsreichen Strukturen, die Auflösung der „Partien" und Parteien verlangt ganz neues Geschick, Taktik und Überlebensklugheit.

Sie leben allesamt in der Situation der Nachgeborenen: nach den Traditionen, nach den Meistern, nach der Maleuphorie, nach den hohen gesellschaftlichen Ansprüchen. Daraus ergibt sich ein kräftiges Reflexionsbewußtsein, ein Mißtrauen der Innerlichkeit und der Selbstgewißheit gegenüber; radikale Entwurzelung wird spürbar. Die Selbstkonstitution jedes einzelnen geht nicht vom Boden aus vonstatten, sondern innerhalb eines vernetzten Kommunikations- und Vergesellschaftungsgefüges darüber; das eigene Kunstwollen zieht Wurzeln und Säfte aus den Bedingungen der Zeit.

Nicht zufällig kommt solche Auffrischung der „östlich" orientierten österreichischen Kunst großteils aus Tirol. Dort entwickelte früh schon gegen die alpine Schwerlastigkeit sich eine genuin moderne Leichtigkeit. Der Inn zerteilt das Land in eine Nord- und eine Südhälfte, eine Sonnen- und eine Schattenseite; gegenüber den „Weltpunkt"-, Kreis- oder Ringbezügen in Wien werden hier bereits andere Strukturen faßbar. Heinz Gappmayr sei als erster genannt, der einen feinsinnigen, ganz persönlich besetzten Lettrismus aus der konkreten Poesie heraus entwickelte; ferner Ernst Caramelle, dessen Zeichenkunst bereits in den siebziger Jahren von einer quicklebendigen Sinnlichkeit war, die den Geist stach und fortwährend fruchtbare Unruhe verbreitete. Caramelles große Personale in der Basler Kunsthalle (1982) bildete dann auch so etwas wie den Angel- oder Ausgangspunkt, die entscheidende Ermunterung für eine Reihe jüngerer Künstler, abseits der bereits etwas ausgetretenen Pfade der Malerei nach anderen Wegen zu suchen. Gemeinsam ist den jungen Tirolern Kogler, Trawöger, Trenkwalder und Walde ein forcierter Reduktionismus, die radikale Ablehnung von Substanzen und Schwere, aber auch des Tafelbildes bzw. aller traditionellen Kunstgattungen. Daraus ergaben sich die Betonung des Zeichencharakters, eine gewisse, nicht zu starke Theoretisierung und vor allem die materialen Unsicherheiten, die zu einer fortwährenden Suche nach neuen Stabilitäten führten. Gruppengeist war nie großgeschrieben; die individuellen Differenzen sind aber auch bei den vielen gemeinsamen Vorgaben stark ausgeprägt.

Zu den vier Tirolern kommt aus Wien noch Brigitte Kowanz, für die viele der genannten Charakteristika ebenfalls zutreffen, gewachsen allerdings auf dem Wiener Sumpfblütenboden.

MARTIN WALDE
(geb. 1958), die Welt ohne Boden

Die luftige Höhe ist Martin Waldes Element. Einmal war das Flugzeug ein wichtiges Motiv, dann der Papierdrache, letztendlich der Seiltänzer. Anschmiegsame Drahtformen, lineare Zeichnung, lichtdurchlässige Wachstauben sowie raffinierte Balancen verwandeln leibliche Zuständlichkeiten in bewegungstypische und anonyme Leitbilder des Seins. Die Überwindung der Schwerkraft, die Aufhebung jedes erdigen Tiefenbezuges sind Waldes prinzipielle Anliegen.

Solche windgeblähten, musikalisch schwingenden Kunstwelten werden von Comics-Figuren, Sciene-fiction-Helden, travestierten Ku-Klux-Klan-Mimen, von Gestalten aus Tourismus, Stierkampf und Sport, Heiligenlegenden und Buchmalereien sowie neuerdings von Zirkusakrobaten bevölkert.

Walde nahm gewissermaßen Yves Kleins berühmten „Sprung in die Leere" buchstäblich und glich die aktuelle Seinsweise einem solchen post festum an. Nicht als Zitate werden die verschiedenen Trivialbereiche abgerufen, sondern in feiner Ironie, getragen vom locker-rhythmischen Pinselduktus, in die autonomen Bildszenerien hineingeschrieben. Jeweils waren die Bildgeschichten in sich voller Ereignis und Dynamik, ohne viel Zusammenhang freilich. Wie in der kinematischen Sehweise stiftet diesen erst der Leser, Betrachter und Bestauner. Ein Erwartungshorizont wird dementsprechend vorausgesetzt, Totalitätsforderungen des Auges, Sinnhorizonte des Geistes, körperliche Integrationsgelüste (Spannung – Entspannung), die durch feines Abdriften unterlaufen, verunsichert und verhindert werden.

Zu Beginn standen die oft großformatigen Zeichnungen mit ihrem spannungsvollen Nebeneinander von euphorischen All-Over und gähnender, aber präzis ausgegrenzter Leere. Türhüter, Ecklösungen, „genetische" Linien, Rotationsmodelle u. ä. sollten sich den räumlichen Rahmen immer erst abstecken, nie war er vorgegeben, weder illusionistisch noch imaginativ.

In der Folge reduzierten die Zeichnungen sich zu immer prägnanteren, typischen Formen und die Räume uferten in die Installation, über Drahtgerüste und Segeltücher, Zelte, Wimpeln und Fahnen aus. Darin erst wurde Walde zum Choreographen des Aufwindes und des Absackens.

Im neuesten Werk ist die Erzählfreude nun entschieden gebremst, eine wieder betonte Flächigkeit rückt vor, und die Figurentypen entstammen einem oft langwierigen Filtrierungsprozeß, um die optimale Anpassung des Organischen, der inneren Beweglichkeit, an die äußeren, luftigen Lebensumstände zu erreichen, sei es durch kreuzhohle Körperwölbung mit fliehendem, peitschendem Haar, durch rhythmisches Muskelspiel oder auch mittels der locker-latschigen Pfoten des Affen. Hochseil, Trapez und Trampolin grenzen diese Welt ab; Akrobatik aller Art: Kopf- und Durchsprung, Salto, Jonglieren und Balancieren, Schwung und Gegenschwung solcher Gummimenschen finden darin statt.

Ein wenig eine neue Klassik wird hier angestrebt, die nicht mehr auf Stand- und Spielbein, Tragen und Lasten beruht, sondern ihre Idealität auf Himmelsblau und Wolkensubstanzen zu gründen sucht.

ELMAR TRENKWALDER
(geb. 1959) und die synthetische Gemäldeproduktion

Der Repräsentationscharakter des Tafelbildes steht im Zentrum von Trenkwalders analytisch-spielerischer Arbeit. Analytisch ist diese, weil die Einzelteile wie Rahmen, Passepartout oder Abbildungsfläche farbig und formal derart differenziert werden, daß sie die gewohnte, auf das „Bild" sich konzentrierende Wahrnehmungweise verwirren und jeweils sinnliche und geistige Eigendynamismen entstehen lassen.

Spielerisch ist dieses Werk, weil aus dem Nebeneinander der für sich autonomen Teile – kannelierte Rahmen-Säulen, malerische Binnenfaktur oder signethaftes Relief – sich Collage-Effekte einstellen und ein materialer, farbiger und formaler Beziehungsreichtum den einfachen Wiedererkennungsakt eines bildhaft Dargestellten ersetzt.

Vor allem aus Karton, aber auch aus Papiermaché, Schaumstoff u. ä. bastelt Trenkwalder seine Bildobjekte; das betont Ungediegene, Leichte und Hohle überrascht dabei. Es sind Gemälde-Fälschungen, Substitute, die nur in ihrem Ganzen buchstäblich genommen werden dürfen.

Bis vor kurzem waren diese synthetischen Bilder noch voller Farben und Motive: Bäume und Wälder, Landschaften und Reiter, antike Reliefs, Quadrate und Texturen, Splitter, Girlanden und hörnerartige Auswüchse tummelten sich darin.

Im neuesten Werk reduzierten sich die Farben auf Grau, Weiß und Bronze, die Formen auf Aussparungen und wenige Pinselspuren, die entfernt als Architekturen zu lesen sind; dumpfe Materialikonen, Boxen und Särge, entstanden daraus.

ERNST TRAWÖGER
(geb. 1955) und die Ethologie der Form

Bezeichnend ist Trawögers Interesse für eine antidarwinistische Biologie. Er beobachtet scharf, versucht aber nicht Oberflächen, Momentanes, Erscheinungen wiederzugeben, sondern gleich dem Blick des Forschers dringt sein Auge zu den Konstanten und Strukturen. Kräften ist er auf der Spur, welche die Organisation des Lebendigen betreiben, deren Sichtbarkeit dabei keines ihrer wesentlichen Merkmale ist.

Durch Vervielfältigung der Formen irritiert Trawöger die Wahrnehmung und verhindert die rein emotionale Vereinnahmung. Er entwickelt eine vielwertige Zeichensprache mittels Wechsel von Leerform und Vollform, abziehbildartiger Verstreuung u. ä. und setzt damit einen Moment des Denkens in Szene und Möglichkeit.

Trawögers Reduzierungen sind also nicht auf einen Wesenskern bezogen, sondern auf die immergleiche Bedeutungslosigkeit der Zeichenteile, die sich zueinander innerhalb eines Systems der Differenzierung und Bedeutungsunterscheidung ihrem Sinn erst nähern. Diese Zeichen sind immer „unterwegs" und legen doch die große Ordnung des Lebendigen offen, und zwar außerhalb von Zeit und Raum.

Trawögers Arbeiten fügen sich nicht zur raumhaltigen Installation; ihr extremer Zeichencharakter isoliert sie und läßt die Dimensionen willkürlich werden. Die meisten Blätter bestehen aus einem blassen, zartfarbigen Grund mit einfachen figürlichen Zeichen oder Kritzel darauf. Räumliche Situierung fehlt völlig, nur ein ungefähres Beziehungsgefüge ist vorhanden, das die Figuren in räumlicher Schwebe hält. Ebenso unbestimmt „hängen" die Figuren in der Zeit; obwohl oft im heftigsten Bewegungszustand dargestellt, fehlt jede Idee des Kontinuums, ein Fixiert-Sein im Zeitpunkt ist ihnen eigen. Nun bleibt aber ein dichtes Gewebe aus Raum und Zeit Voraussetzung für alle organisch-lebendige Form. Was also bei Trawöger Form heißen mag, rückt in die Nähe des Begriffs Struktur. Freilich bezeichnet Struktur hier nicht mehr ein von innen wirkendes Prinzip, im Gegensatz zur Form als dem Äußeren und Fertigen, vielmehr stellt Trawöger der üblichen Art der Strukturierung mittels geometrischer Muster und Grundformen eine andere gegenüber: ein dynamisches Prinzip bemächtigt sich der bildlichen Darstellung; behutsam löst es die Konturen, wandelt diese zum Rahmen, weiter in ein durchdringendes, durchschneidendes Gefüge, Gestänge, ins System eines „offenen Abbilds". Die Umrißlinie wird derart zur Kraftlinie, die Form zum Vektor, die Gestalt hat gleichsam ihr eigenes Koordinatensystem verschluckt, ist Bild gleich wie Idee, Notwendiges und Zufälliges in einem.

In den Bildern der letzten Zeit reduzieren sich die Strukturen zu Formalismen; das Erbe der Biologie entfernt, entrückt sich und hinterläßt ein autonomes Linien- und Flächen-Sein. Der analytische Blick geht nunmehr im puren Bild-Denken auf, das sich neuer Zeichenstereotypie und damit neuen Inhalten öffnet.

PETER KOGLER
(geb. 1959) und der digitale Expressionismus

Peter Koglers vielschichtiges Werk bedarf zu seiner Sichtung und Klärung einer ganz bestimmten Vorgabe, die in den Worten Ecke Bonks lauten könnte: Echtzeitprogramme und ihre perfekte Simulation.

Sowohl Funktion als auch Auswirkung der neuen weltumspannenden Kommunikationstechnologien werden in aller Drastik und Zwanghaftigkeit vorgeführt. Das Aufsaugen kultureller, politischer und regionaler Traditionen, die Auflösung aller bisherigen Ordnungsstrukturen in binären Speicherkapazitäten, sowie die daraus resultierende Prägung der Menschen, sind seine Themen. Der Computer ist nicht mehr der verlängerte Arm des Menschen, sondern gleichsam die Gußform, aus der dieser sein Wesen schöpft.

Koglers Anfänge liegen in der Performance; die Stilisierung der eigenen Lebensform mag hier ihre Wurzeln haben. In jedem Fall ist die Wechselseitigkeit der künstlerischen Motive und der eigenen Verhaltensweise evident. Chinesische Höflichkeit, Verbeugung und Lächeln, „Walkman", Ägyptomanie, Gangstermilieu u. ä. legten bald schon einen Horizont von Erfahrungsmöglichkeiten frei, in die sich auch die Person einschreiben ließ. Diese Cross-Culture-Momente gerieten alsdann in den technologischen Sog und konzentrierten sich auf Rahmen/Architektur-, Kopf-und-Männchen-, Figur/Grund-Probleme. Immer waren die massen- und schattenhaften Gestalten – Tänzer, Spieler, Spekulanten, Schleicher – Leitbilder eines uniformen, ziel- und endlosen, transpersonalen Seins. Fortwährend zirkulierten verschiedenste Austauschbarkeiten wie diejenigen der Bausteine mit den Hausbewohnern, des Bildes mit dem Rahmen, des Stehenden und des Schwebenden. „Reisebilder" wie Schweizer Kreuz und Berliner Mauer entstanden in der Folge. Zentrales Motiv aber wurde das architektonische Lächeln, das Ineinander von Gesicht und Haus. In allerlei plastischen und graphischen Methoden hergestellt, aus einfachen Grundformen codiert, war allerorten den Dingen ein Grinsen zu eigen. Sie wußten um ihre Verfügbarkeit und um ihre Macht. In der schwarz-grauen Karton-Plastik fanden die heimtückische Aushöhlung und die Oberflächenfröhlichkeit, Dämonie ohne Tiefsinn, Bildwitz jenseits des subjektiven Sinns ihre präziseste Form.

Dieses alte Verfahren der Annäherung von organischen Formen an anorganische Konstrukte kehrte sich im neuen Werk um. Es basiert auf Computer-Graphiken, die auf große Siebdrucke übertragen werden. Nun entsteht aus dem binären Punktesystem ein unzählbar variabler Expressionismus. Dieser Expressionismus mit überlangen Nasen, zittrigen Augen, geifernden Münden und spitzen Ohren ist kein Expressionismus der Seele, der Farbe oder der Natur mehr, sondern einer der synthetischen Herstellung. Er verhält sich zu Siegfried Anzinger wie Roy Liechtenstein zu Willem de Kooning.

Wucherungen, Tod und Lebendiges erheben sich heraldisch vor weißen, grauen, schwarzen und roten Gründen. Die Physiognomien sind hinterhältig, so täuschend und ähnlich, das Grobschlächtige wird Signal und das Nuancierte Methode.

BRIGITTE KOWANZ
(geb. 1957), an den Rändern des Kraters

Zwischen Tiefen und Oberflächen ist die Kunst von Brigitte Kowanz ständig in Bewegung: als Fenster, Auge oder Vorhang, Ein- oder Durchblick, als opake oder luzide Bildhaut über einem nächtigen, geheimnisvollen Inneren. Dieses tut sich entweder als labyrinthisches Raumgefüge kund oder aber als „schwarze Sonne", Explosionszentrum, von dem aus alles Malmaterial nach oben geworfen wird: das „dripping", die Goldlinie und der Kathodenschnee, die schummernde Wolkenfarbe, das Quellende und der Ekel. Alles Elemente moderner Malerei, die sich freilich dem puren analytischen Zugriff entziehen und rückbezogen bleiben auf Existentialien und Lebensform.

Bereits aus Kowanz' Herkunft von der Hochschule für angewandte Kunst wird ihre Ablehnung traditioneller Spartenklischees deutlich. Sie ist wechselweise Malerin, Objekt-, Foto-, Video- und Installationskünstlerin, gelegentlich auch bedacht auf Worte. Auflösung der Massen und Prägnanz der Formen, Dehnung und Verdichtung, Raumöffnung und Bildverschluß bestimmen den kontinuierlichen Rhythmus ihres Werks, das von 1979 bis 1984 der Gemeinschaftsarbeit mit Franz Graf entsprungen ist und sich seither weiter konzentriert hat.

Die analytische Ebene wird von einem zentralen Fragenkomplex gespeist: Wann wird ein Material zum Zeichen und ein Zeichen zum Bild? Wann verdickt sich das Bild zum Objekt? Wie bestehen Bild und Objekt mit ihrem eigenen oder gegen ihr eigenes Licht und dasjenige des Raumes? Wann dominiert der Raum, und wann regredieren die Bild-Objekte zu Zeichen, Signalen und Materialien? Ein Stück Seife gebärdet sich als Iris, Lid, Schatten, Auge und fällt wieder zurück. Der dunkle, vielsinnige Schlitz verdankt sich dem Nebeneinander von Brettern. Vorgänge dieser Art wurzeln in der Alchimie des Materials, im Wechsel von Weiß- und Schwarzlicht, den phosphoreszierenden Farbzusätzen, dem Collage- und Montageprinzip, die allesamt Substanz und Konstanz des Bildes unterwandern.

Wichtiges Emblem solcher Wandlungseuphorie mag das „Zündholz" sein, ein Holzstäbchen mit leuchtendem Farbtupfen an der Spitze, das immer wieder in Bildern, Objekten und Installationen, schräg, parallel, verkreuzt u. ä. angeordnet, auftaucht: Form, Licht, Zweck, Farbe und Zeichenmal hängen untrennbar ineinander; das Zündholz ist Insignie, gleichermaßen intellektuelles wie rituelles Werkzeug, Zauberstab einer absurden Künstlermagie.

Der analytische Einsatz der Kunst von Brigitte Kowanz führt also auf keinen Grund, zu keinen codifizierbaren Bestandteilen der Malerei, die darüber ihre Gebäude errichten könnte. Alles ist weich, instabil, dynamisch, extrem zeitlich: Es passiert die Aushöhlung der Bildreferenzen, des Sinnhorizonts und des autogenen Legitimierungsdiskurses. Die Zeichen-Bild-Objekt-Partikelchen schwirren im hermetischen Innenraum, drängen ungestüm an die Oberfläche, die nie einfach Bild, sondern trügerische Folie bleibt. Unmerklich werden damit aus den Formalismen Existentialien, verschiebt sich der Raum zum Abgrund, offenbart sich die Bilderuption als Vulkan der Seele.

Tiere, Baum und Fenster sind auch im neuesten Werk die bestimmenden Identitätsmotive; aber nicht mehr Verfolgung, das Huschen und Verschwinden, nicht mehr Versplitterung und Verunsicherung der Wahrnehmung bzw. Schutzsuche bestimmen die Eindrücke, sondern ein stolzes und einsames Streifen über weite Reviere. Der Blick des Panthers lenkt ins blaue Herz und öffnet neue, imaginäre Räume. Die Identität von Bild- und Fensterrahmen gewährt Sicherheit und Beständigkeit; im Ineinander von Auf- und Durchsicht, von Mond- und Sonnenlicht, von Physiognomie und Material versteift und verfestigt sich die Oberfläche nun zusehends, wird zur samtigen, ledrigen, seidenen, sandigen, milchigen, strahlenden Bildhaut, zur neuen Projektionsfläche der Begehren und zum Widerstand gegen das Ich.

PETER KOGLER

BRIGITTE KOWANZ

ERNST TRAWÖGER

ELMAR TRENKWALDER

MARTIN WALDE

PETER KOGLER

Peter Kogler   ohne Titel   1986   Acryl/Mollino   220 × 175 cm

Peter Kogler   ohne Titel   1986   Acryl/Mollino   220 × 175 cm

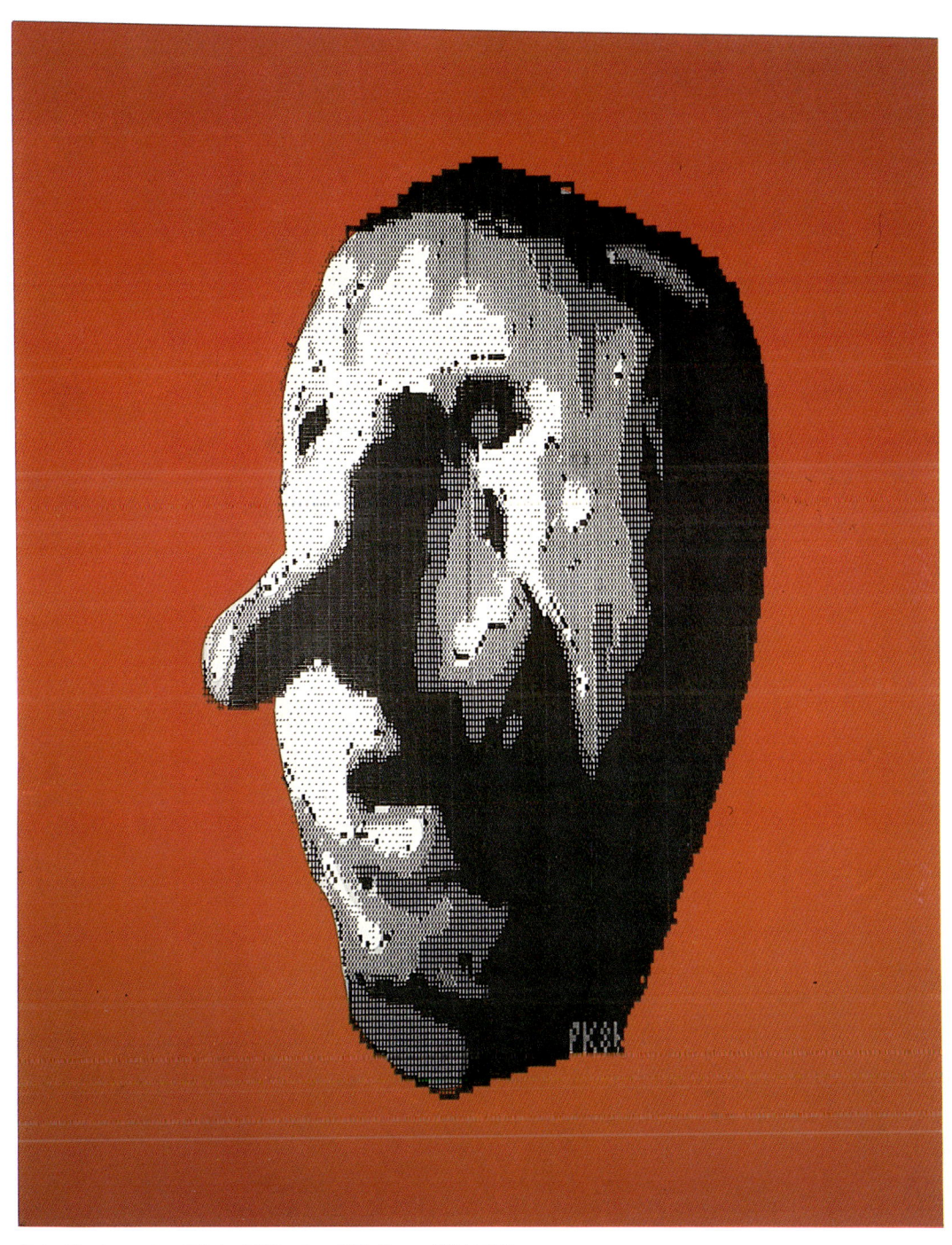

Peter Kogler   ohne Titel   1986   Acryl/Mollino   220 × 175 cm

BRIGITTE KOWANZ

Eben diese Art der Identität von Problem und Lösung definiert die Falle: ich sitze in der Falle, weil es außerhalb meiner Reichweite liegt, das System zu ändern, ich stecke doppelt „fest", im Inneren meines Systems, und weil ich es durch kein anderes ersetzen kann.

Aus: Roland Barthes, „Fragmente einer Sprache der Liebe"

Brigitte Kowanz   ohne Titel   1985/86   Mischtechnik auf Leinwand   200 × 200 cm

Brigitte Kowanz   ohne Titel   1985   Mischtechnik auf Lw.   40×50 cm

Brigitte Kowanz   ohne Titel   1985   Mischtechnik auf Lw.   40×50 cm

Brigitte Kowanz   ohne Titel   1985   Mischtechnik auf Lw.   30 × 18 cm

ERNST TRAWÖGER

Die Bilder von Ernst Trawöger sind Resultate subtiler Differenzierung und hoher Sensibilität. ... Der Bildraum ist neutral, die dargestellten menschlichen Figuren und Tiere sind oft auf die Umrisse reduziert, sie bleiben dabei aber immer lebendig und ausdrucksvoll. Inhaltliches bezieht sich hier nicht auf ein bestimmtes Geschehen, sondern auf kategoriale Bedingungen, d. h. auf Veränderungen, Gegensätze, Ähnlichkeiten und Zusammenhänge, die in der Reflexion des Betrachters als Allgemeines im Besonderen erscheinen. So ist ein Gegenstand in manchen Bildern zweimal zu sehen, abstrakt und mimetisch, oder eine Figur ist im Raum verteilt. Bildelemente sind ineinander gezeichnet. Organisch-Figuratives setzt sich ab gegen farbige Flächen. Phasen, Projektionen, Spiegelungen eines Vorgangs, Analogien und Variationen einer Form sind auf höchst geistvolle und poetische Weise dargestellt. Nicht das Abbild oder das Detail ist das Thema von Trawöger, sondern das Strukturelle und Affirmative. Seine Bilder sind universell. Das Partielle ist an Vorgestelltem orientiert. Er bevorzugt helle, heitere Farben und transparente Hintergründe, spontan gezeichnete Konturen, den Wechsel von Exaktem und Unschärfe. Alle Aspekte zusammen ergeben jenes Schwebende seiner Bilder, das in der Verbindung von Konstruktivität und Figurativem sichtbar wird.

Heinz Gappmayr
Aus: Katalog „Ernst Trawöger", Damon Brandt Gallery, New York
Galerie Krinzinger, Innsbruck 1984

Ernst Trawöger   ohne Titel   1986   Tempera auf Lw.   100 × 60 cm

Ernst Trawöger ohne Titel 1986 Acryl auf Lw. 110 × 100 cm

Ernst Trawöger   ohne Titel   1986   Tempera auf Lw.   110 × 90 cm

ELMAR TRENKWALDER

Eine genaue Beschreibung der Arbeiten Trenkwalders macht ihr jeweiliges, für sich stehendes Problem deutlich, das der Künstler nicht lösen kann, sondern nur darstellen möchte. Die Kunst stellt Fragen und gibt keine Antworten. Je präziser man in diesem Versuch der Analyse sein will, umso stärker wird deutlich, daß der Künstler eine analytische und synthetische Vorgangsweise miteinander verknüpft. Bewußt gibt es keinen Zugang vom „Gegenstand" her, der wie bei Richter durch die Banalität und Austauschbarkeit gängiger Themen heruntergespielt wird. Denn das Seestück, der Reiter über zerknitterter Leinwand, der Blick auf den Golf oder auf eine Landschaft mit klassischer Architektur haben, wie der Künstler bemerkt, keinen Titel, das heißt, sind eben nur Malerei.

Trenkwalder fasziniert der Begriff des Bildes. Etwa dort, wo der Rahmen sich aus der Bildleinwand, diese an den Begrenzungen des Bildes aufrollend bildet und damit das Ende des Bildes erst an dem Ende der aufgerollten Leinwand zu vermuten ist. Die Irritation wird weitergetrieben, wenn ein Seestück als Grisaille angelegt wird, der Grund der Leinwand und der aus ihr gebildete pompöse Rahmen von der Farbe des Wassers ist, welches ja das Thema des Werkes ist. Die Braun/Braun-Malerei in ihrer nur leicht differenzierten Monochromie führt in der Folge zu jenen meditativen Tafeln, deren Oberfläche, reliefartig von Malspuren durchzogen, verschiedene Raumvorstellungen des Bildes auf Grund der je unterschiedlichen Position des Betrachters zulassen. Mit räumlicher Irritation, der Fortsetzung der Malerei in den Raum, ohne Skulptur zu werden, ohne den Boden der Malerei zu verlassen, haben auch jene Arbeiten zu tun, in denen das Bild zurückweicht, segelartige Stücke zu kleinen Bildeinheiten im Bild führen und gewisse Elemente des Bildes, wie die Laubkrone des Baumes, halbplastisch geformt werden. In diesem Diskurs, Rahmen – Bild, der Eroberung des Rahmens durch das Bild oder dem Übergang des Rahmens in das Bild, untersucht Trenkwalder spielerisch und hintergründig die Seinsweise des Bildes selbst, arbeitet hin auf Ontologie des Gegenstandes „Bild". Dies betreibt er auch dort, wo er verschiedene, stilistisch unterschiedlich konzipierte Objekte vereint, etwa in der Konfrontation einer locker gemalten „malerischen" Landschaft mit einem Relief, das eine mythologische Darstellung trägt, die aus Schaumstoff geschnitten wurde. Der Reiter, der über die Bildfalten springt, die Figur, die im Bild verschwindet, das Wasser, das zurückweicht, der Rahmen, der zum Bild wird, dies alles sind ganz und gar unliterarische Irritationsversuche, die den heiteren, aber durchaus philosophischen Kopf verraten, der Trenkwalder heißt.

Peter Weiermair

Aus: Katalog „Trenkwalder", Innsbruck 1985

Elmar Trenkwalder   ohne Titel   1986   Öl/Lack/Lw.   138 × 103 × 16 cm

Elmar Trenkwalder   ohne Titel   Lack/Zeitungspapier/Karton   73 × 58 × 14 cm

Elmar Trenkwalder   ohne Titel   1986   Lack/Karton   102 × 74 × 15 cm

MARTIN WALDE

... ich trat zu dem geöffneten Fenster des Badezimmers und schaute hinaus. Für einen Moment schloß ich geblendet die Augen. Grelle Sonnenstrahlen spiegelten sich auf der Wasseroberfläche eines großen Schwimmbassins. Es lag hinter dem Hotel. Auf blaugekachelten Laufstegen standen Liegestühle. Und auf einem etwa zwei Yards hohen Sprungturm stand ein mittelgroßer breiter Mann. Er trug eine rote Badehose und verschwand in diesem Augenblick mit einem weiten Hechtsprung in den Fluten. Der Mann hatte so dunkle Haut, daß ich im ersten Augenblick nicht hatte unterscheiden können, ob es sich um einen Farbigen oder um einen tiefgebräunten Weißen handelte. Ich schirmte die Augen mit der Hand gegen das grelle Licht ab und beugte mich aus dem Fenster. Der Turmspringer war aufgetaucht, kraulte jetzt an den Rand des Beckens und schwang sich aufs Trockene. Es war ein Weißer. Aber er war nicht braungebrannt, sondern sein Körper war vom Halsansatz bis hinab zu den Füßen tätowiert. Der Mann hatte dunkles Haar, von seinem Gesicht konnte ich nichts erkennen. Ich drehte mich um, „Wo kann ich telephonieren?" ...

Aus: Conway Caruthers „Der Lockvogel"

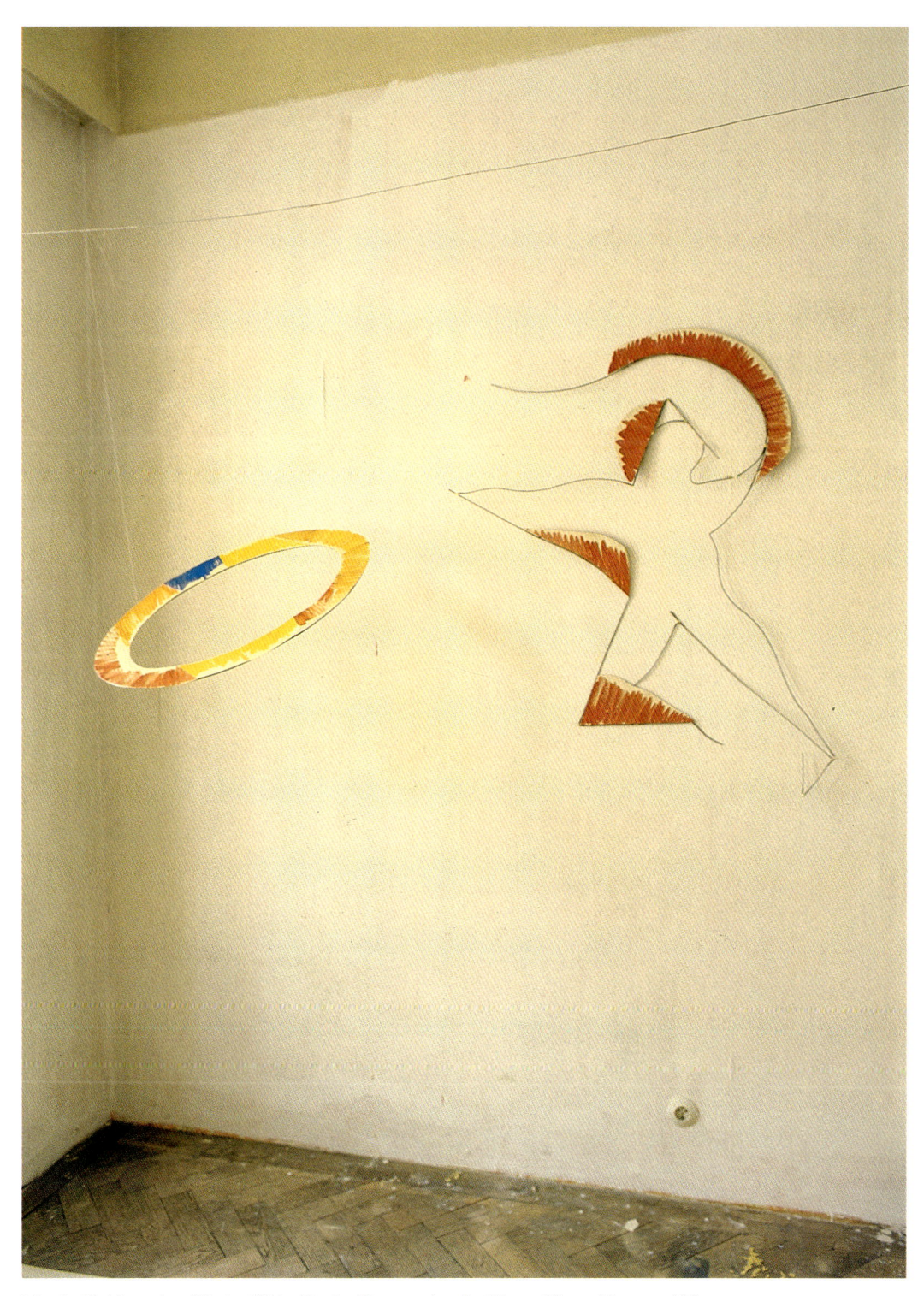

Martin Walde   ohne Titel   1986   Draht, Karton, Acryl   Ring ø 80 cm, Figur ca. 120 cm

Martin Walde   ohne Titel   1986   Acryl, Kreide, Wachs auf Papier   98 × 275 cm

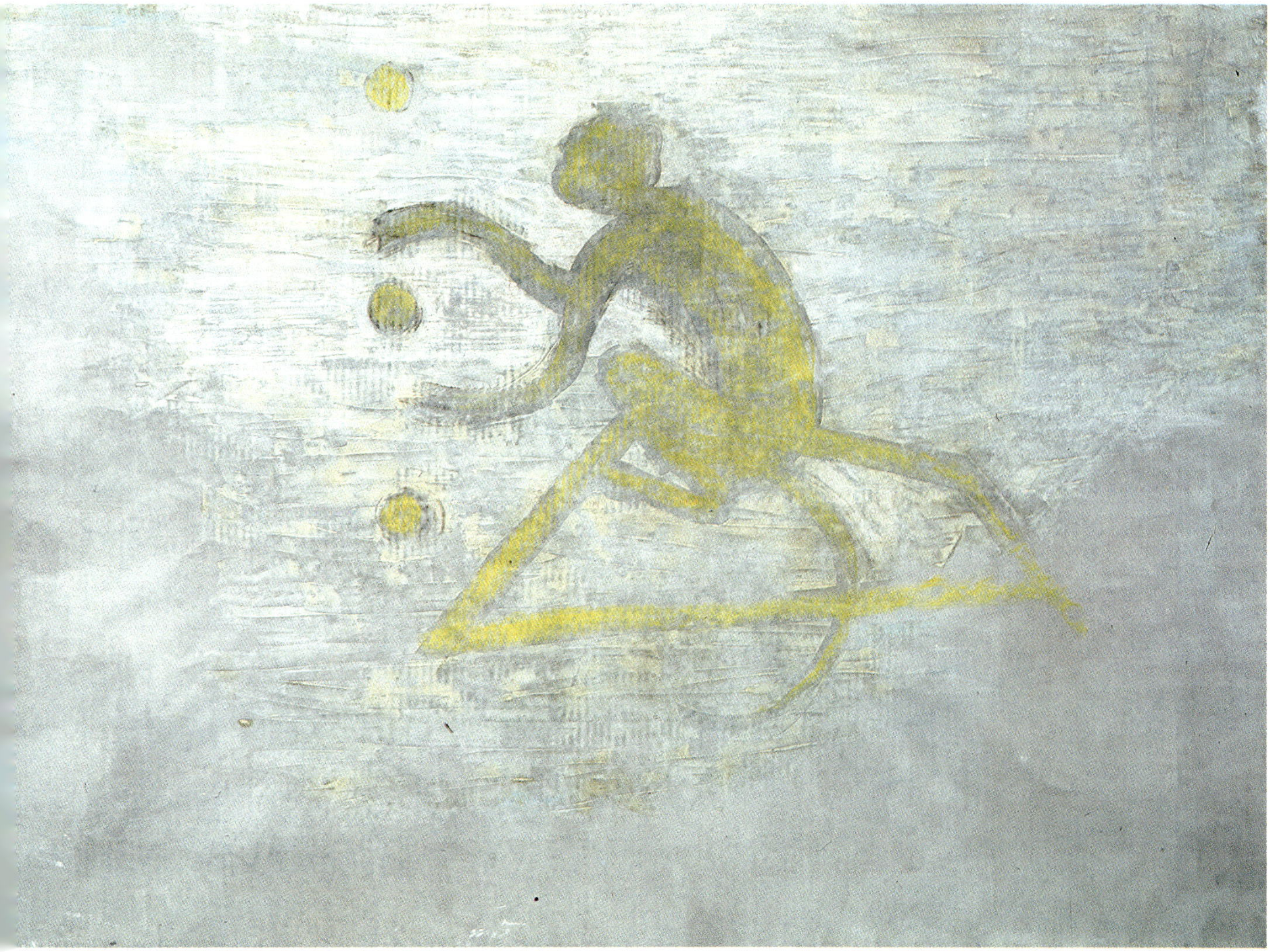

AUTORENBIOGRAPHIEN

HELMUT DRAXLER

geboren 1956 in Graz, Studium der Kunstgeschichte, Geschichte und Philosophie in Graz und Wien. Studienaufenthalt in Paris. Tätig als Kunstkritiker und Publizist in Katalogen und Zeitschriften wie Artforum, Kunstforum International, Flash Art, Die Presse u. a. Dissertation (soeben abgeschlossen): „Das brennende Bild. Eine Kunstgeschichte des Feuers der neueren Zeit."

URSULA KRINZINGER, Dr. phil.

geboren 1940 in Bregenz, lebt in Innsbruck und Wien. Studium der Kunstgeschichte und Archäologie in Wien, Paris und Innsbruck. Nach Abschluß des Studiums 1965 wissenschaftliche Mitarbeit bei verschiedenen internationalen Ausstellungsprojekten. 1971 Eröffnung der Galerie Krinzinger Bregenz. 1972 Galerie Krinzinger Innsbruck mit Schwerpunkt österreichische aktuelle Kunst, konfrontiert mit wichtigen internationalen Tendenzen. 1986 Galerie Krinzinger Wien.

DIETER RONTE, Dr. phil.

geboren 1943 in Leipzig, Studium der Kunstgeschichte, Archäologie und Romanistik in Münster, Pavia und Rom. Ab 1971 Mitarbeiter der Museen der Stadt Köln, dann Leiter der Graphischen Sammlung des Museums Ludwig in Köln, seit 1979 Direktor des Museums moderner Kunst in Wien. Zahlreiche Publikationen zur Kunst des 20. Jahrhunderts.

WILFRIED SKREINER, Dr. jur. et phil.

Leiter der Neuen Galerie am Landesmuseum Joanneum seit 1966, habilitierte sich an der Universität Graz für Kunstgeschichte der neuesten Zeit, ao. Univ.-Prof. seit 1970. 1972 Österreichischer Regierungskommissär für die Biennale von Venedig, Direktoriumsmitglied des „steirischen herbstes". Vorsitzender des Österreichischen Kunsthistorikerverbandes. Zahlreiche Publikationen zur Kunst des 19. und 20. Jahrhunderts.

PETER WEIERMAIR

geboren 1944 in Steinhöring (Obb.), lebt in Innsbruck (Tirol) und Frankfurt am Main, Studium der Germanistik und Kunstgeschichte in Innsbruck und Wien, Kurator an der Galerie im Taxispalais (Innsbruck) und Leitung des „forum für aktuelle kunst" (Innsbruck) von 1969 bis 1981, Verleger (Allerheiligenpresse) seit 1964, seit 1980 Direktor des Frankfurter Kunstvereins.

Zahlreiche Publikationen zur bildenden Kunst und Photographie des XX. Jahrhunderts, Herausgeber und Textautor zahlreicher Publikationen zur österreichischen Kunst der Gegenwart.

KÜNSTLERBIOGRAPHIEN

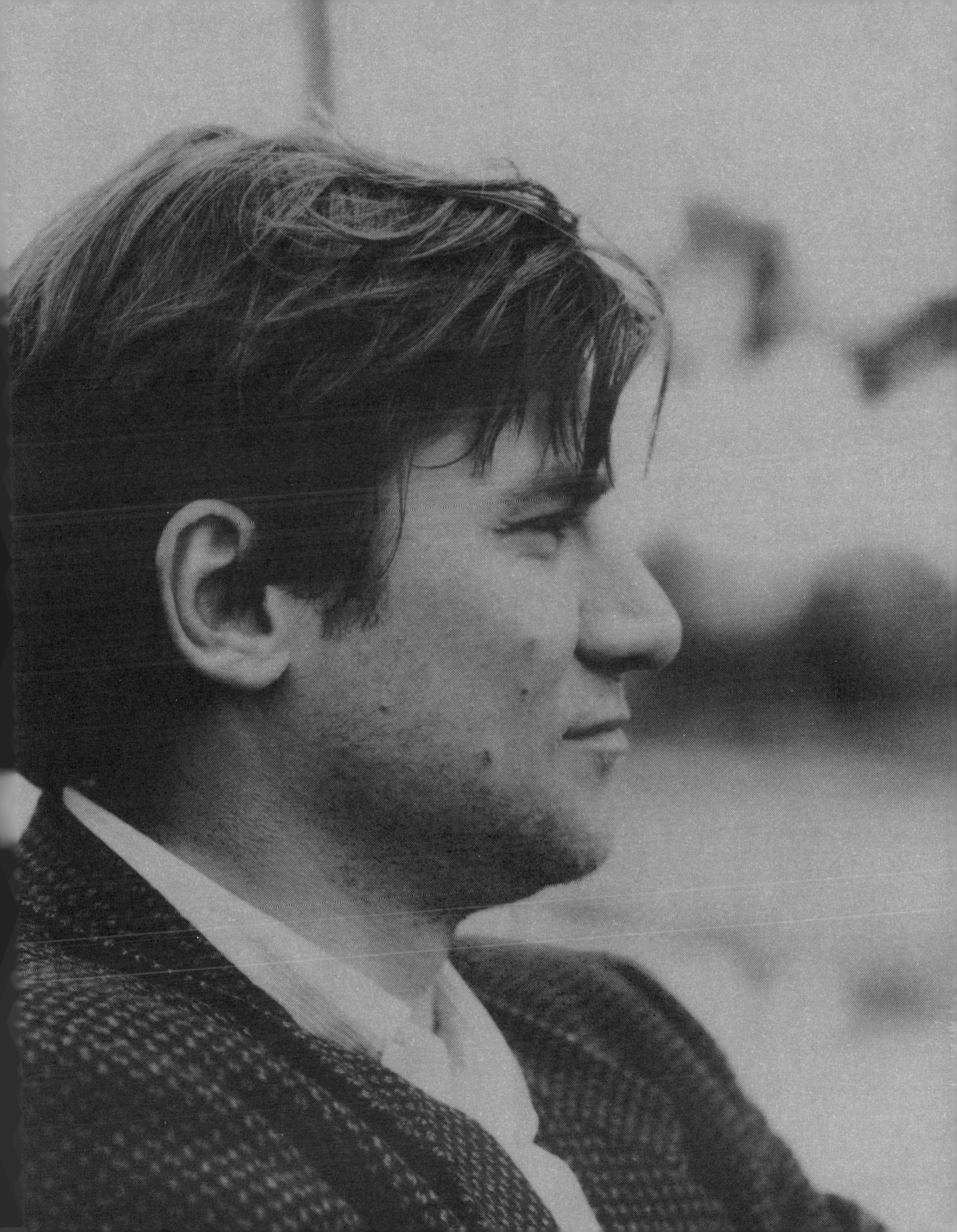

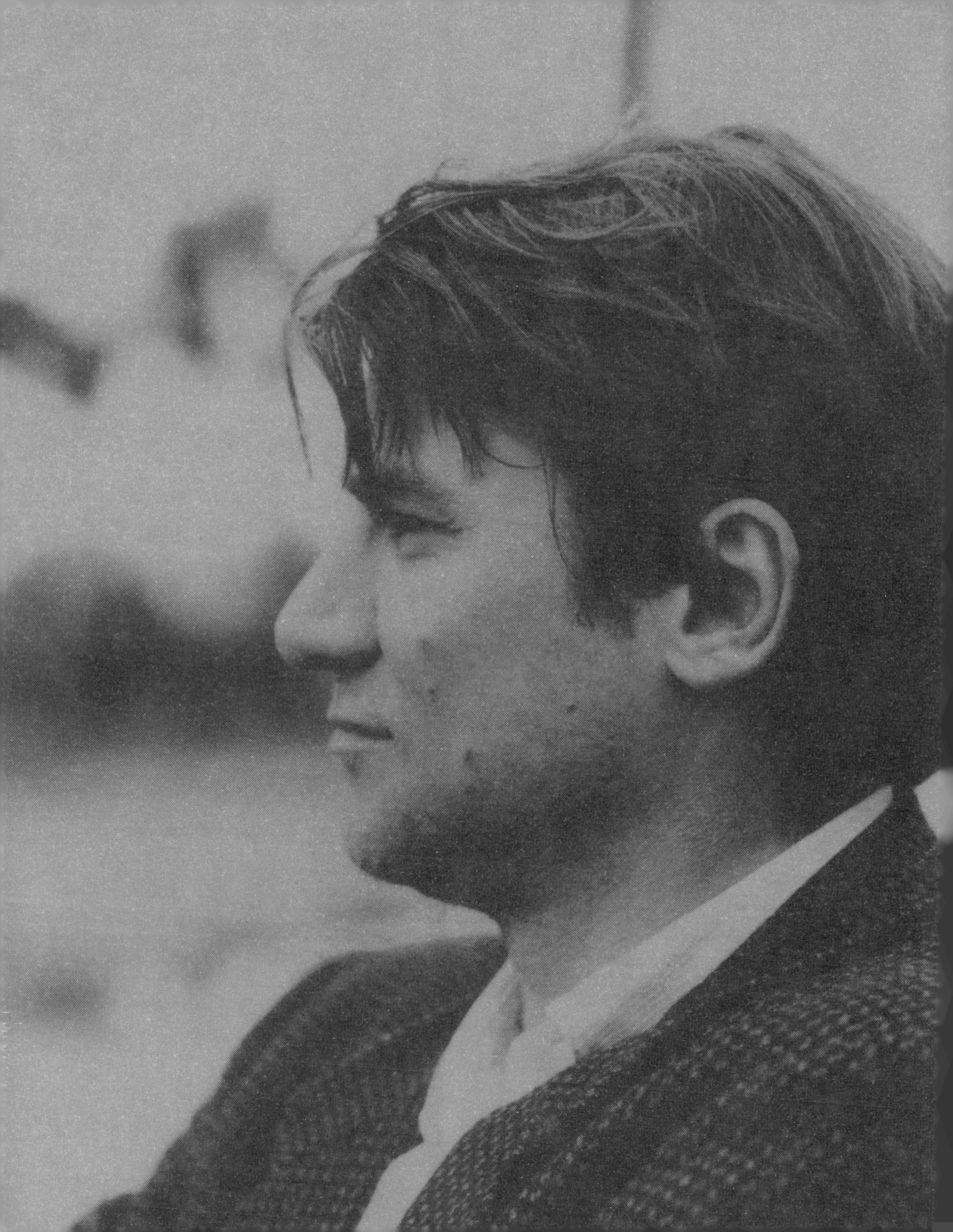

SIEGFRIED ANZINGER

1952 in Weyer/Steyr geboren
1971–77 Studium an der Akademie der bildenden Künste, Wien
lebt in Köln und Wien

EINZELAUSSTELLUNGEN (Auswahl):

1976
Galerie Herzog, Wien

1977
Pressehausgalerie, Wien

1978
Galerie Ariadne, Wien

1979
Österr. Hochschülerschaft, Kulturzentrum Wien

1980
Sigrid Friedrich – Sabine Knust, Galerie & Edition, München
Galerie Krinzinger, Innsbruck
Galerie Ariadne, Wien

1981
Sigrid Friedrich – Sabine Knust, Galerie & Edition, München
Perspektive, Art Basel
Internationaler Kunstmarkt, Köln

1982
Galerie Buchmann, St. Gallen (zusammen mit Schmalix)
Galerie Krinzinger, Innsbruck (Katalog)
Galerie nächst St. Stephan, Wien (Katalog)
Galerie Bitterlin, Basel (zusammen mit Schmalix)
Galerie Ropac, Lienz
Galerie 't Venster, Rotterdam (zusammen mit Schmalix/Katalog)

1983
Galerie Six Friedrich, München (Katalog)
Galerie Heinrich Erhardt, Madrid (zusammen mit Schmalix)
Galerie Vera Munro, Hamburg
Galerie Albert Baronian, Brüssel
Galerie Gugu Ernesto, Köln

1984
Galerie Farideh Cadot, Paris (zusammen mit Schmalix und Mosbacher)
Galerie Holly Solomon, New York (zusammen mit Schmalix/Katalog)
Studio Cannaviello, Mailand
Galerie Bleich-Rossi, Graz (Katalog)

1985
Kunstmuseum, Basel
Galerie Buchmann, Basel
ORF, Graz
Galerie Gugu Ernesto, Köln
Galerie Burnett Miller, Los Angeles (zusammen mit Schmalix)

1986
Neue Galerie, Linz
Kunsthalle, Hamburg
Galerie Krinzinger, Wien (Katalog)
Kunstverein, Frankfurt (Katalogbuch)

AUSSTELLUNGSBETEILIGUNGEN (Auswahl):

1977
Palais Liechtenstein, Wien, „Interkunst"
Galerie Ariadne, Wien

1978
Galerie Ariadne, Wien

1979
Ursulinenhof, Linz
Nürnberg, „Zeichnungen heute"
Galerie Ariadne, Wien

1980
Galerie Annasäule, Innsbruck, „Malerei 80"
Galerie Ariadne, Wien

1981
Galerie Buchmann, St. Gallen
Kunstpreis NÖ-Art, Wien
Neue Galerie, Graz, „Neue Malerei in Österreich I"
Alte Oper, Frankfurt, „Phoenix"
Edition Galerie Pfefferle, München, „Das Bilderbuch" (Buch und Ausstellung)

1981/82
Galerie Vera Munro, Hamburg (zusammen mit Nagel und Zimmer)

1982
Kunstmuseum, Luzern, „Junge Künstler aus Österreich" (Katalog)
Rheinisches Landesmuseum, Bonn, „Junge Künstler aus Österreich" (Katalog)
Galerie nächst St. Stephan, Wien, „Neue Skulptur" (Katalog)
Galerie Six Friedrich, München
Documenta 7, Kassel
Berlin, „Zeitgeist" (Katalog)
Galerie Klapperhof, Köln, „Wilde Malerei" (Katalog)

Kunstmesse, Amsterdam (Einzelkoje)
Galerie Brinkmann, Amsterdam
Kunstmuseum, Winterthur, „Österreichische Szene"
Galerie Hummel, Wien, „Das Fresko"
Galerie Toni Gerber, Bern (zusammen mit Mosbacher und Schmalix)
Kunstmuseum, Appeldorn (zusammen mit Mosbacher und Schmalix)
1983
Galerie Ciento, Barcelona
Museum des 20. Jahrhunderts, Wien, „Einfach gute Malerei" (Katalog)
Galerie Ropac, Salzburg, „Zeitschnitt" (Katalog)
Folkwang Museum, Essen, Graphic-Edition (Jahresgabe)
Steirischer Herbst, Graz, „Trigon" (Katalog)
Galerie Ricke, Köln, „Triumph-Skulpturen"
Museum, Tel Aviv, „Sammlung Joshua Gessel" (Katalog)
Galerie Pfefferle, München, „Neue Malerei" (Katalog)
Galerie Gugu Ernesto, Köln, „Arbeiten auf Papier"
Galerie Gmyrek, Düsseldorf, „Neue Malerei"
Galerie Hummel, Wien, Österreichische Skulpturen"
Guggenheim Museum, New York
Galerie Six Friedrich, München, „Schwarz-Weiß-Zeichnungen" (Katalog)
1984
Galerie Krinzinger, Innsbruck, „Symbol Tier" (Katalog)
Landesmuseum, Darmstadt, „Sammlung H. J. Müller"
Galerie & Edition Pfefferle, München, „Skulptur" (Katalog)
Genf, „Sammlung Joshua Gessel" (Katalog)
Fondazione Amelio, Neapel, „Terrae Motus"
Bologna, „Arte Austriaca 1960–1984" (Katalog)
Galerie Pfefferle, München, „Das neue Menschenbild"
Neue Galerie Graz, „Neue Wege des plastischen Gestaltens in Österreich"
Bonn; Bécs; Kunstmuseum, Bochum (Katalog)
Kunstverein, Frankfurt, Grafik-Edition (Jahresausgabe)
1985
Galleria Torbandena, Triest, „Austria Ferix" (Katalog)
Mailand, „Österreichische Avantgarden seit 1945"
Imola, Italien, „Anniottanta"
Pavillon Josefine, Strasbourg, „Un Regard sur Vienne"
Municipal Art Gallery, Los Angeles, „Visitor I"
Galerie Fuller Goldeen, San Francisco, „Works on Paper" (mit Attersee, Bohatsch, Schmalix, Rainer)
Galerie Anna Friebe, Köln, „Junges Österreich"
Biennale, Paris
Zagreb, Ljubljana, Belgrad, Budapest, „Neue Kunst aus Österreich"
Rupertinum, Salzburg, „Innovativ" (Katalog)
1986
Budapest, „Zurück zur Farbe – Gemälde und Skulpturen junger österreichischer Künstler" (Katalog)
Galerie Grüner, Linz, „Ausblicke"
Galerie Krinzinger, Wien, „Aug um Aug" (Katalogbuch)

AUSSTELLUNGSBETEILIGUNGEN (Auswahl):
1968
Galerie im Taxispalais, Innsbruck, „Neue Dimensionen der Plastik in Österreich"
1972
Württembergischer Kunstverein, Stuttgart, „Szene Berlin Mai '72"
Graphikbiennale, Tokyo
1976
Schapira & Beck, Wien, „Eröffnungsausstellung"
1984
Galleria d'Arte Moderna, Bologna, „Arte Austriaca 1960–1984"
1985
Castello di Rivoli, Turin; Salas Pablo Ruiz Picasso, Madrid, „Rennweg"
1986
Galerie Grüner, Linz, „Ausblicke"
Galerie Krinzinger, Wien, „Aug um Aug" (Katalogbuch)

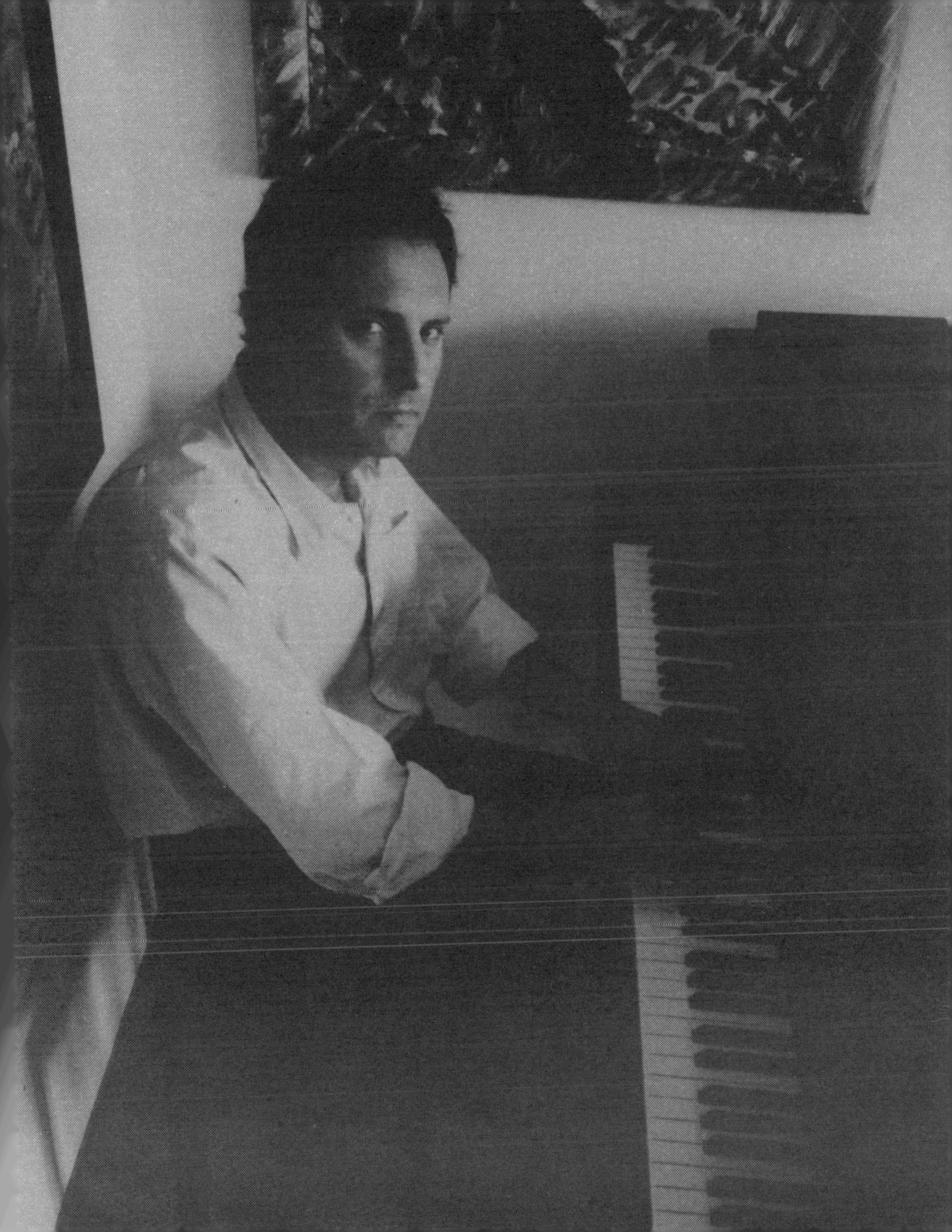

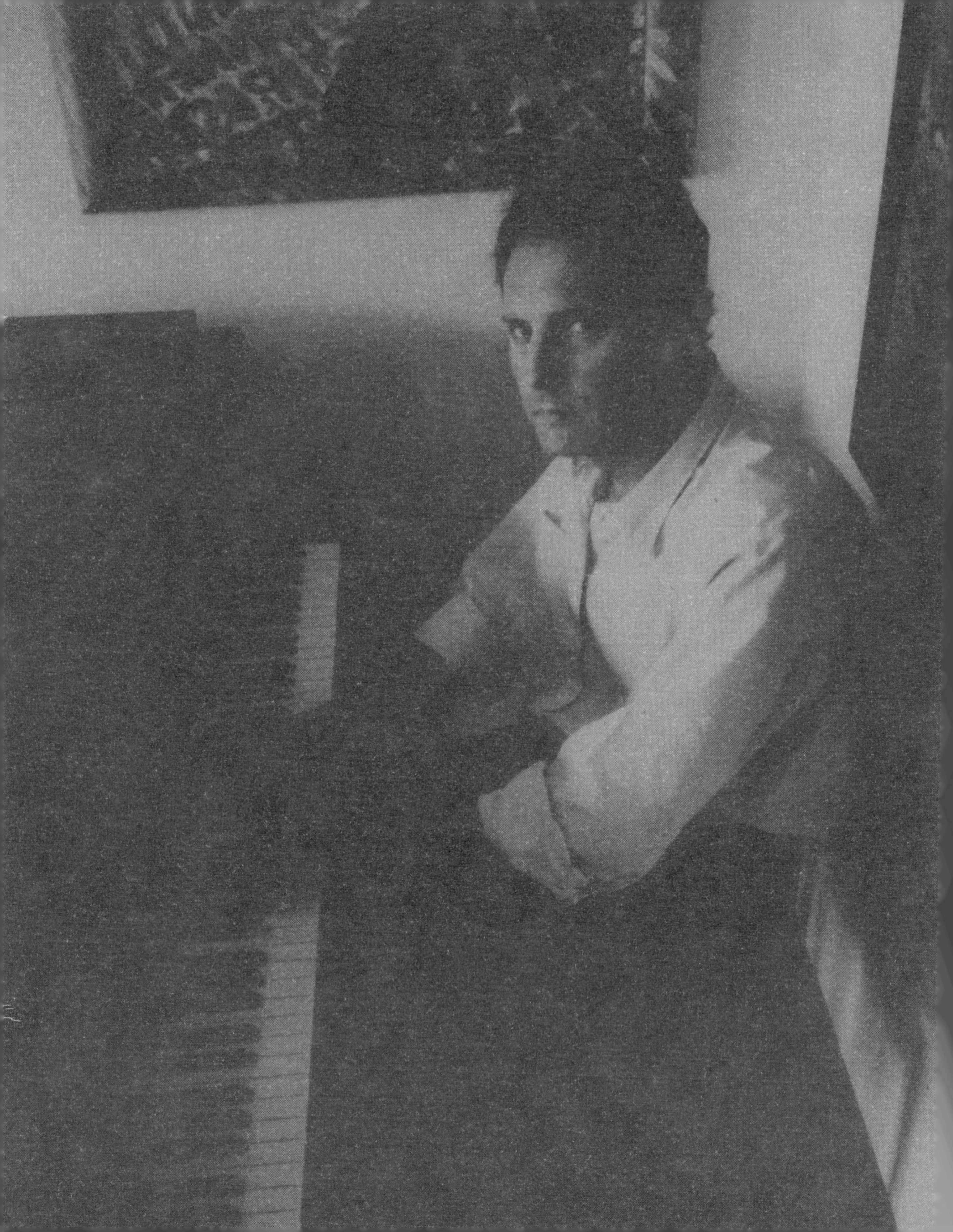

CHRISTIAN LUDWIG ATTERSEE

1940 in Preßburg geboren

Haupttätigkeit ist die Malerei, weiters als Musiker und Schriftsteller aktiv. Lebt in Wien und St. Martin an der Raab im Burgenland.

Attersee schreibt Mitte der fünfziger Jahre Kurzromane, dichtet seine ersten Lieder, die er selbst für Klavier und Gitarre vertont und singt, zeichnet Comics und entwirft Bühnenbilder.

Attersee gewinnt viele Segelregatten, Wetter und Wasser zählen bis heute zu den Hauptthemen seiner bildnerischen Arbeit.

1957–1963 Studium an der Hochschule für angewandte Kunst in Wien.

Attersee faßt seine bildnerische Tätigkeit seit 1961 in einzelnen Werkgruppen zusammen.

Aus dem Frühwerk herausragend die Bildgruppe „Kompositionen mit Fleischstücken" (1961–1962).

Tritt als Rock 'n' Roll-Sänger in Tanzlokalen auf, entwickelt seine eigene Gesangssprache (Gesang am Klavier begleitet noch heute seine Maltätigkeit).

Ab 1963 entstehen die Bildzyklen „Wetterbilder" und „Regenbogenanomalien", ab 1965 die Attersee-Objekterfindungen „Speisekugel" und „Speiseblau", das „Objekt Vagina", „Prothesenalphabet", „Attersteck", „Speicheltönung" und andere.

1965–1966 lebt Attersee in Berlin, wohnt zeitweise bei Gerhard Rühm. (Buch „Komm mit nach Österreich".)

Sommer 1966 beginnt Attersee seine Gegenstandserfindungen auf Leinwandbildern und Farbzeichnungen abzubilden. Hauptthemen der Bilder („Attersees Schönheit", 1966–1971) sind Erfindungen zum Eßbereich, Modeobjekte für Mensch und Tier, Ziermuster und Schmucklust. Gleichzeitig entstehen die Attersee-Fotozyklen (1967–1972), ironische und kritische Selbstdarstellungen zu Erotik- und Schönheits-Begriffen.

Objektaktionen der Attersee-Erfindungen in Galerien, auf Bühnen und in Fernsehfilmen. Der 1969 gedrehte Kinofarbfilm „Gruß Attersee" ist ein umfasssender Bericht über Attersees Objektwelt, Attersee singt sein „Atterseelied".

Freundschaft und Zusammenarbeit mit den Künstlern Günter Brus, Hermann Nitsch, Walter Pichler, Dieter Roth, Dominik Steiger und Oswald Wiener.

1971–1972 Zweiter Aufenthalt in Berlin, es entsteht die Bilderreihe „Zyklus Segelsport".

Unter dem Titel „Servierlust" faßt Attersee (1973–1976) die Bilderreihen „Serviettenallerlei", „Servierlustrundum" und Breezekunst" zusammen. Zur gleichen Zeit entstehen auch die „Attersee-Zwillingsbilder". Wortneuschöpfungen werden verstärkt den Bilderfindungen zugemengt, Sprache und Bild heiraten.

1974 erwirbt Attersee ein Bauernhaus in St. Martin an der Raab im Burgenland.

September 1974 erste Teilnahme an den Konzerten „Selten gehörte Musik" in Berlin.

1977–1980 Attersee malt die Bildgruppen „Triebstör" und „Draufhausen" (1976–1977), während seines Paris-Aufenthaltes (Herbst 1978 bis Sommer 1979) den Zyklus „Horizontmilch". Jahreswende 1979/1980 segelt er mit der Jacht „Puritan" über den Atlantik, Zyklus „Atlantik-Tage". Weitere Bildreihen: „Der Slawe ist die herrlichste Farbe" (1979–1980) und „Die Tischzärte" (1980).

Es folgen die Werkgruppen „Das Traumzweit" (1981) und die „Treibholzphantasie" (1982). Die beiden Bildreihen des Jahres 1983 heißen „Am Weg zur Braut" und „Der Wettergatte".

Herbst 1984 beendet Attersee seine Werkgruppe „Störobst", Sommer 1985 die Bildreihe „Keil mit Hut".

Im Sommer 1985 wird in der Gemeinde Attersee, anläßlich ihres 1100jährigen Jubiläums, eine umfassende Ausstellung aus dem Bild-Werk Attersees gezeigt.

Herbst 1985: Attersee zeigte einen großen Teil seiner Arbeiten in „Rennweg" (zusammen mit Brus, Nitsch, Pichler, Rainer), einer Ausstellung, die in Turin (Castello di Rivoli), Italien, und Madrid (Salas Pablo Ruiz Picasso), Spanien, stattfand.

November 1985 wurde eine Auswahl von Attersee-Ölbildern (1977–1985) von der Kestner-Gesellschaft in Hannover ausgestellt.

Dezember 1985 erschien das Album „Atterseemusik, Lieder von Wetter und Liebe".

Februar–März 1986 wurde eine gesamte Attersee-Ausstellung (Ölbilder 1972–1986) im Stedelijk Van Abbemuseum in Eindhoven, Niederlande, gezeigt. Gleichzeitig erschien das Buch „Attersee – Die erweiterte Woge" (Gedichte und Bilder des Künstlers).

Juni 1986: „Attersee und seine Freunde", eine spezielle Abendunterhaltung, wird während der „Ars Electronica 1986" in Linz/Donau stattfinden.

September–Oktober 1986: Die Nationalgalerie, Berlin, wird ausgewählte Werke (1977–1986) von Attersee zeigen.

EINZELAUSSTELLUNGEN (Auswahl):
1966
Galerie Benjamin Katz, Berlin
1967
Galerie im Griechenbeisel, Wien
Galleria Lo Squero, Triest (Katalog)
1968
Forum Stadtpark, Graz
Galerie nächst St. Stephan, Wien (mit Pichler/Katalog)
1969
Galerie Maerz, Linz
Galerie nächst St. Stephan, Wien (mit Pichler/Katalog)
1970
Galerie Bischofberger, Zürich (Katalog)
Galerie Springer, Berlin
Kunstverein, Hannover (zusammen mit Arakawa und Judd)
Galerie Ariadne, Wien
1971
Galerie Bischofberger, Zürich
1972
Galerie Grünangergasse, Wien
Galerie Ariadne, Köln (Katalog)
Galerie Springer, Berlin (Katalog)
Galerie Klewan, Wien
1973
Galerie Herzog, Büren an der Aare (bis 1985 acht Ausstellungen)
1974
Galerie Van de Loo, München (Katalog)
Galerie Krinzinger, Innsbruck (Katalog)
Deuring Schlößchen, Bregenz (Katalog)
Badischer Kunstverein, Karlsruhe
Kunstverein, Kassel
Galerie Klewan, Wien (Katalog)
Galerie Heike Curtze, Düsseldorf
1975
Aktionsgalerie, Bern
9. Biennale de Paris – Musée National d'Art Moderne, Paris (Katalog)
Galerie Grünangergasse, Wien (Katalog)
1976
Galerie Krinzinger, Innsbruck (Katalog)
Galerie Stähli, Zürich (Katalog)
Kunstmuseum, Luzern (Katalog)
Galerie Heike Curtze, Düsseldorf (auch Attersee-Einzelschau auf dem Intern. Kunstmarkt, Düsseldorf)
1977
Galerie Schapira & Beck, Wien (Attersee-Einzelschau auf der Intern. Kunstmesse, Wien)
Kunstverein, Mannheim (Katalog)

Graph. Kabinett Kunsthandel Werner KG., Bremen
Galerie Krinzinger, Innsbruck, Einzelschau auf der Art Basel (Katalog)
Museum Hedendaagse Kunst, Utrecht (Katalog)
1978
Galerie Klewan, Wien (Katalog)
1979
Galerie Heike Curtze, Düsseldorf (mit Brus/Katalog)
Kulturhaus, Graz (mit Brus/Katalog)
Galerie Stähli, Zürich (Katalog)
Galerie Heike Curtze, Wien (mit Brus/Katalog)
1980
Galerie Klewan, München (Katalog)
Galerie Heike Curtze, Düsseldorf (auch Attersee-Einzelschau am Intern. Kunstmarkt, Düsseldorf/Katalog)
1981
Galerie Heike Curtze, Wien (Katalog)
Galerie Krinzinger, Innsbruck (Katalog)
1982
Galerie Klewan, München (mit Brus)
Galerie Heike Curtze; Galerie nächst St. Stephan, Wien (Katalog)
Galerie Klewan, München (Katalog)
Museum des 20. Jahrhunderts, Wien (Katalog)
1983
Kunstverein, Frankfurt (Katalog)
Galerie Stähli, Zürich (Katalog)
Aargauer Kunsthaus, Aarau (Katalog)
Galerie Zell am See, Zell am See
Neue Galerie – Sammlung Ludwig, Aachen (Katalog)
Kunsthalle, Wilhelmshaven (Katalog)
Reinhard Onnasch Ausstellungen, Berlin (Katalog)
Galerie Springer, Berlin
Kulturhaus, Graz (Katalog)
1984
Industriehaus, Wien
Rupertinum, Salzburg (Katalog)
Österreichischer Pavillon und 1. Intern. Pavillon, Biennale Venedig (Katalog)
Galerie Herzog, Büren zum Hof
Galerie Bama, Paris
Galerie in der Staatsoper, Wien (Katalog)
1985
Volksschule Attersee, Attersee
Museumspavillon des Mirabellgartens, Salzburg (Katalog)
Galerie Heike Curtze, Wien
Kestner-Gesellschaft, Hannover (Katalog)
1986
Stedelijk Van Abbemuseum, Eindhoven (Katalog)
Nationalgalerie, Berlin (Katalog)

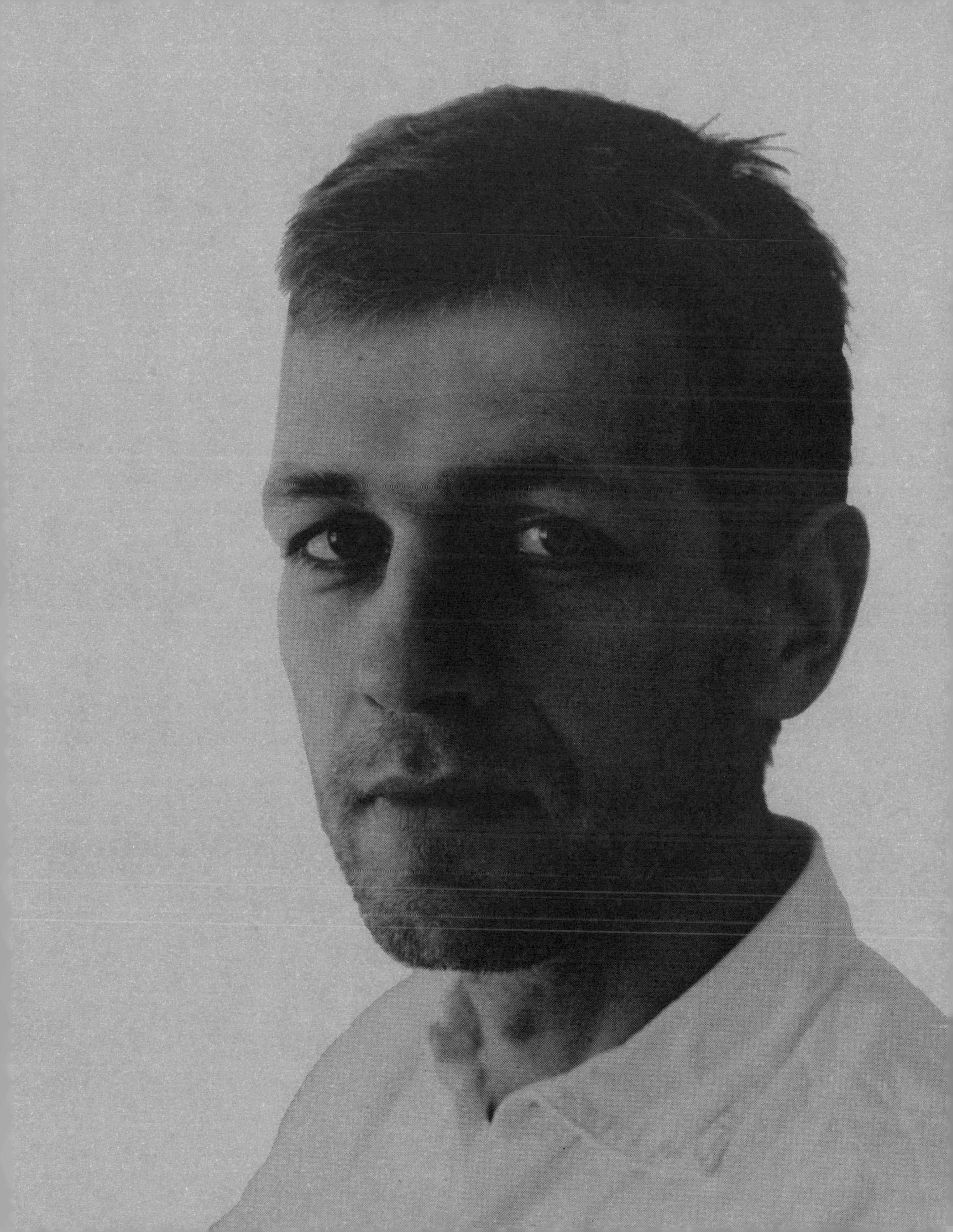

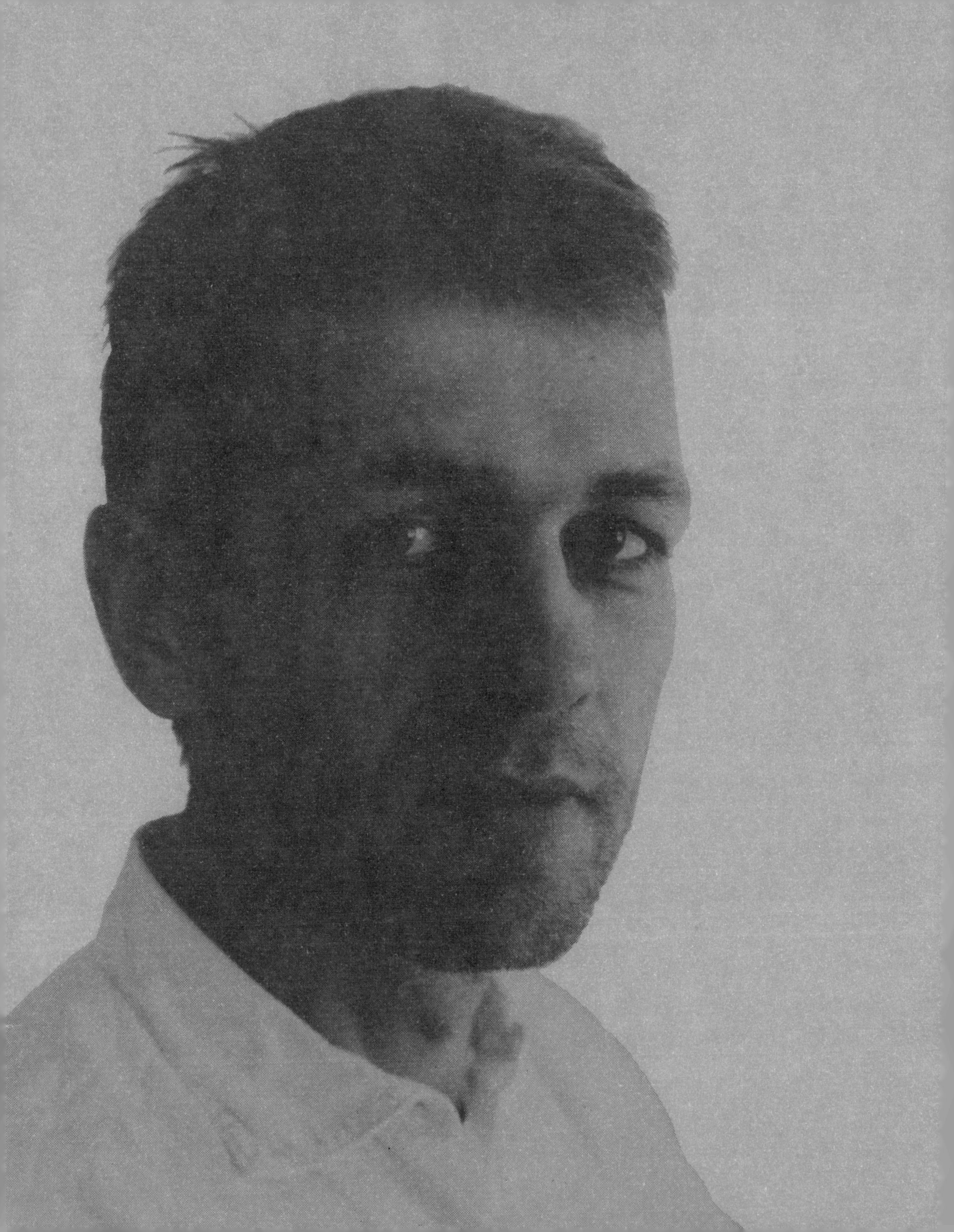

ERWIN BOHATSCH

1951 in Mürzzuschlag geboren
1971–76 Studium an der Akademie der bildenden Künste in Wien
1983/86 Otto-Mauer-Preis
1984/85 DAAD Stipendium, Berlin
lebt in Beistein bei Fehring/Steiermark

EINZELAUSSTELLUNGEN:
1977
Galerie Brandstätter & Co., Wien
1980
OÖ. Landeskulturzentrum Ursulinenhof, Linz
1981
Galerie Ariadne, Wien
1982
Arte Viva, Basel
1983
Funkhausgalerie im ORF-Studio, Graz
Neue Galerie, Graz; Galerie Bleich-Rossi, Graz
1984
Galerie Krinzinger, Innsbruck (Katalog)
Galerie Severina Teucher, Zürich
1985
DAAD Galerie, Berlin
Galerie Skulima, Berlin
Gallery Deborah Sharpe, New York
1986
Galerie Bleich-Rossi, Graz

AUSSTELLUNGSBETEILIGUNGEN (Auswahl):
1972
Secession-Clubgalerie, Wien, „Meisterklassen-Ausstellung"
1977
Museum moderner Kunst, Wien, „Interkunst"
1978
Secession, Wien, „Tendenzen und Wege"
1979
Galerie Ariadne, Wien, „Accrochage"
1980
Künstlerhaus, Wien, „Kunstszene Wien"
Neue Galerie, Graz, „Werke der XV. Internationalen Malerwochen"
1980–81
Künstlerhaus, Wien, „Kunst auf Rezept?"

1981
Neue Galerie, Graz, „Neue Malerei in Österreich I"
Neue Galerie, Künstlerhaus, Graz, „70 bis 80 – elf Jahre Kunst in der Steiermark"
Kunstmesse, Köln (Förderungsprogramm für junge Kunst)
1982
Kunstmuseum, Luzern; Rheinisches Landesmuseum, Bonn; „Junge Künstler aus Österreich"
Berlin, „Zeitgeist" (Katalog)
Bécsi Galéria, Bécs, „Kunst aus der Steiermark" (Kulturwochen), Fehring/Steiermark
1983
Galleria la Pignia, Rom, „Junge Künstler aus der Steiermark"
Galerie bei den Minoriten, Graz
Neue Galerie u. Künstlerhaus, Graz, „Trigon '83 – mythos eros ironie"
Neue Galerie, Linz, „Neue Malerei in Österreich"
Galerie Ropac, Salzburg, „Zeitschnitt"
1984
Galerie Krinzinger, Innsbruck, „Symbol Tier" (Katalog)
Museum of Modern Art, New York, „An International Survey of Recent Painting and Sculpture"
Kutscherhaus, Berlin, „Kometen Folge Lawinen Orte"
Galerie nächst St. Stephan, Wien, „Arbeiten auf Papier"
Neue Galerie, Graz, „Märchen, Mythen, Monster"
1985
Galerie Torbandena, Triest, „Austria Ferix"
Municipal Art Gallery, Los Angeles, „Visitors I"
Galerie Folker Skulima, Berlin, „Mythos und Imagination"
Galerie Fuller Goldeen, San Francisco, „Works on Paper" (zusammen mit Anzinger, Attersee, Schmalix, Rainer)
Galerie Anna Friebe, Köln, „Junges Österreich"
Zagreb, Ljubljana, Belgrad, „Neue Kunst aus Österreich"
Kulturhaus, Graz, „Innovativ" (Katalog)
1986
Wiener Secession, Wien, „Weltbilder – 7 Hinweise"
Kunsthalle, Budapest, „Zurück zur Farbe" (Katalog)
Akademie der bildenden Künste, Wien, „Otto-Mauer-Preisträger"
Rupertinum, Salzburg, „Innovativ" (Katalog)
Galerie Krinzinger, Wien, „Aug um Aug" (Katalogbuch)

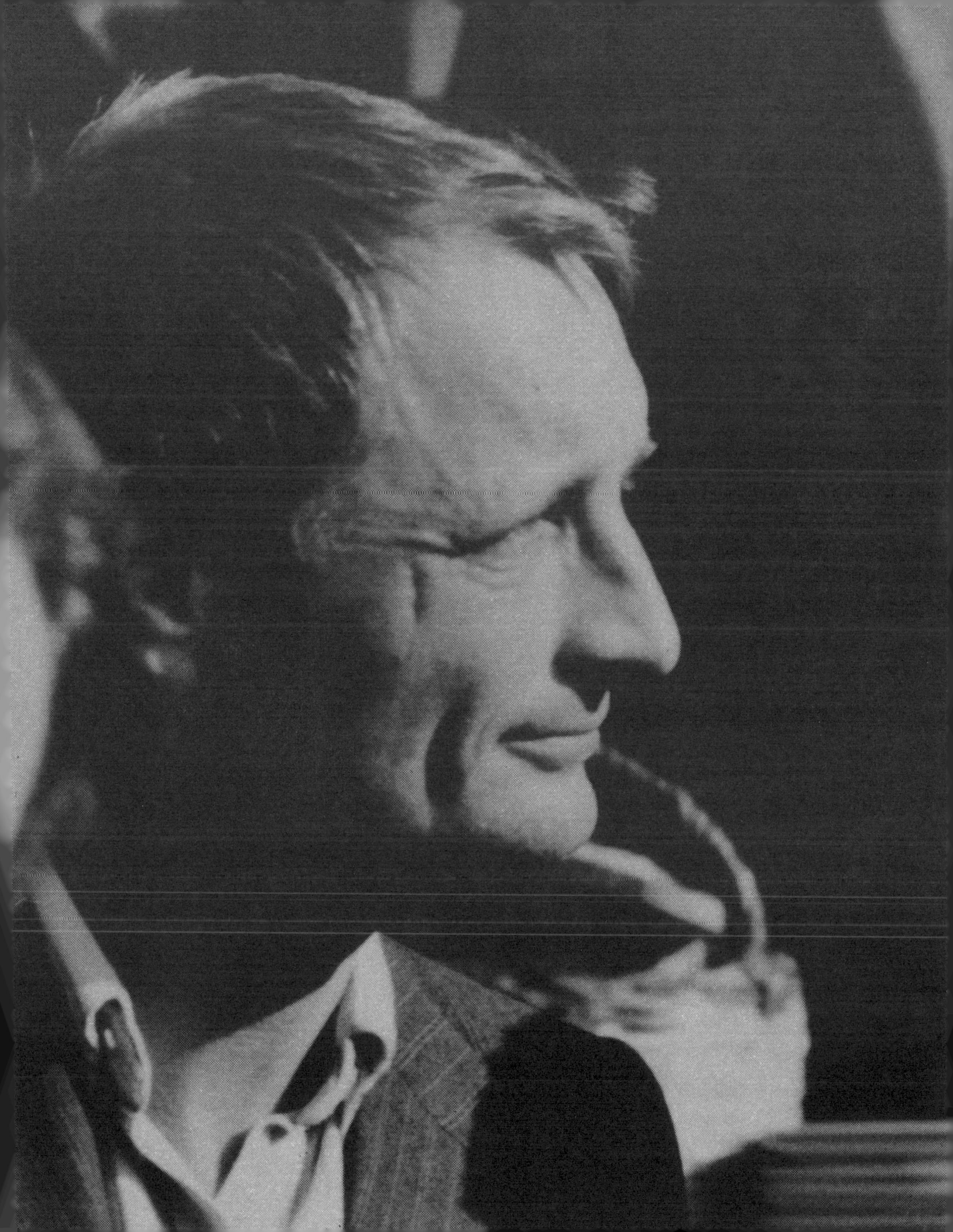

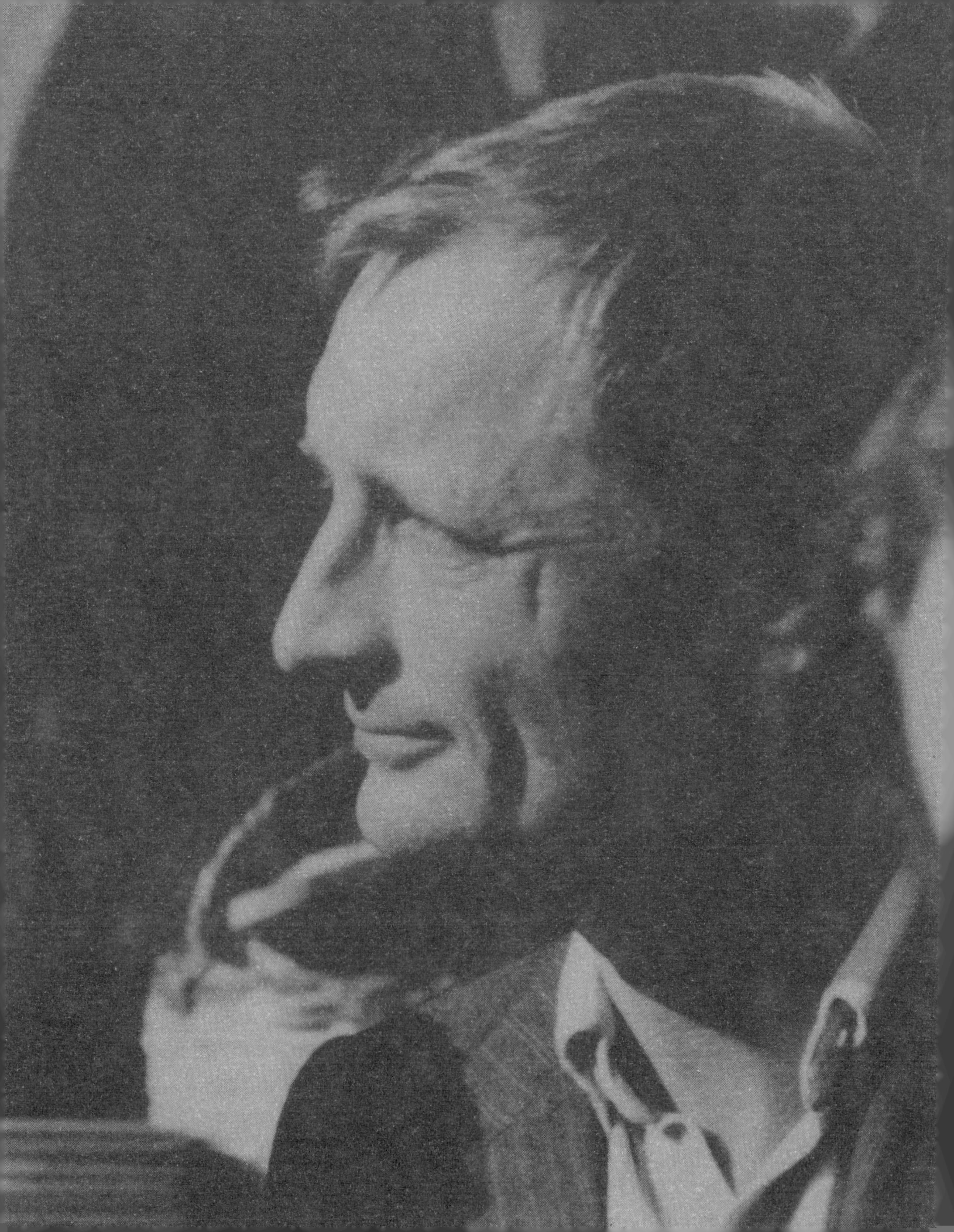

GÜNTER BRUS

1938 in Ardning geboren
1957–60 Besuch der Akademie für angewandte
Kunst, Wien
lebt in Graz

AKTIONEN:

1964
Begründet mit Muehl, Nitsch und Schwarzkogler den „Wiener Aktionismus"
bis 1970 verschiedene Aktionen in Wien, Aachen, Düsseldorf, London, München und Berlin

1968
Universität Wien, Aktion „Kunst + Revolution"

1970
Aktionsraum München, Aktion „Zerreißprobe"

EINZELAUSSTELLUNGEN:

1965
Galerie Junge Generation, Wien (Katalog)

1971
Galerie Michael Werner, Köln

1973
Galerie Grünangergasse, Wien
Galleria Diagramma, Mailand

1974
Galerie Krauthammer, Zürich
Studio Morra, Neapel
Galerie Springer, Berlin

1975
Galerie Wiener & Würthle (Katalog)
Galerie Van de Loo, München (Katalog)
Galerie Grünangergasse, Wien

1976
Galerie Stummer und Hubschmied, Zürich
Galerie Gaëtan, Carouge, Genf
Galerie Klein, Bonn
Galerie Kalb, Wien
Kunsthalle, Bern (Katalog)

1977
Galerie A, Amsterdam
Galerie Springer, Berlin
Galerie Van de Loo, München
Galerie Jörg Stummer und Galerie Gysin, Zürich

1978
Goethe-Institut, Amsterdam (Katalog)
Studio Morra, Neapel (Katalog)

1979
Städelsches Kunstinstitut und Städtische Galerie, Frankfurt a. M. (Katalog)
Galerie Heike Curtze, Wien (Katalog)
Staatsoper und Galerie Curtze, Wien
Whitechapel Art Gallery, London; Kunstverein, Hamburg; Kunstmuseum, Luzern; Galerie Heike Curtze, Wien (Katalog)
daad galerie, Berlin (Katalog)
Galerie Jörg Stummer, Zürich

1980
Whitechapel Art Gallery, London; Kunstverein, Hamburg; Kunstmuseum, Luzern (Katalog)
Galerie Van de Loo, München
Galerie Heike Curtze, Düsseldorf
Galerie Bloch, Innsbruck

1981
Kulturhaus, Graz (Katalog)
Galerie Heike Curtze, Wien (Katalog)
Galerie Jörg Stummer, Zürich (Katalog)

1982
Galerie A, Amsterdam
Galerie Zell am See
Galerie Van de Loo, München (Katalog)

1983
Maximilianverlag Sabine Knust, München (Katalog)
Galerie Farideh Cadot, Paris
Rupertinum, Salzburg
Petersen Galerie, Berlin (Katalog)
Galerie Heike Curtze, Düsseldorf (Katalog)

1984
Galerie Jörg Stummer, Zürich
Galerie Bleich-Rossi, Graz (Katalog)
Van Abbemuseum, Eindhoven (Katalog)
Rupertinum, Salzburg
Galerie Heike Curtze, Wien-Düsseldorf (Katalog)
Ausstellungsraum Edition Hundertmark, Köln (Katalog)

1985
Galerie Maeght Lelong, Paris
Galerie A, Amsterdam
Kulturhaus, Graz (Katalog)

1986
Galerie Heike Curtze, Wien; Galerie Zell am See; Chicago International Art Exhibition; Galerie Heike Curtze, Düsseldorf

Museum des 20. Jahrhunderts, Wien (Katalog)
Städtische Galerie im Lenbachhaus, München; Städtische Kunsthalle, Düsseldorf

AUSSTELLUNGSBETEILIGUNGEN (Auswahl):
1961
Galerie Junge Generation, Wien, „Aktionsmalerei"
1972
Documenta 5, Kassel
Gallery House, London, „The Berlin Scene"
1975
Museum of Contemporary Art, Chicago, „Bodyworks"
Bern, Paris, Brüssel, Amsterdam, Wien, „Junggesellenmaschinen"
1978
Whitechapel Art Gallery, London, „13⁰ E: 11 Artists working in Berlin"
1979
Galerie Heike Curtze, Düsseldorf/Wien; Kulturhaus, Graz, „Attersee und Brus"
1980
Biennale, Venedig, „Kunst der 70er Jahre"
1981
Köln, „Westkunst"
1982
Documenta 7, Kassel
Sydney, „Biennale"
Kunstverein, Bonn; Kunstverein, München; „Gott oder Geißel"
1983
Kunstverein, Hamburg; Städtische Galerie im Lenbachhaus, München, „Todesbilder"
Tate Gallery, London, „New Art"
1984
Galerie Maeght, Zürich, „Brus, Nitsch, Rainer"
Archiv des Wiener Aktionismus, Friedrichshof, Wien, „Brus, Mühl, Nitsch – Vom Informel zum Aktionismus"
Galleria Comunale d'Arte Moderna, Bologna, „Arte Austriaca 1960–1984" (Katalogbuch)
Castello di Rivoli, Turin, „Ouverture"
Gallery Gladstone, New York, „Brus, Nitsch, Rainer"
1985
Castello di Rivoli, Turin, „Rennweg" (Katalog)
Nationalbibliothek, Madrid,
Paris, „Nouvelle Biennale de Paris" (Gemeinschaftsarbeiten mit Rainer)
Rupertinum, Salzburg, „Innovativ" (Katalog)
1986
Renaissance Society, Chicago (zusammen mit Nitsch und Rainer)
Galerie Grüner, Linz, „Ausblicke"
Galerie Krinzinger, Wien, „Aug um Aug" (Katalogbuch)

PORTFOLIOS:
ANA, 1. Aktion, 1964
Auflage 35 Stück; 7 Großfotos und Bemerkungen zu ANA (Faltblatt); 35 numerierte Exemplare, 5 Künstlerexemplare; Hrsg. Galerie Krinzinger und Galerie Heike Curtze, Innsbruck/Wien 1984

Selbstbemalung I, 1964
Auflage 35 Stück; 15 signierte Fotos und Bemerkungen zur „Selbstbemalung" (Faltblatt); 35 numerierte, signierte Exemplare, 5 Künstlerexemplare; Hrsg. Galerie Krinzinger und Galerie Heike Curtze, Innsbruck/Wien

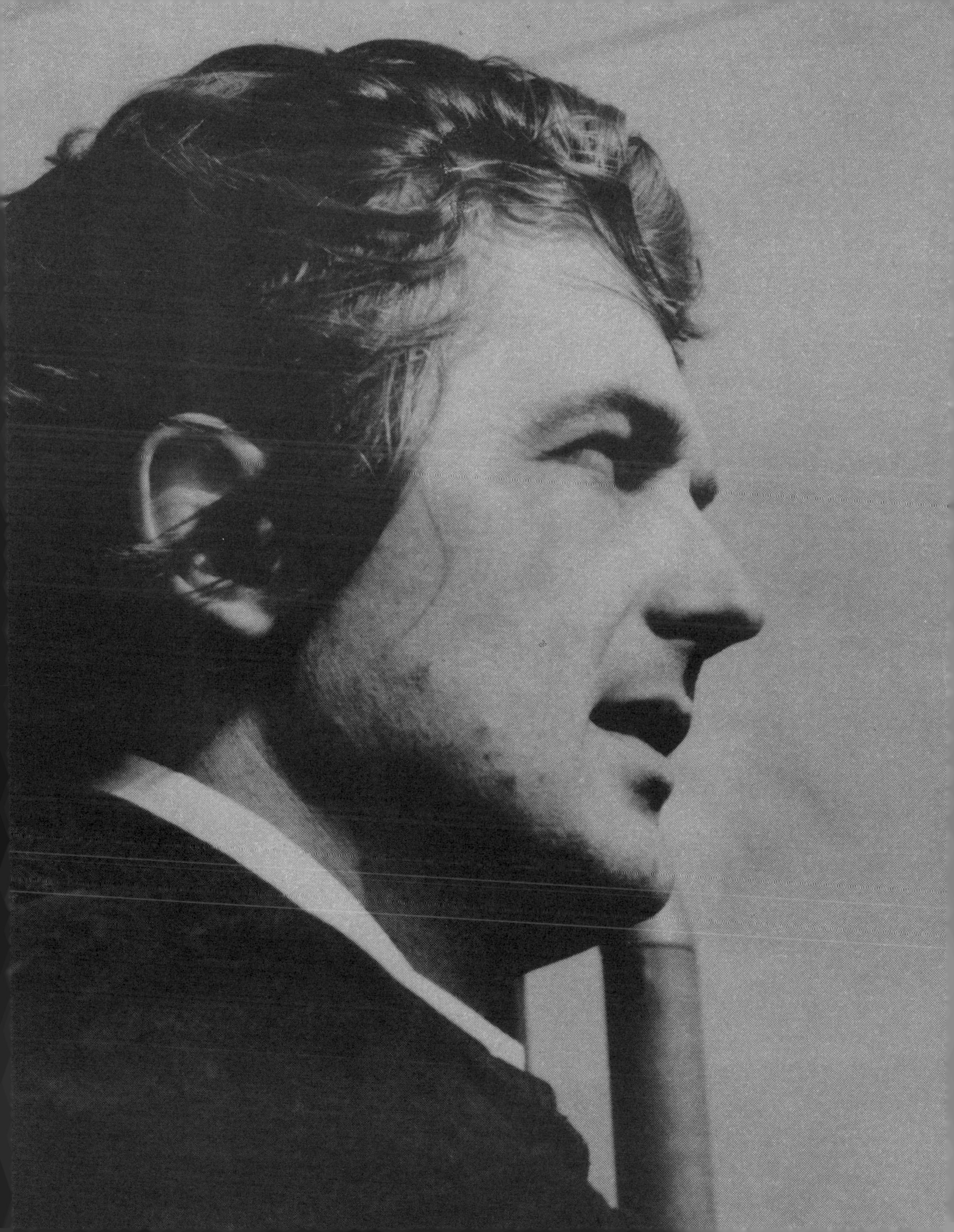

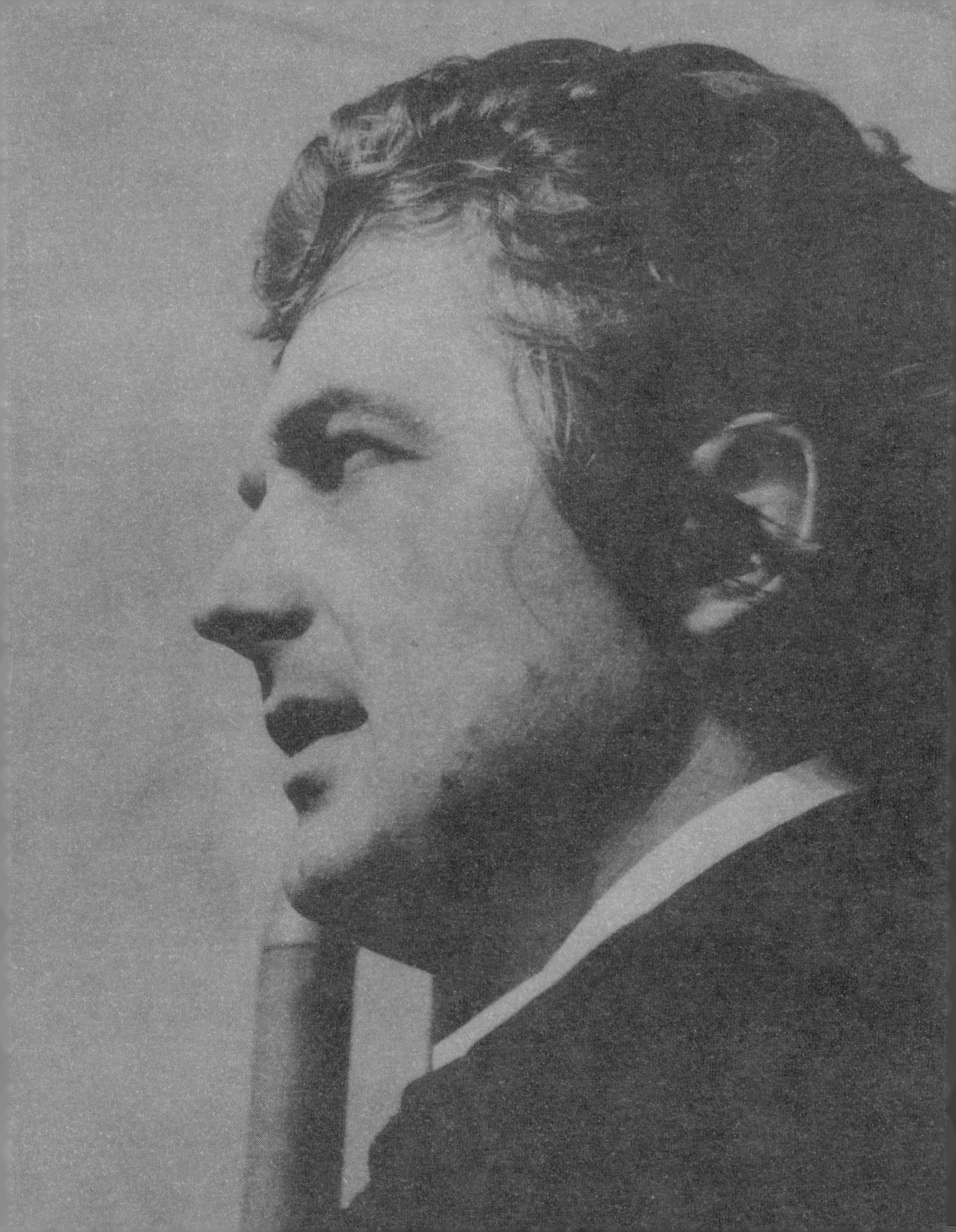

HEINZ CIBULKA

1943 in Wien geboren
1957–61 Grafische Lehr- und Versuchsanstalt Wien, Grafik
lebt in Wien

1972
„Stammersdorf", Essen, Trinken, Abschriften von Heurigengesprächen, Musik, Fotos
Forum Stadtpark, Graz; 1975 in Wien
1975
„Weinviertel", Bilder, Objekte, Palais Taxis, Innsbruck
1976
„Stoffwechsel", Bilder, Demonstration, Studio Morra, Neapel
„fest – flüssig – gasförmig", Demonstration, Pari & Dispari, Reggio Emilia
1977
Edition der Mappen: Lied für einen Hund, BRDO-BERDA, Galerie Krinzinger, Innsbruck
„Kompost", Aufführung im Museo d'arte moderna, Bologna; Wien und Nürnberg
„Stoffwechsel", Ausstellung, Schloß Prinzendorf
„Stoffwechsel", Ausstellung, Kulturhaus Graz, im Steirischen Herbst
„Pflanzenschwert", Ausstellung, Aufführung, Neue Galerie, Bochum
„Bildgedichte aus dem südl. Wiener Becken", Ausstellung Wien
1978
Ausstellung, Galerie Zell/See
„Beete", Aufführung in Korneuburg, Perf.-Festival, Wien
„Töten – Fressen – Zeugen – Gebären", Aufführung, Belgrad
Ausstellung, Galleria la Cappella, Triest
Ausstellung, Galleria OUT-OFF, Mailand
„Hochzeit-Prinzendorf", Schloß Prinzendorf, NÖ.
1979
„Prozession", Aufführung, Stadtpark Wien, Wiener Festwochen
„europa 79", Kunstvorstellung Stuttgart, Aufführung und Ausstellungsbeteiligung
1980
Österr. Fotokunst, Basel, Galerie Krinzinger, Beteiligung
„Hochzeit" Ausstellung, vintage print, Klagenfurt
„Neuer Wein – Neue Blätter", Ausstellung, Am Bisamberg, Wien
„Weinviertel – Bildgedichte 1975–1980", 7-Stern-Galerie, Steyr
1981
„Hochzeit", Ausstellung, Kulturhaus Graz
„motorvokal", Aufführung und Ausstellung, ELAC-Lyon
Ausstellung „projekt o.m.-theater von hermann nitsch", Kulturhaus Graz
Förderungspreis des Bundesministeriums für Fotografie
Galerie Fotohof, Salzburg, Ausstellung und Vortrag

1982
mit Seilchi Furuya Gründung des „Österreichischen Fotoarchives", Wien
Photoservice Phox, Ausstellung Valence, Frankreich
„Weinland", Ausstellung, Zell/See
Österr. Galerie, Festspielhaus, Bregenz
Gesamthochschule Wuppertal, Vortrag
1983
Retrospektive Ausstellungsreihe: Museum moderner Kunst, Wien; Galerie Krinzinger, Innsbruck; Frankfurter Kunstverein sowie in Salzburg, Krems, München ...
„projekt o.m.-theater von H. Nitsch", Ausstellung
Stedelijk Van Abbemuseum, Eindhoven
„Marktstände" Aufführung, Steir. Herbst, Graz
1984
Hochgebirgsquartette, Museum Folkwang, Essen
„Wien I", Molotor in der Secession, Wien
Fotoforum Bremen
„Hochgebirgsquartette" Galerie Zell am See
1985
Künstlerhaus Stuttgart
„metabolism – rot-weiß-rot" Ausstellung und Aufführung, Steir. Herbst, New York und Los Angeles.
DAAD – Gaststipendium, Berlin
„Berlin als Gast – Wien als Wiener", Ausstellung, Galerie Petersen, Berlin
Kunstverein Pforzheim, Ausstellung
„Berlin I – Empfindungskomplexe" Ausstellung, Galerie Molotor, Wien
Kulturinstitut Rom
1986
„Hochgebirgsquartette" Vilnjus, UDSSR
Ausstellung, Galerie Donguy, Paris
DAAD-Galerie, Berlin
Steirischer Herbst, Aufführung
Ausstellungsbeteiligungen im In- und Ausland
Kurzlehrertätigkeiten und Vorträge
Vertreten durch Galerie Krinzinger

PORTFOLIOS (Auswahl):
1976
Lied für einen Hund; Mappe mit 8 Fotoblättern und einem Textblatt; 35 × 50 cm; Auflage 20 Stück; Innsbruck: Edition Galerie Krinzinger, 1976

Brdo–Berda; Mappe mit 8 Fotoblättern und einem Textblatt; 30 × 50 cm; Auflage 20 Stück; Innsbruck: Edition Galerie Krinzinger, 1976

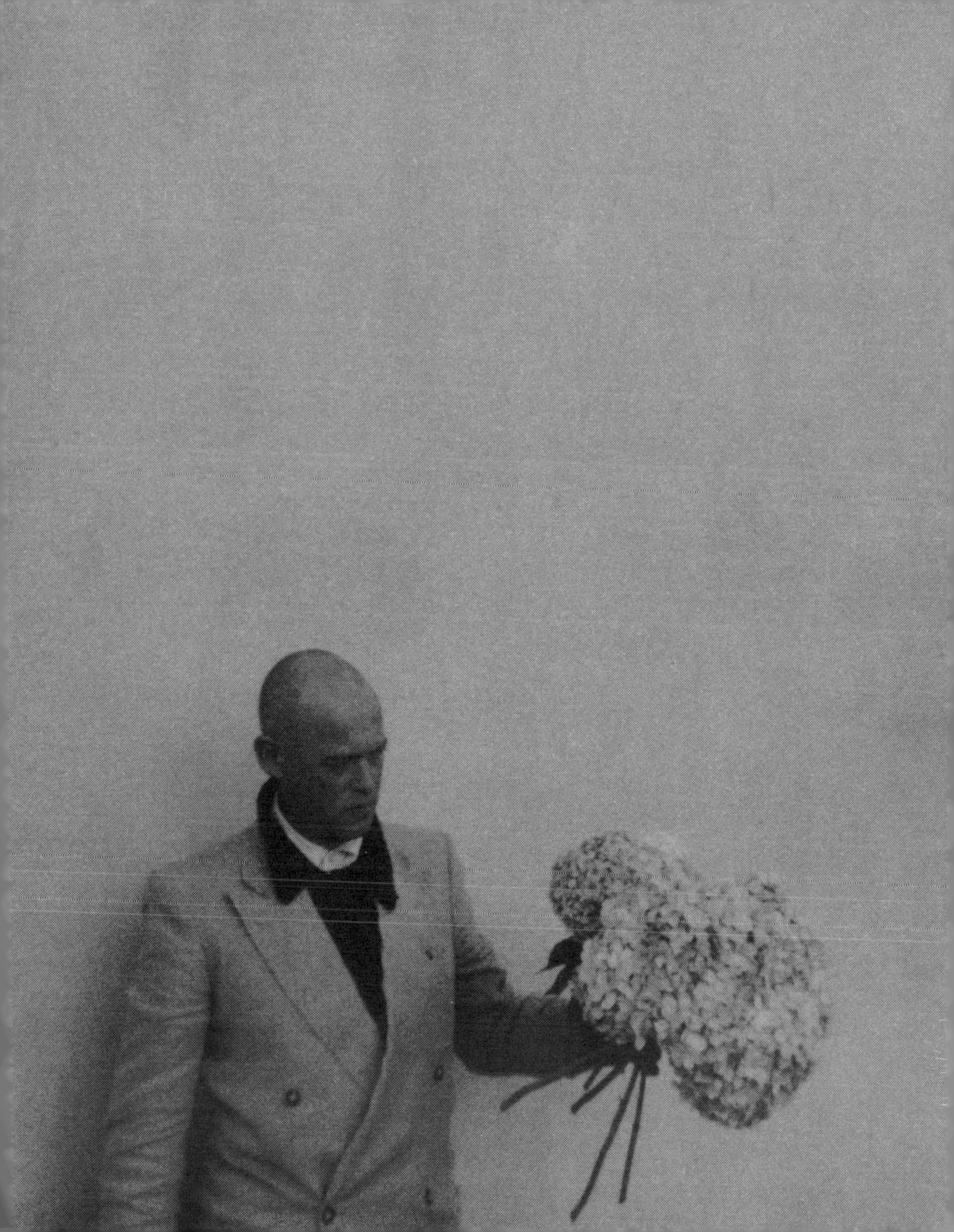

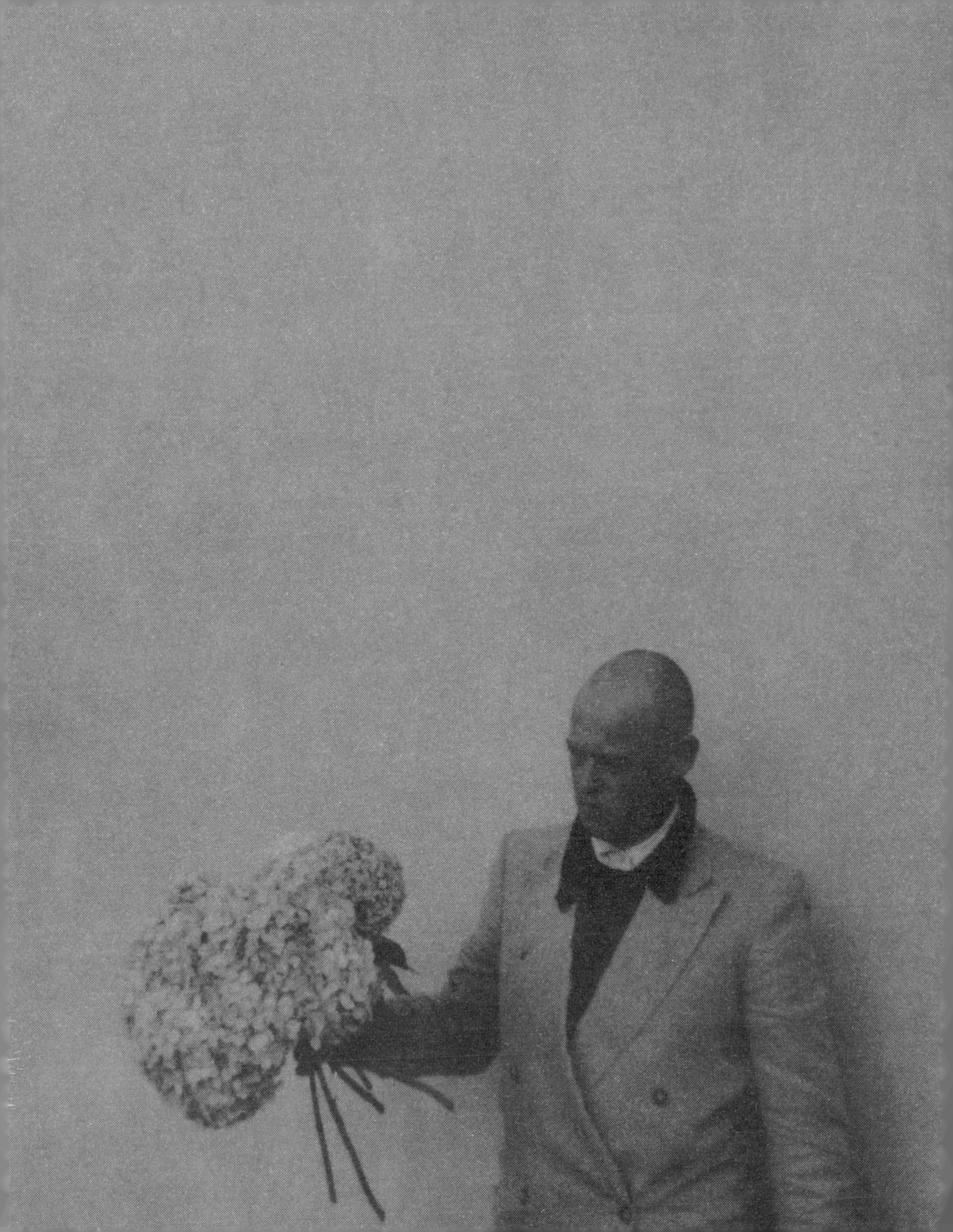

BRUNO GIRONCOLI

1936 in Villach geboren
lebt in Wien

EINZELAUSSTELLUNGEN:

1967
Galerie Heide Hildebrand, Klagenfurt
1968
Galerie nächst St. Stephan, Wien
1969
Galerie im Taxispalais, Innsbruck
Galerie nächst St. Stephan, Wien
1970
Museum des 20. Jahrhunderts, Wien
Galerie Appel & Fertsch, Frankfurt
1971
Studentenhaus, Graz
Galerie nächst St. Stephan, Wien
Biennale, Sao Paolo
1972
Galerie Krinzinger, Bregenz
Galerie Krinzinger, Innsbruck
1973
Galerie Frantzius, München
1974
Kärntner Landesgalerie, Klagenfurt (zusammen mit Ölzant)
Kulturhaus der Stadt Graz, Graz (zusammen mit Ölzant)
Galerie Leonhardt, München
1975
Schloß Porcia, Spittal/Drau
Galerie Grünangergasse, Wien
1977
Museum des 20. Jahrhunderts, Wien
Galerie Schapira & Beck, Wien
1978
Lenbachhaus, München
Galerie Krinzinger, Innsbruck
1981
Kunstverein, Frankfurt

AUSSTELLUNGSBETEILIGUNGEN (Auswahl):

1966
Galerie Heide Hildebrand, Klagenfurt, „Konfrontation 1966"
1967
Symposium in Krastal
1968
Museum, Bochum, „Profile VIII, Österreichische Kunst heute"
Biennale, Preßburg
1969
Kunstmarkt, Köln
Mailand, Bozen, Innsbruck, „Künstler aus Österreich"
1970
Staatliche Kunsthalle, Baden-Baden, „14 mal 14"
1973
Richard Demarco Gallery, Edinburgh; I.C.A, London; „The Austrian Exhibition"
1974
Innsbruck, Leverkusen, Basel, Genf, „Zeichnungen der Österreichischen Avantgarde"
1975
Schloß Eggenberg, Graz, „Plastiken"
1976
Galerie Schapira & Beck, Wien (zusammen mit Attersee, Pichler, Rainer und Steiger)
Von der Heydt-Museum, Wuppertal, „Parallelaktion – Neue Kunst aus Österreich"
1984
Galerie Krinzinger, Innsbruck, „Symbol Tier" (Katalog)
Galleria Comunale d'Arte Moderna, Bologna, „Art Austriaca 1960–1984" (Katalogbuch)
1985
Kulturhaus, Graz, „Innovativ" (Katalog)
Galerie Grita Insam, Wien, „Raum annehmen – Aspekte Österreichischer Skulptur 1950–1985" (Katalog)
1986
Rupertinum, Salzburg, „Innovativ" (Katalog)
Secession, Wien, „Weltbilder – 7 Hinweise" (Katalog)
Frankfurter Kunstverein, Museum des 20. Jahrhunderts, Wien, „Vom Zeichnen"
Galerie Krinzinger, Wien, „Aug um Aug" (Katalogbuch)

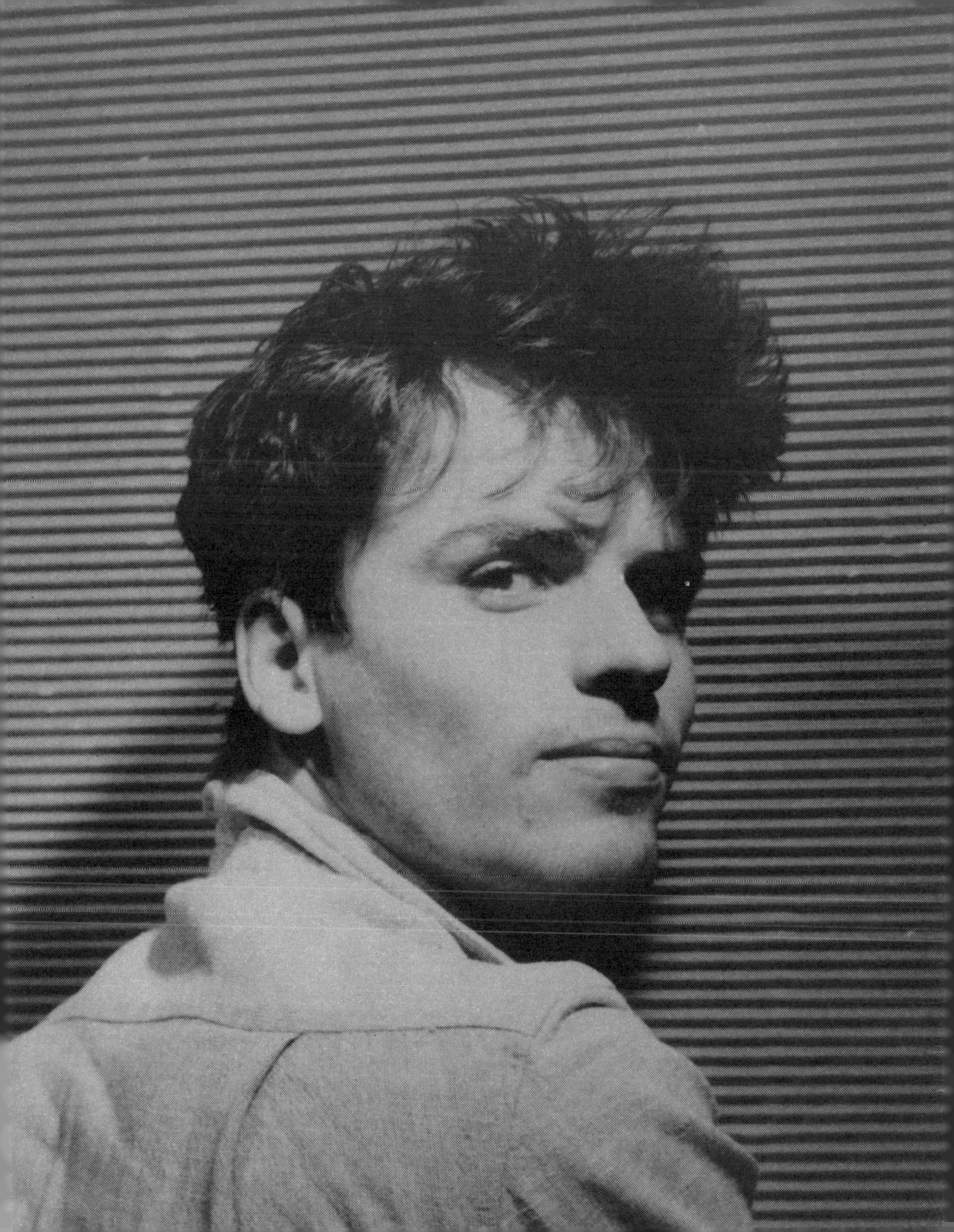

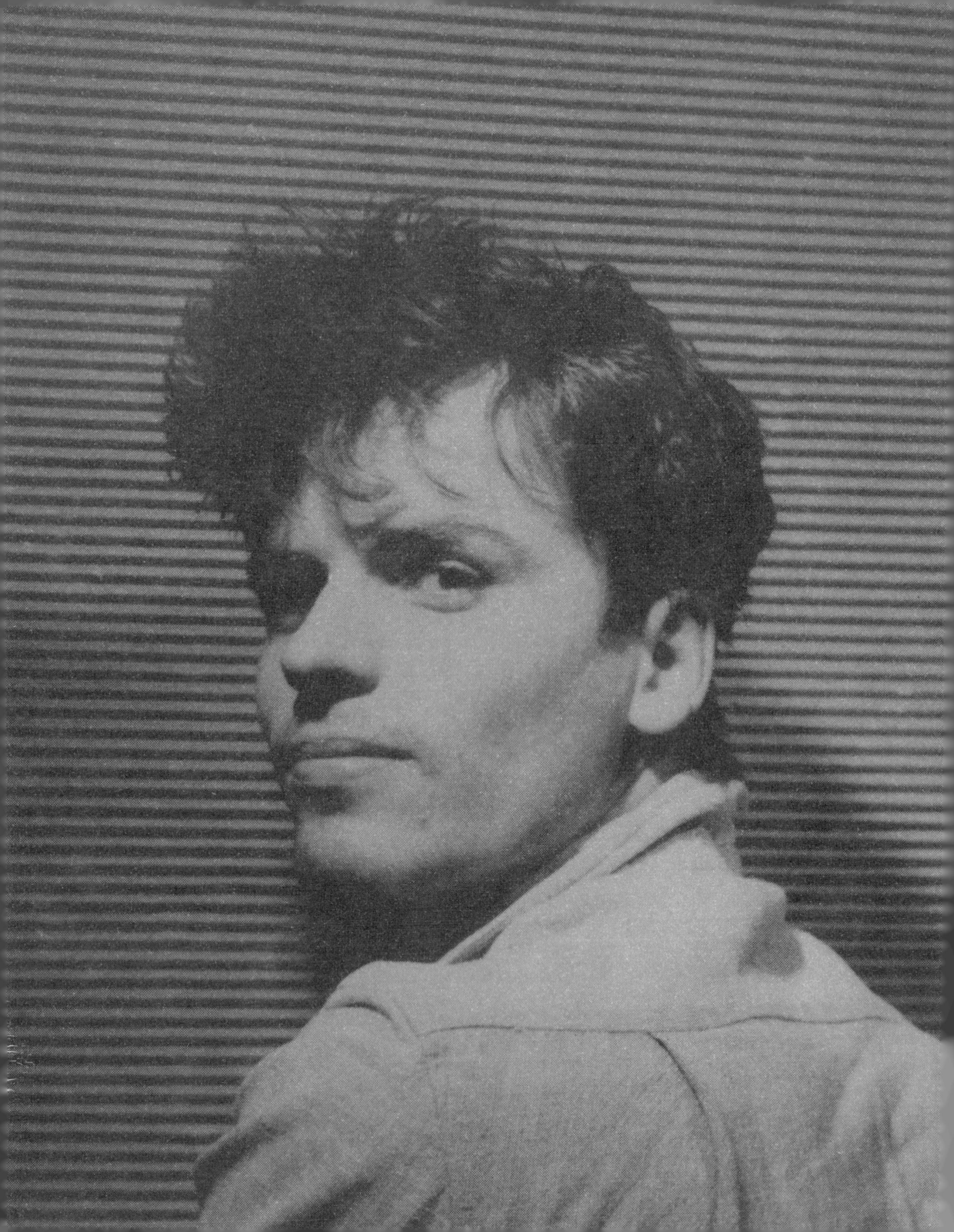

CLEMENS KALETSCH

1957 in München geboren
lebt in Wien und Polling (BRD)

EINZELAUSSTELLUNGEN:

1980
Galerie Wittenbrink, Regensburg
1982
Dany Keller Galerie, München
1983
Kutscherhaus, Berlin
1984
Galerie Hofstöckl, Linz
Reuchlinhaus, Pforzheim
Dany Keller Galerie, München
1985
Galerie Silvia Menzel, Berlin
Galerie Fred Jahn, München

AUSSTELLUNGSBETEILIGUNGEN (Auswahl):

1982
Galerie Schurr, Stuttgart, „Zcichnungen"
Landesmuseum Ferdinandeum, Innsbruck, „Österreichische Grafik"
1983
Galerie Krinzinger, Innsbruck, „Junge Künstler aus Österreich" (Katalog)
Galerie nächst St. Stephan, Wien, „Junge Österreicher"
Galerie Dau al Set, Barcelona, „Joves salvatges austriacs"
Galerie Hummel, Wien, „Alte und Neue Plastik"
Gesellschaft f. Aktuelle Kunst, Bremen, „Skulptur und Farbe"
Lenbachhaus, München, „Aktuell 83"
Thaddäus Ropac, Salzburg, „Zeitschnitt"
Neue Galerie, Linz, „Neue Malerei in Österreich"
1984
Badischer Kunstverein, Karlsruhe, „Farbige Plastik"
Kunstverein, Köln, „Farbige Plastik"
1985
Kunsthalle, Wilhelmshaven, „Farbige Plastik"
Museum, Bochum, „Neues plastisches Gestalten in Österreich"
Kunstverein, Frankfurt, „Farbige Plastik"
Museum, Wiesbaden, „Modus vivendi, 11 deutsche Maler"
Galerie Lillo, Mestre-Venezia (zusammen mit Zimmer)
Amalfi/Salerno, „RONDO" 2 Rassegna Internationale d'Arte
Galerie Anna Friebe, Köln, „Junges Österreich"
1986
Galerie Krinzinger, Wien, „Aug um Aug" (Katalogbuch)

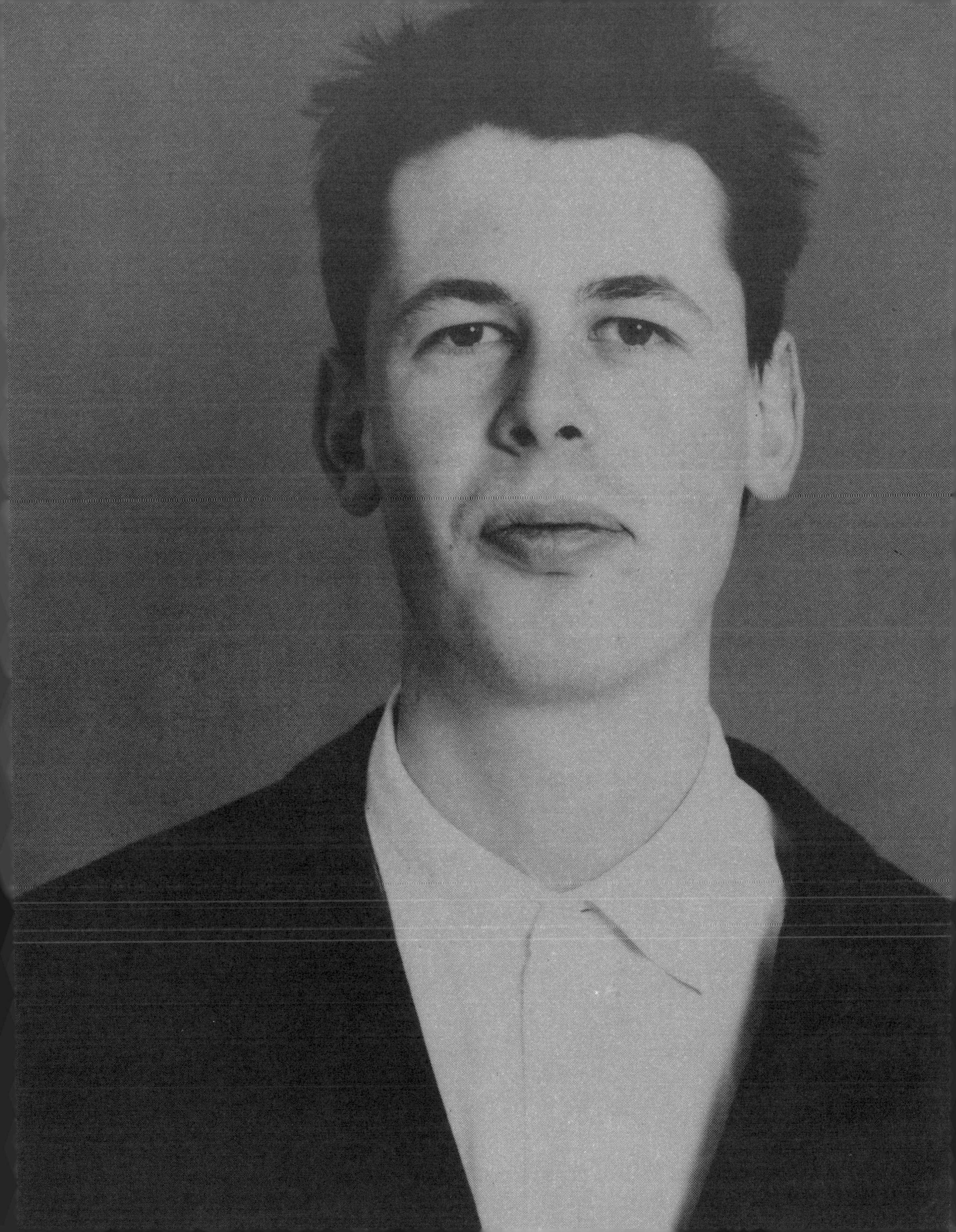

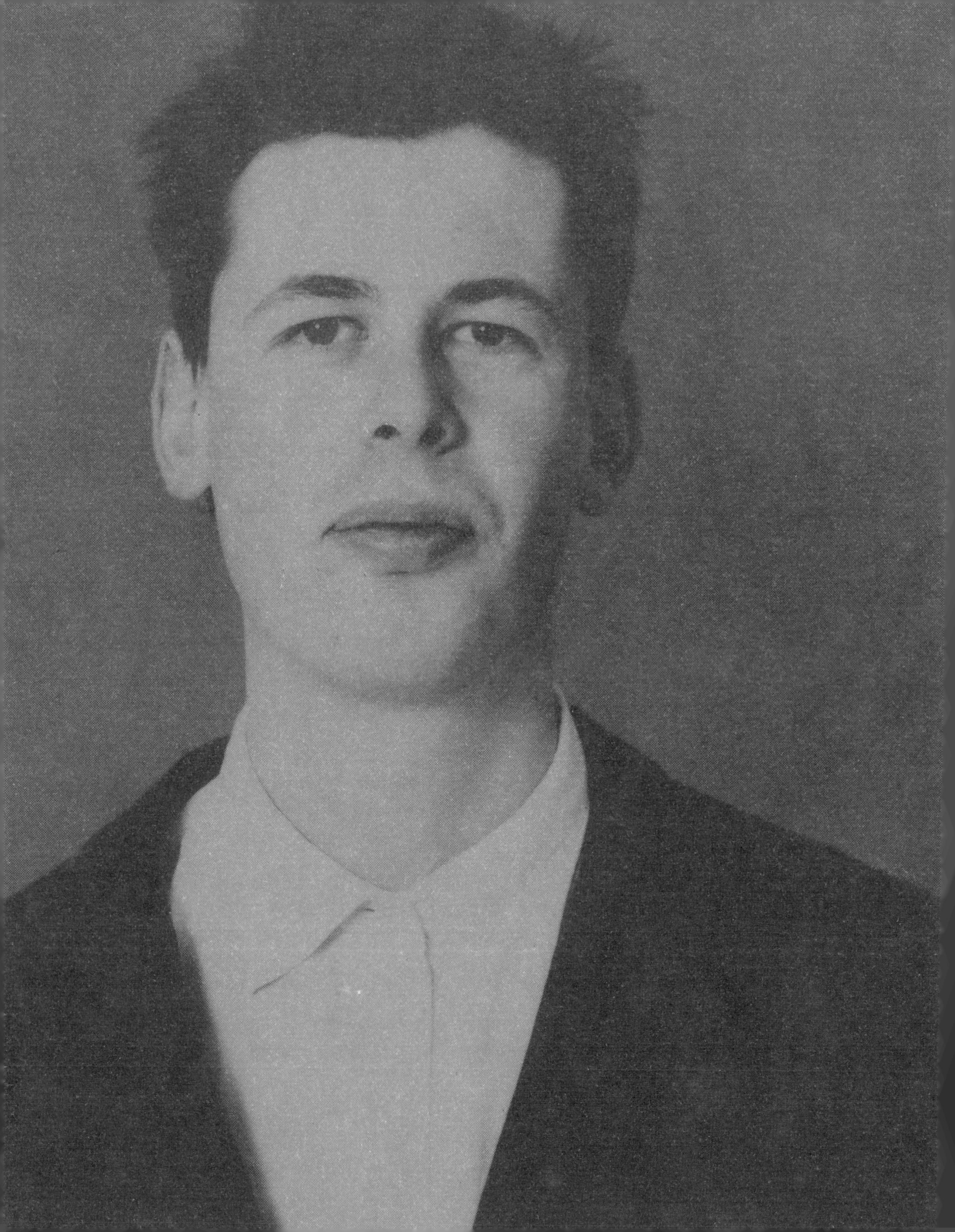

PETER KOGLER

1959 in Innsbruck geboren
lebt in Wien

EINZELAUSSTELLUNGEN:

1983
Kunstmarkt, Köln; Galerie Krinzinger, Innsbruck (geförderte Koje)
Galerie Krinzinger, Innsbruck (Katalog)

1984
Galerie Hummel, Basel

1985
Galerie Anna Friebe, Köln (Katalog)
Galerie XPO, Hamburg (Katalog)
Galerie Gracie Mansion, New York

1986
Galerie Krinzinger, Innsbruck (zusammen mit Walde)

AUSSTELLUNGSBETEILIGUNGEN (Auswahl):

1980
Galerie Krinzinger, Innsbruck, „Audio Art"
Galerie nächst St. Stephan, Wien, „Situation"

1983
Galerie Krinzinger, Innsbruck, „Junge Künstler aus Österreich" (Katalog)
Galerie nächst St. Stephan, Wien, „Junge Künstler aus Österreich" (Katalog)
Galerie Paul Maenz, Köln, „Supermix"

1984
Galerie Krinzinger, Innsbruck, „Symbol Tier" (Katalog)
Galerie nächst St. Stephan, Wien, „Zeichen, Fluten, Signale" (Katalog)
Künstlerhaus und Neue Galerie, Graz; Secession, Wien; Museum Bochum; „Neue Wege des plastischen Gestaltens" (Katalog)
Galerie Thomas, München, „Arbeiten auf Papier"
Berlin, „Kometen – Folge – Lawinen – Orte"

1985
Strasbourg, „Un Regard sur Vienne"
Galerie Anna Friebe, Köln, „Junges Österreich"

1986
Biennale, Venedig
De Vleeshal, Middelburg (NL), (zusammen mit Stengl und Scheffknecht)
Galerie Krinzinger, Wien, „Aug um Aug" (Katalogbuch)

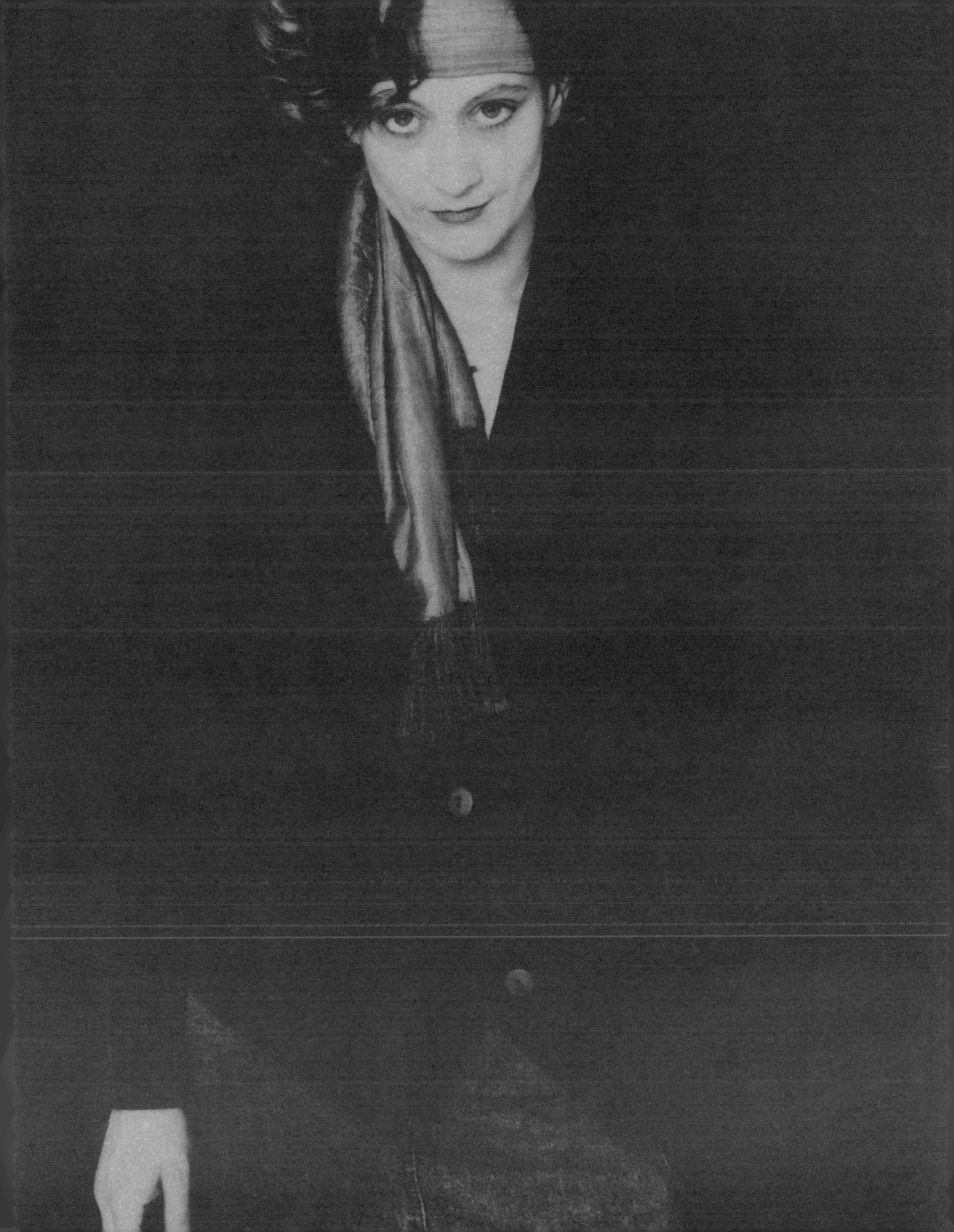

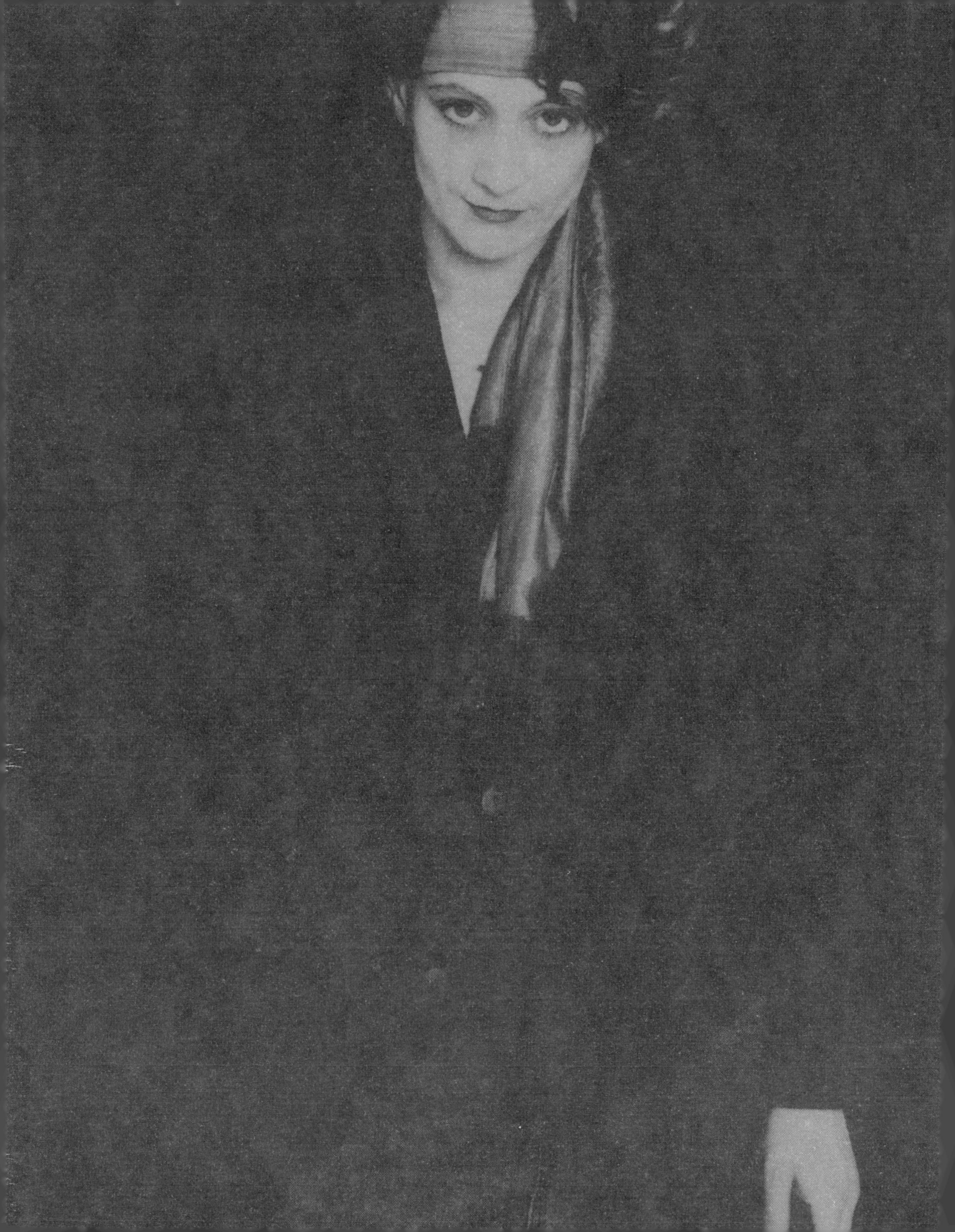

BRIGITTE KOWANZ

1957 in Wien geboren
1975–1980 Hochschule für angewandte Kunst, Wien
seit 1979 Zusammenarbeit mit Franz Graf

EINZELAUSSTELLUNGEN:
1979
Galerie Winter, Wien
1980
Galerie Krinzinger, Innsbruck (zusammen mit Renner) „Junge Künstler aus Österreich"
1981
Galleria Fernando Pellegrino, Bologna
Galleria del Falconiere, Ancona
Stampa, Basel
Galerie nächst St. Stephan, Wien
1982
Galerie Nicole Gonet, Lausanne
Galerie Camomille, Brüssel (zusammen mit Caramelle und Schmalix)
1983
Stampa, Basel
Galerie nächst St. Stephan, Wien (Katalog)
1984
Galerie Krinzinger, Innsbruck (Katalog)
Galerie Thaddäus J. Ropac, Salzburg
Galerie Uta von Marwyck, München
1985
Galerie Gestaltreform, Frankfurt
Galerie Heike Curtze, Düsseldorf
Galerie Minimarie, Steyr
1986
Galerie Anna Friebe, Köln

AUSSTELLUNGSBETEILIGUNGEN (Auswahl):
1979
Galerie nächst St. Stephan, Wien, „Situationen"
1980
Triennale, Mailand, „Nuove Imagine"
Rheinisches Landesmuseum, Bonn; Kunstverein, Frankfurt; „Die Sofortbildphotographie"
Art 1980, New York, Basel, Wien, Innsbruck, „Artists Photographs Austria 1959–1980"
1981
Neue Galerie, Graz, „Neue Malerei in Österreich I"
Galerie nächst St. Stephan, Wien; Galerie Krinzinger, Innsbruck; „Sammlung Heidy und Louis Lambelet Basel" (Katalog)
Köln, Westkunst, „Heute"
Alte Oper, Frankfurt, „Phönix"
ART 12 '81 Basel, „Retrospektive 81"
1982
Kunsthalle, Nürnberg; Musée Cantonal des Beaux Arts, Lausanne; „Triennale der Zeichnung"
Neue Galerie, Linz, „Neuerwerbungen"
Kunstmuseum, Luzern, „Junge Künstler aus Österreich"
Rheinisches Landesmuseum, Bonn, „Junge Künstler aus Österreich"
12. Biennale de Paris, Paris
1983
Karlsplatz, Wien, Wiener Festwochen, „Multivision 83"
Städtische Galerie im Lenbachhaus, München, „Aktuell 83 – Kunst aus Mailand, München, Wien und Zürich"
Galerie Krinzinger, Innsbruck, „Symbol Tier" (Katalog)
Galerie Thaddäus J. Ropac, Salzburg, „Zeitschnitt"
Palais Liechtenstein, Wien, „Geschichte der Photographie in Österreich"
1984
Galleria Comunale d'Arte Moderna, Bologna, „Arte Austriaca 1960–1984" (Katalogbuch)
Biennale, Venedig, „Aperto 84"
Galerie nächst St. Stephan, Wien, „Zeichen, Fluten, Signale" (Katalog)
Galerie Krinzinger, Innsbruck, „Symbol Tier" (Katalog)
1985
Museum des 20. Jahrhunderts, Wien, „Kunst mit Eigensinn"
Pavillon Josephine, Strasbourg, „Weltpunkt Wien"
Kunstpavillon, Innsbruck, „Auf und Davon"
Galerie Anna Friebe, Köln, „Junges Österreich"
1986
Theuretzbacher + Graf, Wien, „Das offene Auge"
Galerie Krinzinger, Wien, „Aug um Aug" (Katalogbuch)
Galerie Cora Hölzl, Düsseldorf, „90 Portraits"
Aorta, Amsterdam, „Wien Signaal"

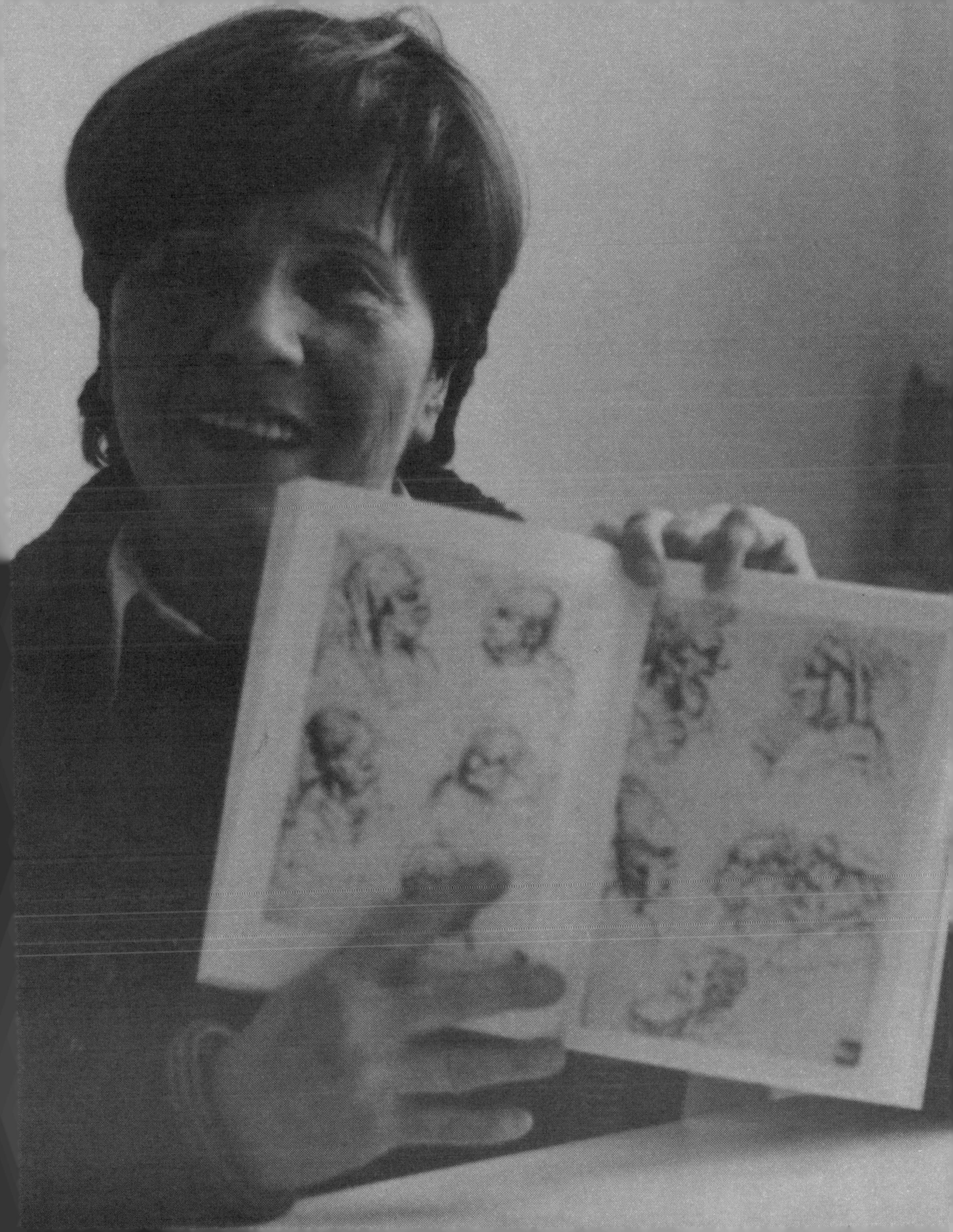

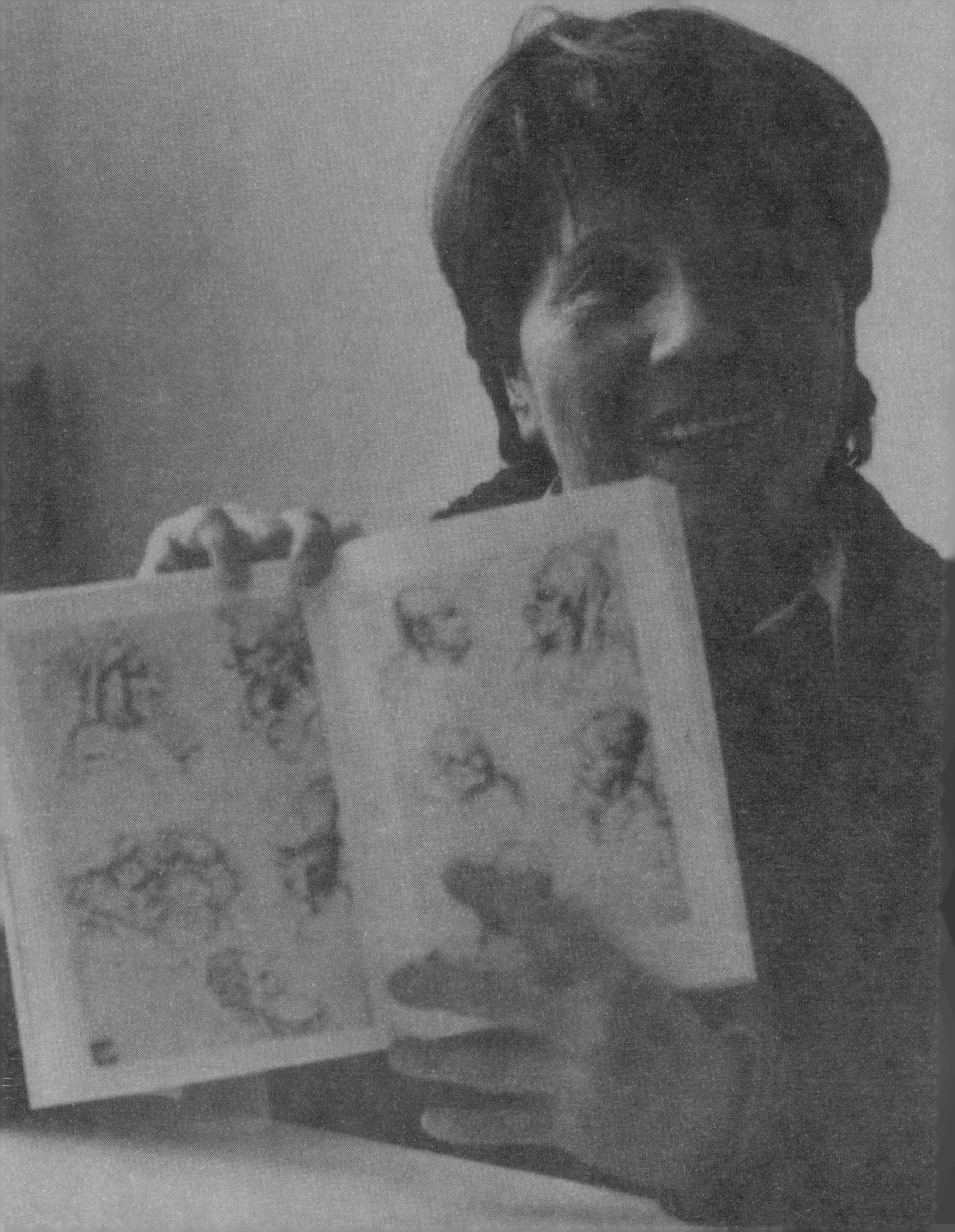

MARIA LASSNIG

geboren in Kappel am Krappfeld/Kärnten
lebt in Wien

EINZELAUSSTELLUNGEN (Auswahl):
1948
Galerie Kleinmayr, Klagenfurt
1950
Cosmos-Galerie, Wien
1952
Artclub-Galerie, Wien
1954
Zimmergalerie Franck, Frankfurt a. M.
1956
Galerie Würthle, Wien
1960
Galerie nächst St. Stephan, Wien
1962
Landesmuseum, Klagenfurt
1964
Galerie nächst St. Stephan, Wien
1965
Galerie La Casa d'Art, Paris
1966
Galerie Würthle, Wien
1967
Galerie Ranelagh, Paris
Galerie Heide Hildebrand, Klagenfurt
1970
Neue Galerie, Graz
Galerie nächst St. Stephan, Wien
Austrian Institute, New York
1973
Galerie nächst St. Stephan, Wien
Galerie Taxispalais, Innsbruck
1974
Green Mountains Gallery, New York
1976
Gloria Cortella Gallery, New York; Galerie Wiener und Würthle, Berlin; Galerie Kalb, Wien
1977
Albertina, Wien
Galerie Krinzinger, Innsbruck
1978
Haus am Lützowplatz, Berlin
1979
Galerie Heike Curtze, Wien/Düsseldorf

1980
Biennale, Venedig
Galerie in der Staatsoper, Wien
1981
Galerie Heike Curtze, Wien
Galerie Klewan, München
1982
Kunstverein, Mannheim
1983
Kunstverein, Hannover; Kunstverein, München; Kunstmuseum Düsseldorf; Haus am Waldsee, Berlin; Landesmuseum, Graz
1985
Museum moderner Kunst, Wien; Kunstmuseum, Düsseldorf; Kunsthalle, Nürnberg; Landesgalerie, Klagenfurt
1986
Galerie Klewan, München
Galleria Studio d'Arte Cannaviello, Mailand (Katalog)

AUSSTELLUNGSBETEILIGUNGEN (Auswahl):
1951
Institut für Wissenschaft u. Kunst, Wien, „Hundsgruppe"
Künstlerhaus Klagenfurt, Kunstverein für Kärnten, „Unfigurative Malerei"
1960
London, „Austrian Paintings and Sculptures"
1961
Galerie 61, Aschaffenburg
1962
Galerie Soleil dans la Tête, Paris, „Jeune peinture autrichienne"
Salon Comparaison, Paris; Galerie Creuze, Paris; „Donner à voir"
1963
Galerie surindépendant, Paris; Wolframs-Eschenbach, „Internationale Malerei"
1964
Galerie Sothman, Amsterdam
1966
Institut Autrichienne, Paris; Wien; Graz; Alpbach, Linz; „Engagierte Kunst"
1967
Musée d'Art Moderne, Paris; Salon du Mai, Paris; Galerie nächst St. Stephan, Wien; „Graphik International"

1968
Salon du Mai, Paris; Salon du Mai, Havanna; Galerie im Taxispalais, Innsbruck
1969
Wien, Innsbruck, „Surrealismus ohne Surrealismus"
Ljubljana, „intart"
1970
Prat Graphic Center, New York
1971
Museum des 20. Jahrhunderts, Wien, „Anfänge des Informel in Österreich, 1949–1953"
1979
Sidney, „Graphik-Biennale"
1980
Kunsthalle, Bremen; Kunstmuseum, Düsseldorf; Kunsthalle, Tübingen; Kunstverein, Heidelberg
Neue Galerie, Linz „Aspekte der Zeichnungen in Österreich 1960–1980"
1982
Kunstverein, Hannover; Wilhelm-Lehmbruck-Museum, Duisburg
Haus am Lützowplatz, Berlin, „Spiegelbilder"
Documenta 7, Kassel
Kunstmuseum, Winterthur, „Körperzeichen: Österreich"
regelmäßige Beteiligung an Ausstellungen der Wiener Secession, der Galerie nächst St. Stephan und des Künstlerhauses Klagenfurt
1984
Galerie Krinzinger, Innsbruck, „Symbol Tier" (Katalog)
Galleria Comunale d'Arte Moderna, Bologna, „Arte Austriaca 1960–1984" (Katalogbuch)
1986
Galerie Krinzinger, Wien, „Aug um Aug" (Katalogbuch)

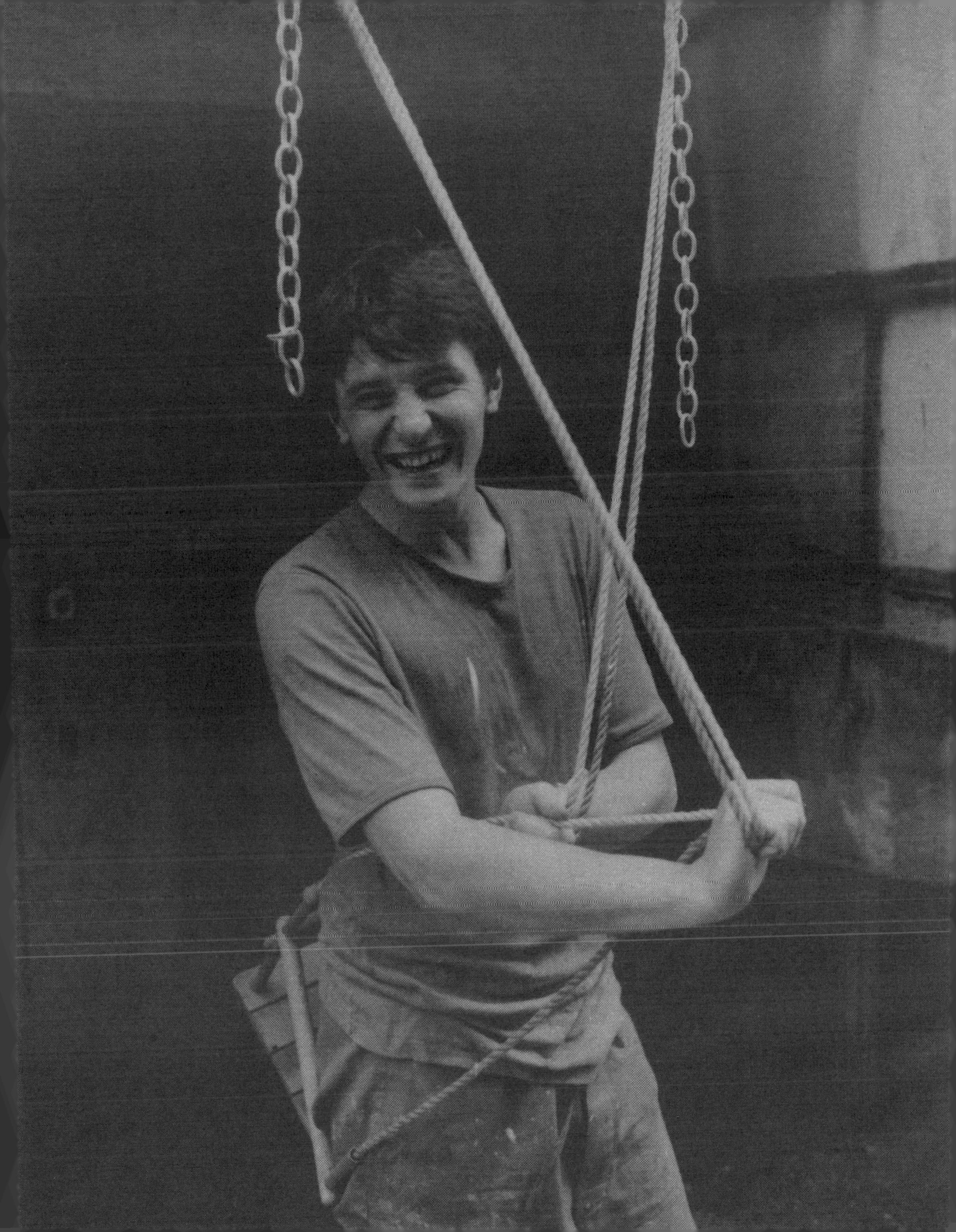

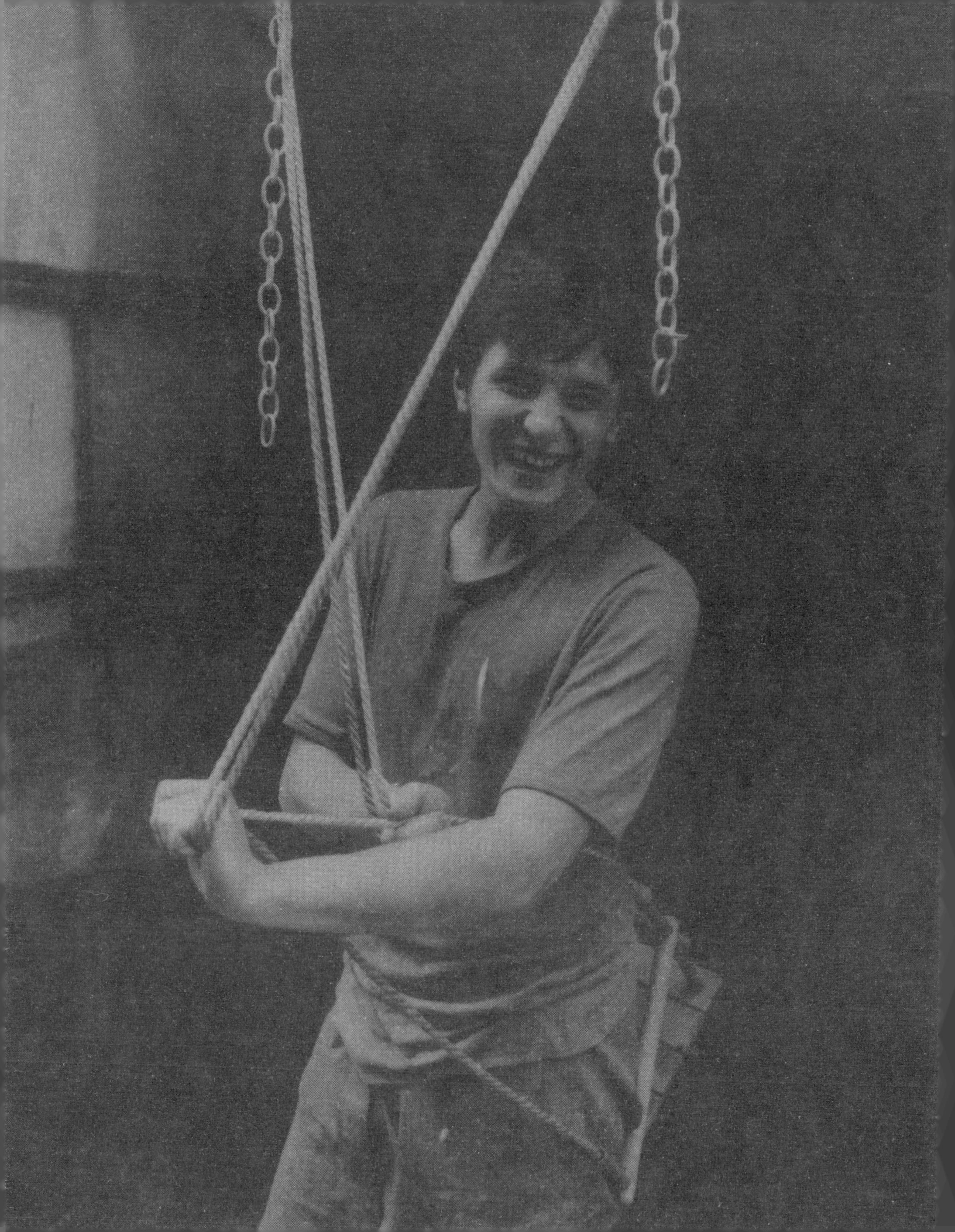

ALOIS MOSBACHER

1954 in Strallegg/Stmk. geboren
lebt in Wien

EINZELAUSSTELLUNGEN (Auswahl):

1979
Galerie Ariadne, Wien

1981
Galerie Ariadne, Wien (Katalog)

1982
Galerie 't Venster, Rotterdam
GalerieToni Gerber, Bern

1983
Galerie Toni Gerber, Bern
Galerie Krinzinger, Innsbruck (Katalog)
Galerie Pellegrino, Bologna
Galerie Severina Teucher, Zürich

1984
Galerie Pfefferle, München
Galerie Grunert, Stuttgart
Bleich-Rossi, Graz (Katalog)
Toni Gerber, Bern (Katalog)
Galerie Farideh Cadot, Paris (zusammen mit Anzinger und Schmalix)
Galerie Juana de Aizpuru, Sevilla

1985
Galerie Juana de Aizpuru, Madrid
Studio Cannaviello, Mailand (Katalog)
Galerie Haas, Berlin (Katalog)
Galerie Krinzinger, Innsbruck (Katalog)

1986
Galerie Farideh Cadot, Paris
Kunstverein, Bremen; Neue Galerie, Graz; „RIVA" (mit Wurm / Katalog)
Galerie Pfefferle, München (Katalog)
Kunsthalle Waaghaus, Winterthur (Katalog)
Galerie Sander, New York (Katalog)

AUSSTELLUNGSBETEILIGUNGEN (Auswahl):

1978–80
Galerie Ariadne, Wien

1979
Pinacoteca Comunale, Ravenna

1981
Galerie Ariadne, Wien
Neue Galerie, Graz, „Neue Malerei in Österreich" (Katalog)
Neue Galerie, Graz, Steirischer Herbst, „Trigon" (Katalog)
Alte Oper Frankfurt, „Phönix" (Katalog)

1982
Kunstmuseum, Luzern, „Junge Künstler aus Österreich" (Katalog)
Rheinisches Landesmuseum, Bonn, „Junge Künstler aus Österreich" (Katalog)
Galerie Friedrich, München, „Österreichische Figuration"
van Reekummuseum, Apeldoorn (Katalog)
Kunstmarkt, Düsseldorf (Sonderstand)

1983
Museum des 20. Jahrhunderts, Wien, „Einfach gute Malerei" (Katalog)
Bourbon-Lancy, Frankreich, „La nouvelle peinture en France et ailleurs"
Neue Galerie, Linz, „Neue Malerei in Österreich 83" (Katalog)

1984
Galerie Krinzinger, Innsbruck, „Symbol Tier" (Katalog)
Galleria Comunale d'Arte Moderna, Bologna, „Arte Austriaca 1960–1984" (Katalogbuch)
Landesmuseum, Darmstadt, „Tiefe Blicke" (Buch)
Secession, Wien, „Junge Szene Wien" (Katalog)
Neue Galerie, Graz, „Neue Wege des plastischen Gestaltens in Österreich" (Katalog)

1985
Palazzo Constanzi, Triest, „Austria Ferix" (Katalog)
Municipal Art Gallery, Los Angeles, „Visitors I" (Katalog)
Galleria il Ponte, Rom
Universität Innsbruck, „Konfrontation mit Landschaft" (Katalog)
Art 85 Basel, Sonderstand „Perspektiven"
Comune di Bergeggi Instituto L. Merello, „Cut up" (Katalog)
Genanzano, „I Trami del Arte"
Kunstmuseum, Bochum, „Neue Wege des plastischen Gestaltens in Österreich"
Zagreb, Laibach, Belgrad (Wanderausstellung), „Neue Kunst aus Österreich" (Katalog)
Galerie Anna Friebe, Köln, „Junges Österreich"

1986
Kunsthalle, Budapest, „Zurück zur Farbe – Gemälde und Skulpturen junger Österreichischer Künstler" (Katalog)
Galerie Grüner, Linz, „Ausblicke"
Galerie Krinzinger, Wien, „Aug um Aug" (Katalogbuch)

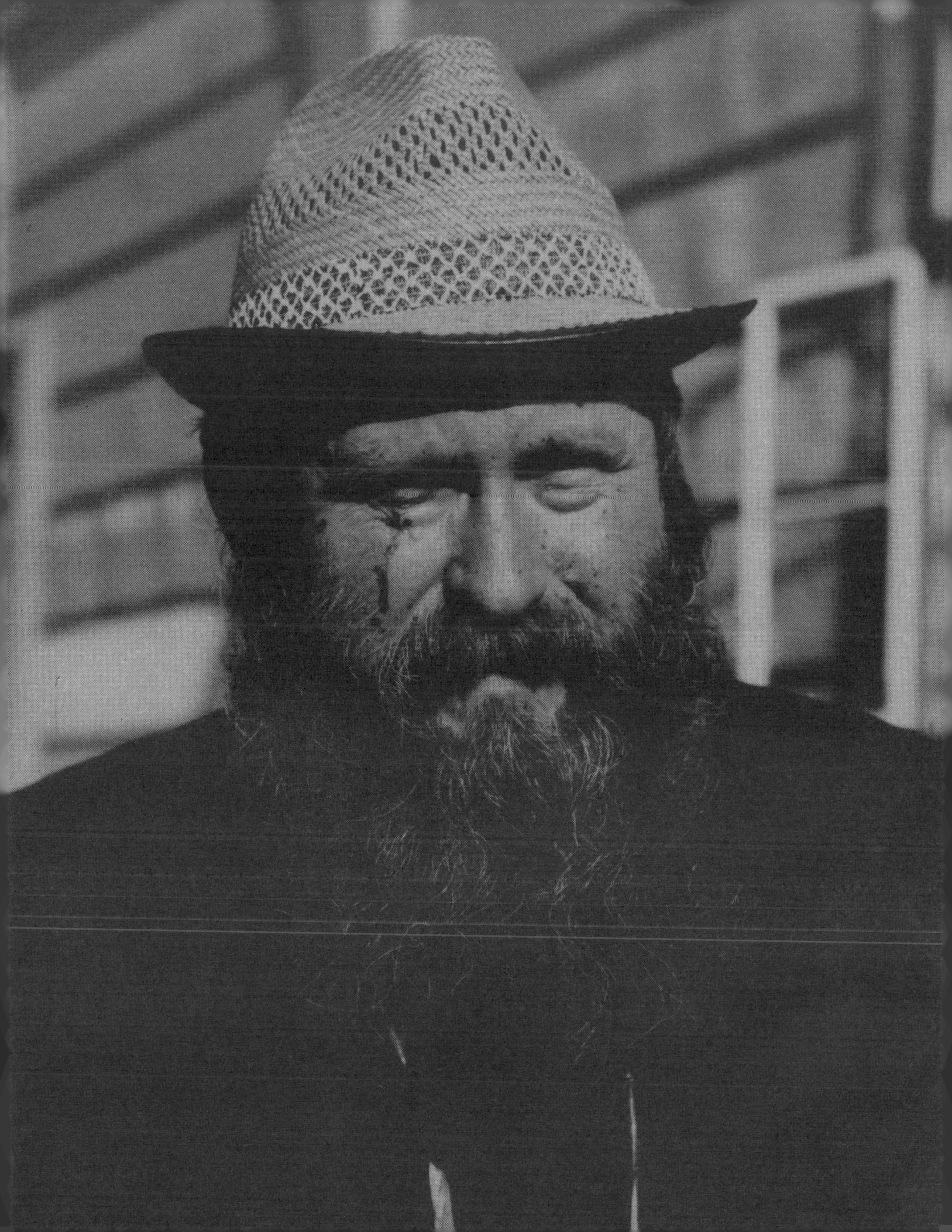

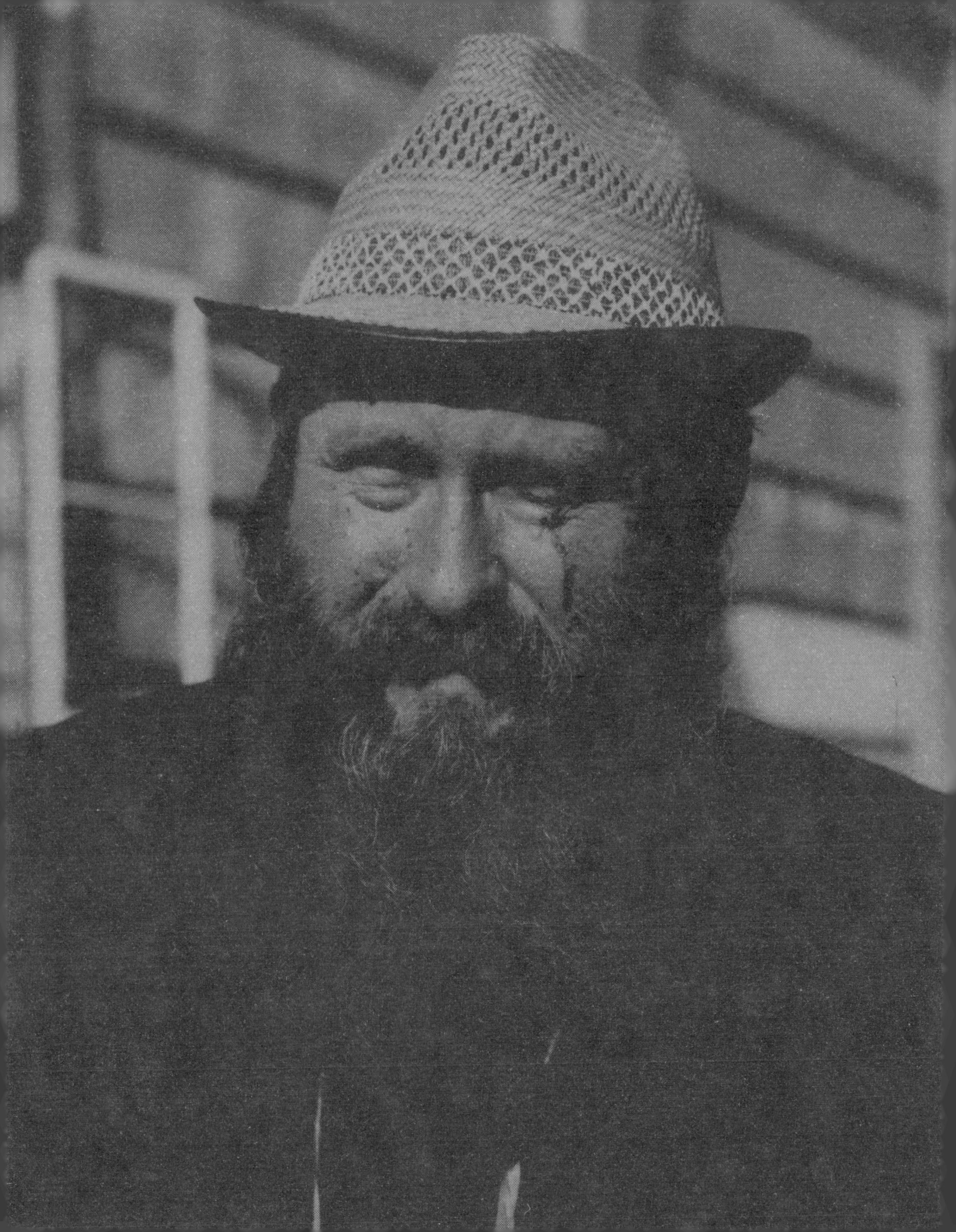

HERMANN NITSCH

1938 in Wien geboren
lebt in Wien und Prinzendorf/NÖ

AUSSTELLUNGEN (Auswahl):
1960
Loyalty Club, Wien
1961
Galerie Fuchs, Wien
Seoul, Korea
1962
Perinet-Keller, Wien
1964
Galerie Junge Generation, Wien
1969
Galerie Casa, München
1970
Cinemateque, New York
1971
Ankauf von Schloß Prinzendorf
Galerie Schöttle, München
1972
Galerie Matala, Tübingen
Galerie Grünangergasse, Wien
Documenta 5, Kassel
1973
Gründung des Vereins zur Förderung des OM Theaters
Hochschule f. bildende Kunst, Frankfurt
Galerie Grünangergasse, Wien
Galerie Werner, Köln
Galerie Klewan, Wien
1974
Studio Morra, Neapel
Galerie Diagramma, Mailand
1975
Galerie Krinzinger, Innsbruck
Bologna
Galerie Stadler, Paris
Kunstmesse Basel (Studio Morra)
1976
Prinzendorf
Kunstmesse Wien (Studio Morra)
Kunstmesse Bologna (Pari e Dispari, Studio Morra)
Kunstverein Kassel
Buchmesse Frankfurt (Studio Morra)
Kunstmesse Paris (Galerie Krinzinger)
1977
Galerie de Appel, Amsterdam
Buchmesse Frankfurt (Studio Morra)
1978
Modern Art Galerie, Wien
Western Front Society, Vancouver

Galerie Klein, Bonn
1979
Galerie Heike Curtze, Düsseldorf
Galerie Ollave, Lyon
Galerie Heike Curtze, Wien
Galerie Petersen, Berlin
1981
Galerie Klewan, München
Galerie Pakesch, Wien
Kulturhaus, Graz
Köln, „Westkunst"
1982
Zell am See
Cinemateque, Woosterstreet, New York
Hof der Judson Church, New York
Great Hallder University, Cincinnati
Moosach bei Zorneding, München
1969
Galerie Van de Loo, München
Wohnung Cibulka, Königsbrunn
Belgradstraße, München
1970
Aktionsraum 1, München
Douglas College, New Brunswick, USA
State University, USA
Kunstverein, Köln
Tiefgarage d. Kunstvereins, Köln
Schlachthaus, Backnam bei Stuttgart
Hochschule f. bildende Kunst, Frankfurt
1971
Im Freien, Florenz
Hof d. Stadtmuseums, Jakobsplatz, München
1972
Im Freien, Ammersee, Diessen
Schlachthaus, Wien
Everson Museum, Syrakuse, USA
Mercer Arts Center, New York
1973
Prinzendorf
Galerie LP 220, Turin
1974
Modernes Theater, München
Kunstverein, München
Prinzendorf
Kunstmesse, Düsseldorf
1975
Prinzendorf
Prinzendorf
Galerie Krinzinger, Innsbruck

1976
Prinzendorf
Galerie Out Off, Mailand

1977
Studio Morra, Neapel
Chiesa Santa Lucia, Bologna
Prinzendorf

1978
Prinzendorf
Western Front, Vancouver, Kanada
Los Angeles
Galerie Petersen, Berlin
Modern Art Galerie, Wien
Prinzendorf
Römisches Theater, Triest (Studio Morra)
Theater an der Ryn, Arnheim, Holland

1979
Prinzendorf

1980
Kunsthochschule, Frankfurt
Prinzendorf
Florenz
Kunstmesse, New York

1981
Galerie Pakesch, Wien
Galerie Heike Curtze, Wien
Galerie Heike Curtze, Düsseldorf
Documenta 7, Kassel
Winterthur, „Körperzeichen"

1983
Galerie Heike Curtze, Wien
Galerie Armstorfer, Salzburg
Van Abbemuseum, Eindhoven (NL)
Kunsthaus, Zürich; Museum des 20. Jahrhunderts, Wien,
„Gesamtkunstwerk" (Katalog)

1984
Galerie Krinzinger, Innsbruck, „Symbol Tier" (Katalog)
Galerie Maeght Lelong, Zürich, „tu felix austria" (Katalog)
Galleria Comunale d'Arte Moderna, Bologna, „Arte Austriaca 1960–1984" (Katalogbuch)

1985
Palais Thurn u. Taxis, Bregenz, „Götter u. Römer" (Katalog)
Galerie Maeght Lelong, Zürich (Katalog)
Kulturhaus Graz, „Innovativ" (Katalog)
Aufführung der 7. Symphonie in Graz
Castello di Rivoli, Turin, „Rennweg" (Katalog)

1986
Castello di Rivoli, Turin; Sala Pablo Ruiz Picasso, Madrid, „Rennweg"
Galerie Fred Jahn, München
Rupertinum, Salzburg, „Innovativ" (Katalog)
Galerie Krinzinger, Wien, „Aug um Aug" (Katalogbuch)

AKTIONEN:
1960
Techn. Museum, Wien
1962
Wohnung Muehl, Wien
1963
Galerie Dvorak, Wien
Perinetkeller, Wien
Atelier Nitsch, Wien
1964
Ob. Augartenstraße, Wien
1965
Wohnung Nitsch, Wien
Wohnung Nitsch, Wien
Brünnerstraße und im Freien, Wien
Brünnerstraße, Atelier Nitsch, Wien
Brünnerstraße, Wien
Kaiserstraße, Wien (Wohnung Cibulka)
Im Freien, Jedlersdorf u. Bisamberg, Wien
Kaiserstraße, Wien (Wohnung Cibulka)
Kaiserstraße, Wien (Wohnung Cibulka)
Brünnerstraße, Wien
1966
Brünnerstraße, Wien
Jedlersdorferstraße, Wien
Lagergasse, Galerie Dvorak, Wien
Brünnerstraße, Wien
Perinetkeller, Wien
St. Bride Institute, London
Judengasse, Wien
Markthalle, Wien
1967
Grünes Tor, Wien
Brünnerstraße, Wien
1968
Adalbert-Stifer-Straße, Wien
Prinzendorf
1975
50. Aktion, 1. Tag und 1. Nacht des Sechs-Tage-Spiels, Prinzendorf
1980
Galerie Krinzinger, Innsbruck, „Allerheiligenkonzert"
1982
Prinzendorf
Prinzendorf
1983
Prinzendorf
1984
80. Aktion der ersten drei Tage und Nächte, Prinzendorf
1986
Renaissance Society, Chicago (zusammen mit Brus und Rainer)
Galerie Krinzinger, Wien, „Aug um Aug" (Katalogbuch)

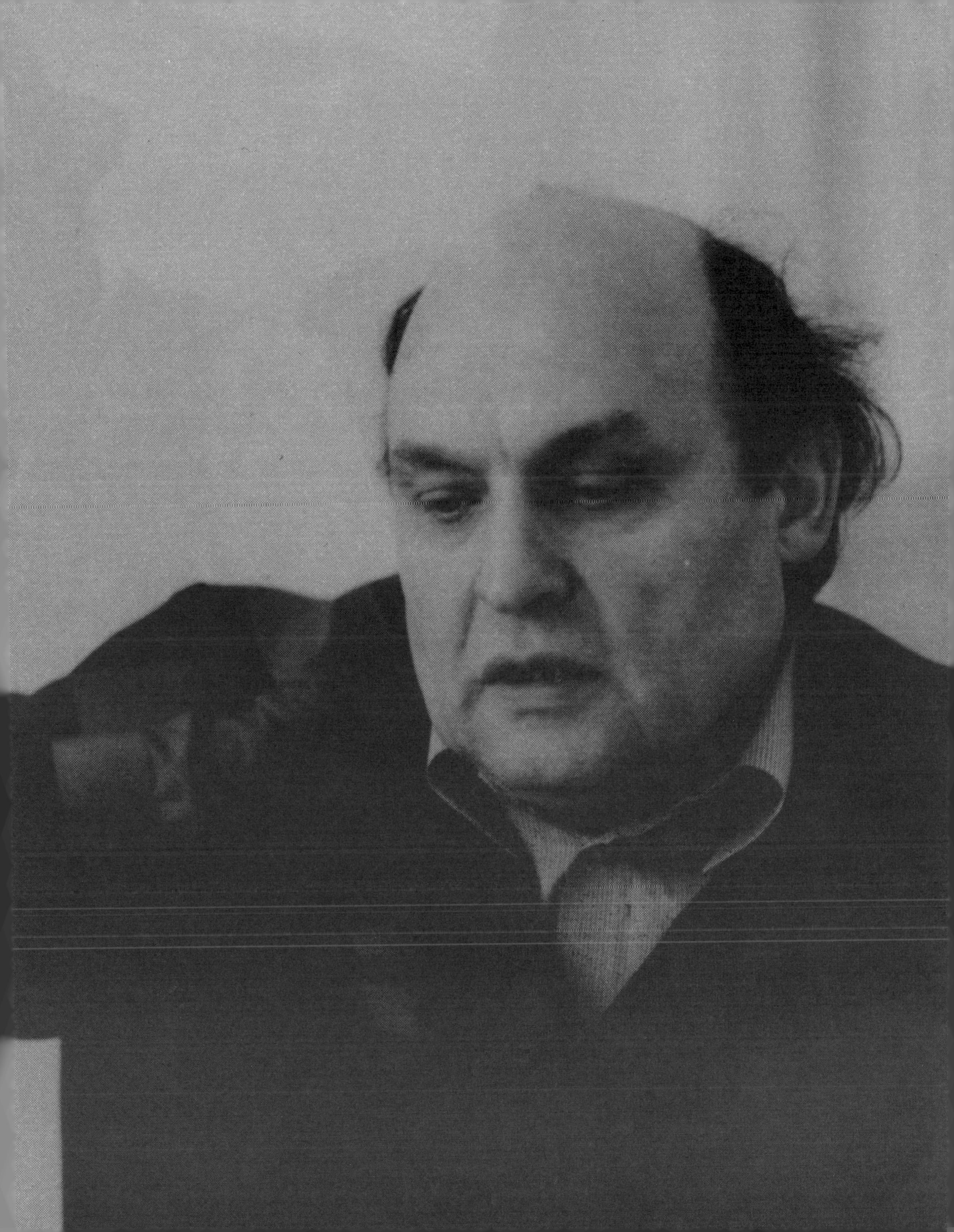

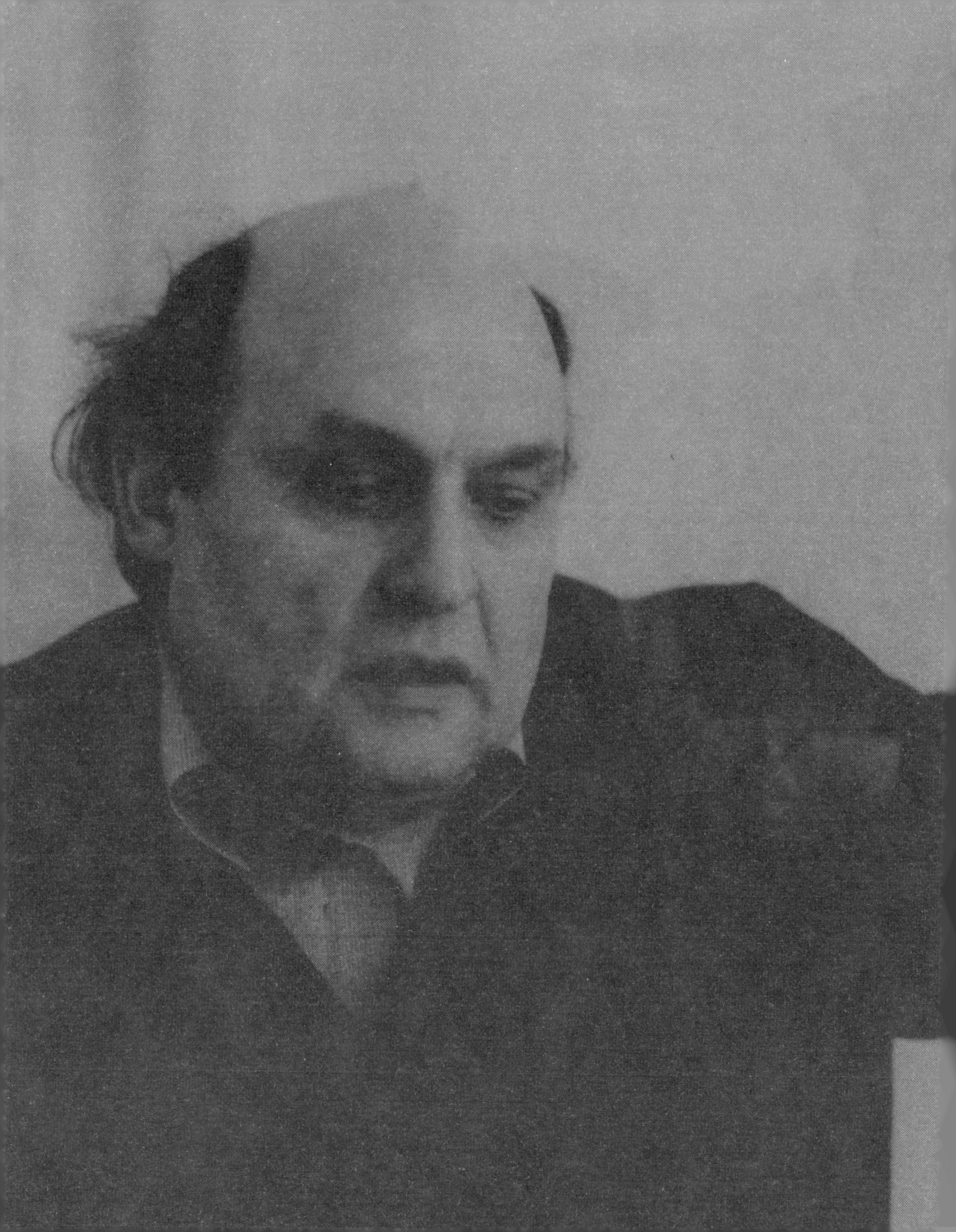

OSWALD OBERHUBER
1913 in Meran geboren
lebt in Wien

EINZELAUSSTELLUNGEN:
1952–53
Zürich
Innsbruck
1961
Galerie Würthle, Wien
1963
Galerie Welz, Salzburg
1966–67
Trigon 1966, Graz
Galerie nächst St. Stephan, Wien
1968–70
Biennale, Tokio
1971
Neue Galerie, Graz
1972
Kunstsammlung Ludwigshafen
Biennale, Venedig
Galerie Krinzinger, Innsbruck (Katalog)
1973
Neue Galerie, Graz
Kunsthalle, Basel
1975
Galerie Krinzinger (Katalog)
1978
Magazino di Sale, Cervia, Italien
Feldkirch
Museum des 20. Jahrhunderts, Wien
Galerie Krinzinger, Innsbruck
1979
Galerie Stampa, Basel
Palais Thurn u. Taxis, Bregenz
Galerie Pellegrino, Bologna
1980
Galerie Forme, Frankfurt
1981
Galerie Krinzinger, Innsbruck
Evang. Akademie, Hamburg
Kulturzentrum bei den Minoriten, Graz
Palazzo dei Diamanti, Ferrara
Galerie Stampa, Basel
Galerie nächst St. Stephan, Wien

1982
Galerie de Ram, Breda
Galerie Ricke, Köln
Akademie d. bild. Künste, Stuttgart
Galerie am Hagtor, Tübingen
Galerie Krinzinger, Innsbruck (Katalog)
1983
Galerie nächst St. Stephan, Wien
1984
Galerie Six Friedrich, München
Galerie Heike Curtze, Düsseldorf
Museum van Hedendaagse Kunst, Gent
Neapel, „Terrae Motus"
1985
Museo de Bellas Artes, Bilbao (Katalog)

AUSSTELLUNGSBETEILIGUNGEN (Auswahl):
1966–67
Trigon 1966, Graz
1968/70
Biennale, Tokio
1971
Museum des 20. Jahrhunderts, Wien, „Die Anfänge des Informel in Österreich"
1972
Biennale, Venedig
1977
Documenta, Kassel
1979
Grafikbiennale, Wien
1982
Documenta, Kassel
Galerie nächst St. Stephan, Wien, „Neue Skulpturen"
1983
Österr. Nationalbibliothek, Wien, „Kunst auf Zeitungen"
Städtische Galerie, Middelburg (NL), „De Vleeshal"
Steirischer Herbst, Graz, „Paradiesgarten"
Biennale, Sao Paolo
1984
Albertina, Wien; Neue Galerie, Graz; „Zeichnungen 1948 – heute" (Katalog)
Galerie Krinzinger, Innsbruck, „Symbol Tier" (Katalog)

Galleria Comunale d'Arte Moderna, Bologna, „Arte Austriaca 1960–1984" (Katalogbuch)
1985
Palais Thurn u. Taxis, Bregenz, „Götter u. Römer" (Katalog)
Universität Innsbruck, „Konfrontation mit Landschaft" (Katalog)
Lissabon, „Europaratausstellung"
Straßburg, „Weltpunkt Wien"
Mailand/Bozen (Österreichische Avantgarde-Ausstellung)
Galeriemuseum, Bozen
Forum AR/GE Kunst
Kunstverein, Frankfurt, „Internationale Zeichnungen"
Galerie Heike Curtze, Düsseldorf, „Die handelnde Skulptur, informelle Plastik 1949–1954"
Institut für Kirchenbau und kirchliche Kunst der Gegenwart, Marburg, „Die andere Eva – Wandlung eines biblischen Frauenbildes" (Katalog)
Galerie Grita Insam, Wien, „Raum annehmen – Aspekte Österreichischer Skulptur 1950–1985" (Katalog)
1986
Galerie Krinzinger, Wien, „Aug um Aug" (Katalogbuch)

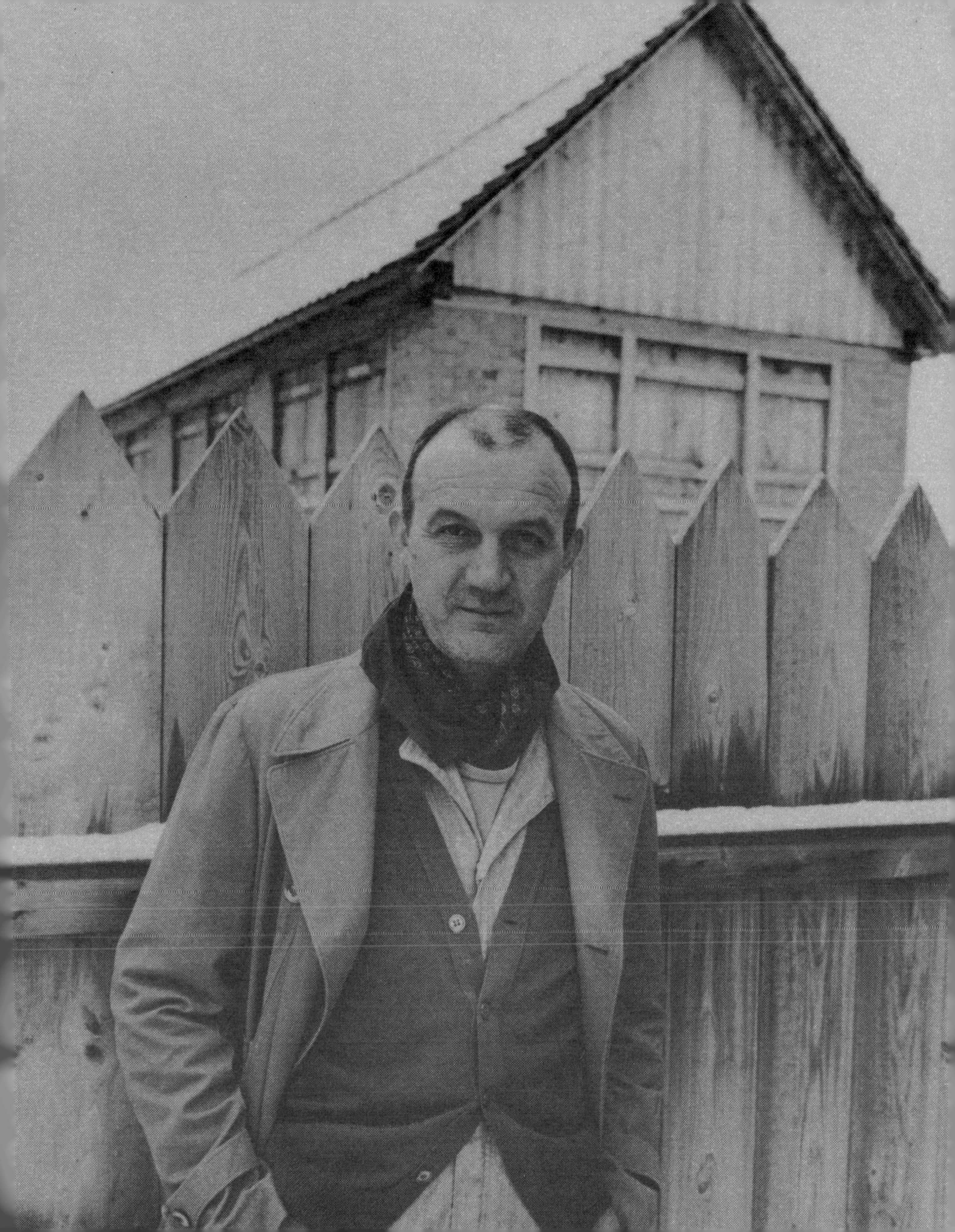

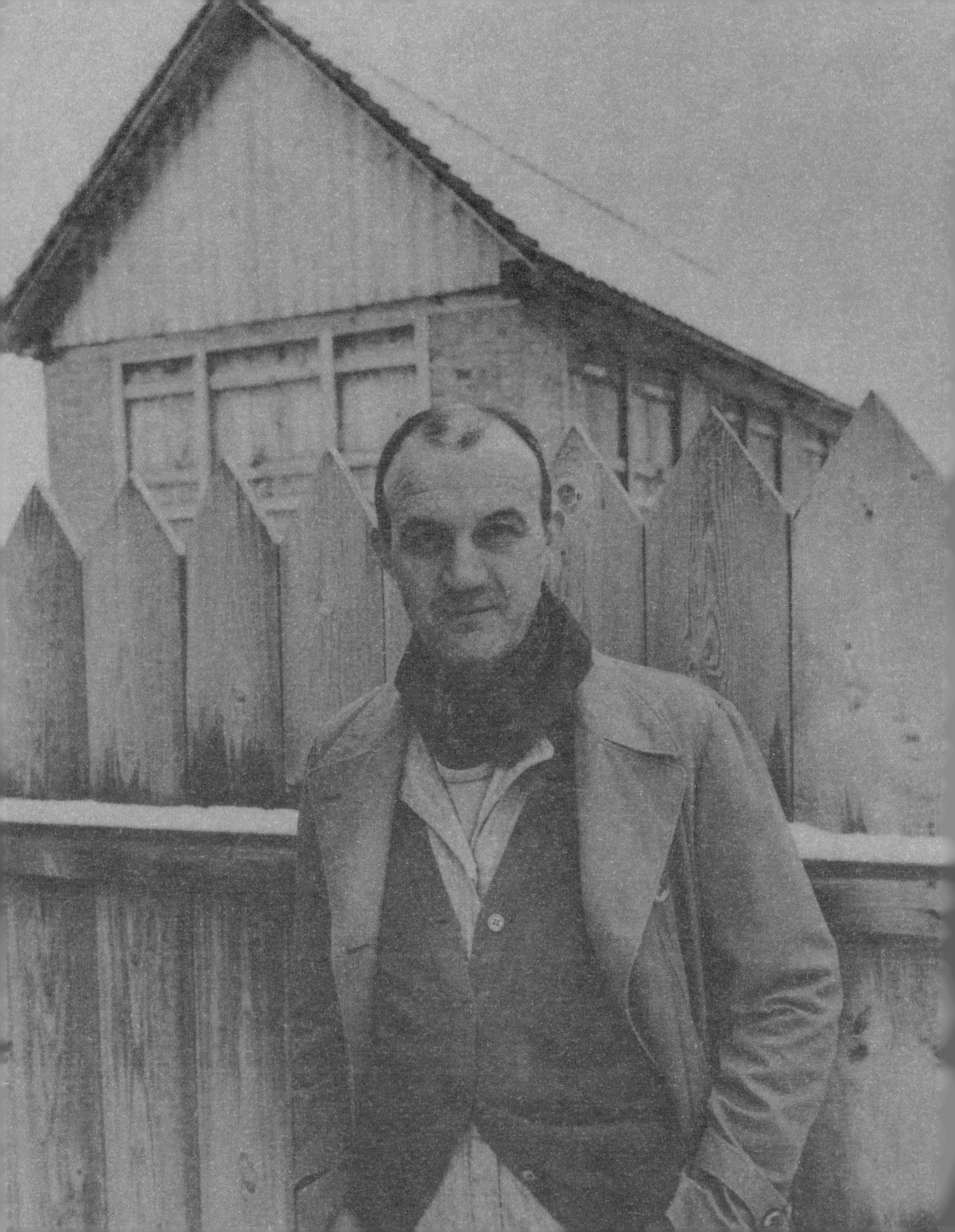

WALTER PICHLER

1936 in Deutschnofen/Südtirol geboren
1954 Abschluß der Gewerbeschule in Innsbruck
1958 Abschluß des Studiums an der Akademie für angewandte Kunst in Wien
lebt in Wien und St. Martin/Raab

EINZELAUSSTELLUNGEN:
1963
Galerie nächst St. Stephan, Wien, „Architektur" (mit Hollein)
1966
Galerie nächst St. Stephan, Wien; Galerie im Taxispalais, Innsbruck; „Prototypen"
1967
Museum of Modern Art, New York, „Visionary Architecture" (mit
Hollein und Abraham)
1969
Galerie nächst St. Stephan, Wien, „Österreichs Stolz" (mit Attersee)
Galerie Schmela, Düsseldorf
1971
Museum des 20. Jahrhunderts, Wien (Skulpturen)
Galerie nächst St. Stephan, Wien (Zeichnungen)
1973
Galerie Buchholz, München
Albertina, Wien
1974
Galerie Grünangergasse, Wien
1975
The Museum of Modern Art, New York, „Projects"
1976
Galerie Schapira & Beck, Wien, „Skulpturen, Pläne, Zeichnungen"
1977
Kestner-Gesellschaft, Hannover
Whitechapel Gallery, London
Kunsthalle, Tübingen
1978
Haus der Kunst, München
Leo Castelli Gallery, New York
Israel Museum, Jerusalem
1980
Galerie Klewan, München
1981
Galerie Albrecht, Oberplanitzing, Südtirol
1985
Galerie Albrecht, Oberplanitzing, Südtirol

AUSSTELLUNGSBETEILIGUNGEN (Auswahl):
1967
Biennale des Jeunes, Paris
1968
Documenta IV, Kassel
1969
Kunsthalle, Baden-Baden, „14 mal 14"
1982
Biennale, Venedig
1984
Galleria Comunale d'Arte Moderna, Bologna, „Arte Austriaca 1960–1984" (Katalogbuch)
1985
Castello di Rivoli, Turin, „Rennweg" (Katalog)
Kulturhaus, Graz, „Innovativ" (Katalog)
1986
Galerie Grüner, Linz, „Ausblicke"
Rupertinum Salzburg, „Innovativ" (Katalog)
Galerie Krinzinger, Wien, „Aug um Aug" (Katalogbuch)

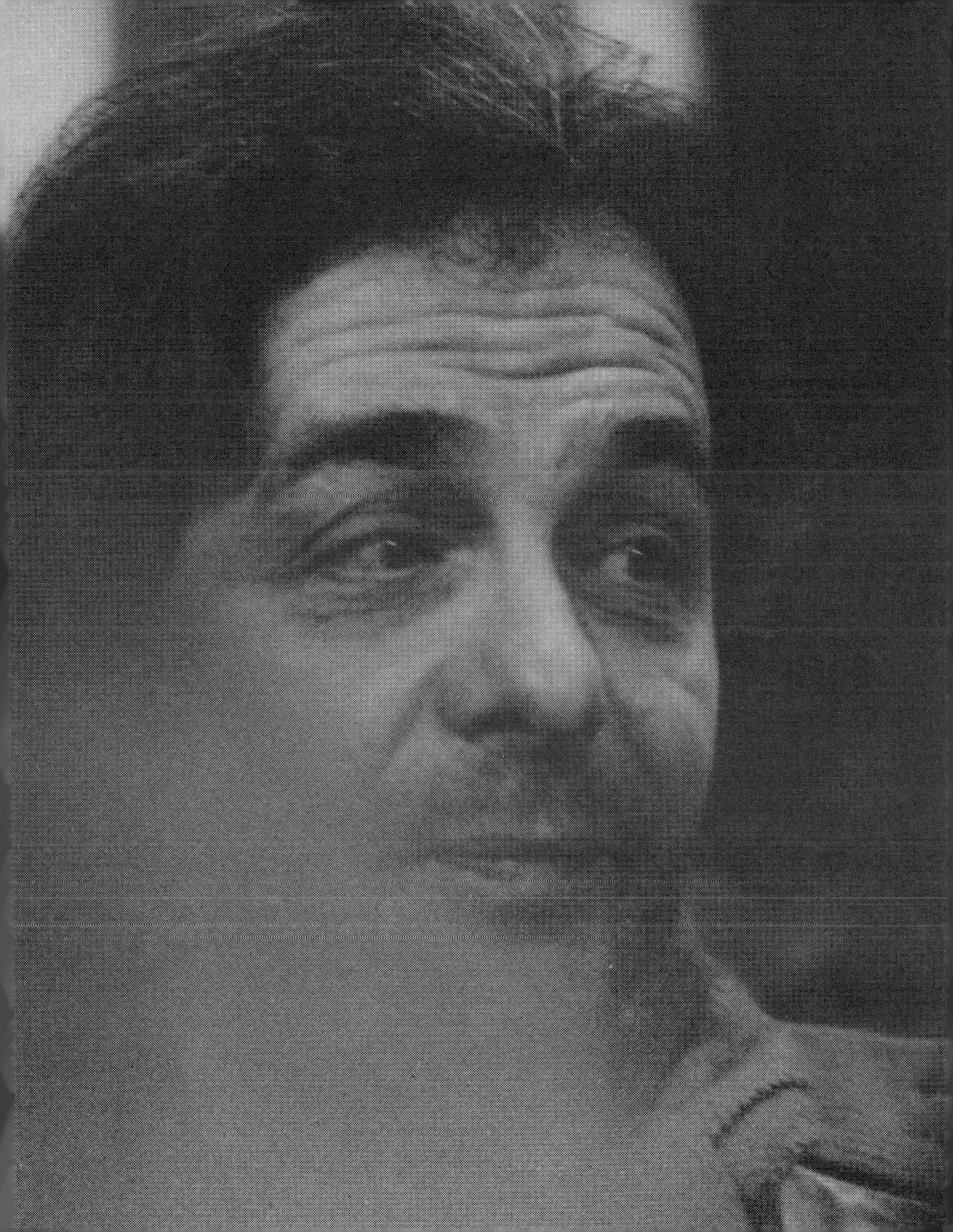

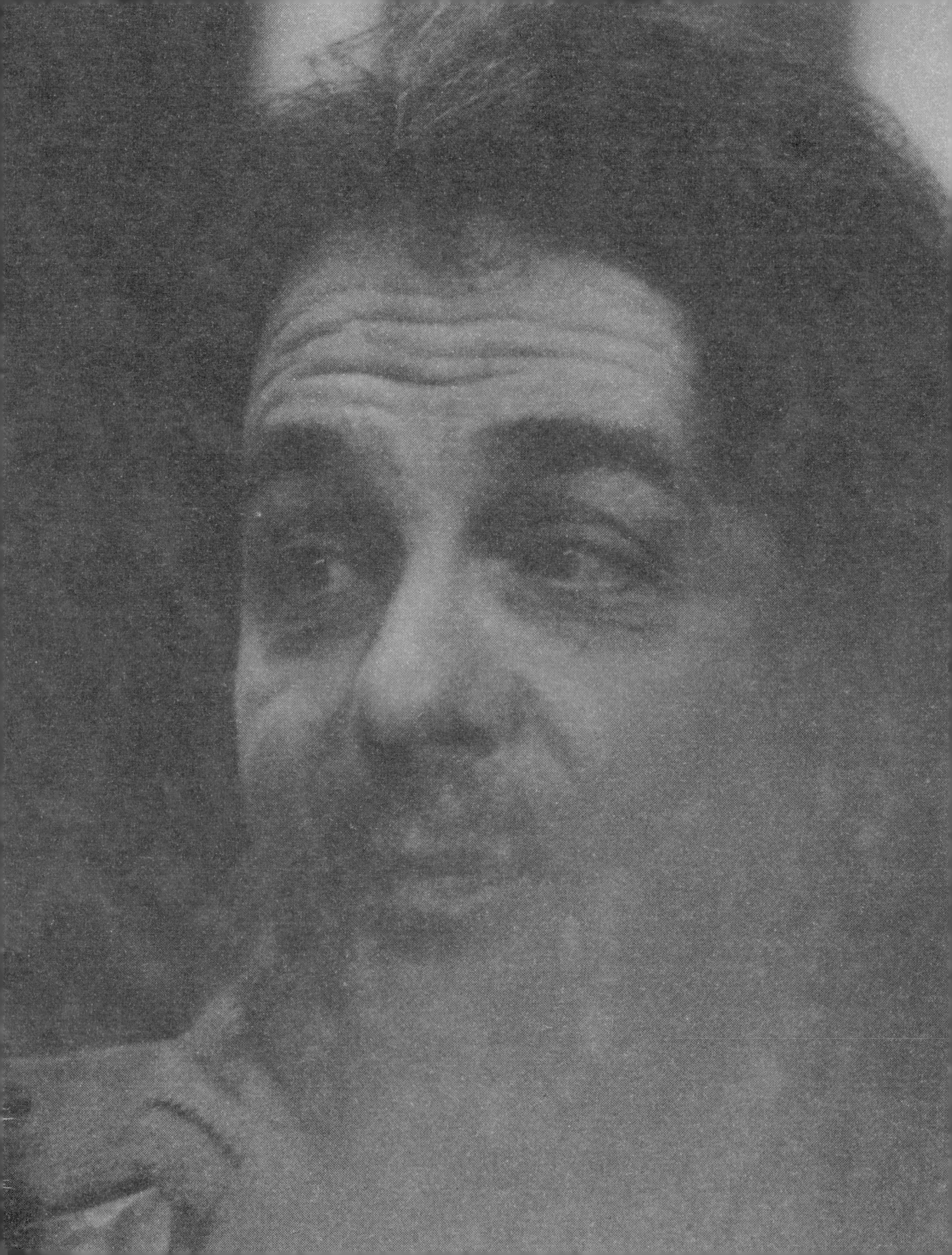

ARNULF RAINER

1929 in Baden bei Wien geboren
lebt in Wien

EINZELAUSSTELLUNGEN (Auswahl):
1952
Galerie Franck, Frankfurt am Main (Katalog)
Galerie Kleinmayr, Klagenfurt
53/54
Galerie Würthle, Wien
1956
Galerie nächst St. Stephan, Wien
1957
Wiener Secession, Wien
1962
Galerie Schmela, Düsseldorf
1968
Museum d. 20. Jahrhunderts, Wien
1970
Galerie Van de Loo, München
Galerie Muller, Stuttgart
Galerie Müller, Köln
1971
Kunstverein, Hamburg
Galerie Müller, Köln
Galerie Krinzinger, Bregenz
1972
Galerie Van de Loo, München
Galerie Ariadne, Köln
Busch-Reisinger-Museum, Cambridge/Mass.
1973
Galerie Müller, Stuttgart
Galerie Ariadne, Köln
Steirischer Herbst, Graz
1974
Kunstraum, München
Galerie Karsten Greve, Köln
Galerie Defet, Nürnberg (mit Prantl)
Galerie Erik Fabre, Paris
Galerie Ariadne, New York
Studio Sant'Andrea, Mailand
1975
Galerie Grünangergasse, Wien
Galerie Ariadne, New York
Galerie AK Hans F. Sworowsky, Frankfurt a. M.
Galerie Stadler, Paris
Galerie Grünangergasse, Wien

Galerie Ariadne, New York
Galerie Krinzinger, Innsbruck
Hessisches Landesmuseum, Darmstadt
Kulturhaus, Graz
Neue Galerie, Linz
Museum of Contemporary Art, Chicago
Galerie Schöttle, München
Studio Sant'Andrea, Mailand
1976
Neue Galerie, Linz
Haus am Waldsee, Berlin
Kunstverein, Hamburg
Kunstverein, Frankfurt a. M.
Künstlerhaus, Klagenfurt
Galerie Stadler, Paris
Galerie Michael Werner, Köln
Galerie Heiner Friedrich, München
Galerie Krinzinger, Innsbruck
1977
Kunsthalle, Bern
Städtische Galerie im Lenbachhaus, München
Kestner-Gesellschaft, Hannover
Galerie Heike Curtze, Düsseldorf
Kunstraum, München
Galerie Heike Curtze, NÖ Ges. f. Kunst u. Kultur, Wien
1978
Galerie Stadler, Paris
Galerie Heike Curtze, Wien, Düsseldorf
Galerie Van de Loo, München
1979
Galerie Ulysses, Wien
Galerie Krinzinger, Innsbruck
1980
Stedelijk Van Abbemuseum, Eindhoven
Whitechapel Art Gallery, London
Walker Art Center, Minneapolis
Nationalgalerie, Berlin
Museum des 20. Jahrhunderts, Wien
Galerie Krinzinger, Innsbruck
1981
Sigrid Friedrich & Sabine Knust, München (Katalog)
Galerie Klein, Bonn (Katalog)
Staatliche Kunsthalle, Baden-Baden
Städt. Kunstmuseum, Bonn

1982
Galerie Krinzinger, Innsbruck (Katalog)
Louisiana Museum of Modern Art, Humbleback
Suermondt Museum, Aachen

1983
Museum, Ulm
Wilhelm-Hack-Museum, Ludwigshafen
Kunstmuseum, Hannover
Kunsthalle, Malmö
Kunsthaus, Zürich

1984
Centre Georges Pompidou, Paris
Städtisches Museum, Mönchengladbach
Stedelijk Van Abbemuseum, Eindhoven
Kunstmuseum, Düsseldorf

1985
Museum of Modern Art, Oxford
Groninger Museum, Groningen

1984
Galerie Krinzinger, Innsbruck, „Symbol Tier" (Katalog)
Galleria Comunale d'Arte Moderna, Bologna „Arte Austriaca 1960–1984" (Katalogbuch)

1985
Castello di Rivoli, Turin, „Rennweg" (Katalog)

1986
Renaissance Society, Chicago (mit Brus und Nitsch)
Galerie Grüner, Linz, „Ausblicke"
Galerie Krinzinger, Wien, „Aug um Aug" (Katalogbuch)

AUSSTELLUNGSBETEILIGUNGEN (Auswahl):

1961
Biennale des Jeunes, Paris

1971
Biennale, Sao Paolo

1972
Documenta 5, Kassel

1974
Galerie Ulysses, Wien, „Hommage à Msgr. Mauer"
Palazzo Reale, Mailand, „La Ricerca dell'Identità"
Druckgrafikbiennale, Tokio
Städelsches Kunstinstitut, Frankfurt a. M., „Beispiele aus der Sammlung Lenz"
Galerie Magers, Bonn, „28 Selbstporträts"
Kunsthalle, Düsseldorf, „Bildrealität – Surrealität 1924–74"
Staatliche Kunsthalle, Baden-Baden, „In den unzähligen Bildern des Lebens"
Galerie Aktuelle Kunst, Frankfurt a. M.

1975
Galerie Stadler, Paris, „L'art corporel"
Kunstverein, Hamburg, „Körpersprache"
Museum of Contemporary Art, Chicago, „Bodyworks"
Musée d'Ixelles, Brüssel, „Je/Nous – exposition d'art d'aujourd'hui"
Wiener Secession, Wien, „Grafikbiennale"
Maison de la Culture, Chalon-sur-Saone, „Photography as Art – Art as Photography"
Schloß Bellevue, Kassel

1977
Documenta 6, Kassel

1978
Biennale, Venedig

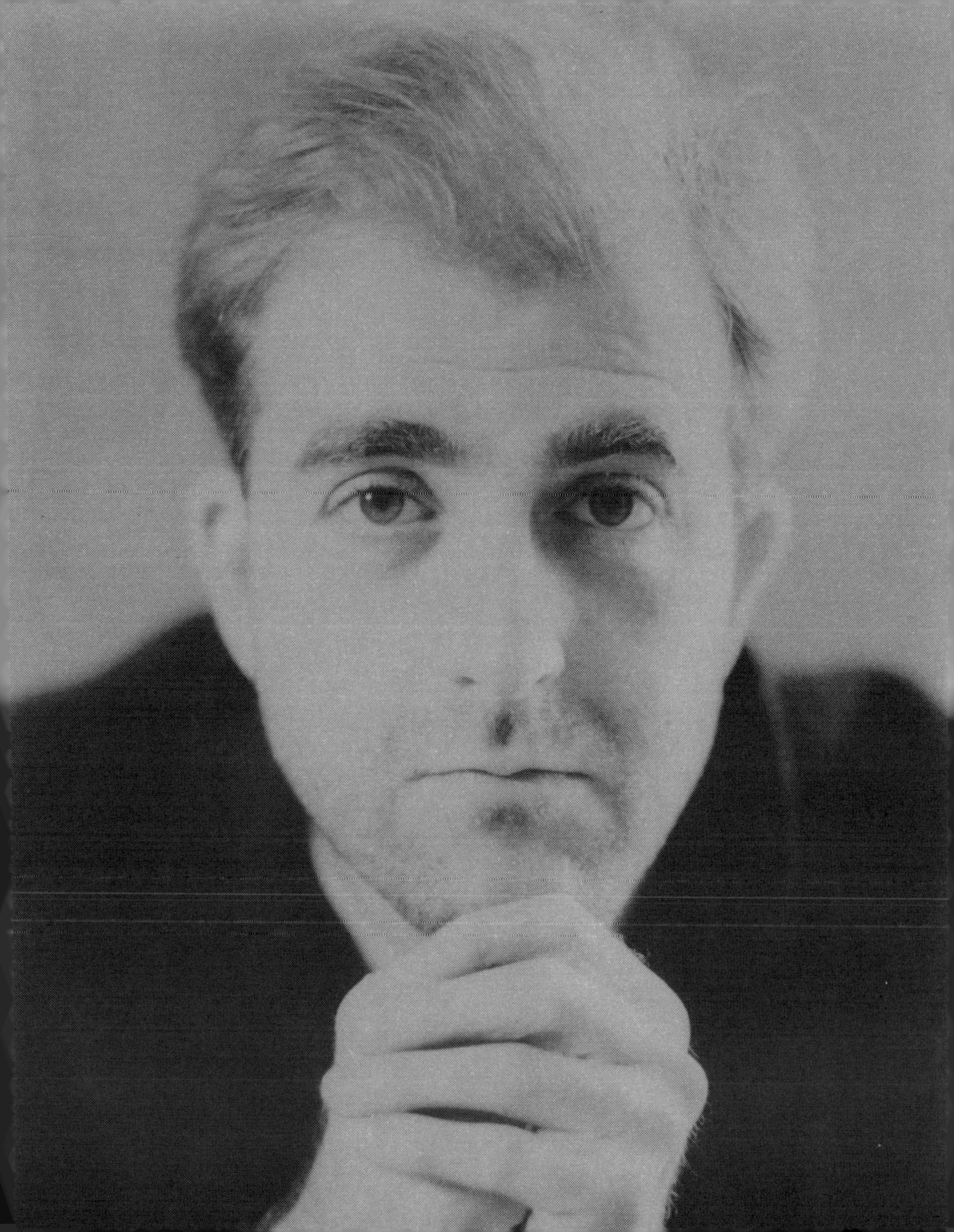

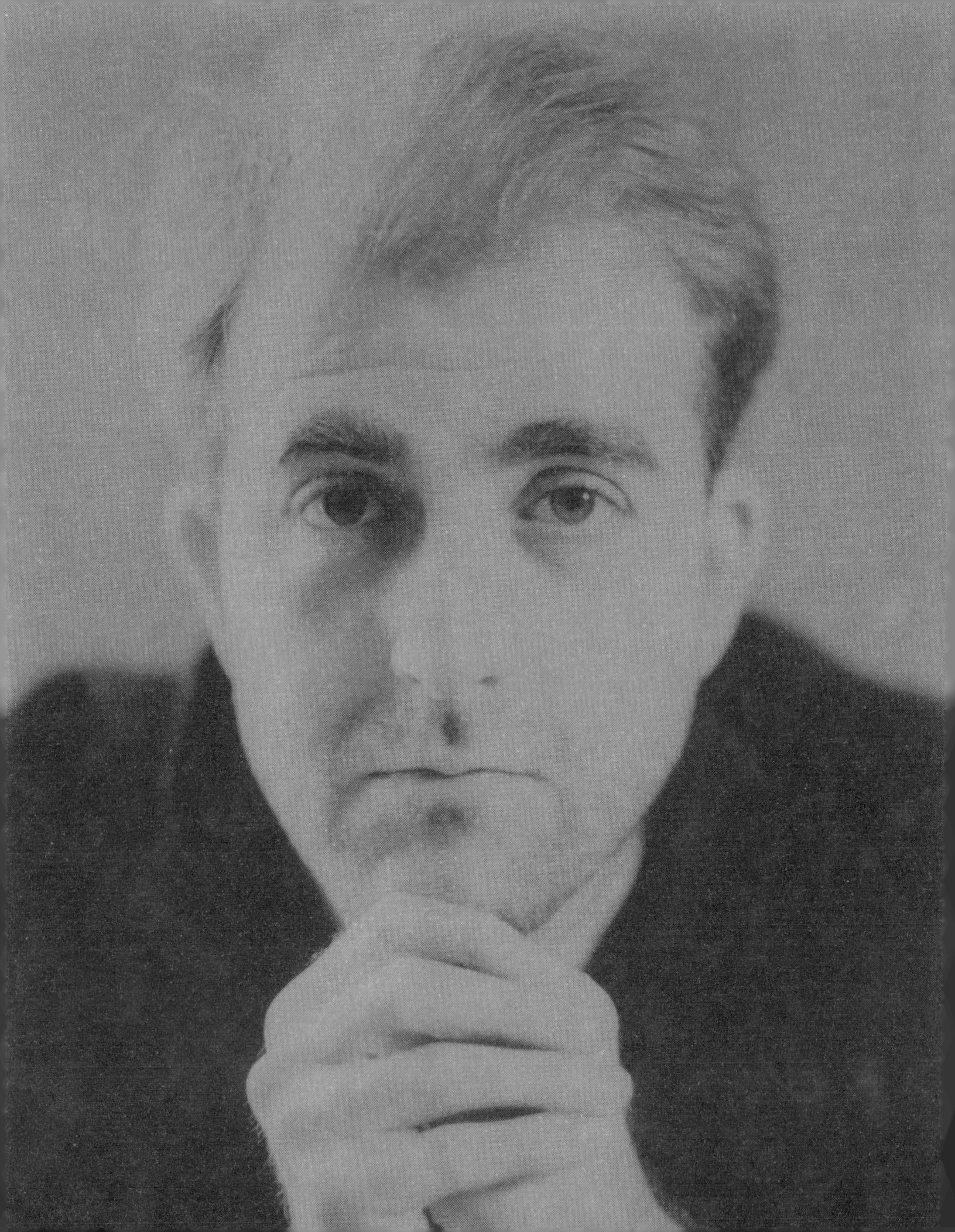

HUBERT SCHMALIX

1952 in Graz geboren
1971–76 Studium an der Akademie der bildenden Künste, Wien
lebt in Wien

EINZELAUSSTELLUNGEN (Auswahl):

1976
Künstlerhaus, Wien

1977
Pressehausgalerie, Wien

1978
Galerie Ariadne, Wien
Joanneum Ecksaal, Graz

1980
Galerie Krinzinger, Innsbruck (Katalog)

1981
Galerie nächst St. Stephan, Wien (in Zusammenarbeit mit der Galerie Krinzinger/Katalog)
Galerie Droschl, Graz
Galerie Kubinski, Stuttgart

1982
Galerie Buchmann, St. Gallen (mit Anzinger/Katalog)
Galerie Krinzinger, Innsbruck (Katalog)
Galerie Six Friedrich, München (Katalog)
Galerie 't Venster, Rotterdam
Galerie Bitterlin, Basel (mit Anzinger)

1983
Galerie Heinrich Erhardt, Madrid (mit Anzinger)
Galerie nächst St. Stephan, Wien
Galerie Bleich-Rossi, Graz (Katalog)
Fischer Fine Art, London (Katalog)
Galerija grada Zagreba, Zagreb (Katalog)
Razstavni salon Maribor, Marburg (Katalog)
Galerija Medusa, Koper (Katalog)

1984
Galerie Farideh Cadot, Paris (mit Anzinger und Mosbacher)
Galerie Holly Solomon, New York (mit Anzinger/Katalog)
Galerie Pfefferle, München
Galerie nächst St. Stephan, Wien (mit Stimm)

1984/85
Galerie Leyendecker, Teneriffa

1985
Galerie Bleich-Rossi, Graz
Antiope France, Paris
Galerie Burnett Miller, Los Angeles (mit Anzinger)
Einzelausstellung an der Art Cologne 1985 (Katalog)
Galerie Krinzinger, Innsbruck

1986
Neue Galerie, Graz; Rheinisches Landesmuseum, Bonn; Kunstmuseum, Luzern (Buch)
Galerie Holly Solomon, New York

AUSSTELLUNGSBETEILIGUNGEN (Auswahl):

1972
Akademie der bild. Künste, Wien

1975
Finanzministerium, Wien, „Meisterklasse für Graphik"

1976
Wien, „Geist und Form"

1977
Neue Galerie, Graz, „XII. Intern. Malerwochen" (Katalog)
Murgalerie, Leoben
Leibnitz, „Neue Figurationen"
Galerie Ariadne, Wien (Katalog)

1978
Landesgalerie, Graz, „Zeitgenössische Kunst in der Steiermark – die junge Generation"
Galerie Ariadne, Wien

1979
Stuttgart, „Europa 79 – Kunst der 80er Jahre"
Galerie Modern Art, Wien, „Positionen" (Katalog)

1980
Biennale, Venedig, „Aperto 80" (Katalog)
Galerie Ariadne, Wien
Galerie Annasäule, Innsbruck, „Malerei 80" (Katalog)

1981
Neue Galerie, Graz, „Neue Malerei in Österreich I" (Katalog)
Köln, „Westkunst" (Katalog)
Steirischer Herbst, Graz, „Trigon" (Katalog)
Alte Oper, Frankfurt, „Phönix" (Katalog)
Galerie Pfefferle, München, „Das Bilderbuch"

1982
Galerie Camomille, Brüssel
Kunstmuseum, Luzern, „Junge Künstler aus Österreich" (Katalog)
Rheinisches Landesmuseum, Bonn, „Junge Künstler aus Österreich" (Katalog)
Galerie nächst St. Stephan, Wien, „Neue Skulptur" (Katalog)

Galerie Klapperhof, Köln, „Wilde Malerei" (Katalog)
Kunstmuseum, Winterthur, „Österreichische Szene"
1983
Tema Celeste, Ghibellina, Sizilien (Katalog)
Galerie Ciento, Barcelona
Museum des 20. Jahrhunderts, Wien, „Einfach gute Malerei" (Katalog)
Lenbachhaus, München, „Aktuell 83" (Katalog)
Galerie Ropac, Salzburg, „Zeitschnitt" (Katalog)
Tate Gallery, London, „New Art" (Katalog)
Folkwangmuseum, Essen
Galerie Ricke, Köln, „Triumph-Skulpturen"
Galerie Hummel, Wien, „Österreichische Skulpturen"
1984
Biennale Sidney, Australien (Katalog)
Galerie Krinzinger, Innsbruck, „Symbol Tier" (Katalog)
Landesmuseum, Darmstadt, „Sammlung H. J. Müller"
Galerie Pfefferle, München, „Skulptur" (Katalog)
Museum of Modern Art, New York, „An International Survey of Recent Painting and Sculpture" (Katalog)
Kutscherhaus, Berlin, „Kometen – Folge – Lawinen – Orte" (Katalog)
Neue Galerie, Graz; Bonn; Secession, Wien; Kunstmuseum, Bochum; „Neue Wege des plastischen Gestaltens in Österreich" (Katalog)
Kunstverein, Frankfurt
Galerie Hummel, Wien
Galleria Comunale d'Arte Moderna, Bologna, „Arte Austriaca 1960–1984" (Katalogbuch)
1985
Galeria Torbandena, Triest, „Austria Ferix" (Katalog)
Mailand, „Österreichische Avantgarde seit 1945" (Katalog)
Imola, Italien, „Anniottanta" (Katalog)
Düsseldorf, „Hommage aux Femmes" (Katalog)
Institut f. Kirchenbau und kirchl. Kunst d. Gegenwart an der Philipps Universität, Marburg, „Die andere Eva" (Katalog)
Galerie Fuller Goldeen, San Francisco, „Works on Paper"
Municipal Art Gallery, Los Angeles, „Visitor I" (Katalog)
Palais Thurn und Taxis, Bregenz, „Götter und Römer" (Katalog)
Pavillon Josephine, Strasbourg; Paris, „Un regard sur Vienne" (Buch)
Salzburg, „Mozart" (Katalog)
Zagreb, Laibach, Belgrad, „Neue Kunst aus Österreich"
Galerie Anna Friebe, Köln, „Junges Österreich"
1986
Fondation Cartier, Paris
Kunsthalle, Budapest, „Zurück zur Farbe – Gemälde und Skulpturen junger österreichischer Künstler"
Galerie Krinzinger, Wien, „Aug um Aug" (Katalogbuch)

EDITION:
Mappe mit 5 Radierungen; Auflage 50 Stück und 5 Künstlerexemplare; 75,5 × 56 cm; Hrsg. Galerie Krinzinger 1982

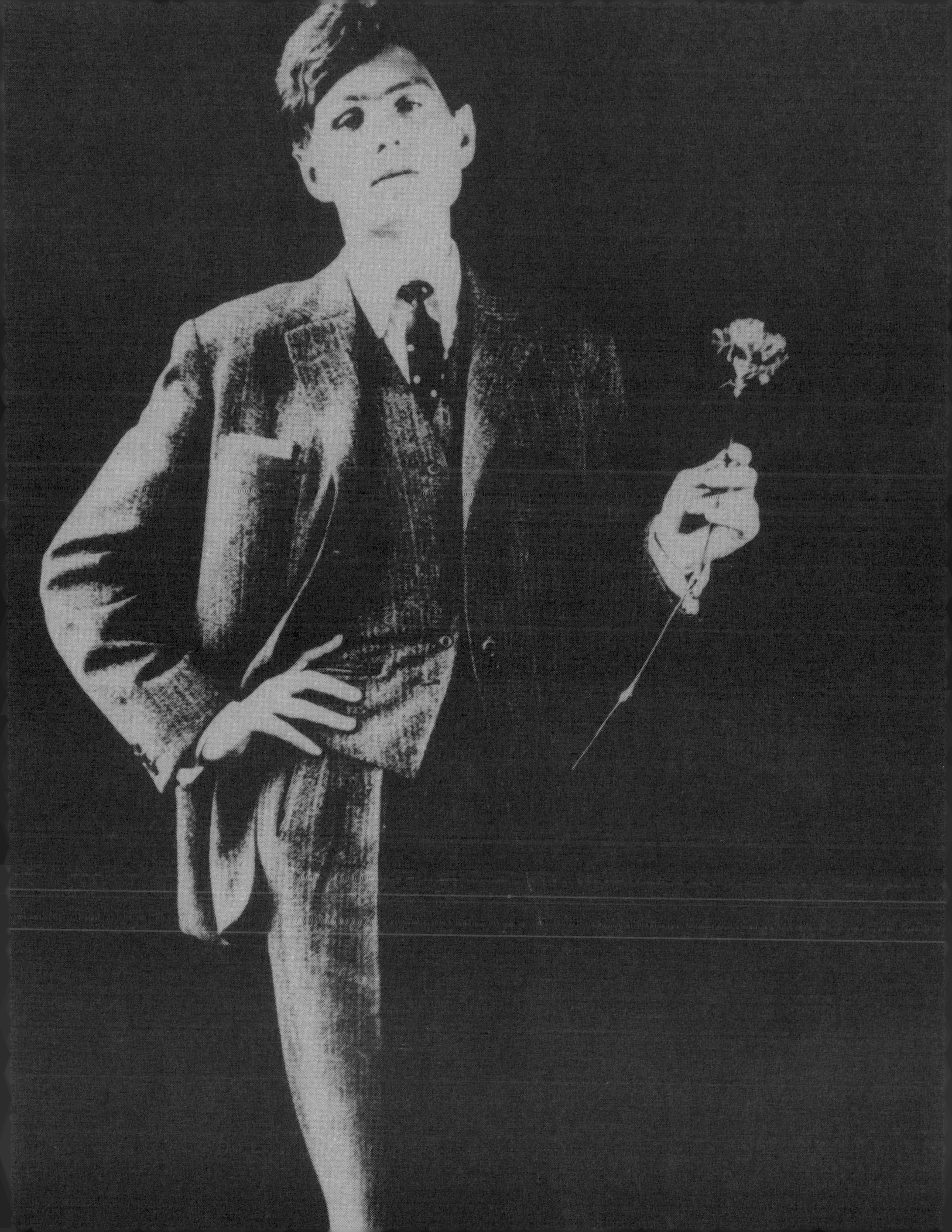

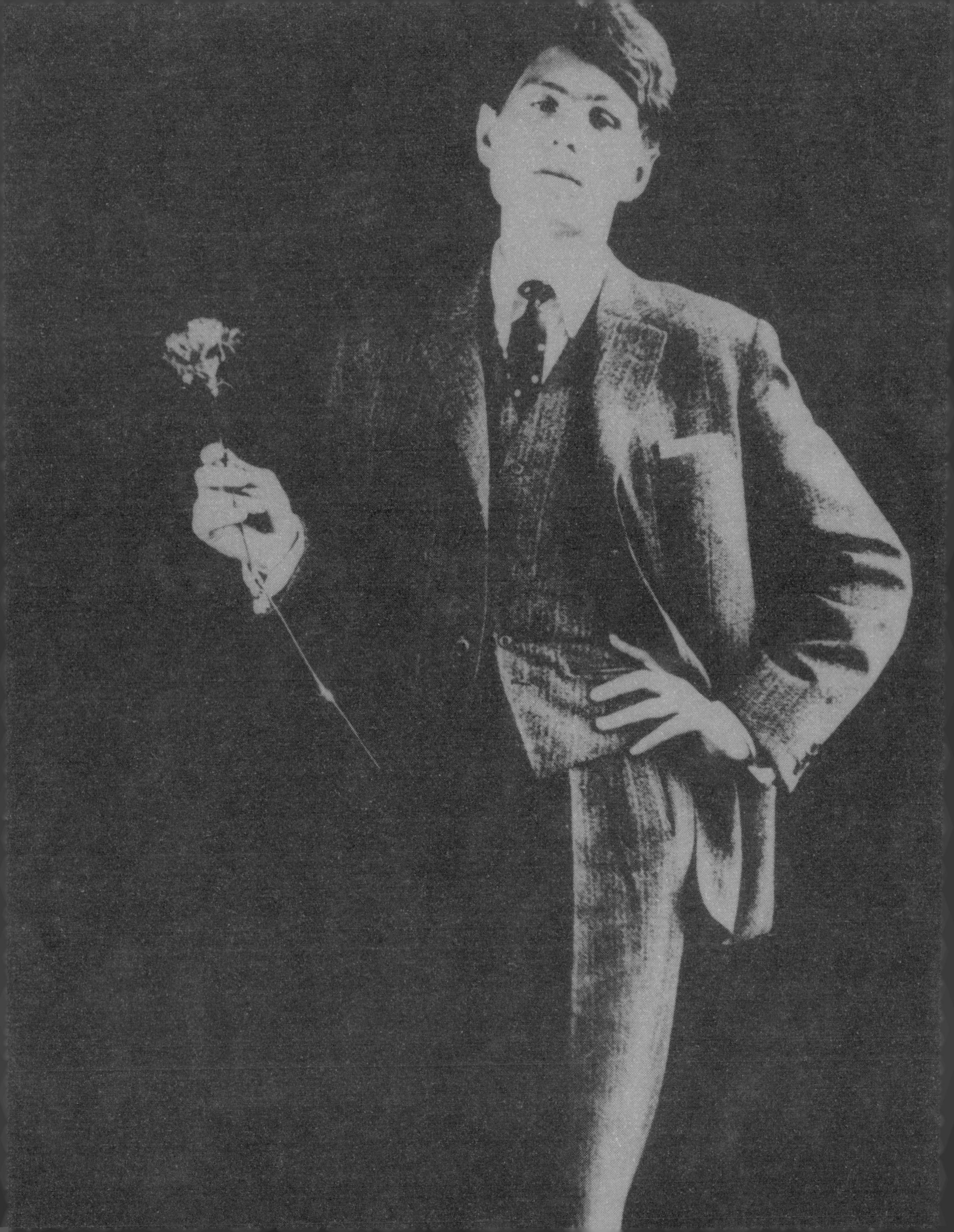

RUDOLF SCHWARZKOGLER

1940 in Wien geboren
1957–1961 Graphische Lehr- und Versuchsanstalt, Wien
gestorben 1969

AUSSTELLUNGEN (Auswahl):
1970
Galerie nächst St. Stephan, Wien
1972
Documenta 5, Kassel
1974
Studio Morra, Neapel
Galleria Diagramma, Mailand
1975
Galerie Stadler, Paris
Museum of Modern Art, Chicago
Galerie Krinzinger, Innsbruck (Kunstmesse Köln)
1976
Galerie Krinzinger, Innsbruck
Galerie nächst St. Stephan, Wien
Galerie Debel, Jerusalem
1977
Haus am Waldsee, Berlin, „Körpersprache"
Kunstverein, Hamburg, „Körpersprache"
Kunstverein, Frankfurt, „Körpersprache"
Galerie Isy Brachot, Bruxelles, „Art Corporel"
1978
Wiener Aktionismus, Galerie nächst St. Stephan (Performance Festival)
1979
Innsbruck, Salzburg, Linz, Graz, Wien, „Kunst als Photographie, Photographie als Kunst" (Katalog)
1980
New York, Basel, Innsbruck, Wien, „Künstlerphotographien Österreich 1959–1980"
1984
Galleria Comunale d'Arte Moderna, Bologna, „Arte Austriaca 1960–1984" (Katalogbuch)
Galerie Thaddäus J. Ropac, Salzburg-Lienz, „Körpernah"
Galerie Krinzinger, Innsbruck, „Symbol Tier" (Katalog)
1985
Rupertinum, Salzburg, „Innovativ" (Katalog)
1986
Galerie Krinzinger, Wien, „Aug um Aug" (Katalogbuch)

AKTIONEN:
1964
Wien, Mitwirkung bei Luftballonkonzert (O. Muehl)
Wien, Mitwirkung bei Aktion für Dr. Tunner (H. Nitsch)
1965
1. Aktion „Hochzeit" (6. Februar)
2. 3. 4. Aktion (Modell H. Cibulka) (Sommer)
5. Aktion (Sommer)
6. Aktion (zusammen mit H. Nitsch) (Herbst)
1966
7. Aktion (mit seinem eigenen Körper), Wien
Beteiligung an anderen Aktionen

FILM:
1968
Wien, „Satisfaction" (3 Teile: 1. Alles Gute zum Muttertag – 2. Günter Brus bittet um Ruhe – 3. Simultan; 16 mm SW, mit G. Brus und O. Muehl)

PORTFOLIOS:
3. Aktion, Sommer 1985
Auflage: 40 Stück arabisch numeriert, 10 Stück römisch numeriert; 13 Großfotos, 30 × 40 cm; Hrsg. Galerie Krinzinger, Innsbruck 1975

Aktion, Wien 1965/66
Dokumentarischer Querschnitt aller Aktionen 1965/66
Auflage: 40 Stück arabisch numeriert, 10 Stück römisch numeriert; 60 Großfotos in SW, ca. 30 × 40 cm;
Hrsg. Galerie Krinzinger, Innsbruck 1982

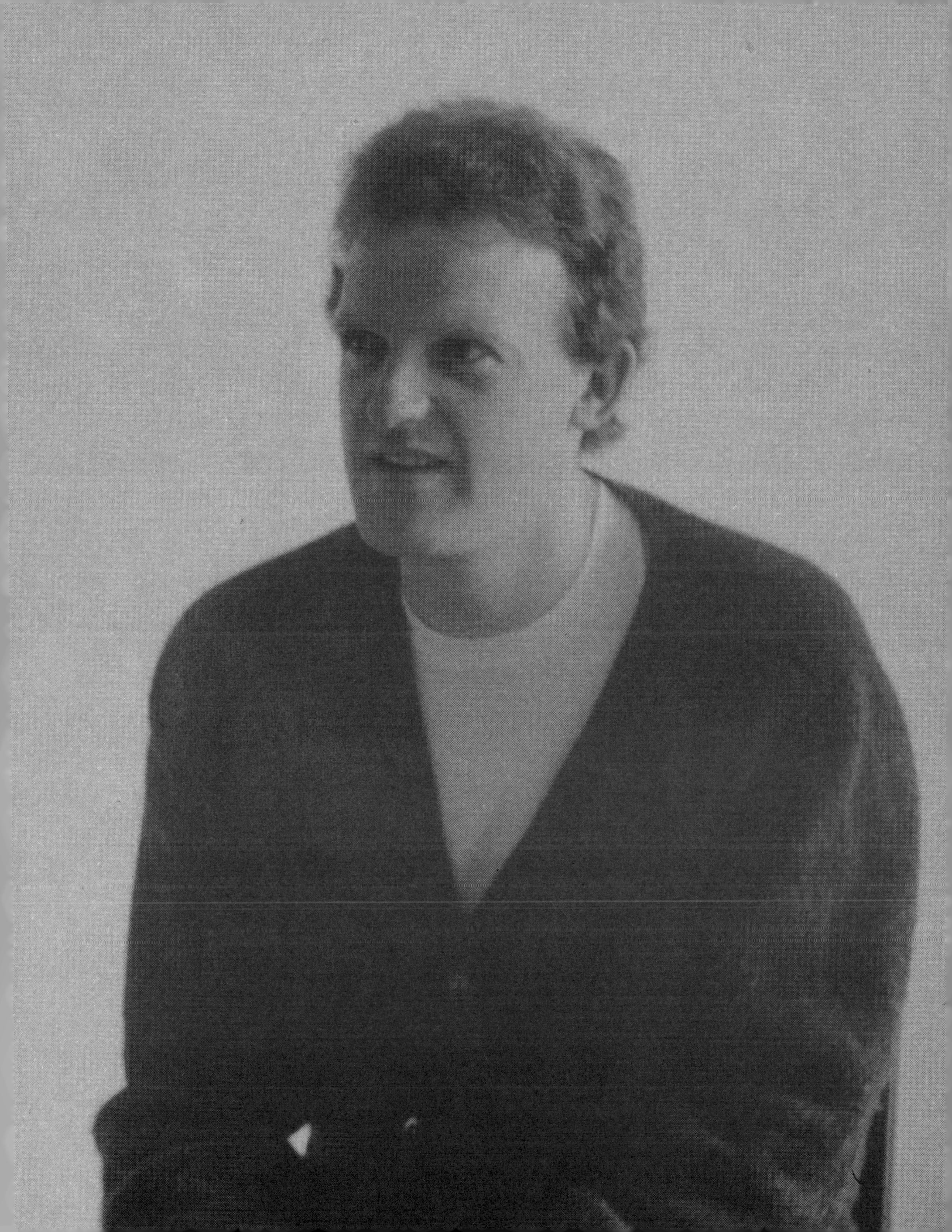

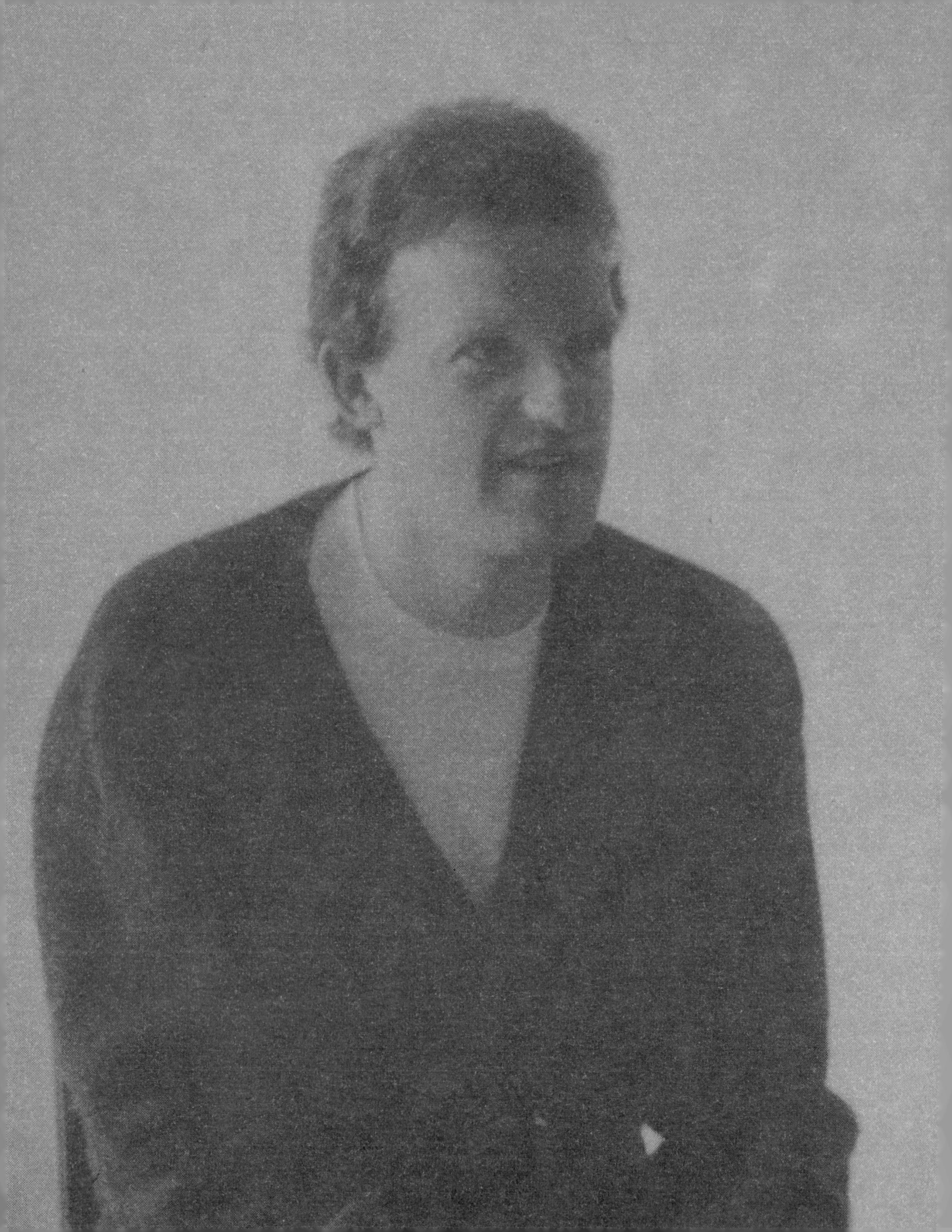

ERNST TRAWÖGER

1955 in Innsbruck geboren
lebt in Innsbruck

EINZELAUSSTELLUNGEN:
1984
Damon Brandt Gallery, New York (Katalog)
1985
Galerie Krinzinger, Innsbruck (Katalog)
Malaga (mit Martin Walde/Katalog)
Damon Brandt Gallery, New York (Katalog)
1986
Galerie XPO, Hamburg
Galerie Anna Friebe, Köln (Katalog)

AUSSTELLUNGSBETEILIGUNGEN (Auswahl):
1980
Galerie nächst St. Stephan, Wien
1982
Palais Thurn und Taxis, Bregenz
1983
Galerie Krinzinger, Innsbruck, „Junge Künstler aus Österreich" (Katalog)
Galerie nächst St. Stephan, Wien, „Junge Künstler aus Österreich" (Katalog)
Arkansas Art Center, Little Rock, „Collectors Choice"
1984
Galerie Krinzinger, Innsbruck, „Symbol Tier" (Katalog)
Galerie nächst St. Stephan, Wien, „Arbeiten auf Papier"
1985
Galerie Thomas, München, „Arbeiten auf Papier"
Universität Innsbruck, „Konfrontation mit Landschaft" (Katalog)
Galerie Anna Friebe, Köln, „Junges Österreich"
1986
Galerie Krinzinger, Wien, „Aug um Aug" (Katalogbuch)

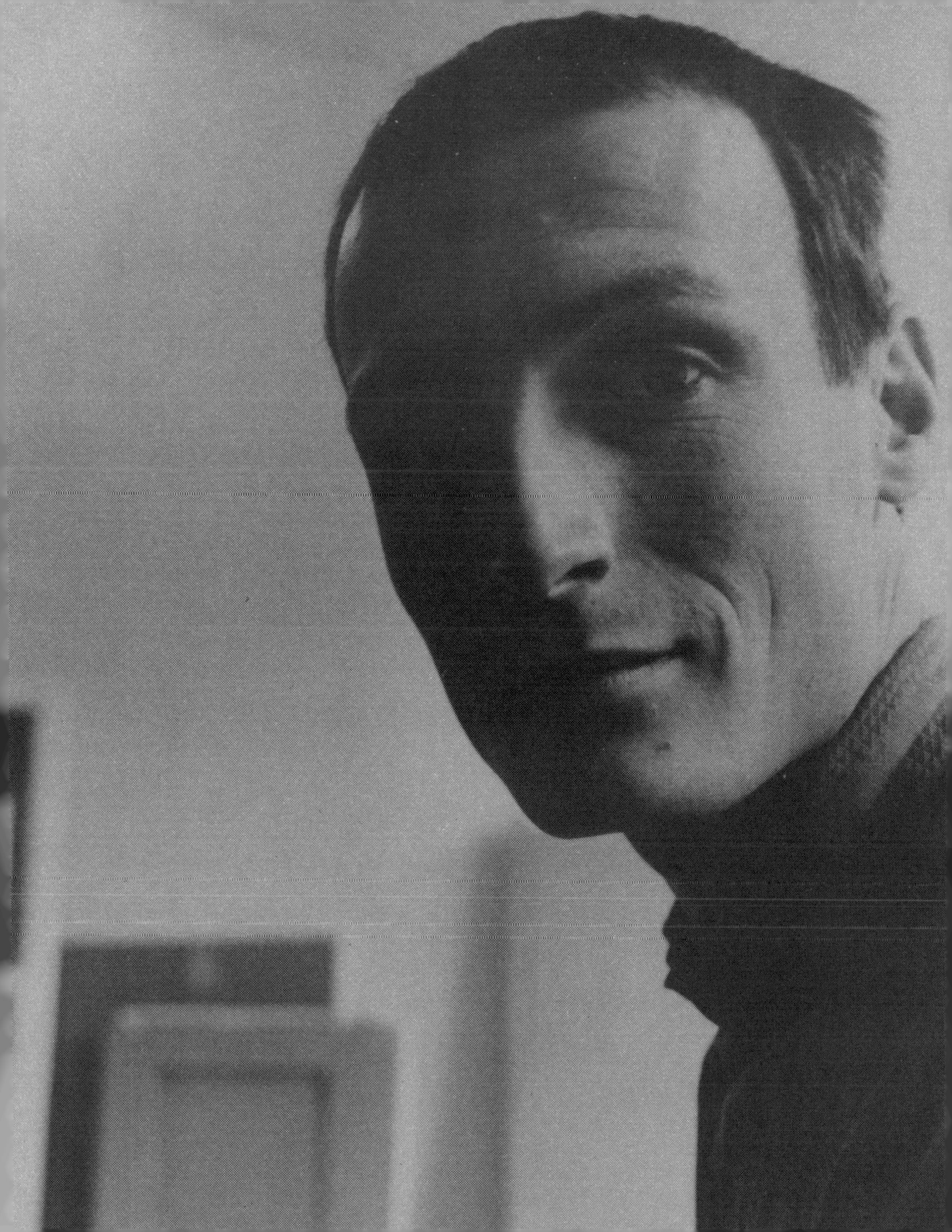

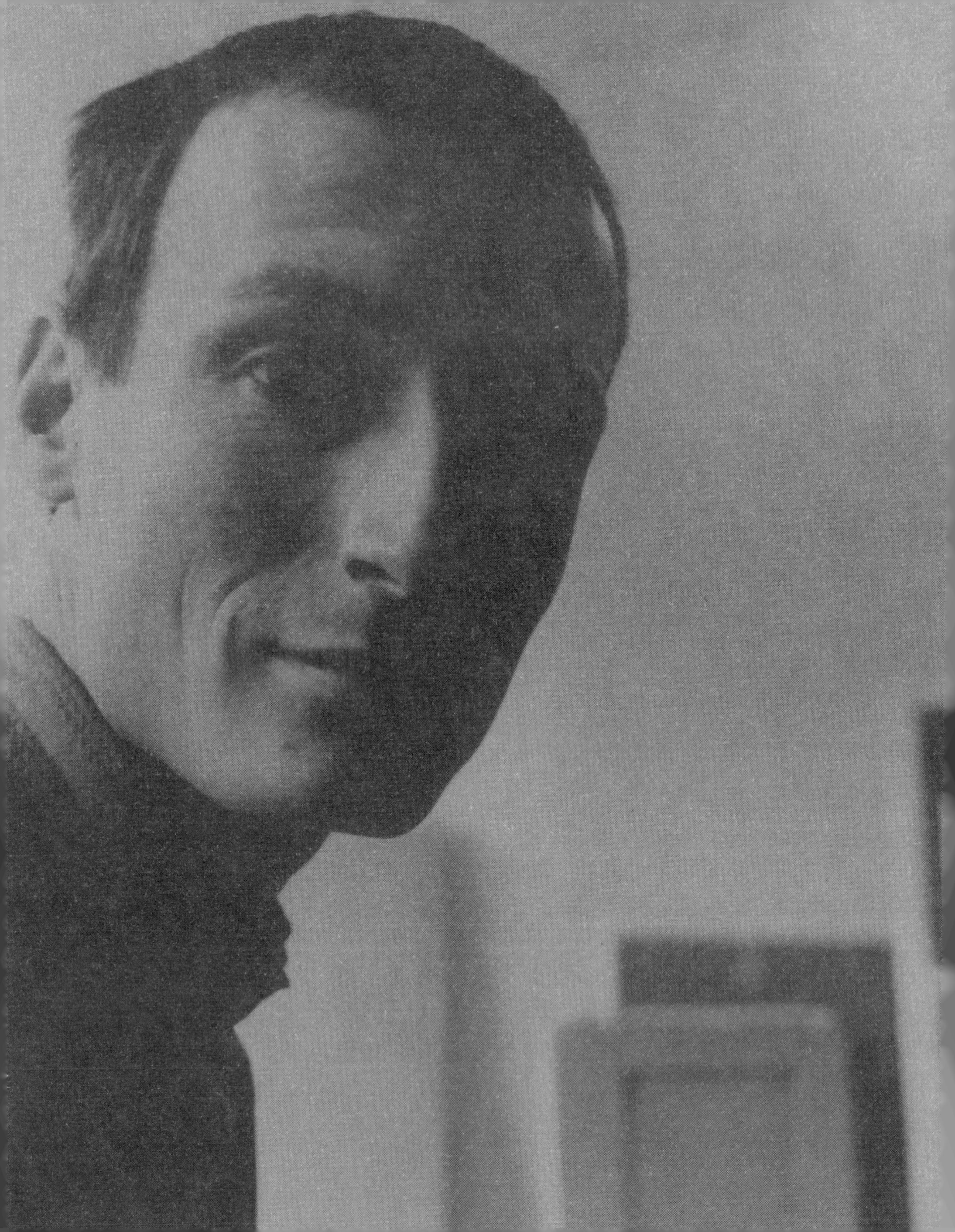

ELMAR TRENKWALDER

1959 in Weißenbach am Lech geboren
1972–1982 Akademie der bildenden Künste, Wien
lebt in Innsbruck

EINZELAUSSTELLUNGEN:
1985
Galerie Krinzinger, Innsbruck (Katalog)

AUSSTELLUNGSBETEILIGUNGEN (Auswahl):
1982
Wien, „Junge Kunst 82"
1983
Galerie Krinzinger, Innsbruck, „Junge Künstler aus Österreich" (Katalog)
Galerie nächst St. Stephan, Wien, „Junge Künstler aus Österreich" (Katalog)
1985
Galerie Anna Friebe, Köln, „Junges Österreich"
1986
Galerie Krinzinger, Wien, „Aug um Aug" (Katalogbuch)

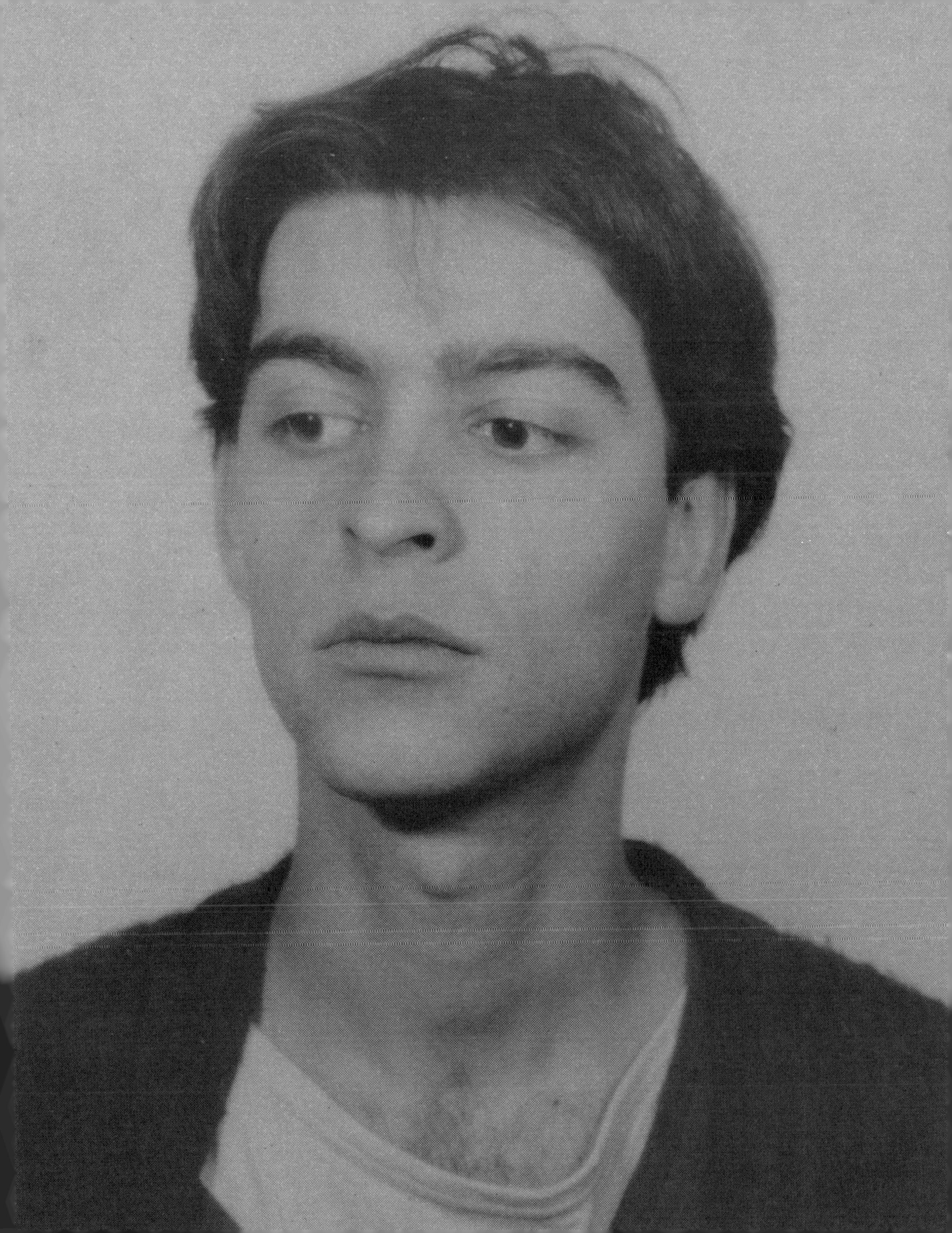

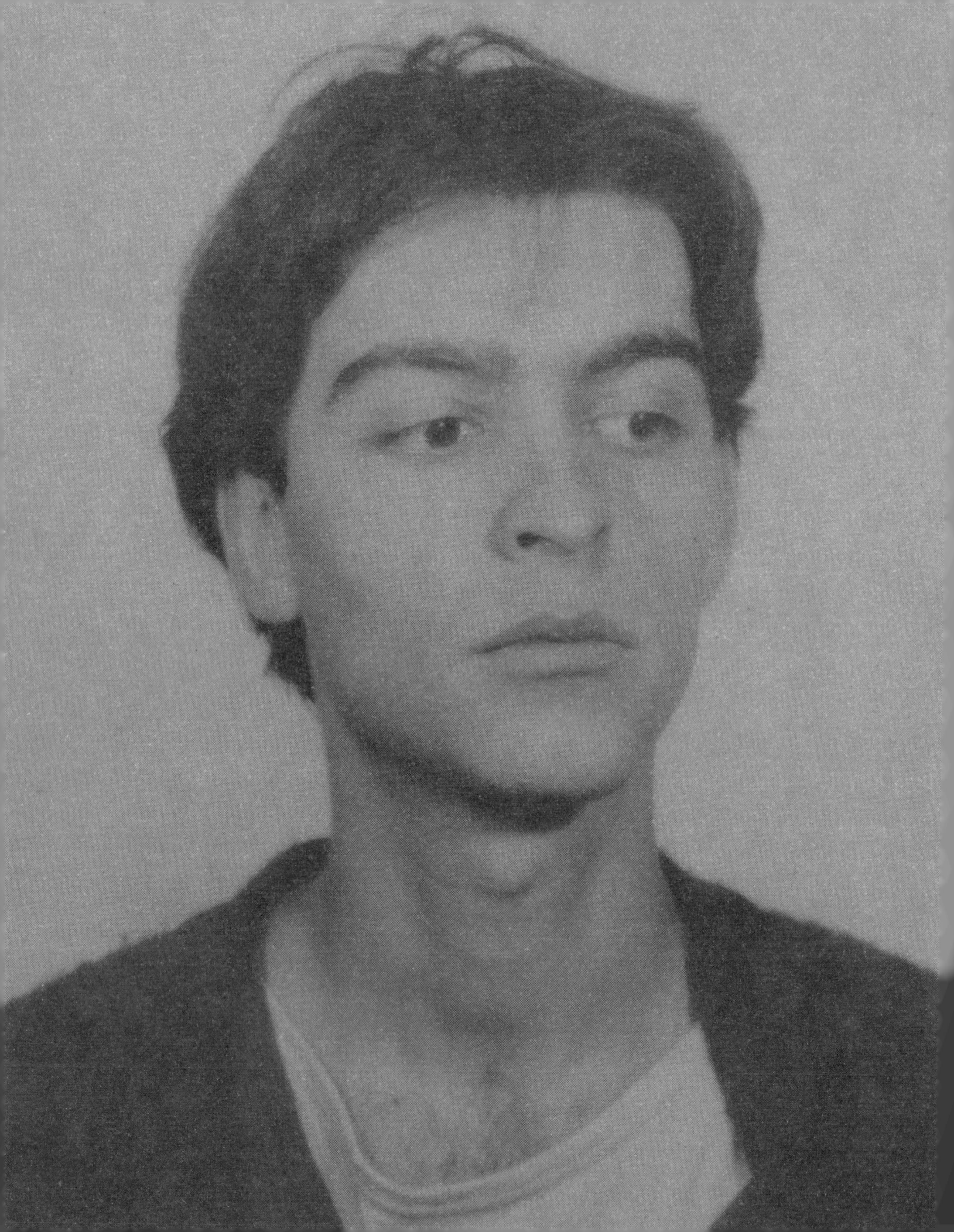

MARTIN WALDE

1957 in Innsbruck geboren
Studium an der Akademie der bildenden Künste in Wien
lebt in Wien

EINZELAUSSTELLUNGEN:

1982
Internationaler Kunstmarkt, Düsseldorf, Galerie Krinzinger, Innsbruck (geförderte Koje)

1983
Galerie Krinzinger, Innsbruck (Katalog u. Zeitung)
Galerie nächst St. Stephan, Wien
Galerie Malacorda, Genf (Zeitung)

1984
Galerie Camomille, Brüssel (mit Caramelle u. Strobl)
Galerie Heinrich Erhardt, Madrid
Museum van Hedendaagse Kunst, Gent
Galerie Krinzinger, Innsbruck (Katalog u. Zeitung)

1985
Galerie Heike Curtze, Düsseldorf
Malaga (mit Trawöger/Katalog)

1986
Galerie Krinzinger, Innsbruck (mit Kogler)

AUSSTELLUNGSBETEILIGUNGEN (Auswahl):

1981
Palais Thurn und Taxis, Bregenz

1982
Galerie Winter, Wien, „9×9"

1983
Bourbon-Lancy, Frankreich, „La nouvelle peinture en France et ailleurs"

1984
Galerie Krinzinger, Innsbruck, „Symbol Tier" (Katalog)
Galerie nächst St. Stephan, Wien, „Arbeiten auf Papier"
Künstlerhaus und Neue Galerie, Graz; Wiener Secession, Wien; Museum Bochum; „Neue Wege des plastischen Gestaltens" (Katalog)
Innsbruck, Bozen, Lienz, „Tendenzen Tirol 84" (Katalog)

1985
Straßburg, Wien, „Un Regard sur Vienne"
Universität Innsbruck, „Konfrontation mit Landschaft" (Katalog)

1986
Aperto 86, Biennale Venedig
Museum van Hedendaagse Kunst, Gent, „chambres d'Amis"
Galerie Krinzinger, Wien, „Aug um Aug" (Katalogbuch)

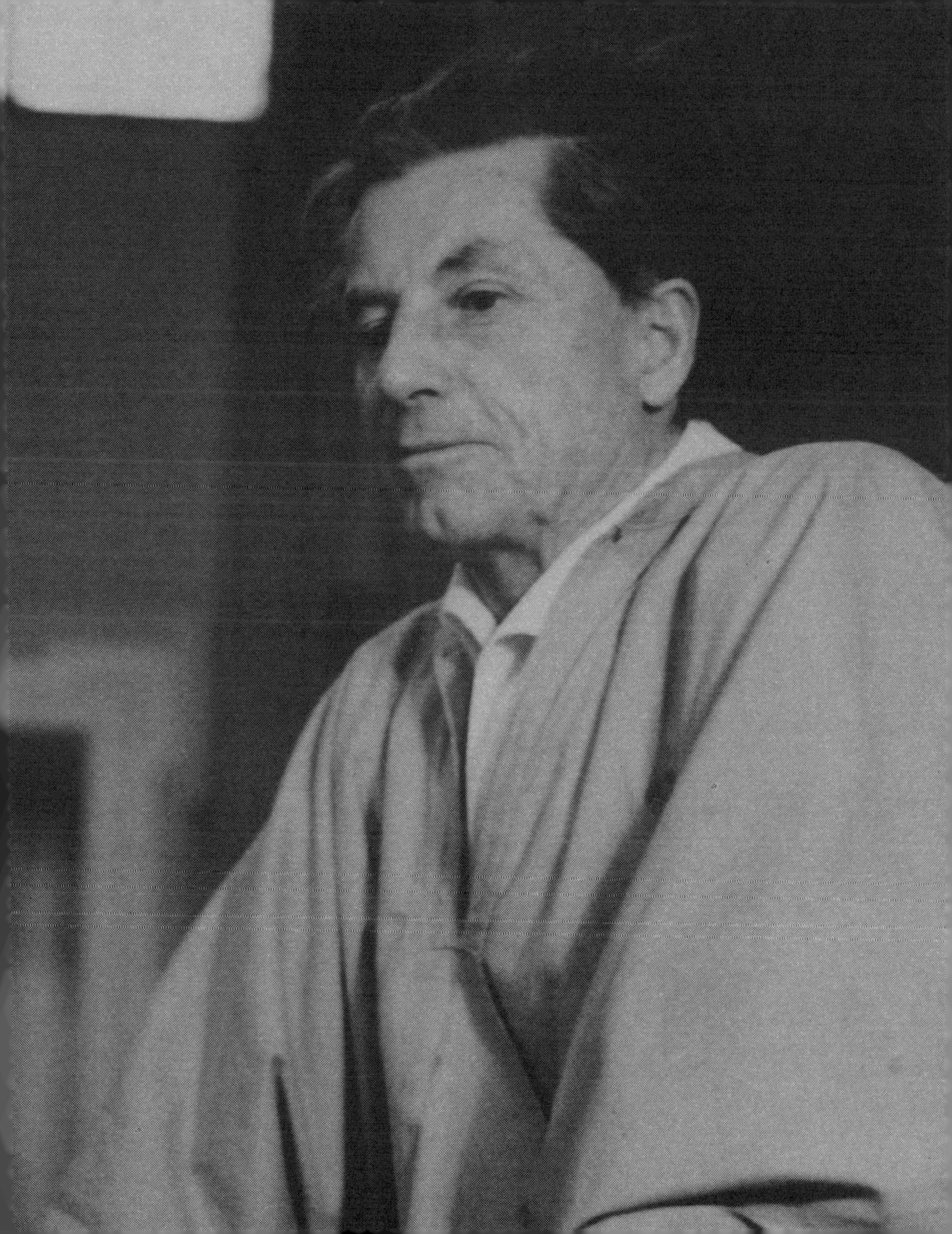

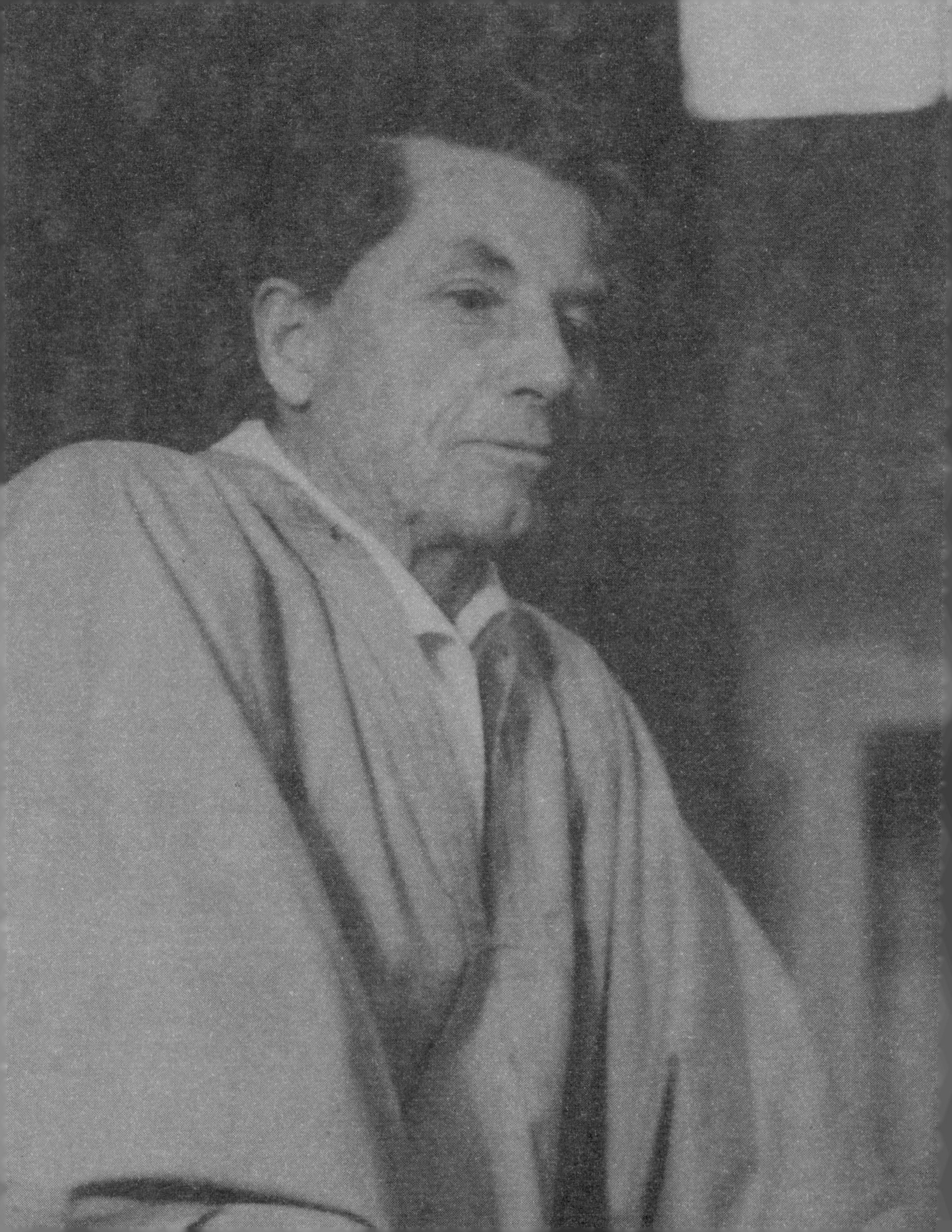

MAX WEILER

1910 in Absam bei Hall i. T. geboren
1930–1937 Akademie der bildenden Künste, Wien
lebt in Wien und Innsbruck

EINZELAUSSTELLUNGEN:
1951
Tiroler Landesmuseum Ferdinandeum, Innsbruck
Galerie Würthle, Wien
Neue Galerie, Linz
1954
Künstlerhaus, Salzburg
1955
Neue Galerie, Linz
1958
Akademie der bildenden Künste, Wien
1959
Tiroler Kunstpavillon, Innsbruck
1960
Biennale, Venedig
1961/62
Tiroler Handelskammer, Innsbruck
1964
Tiroler Landesmuseum Ferdinandeum, Innsbruck
1966
Galerie im Taxispalais, Innsbruck
Akademie der bildenden Künste, Wien (Katalog)
1967
Galerie Würthle, Wien
Stift Stams, Tirol
1969
Galerie nächst St. Stephan, Wien
Galerie am Dom, Innsbruck
1970
Neue Galerie, Graz
Galerie im Taxispalais, Innsbruck (Katalog)
1971
Galerie Würthle, Wien (Katalog)
1973
Galerie Krinzinger, Innsbruck (Katalog)
1974
Neue Galerie, Graz
1977
Burg Hasegg, Hall i. T. (Katalog)
Galerie Annasäule, Innsbruck

1978
Akademie der bildenden Künste, Wien (Katalog)
Albertina, Wien (Katalog)
1979
Künstlerhaus, Klagenfurt
Tiroler Landesmuseum Ferdinandeum, Innsbruck
1980
Trakl-Haus, Salzburg
Kulturhaus, Graz
Galerie nächst St. Stephan, Wien
Galerie Annasäule, Innsbruck
1981
Städtische Galerie, Lienz
Kunsthistorisches Institut, Innsbruck
1982
Galerie Elefant, Landeck
1983
Schloß Maretsch, Südtirol (Katalog)
1984
Galerie Krinzinger, Innsbruck (Katalog)
Kunstverein, Frankfurt (Katalog)
Württembergischer Kunstverein, Stuttgart
1986
Neue Galerie, Graz (Katalog)
Galerie Elefant, Landeck

AUSSTELLUNGSBETEILIGUNGEN (Auswahl):
1952
Künstlerhaus, Salzburg, „Österreichische Kunst der Gegenwart"
Albertina, Wien, „Moderne religiöse Graphik"
Villa Ciani, Lugano, „Mostra Internazionale di Bianco e Nero"
1954
Schloß Arbon im Thurgau, „Meisterwerke der Graphik und Zeichnungen seit 1900"
1955
Palais Thurn und Taxis, Bregenz, „Meistergraphik in Österreich"
III. Biennale, Sao Paolo
Moderne Galerie, Ljubljana, „Moderne Österreichische Zeichnung und Druckgraphik"
Stedelijk Museum, Amsterdam, „Kunst uit Oostenrijk"

1958
Guggenheim International Award, The Solomon R. Guggenheim Museum, New York
1959
Neue Galerie, Linz, „Form und Farbe – Neue Malerei und Plastik in Österreich"
1960
Arts Council, London, „Österreichische Malerei und Plastik von 1900 bis 1960"
1963
Trigon 63, Graz
Galerie nächst St. Stephan, Wien, „Österreichische Kunst seit 1945 – Die wirkenden Kräfte"
1964
Tiroler Landesmuseum Ferdinandeum, Innsbruck, „Tiroler Kunst heute"
1965
Galerie Würthle, Wien, „Landschaftsstudien"
Trigon 65, Graz
Secession, Wien, „Österreich 1945 bis 1960"
1967
Weltausstellung Montreal
1968
Städtisches Kunstmuseum, Bochum, „Profile VIII, Österreichische Kunst heute"
1970
Secession, Wien (Festwochen)
1971
Galerie Krinzinger, Bregenz, „Aquarelle, Druckgraphik, Handzeichnungen, Plastik"
1972
Steirischer Herbst, Graz, „Österreichische Malerei 1972"
1974
Neue Galerie, Graz, „Weiler, Wickenburg, Wotruba – Zeichnungen aus den letzten drei Jahren"
1984
Kunstverein, Stuttgart, „Kunst der 50er Jahre" (Katalog)
1986
Galerie Krinzinger, Wien, „Aug um Aug" (Katalogbuch)

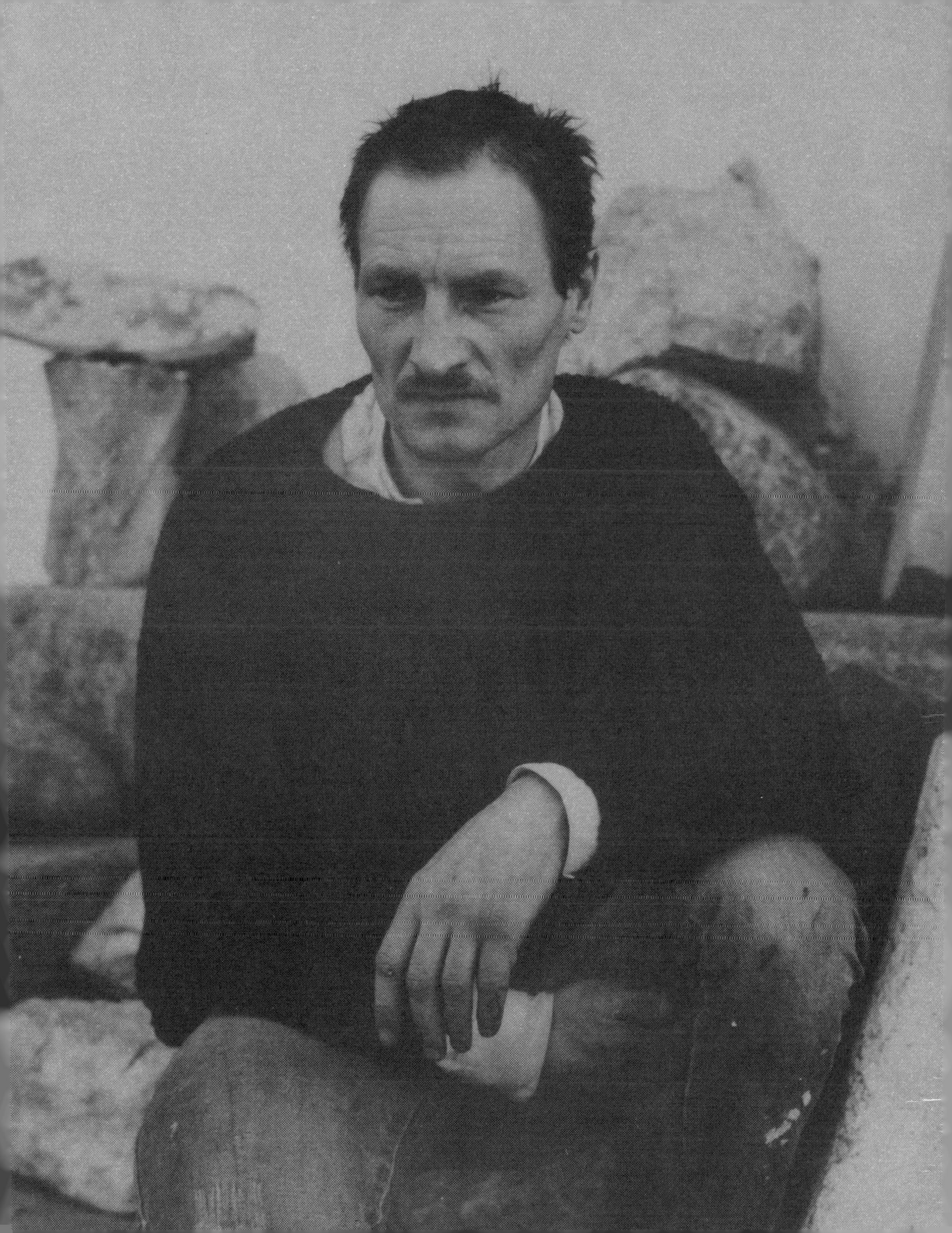

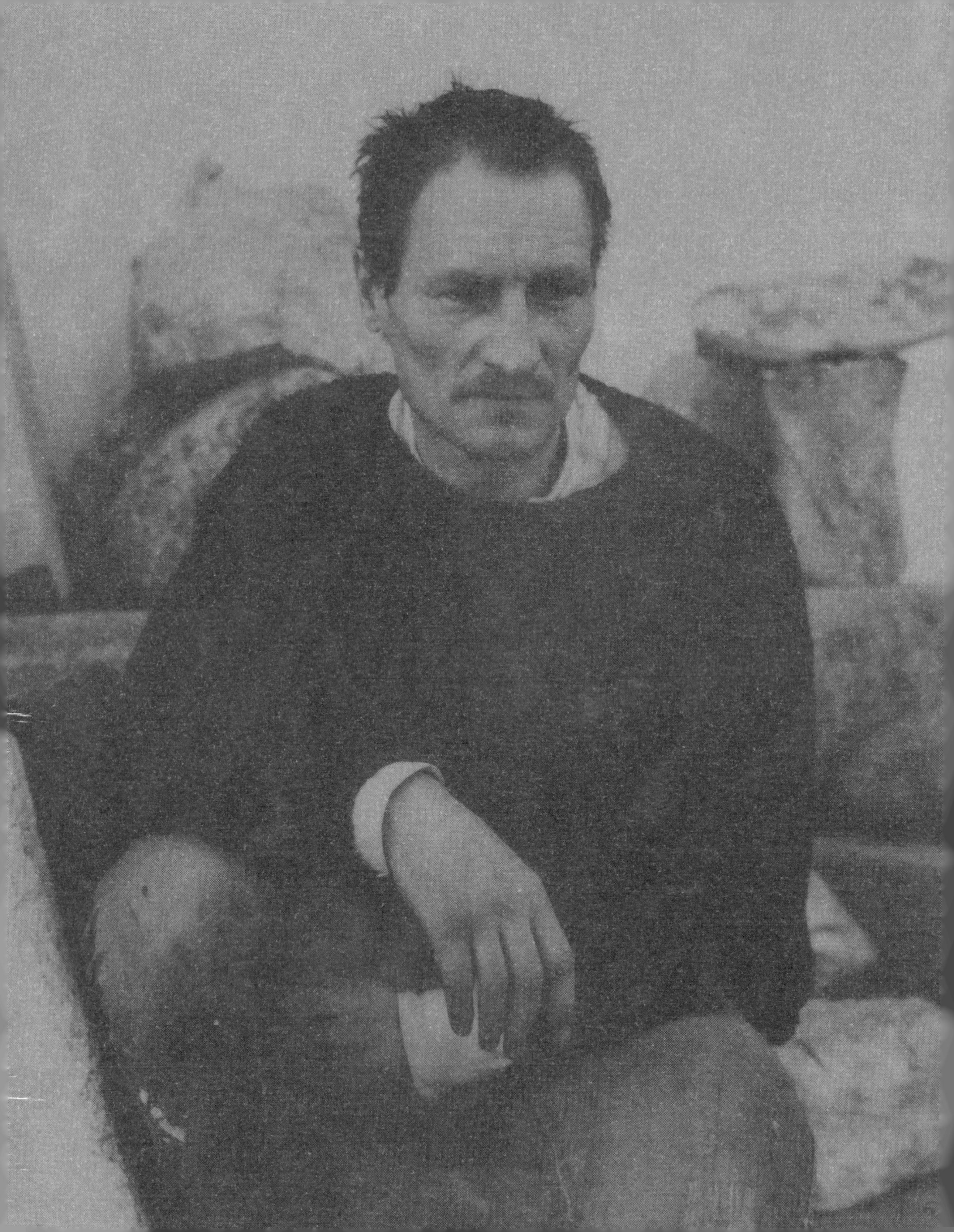

LOIS WEINBERGER

1947 in Stams geboren
seit 1977 als Bildhauer tätig
1983/84 Ausstattung und Hauptrolle im Kinofilm „Raffl" von Christian Berger
lebt in Stams, Tirol

EINZELAUSSTELLUNGEN:
1980
Stadtturmgalerie, Innsbruck
AK, Innsbruck
1982
Galerie I. Peter, Basel
1983
Galerie Krinzinger, Innsbruck (mit Wurm und Kupelwieser/ Katalog)
Galerie nächst St. Stephan, Wien (mit Blaas/Katalog)
1985
Galerie Krinzinger, Innsbruck (Katalog)
1986
Neue Galerie, Graz (Katalog)
Galerie Marie Luise Wirth, Zürich

AUSSTELLUNGSBETEILIGUNGEN (Auswahl):
1980
Künstlerhaus, Graz, „15. Intern. Malerwochen"
1982
Galerie nächst St. Stephan, Wien, „Neue Skulptur" (Katalog)
1983
Art 14 '84, Basel
Kunstmarkt, Köln
1984
Innsbruck, Bozen, Lienz, „Tendenzen Tirol 84" (Katalog)
Steirischer Herbst, Neue Galerie, Graz; Secession, Wien; Museum, Bochum (1985); „Neue Wege des plastischen Gestaltens in Österreich" (Katalog)
1985
Universität Innsbruck, „Konfrontation mit Landschaft" (Katalog)
Municipal Art Gallery, Los Angeles, „Los Angeles Summer – Styrian Autumn" (Katalog)
1986
Galerie Krinzinger, Wien, „Aug um Aug" (Katalogbuch)
Wiener Festwochen, „De Sculptura" (Katalog)

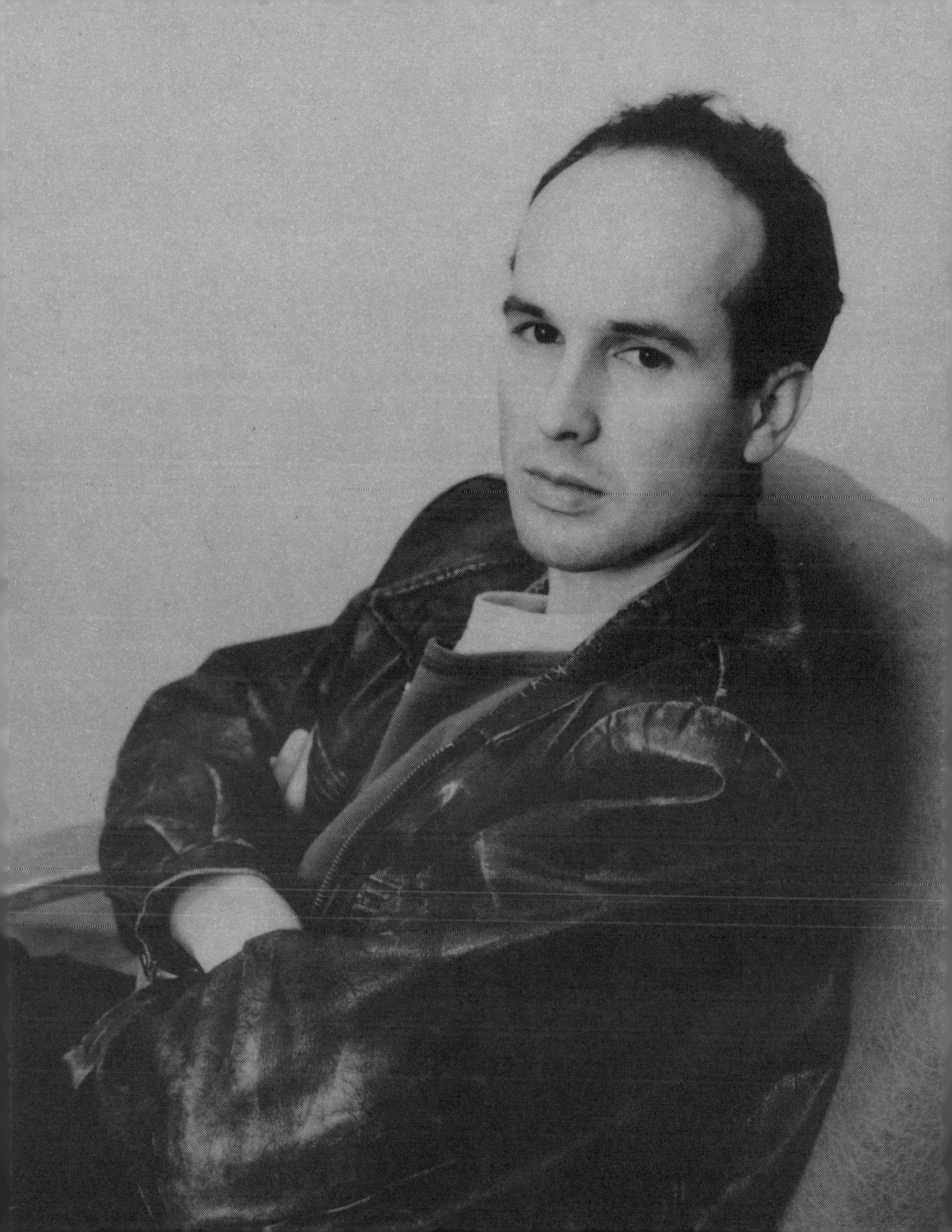

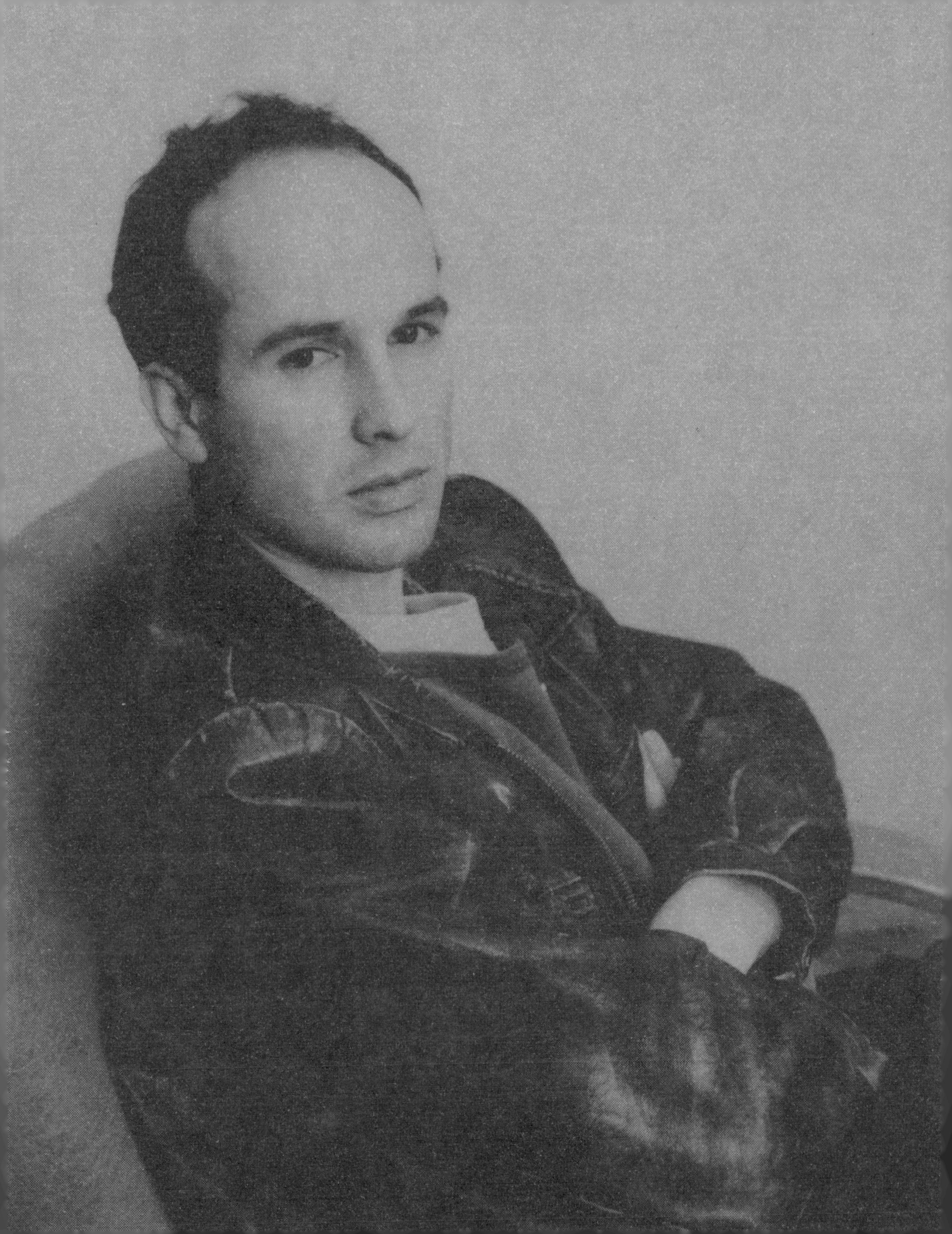

ERWIN WURM

1954 in Bruck/Mur geboren
lebt in Wien

EINZELAUSSTELLUNGEN (Auswahl):

1978
Galerie Cool Tour, Graz

1979
Galerie Armstorfer, Salzburg

1981
Forum Stadtpark, Graz

1982
Neue Galerie, Graz (Katalog)
Galerie nächst St. Stephan, Wien (Kunstmarkt Düsseldorf)

1983
Galerie nächst St. Stephan, Wien (mit Rockenschaub/ Katalog)
Galerie Krinzinger, Innsbruck (mit Weinberger und Kupelwieser/Katalog)
Nova galerija, Zagreb

1984
Forum Kunst, Rottweil
Nova galerija, Zagreb
Galerie nächst St. Stephan, Wien (Katalog)

1985
121 Art Gallery, Antwerpen
Galerie Zellermayer, Berlin (Katalog)
Kunstverein für Kärnten, Künstlerhaus Klagenfurt
Galerie Bleich-Rossi, Graz (Katalog)
Galerie Maier-Hahn, Düsseldorf

1986
Kunstverein, Bremen; Neue Galerie, Graz; „RIVA" (mit Mosbacher/Katalog)
Aargauer Kunsthaus, Aarau
Galerie Zellermayer, Berlin, „Ein Plastiker, ein Zeichner"

AUSSTELLUNGSBETEILIGUNGEN (Auswahl):

1980
Produzentengalerie, München, Frankfurt

1981
Neue Galerie, Graz, „Werke der XVI. Internationalen Malerwoche"

1982
Hessisches Landesmuseum, Darmstadt
Galerie nächst St. Stephan, Wien, „Neue Skulptur" (Katalog)
Galerie Rolf Ricke, Köln, „Triumph Skulptur"
Stadtmuseum, Graz, „analyse 82" (Katalog)
Museum Gyöngös, (Katalog)

1983
121 Art Gallery, Antwerpen „Scultura 83"
Montevideo, Antwerpen, „Diagonale-Scultura" (Katalog)
Graz, Rom, „Junge Kunst aus der Steiermark" (Katalog)
Neue Galerie, Künstlerhaus, Graz, Trigon, „Eros – Mythos – Ironie" (Katalog)
Secession, Wien, „Junge Szene Wien" (Katalog)

1984
Wilhelm-Lehmbruck-Museum, Duisburg, „Bella Figura" (Katalog)
Museum Van Bommel-Van Dam, Venlo, „Sculptur"
Museum des 20. Jahrhunderts, Wien, „Der Traum vom Raum" (Katalog)
Kunsthalle, Budapest, „International Small Sculpture Biennale" (Katalog)
Neue Galerie u. Künstlerhaus, Graz; Secession, Wien; „Neue Wege des plastischen Gestaltens in Österreich" (Katalog)

1985
Kunsthalle, Bremen, „Kunst des 20. Jahrhunderts aus privaten Sammlungen" (Katalog)
Museum, Bochum, „Neue Wege des plastischen Gestaltens in Österreich"
Kunstverein Heidelberg; Staatsgalerie, Saarbrücken; „Bäume" (Katalog)
Galerie Zellermayer, Berlin, „Die aktuelle Skulptur" (Katalog)
Municipal Art Gallery, Los Angeles, „Visitor I" (Katalog)
Galerie Nouvelle Image, Den Haag, „Österreichische Avantgarde" (Katalog)
Wiener Festwochen, „Töne – Gegentöne" (Katalog)
Zagreb, Ljubljana, Belgrad, „Neue Kunst aus Österreich" (Katalog)
Galerie Grita Insam, Wien, „Österreichische Plastik 1950–1985" (Katalog)

1986
Akademie der bildenden Künste, Wien, „Otto-Mauer-Preisträger" (Katalog)
Kunsthalle, Budapest, „Zurück zur Farbe" (Katalog)
Wilhelm-Lehmbruck-Museum, Duisburg, „Das Bild der Frau in der Plastik des 20. Jahrhunderts" (Katalog)
Aorta, Amsterdam, „Wien Signaal"
Kunsthalle, Köln, „Dimension 5" (Katalog)
Staatliche Kunsthalle, Berlin
Galerie Krinzinger, Wien, „Aug um Aug" (Katalogbuch)
Galerie H. Winter, Wien, „Acconci, Boltanski, Wurm" – 3 Skulpturen (Katalog)

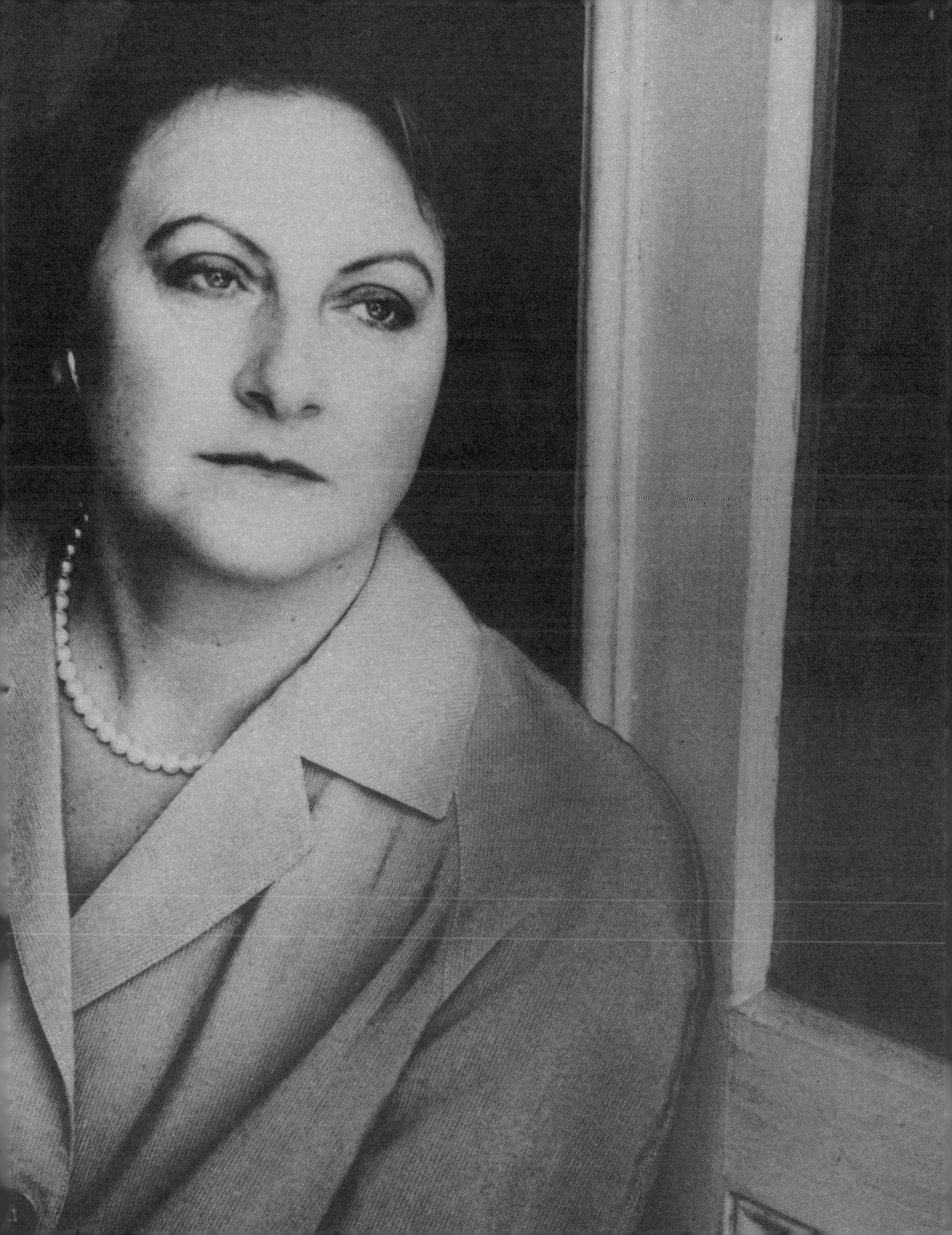

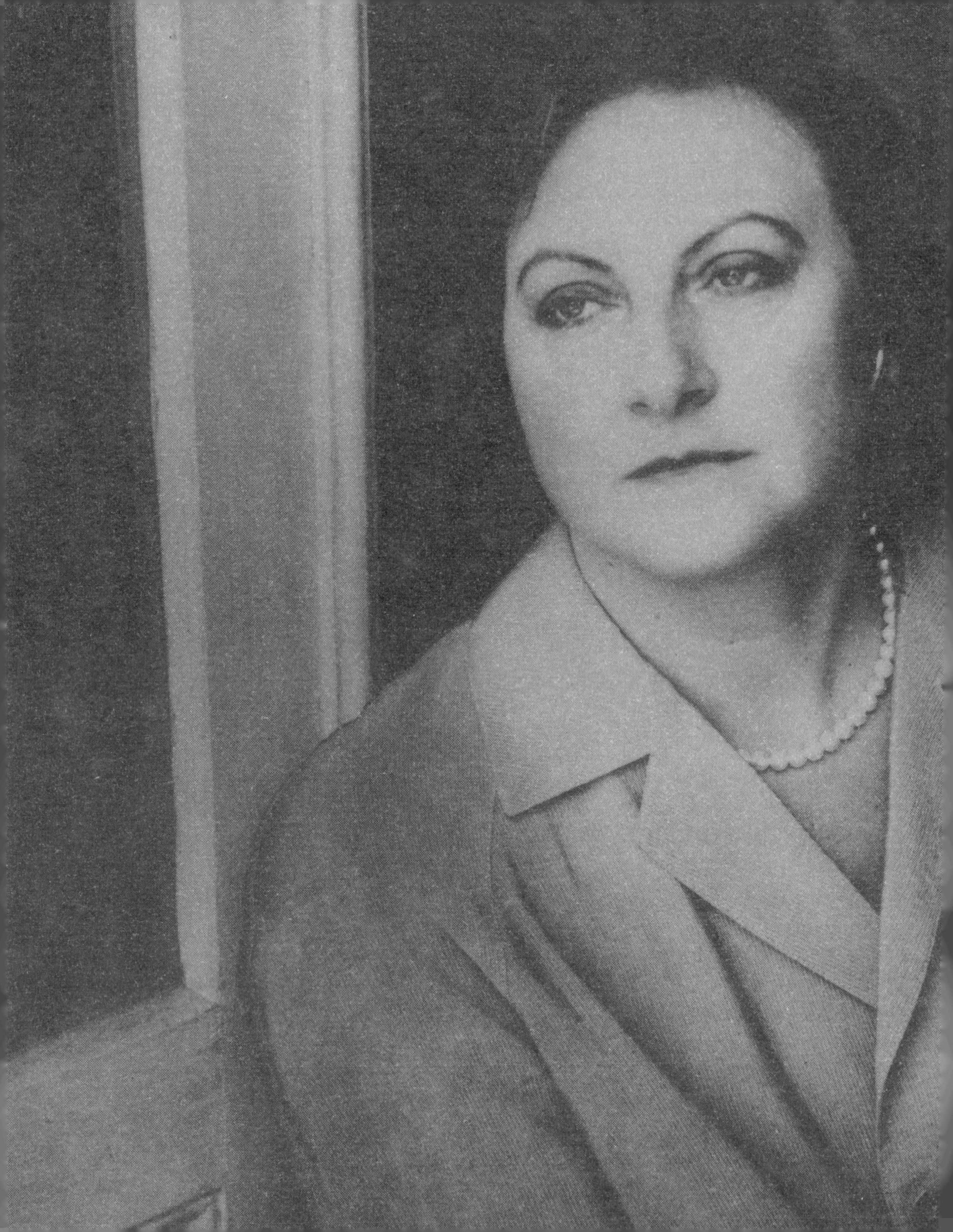

GALERIE KRINZINGER

1971 – 1986

DOKUMENTATION

PROGRAMM (AUSWAHL)

URSULA KRINZINGER

Die Galerie Krinzinger hat seit ihrem Bestehen 140 Ausstellungen organisiert, sich an 55 internationalen Messen beteiligt und über 100 Kataloge ediert.

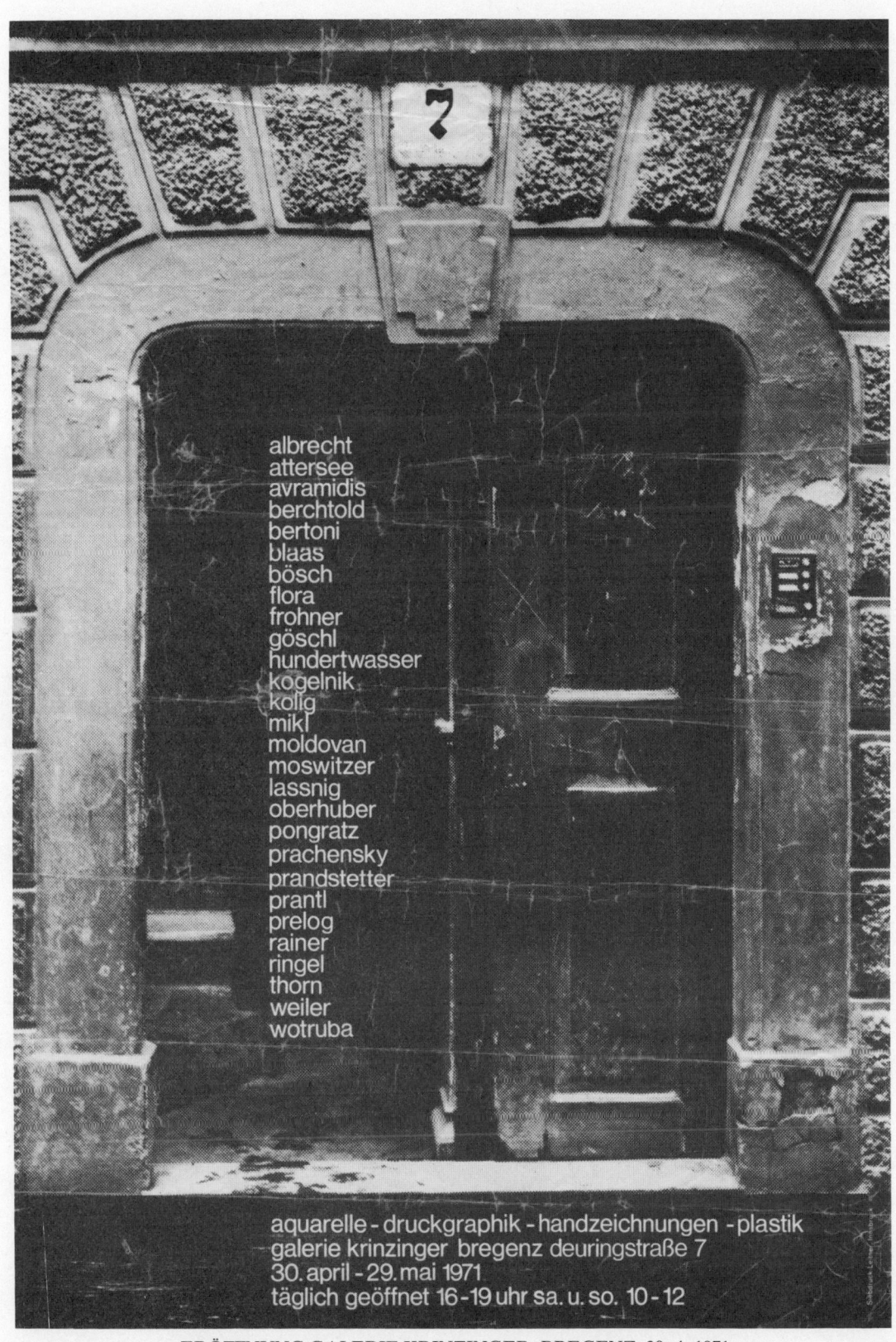

albrecht
attersee
avramidis
berchtold
bertoni
blaas
bösch
flora
frohner
göschl
hundertwasser
kogelnik
kolig
mikl
moldovan
moswitzer
lassnig
oberhuber
pongratz
prachensky
prandstetter
prantl
prelog
rainer
ringel
thorn
weiler
wotruba

aquarelle - druckgraphik - handzeichnungen - plastik
galerie krinzinger bregenz deuringstraße 7
30. april - 29. mai 1971
täglich geöffnet 16-19 uhr sa. u. so. 10-12

ERÖFFNUNG GALERIE KRINZINGER, BREGENZ, 30. 4. 1971

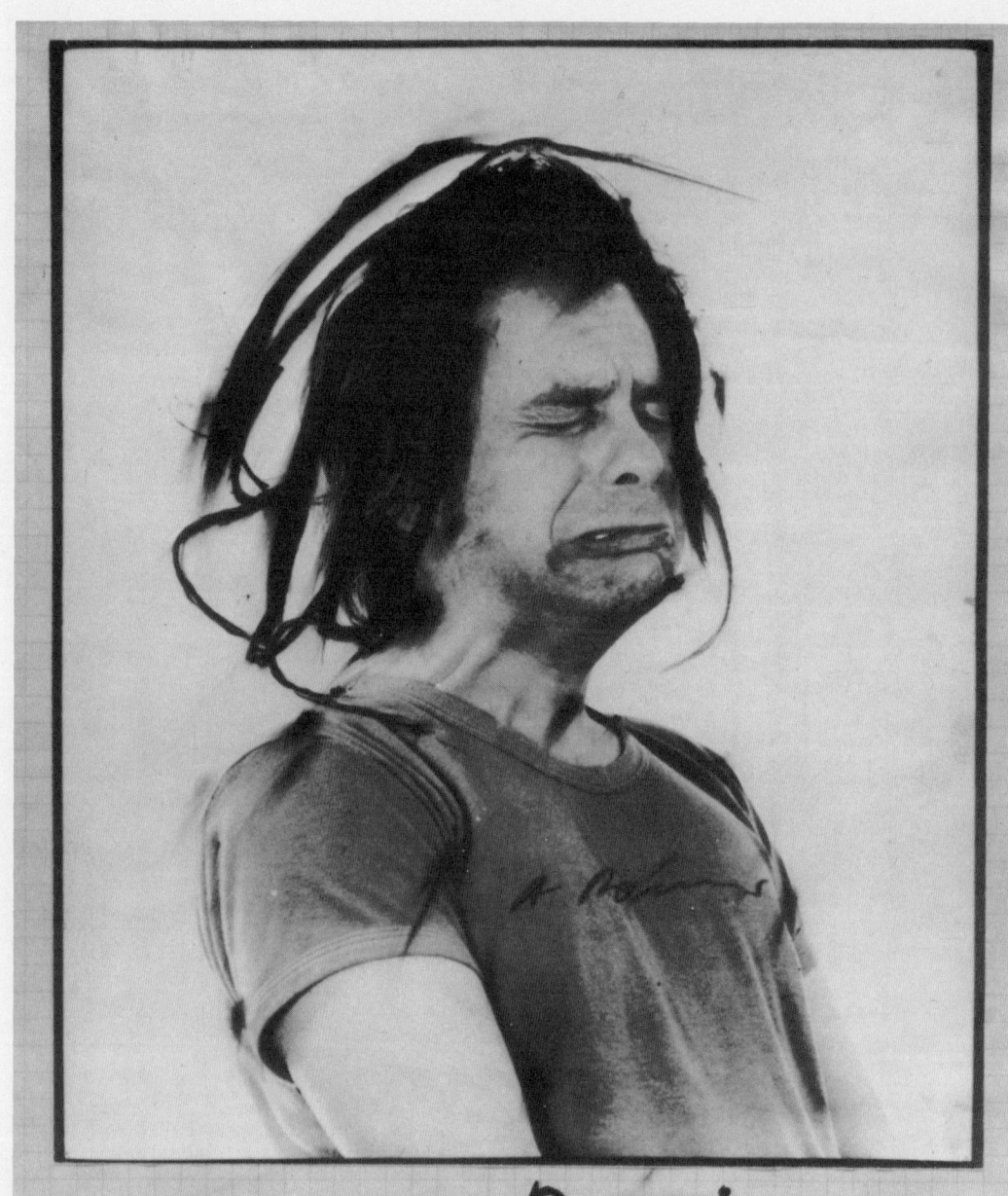

ARNULF RAINER
Druckgraphik + Photos
Galerie KRINZINGER
Bregenz, Deuringstraße 7
25. Juni bis 18. Juli 1971
täglich geöffnet 17-19 Uhr, Sonntag auch 10-13 Uhr

Porsche 911 S – Der Star unter den Porsche Modellen.
Mit 2,2 Liter-Motor noch stärker und schneller und
dadurch sicherer in jeder Verkehrssituation.
180 PS – Beschleunigung von 0–100 km/h in 7,5 sec.
Höchstgeschwindigkeit 230 km/h.

Die Galerie Krinzinger, Deuringstraße 7,
Bregenz, erlaubt sich, Sie und Ihre Freunde
zur Eröffnung der Ausstellung

Gottfried Bechtold

am Freitag, 5. November 1971, um 20 Uhr
höflichst einzuladen.

Es sprechen: Hofrat Dr. Arnulf Benzer,
Stadtrat Alois Kaindl, Dr. Columban Spahr,
Josef Maria Krasser, Dr. Max v. Riccabona,
Alexander Kraus, Dr. Günther Hagen, Peter
Weiermair, Thomas Flora, Klaus Dünser,
Kurt Matt, Dr. Ursula Krinzinger etc.

Es spielt die Band „Blutzucker"

VW PORSCHE   W 18-025-0370-0404

bruno gironcoli

zeichnungen - objekte

galerie krinzinger bregenz deuringstraße 7
17. märz - 13. april 1972
täglich geöffnet 17 - 19 uhr

ERÖFFNUNG GALERIE KRINZINGER, INNSBRUCK, 25. 5. 1972

22.–26. 6. 1972, ART 3 '72 BASEL:

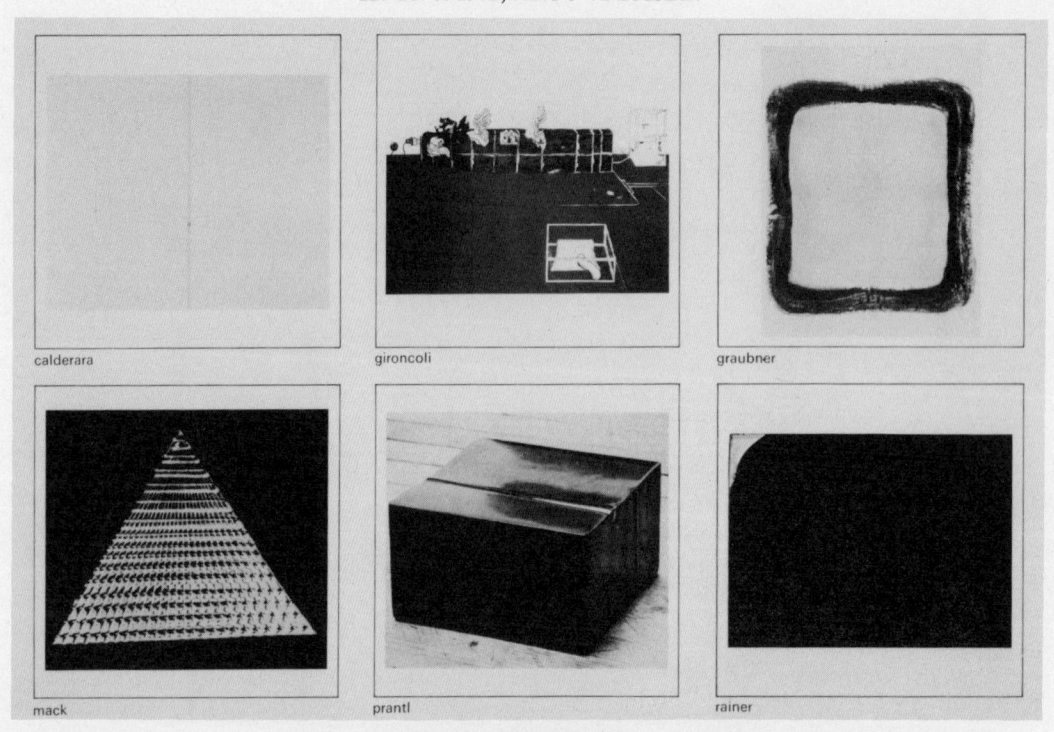

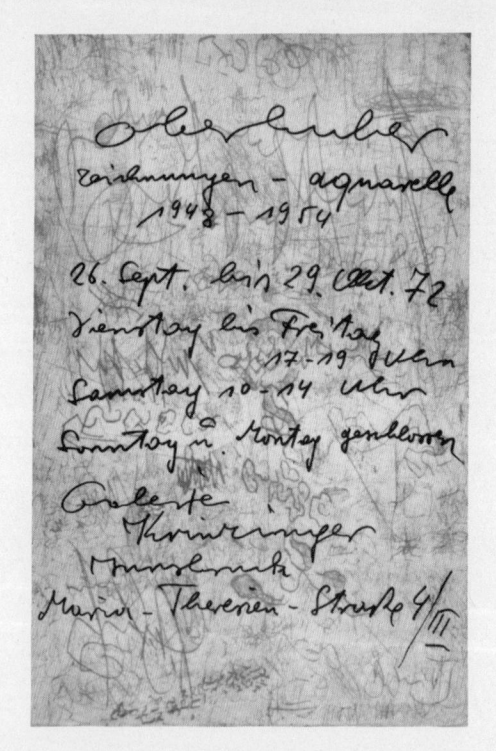

calderara | gironcoli | graubner

mack | prantl | rainer

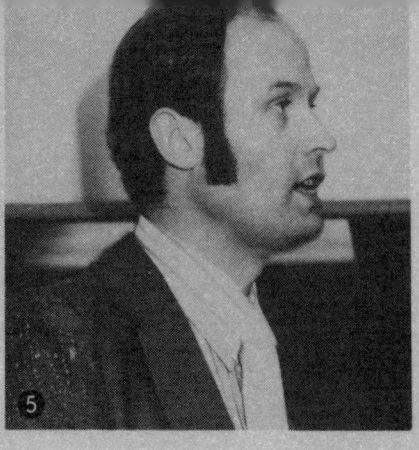

① Gottfried Bechtold, Projekt Betonporsche 1971
② Christian Ludwig Attersee, 1974
③ Ausstellung Karl Prantl/Gotthard Graubner, Bregenz 1972
④ Peter Weiermair, Ursula Krinzinger
⑤ Dr. Hermann Kern, Tantra-Ausstellung 1974
⑥ Bruno Gironcoli, 1972
⑦ Urs Lüthi, Heinz Gappmayer, 1973
⑧ Karl Prantl, 1972
⑨ Susi Attersee, Christian Ludwig Attersee, Hanni Rühm
⑩ Ursula Krinzinger, 1973
⑪ Reimer Jochims, 1974
⑫ Innsbruck, Eröffnung der Galerie Adolf-Pichler-Platz, mit Dr. Horst Christoph, 1979

① Gottfried Bechtold, Projekt Betonporsche 1971
② Christian Ludwig Attersee, 1974
③ Ausstellung Karl Prantl/Gotthard Graubner, Bregenz 1972
④ Peter Weiermair, Ursula Krinzinger
⑤ Dr. Hermann Kern, Tantra-Ausstellung 1974
⑥ Bruno Gironcoli, 1972
⑦ Urs Lüthi, Heinz Gappmayer, 1973
⑧ Karl Prantl, 1972
⑨ Susi Attersee, Christian Ludwig Attersee, Hanni Rühm
⑩ Ursula Krinzinger, 1973
⑪ Reimer Jochims, 1974
⑫ Innsbruck, Eröffnung der Galerie Adolf-Pichler-Platz, mit Dr. Horst Christoph, 1979

CARL
ANDRE
Galerie Krinzinger
A-6020 Innsbruck
Maria-Theresien-Straße 4/III
19. 2. - 15. 3. 1973
Mo. - Fr. 16 - 19 Uhr
Sa. 10 - 12 Uhr
Forum für aktuelle Kunst

27. 4.–2. 6. 1973, MAX WEILER – Landschaften auf tönenden Gründen

20. 6.–25. 6. 1973, ART 4 '73 BASEL:

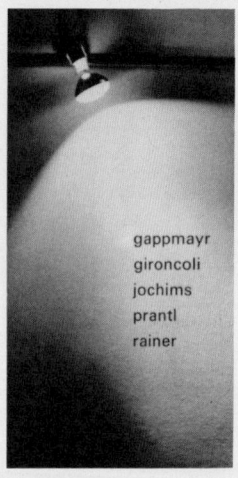

gappmayr
gironcoli
jochims
prantl
rainer

29. 9.–7. 10. 1973   3. INTERNATIONALER MARKT FÜR AKTUELLE KUNST, DÜSSELDORF

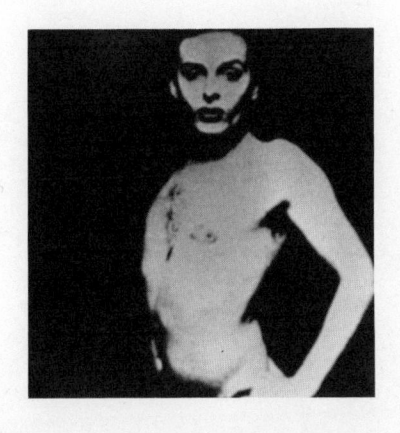

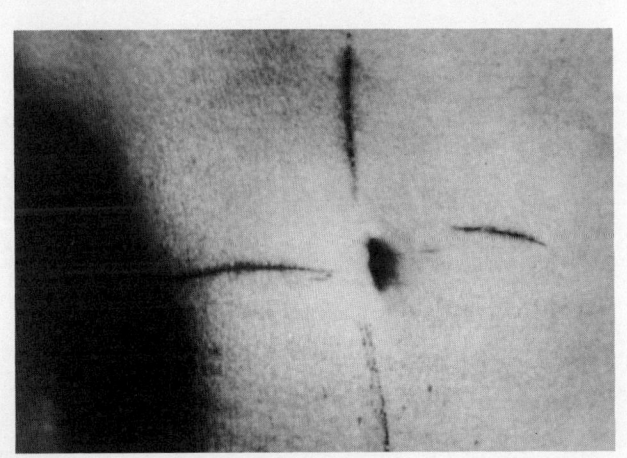

16. 8.–28. 9. 1974, TANTRA
Einleitung: Dr. Hermann Kern

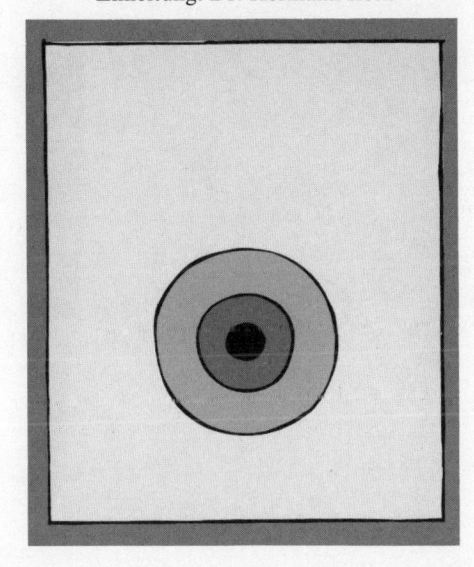

18. 2. 1974, REIMER JOCHIMS – Schwarze Malerei 1961–1973

1er SALON INTERNATIONAL D'ART CONTEMPORAIN, PARIS:
Gottfried Bechtold, Gina Pane, Urs Lüthi, Arnulf Rainer

ATTERSEE

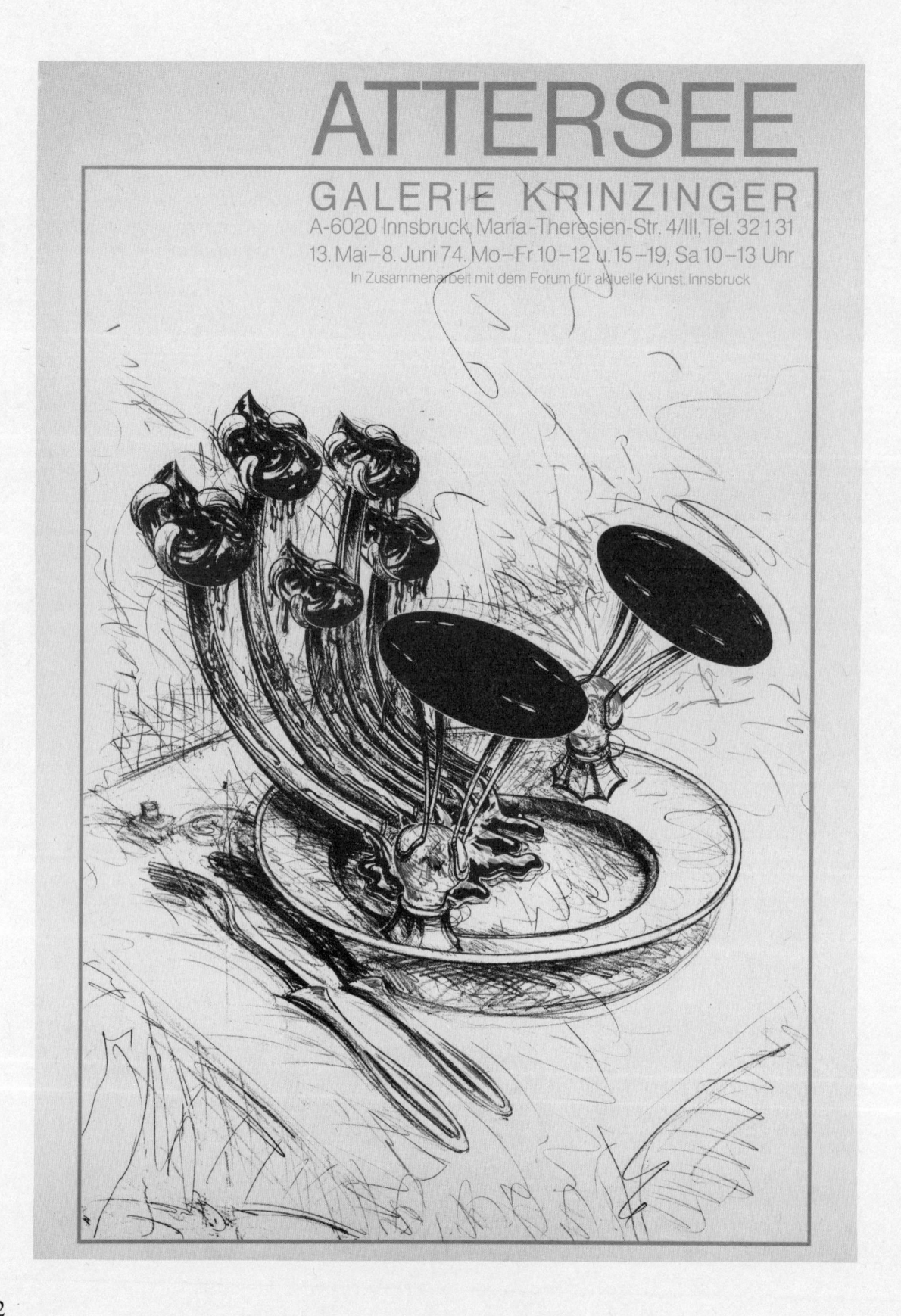

GALERIE KRINZINGER
A-6020 Innsbruck, Maria-Theresien-Str. 4/III, Tel. 32131
13. Mai–8. Juni 74. Mo–Fr 10–12 u. 15–19, Sa 10–13 Uhr
In Zusammenarbeit mit dem Forum für aktuelle Kunst, Innsbruck

HERMANN NITSCH
DAS ORGIEN MYSTERIEN THEATER
Photodokumentation von Aktionen 1960 - 1975 • Vortrag zur Theorie des O. M. Theaters

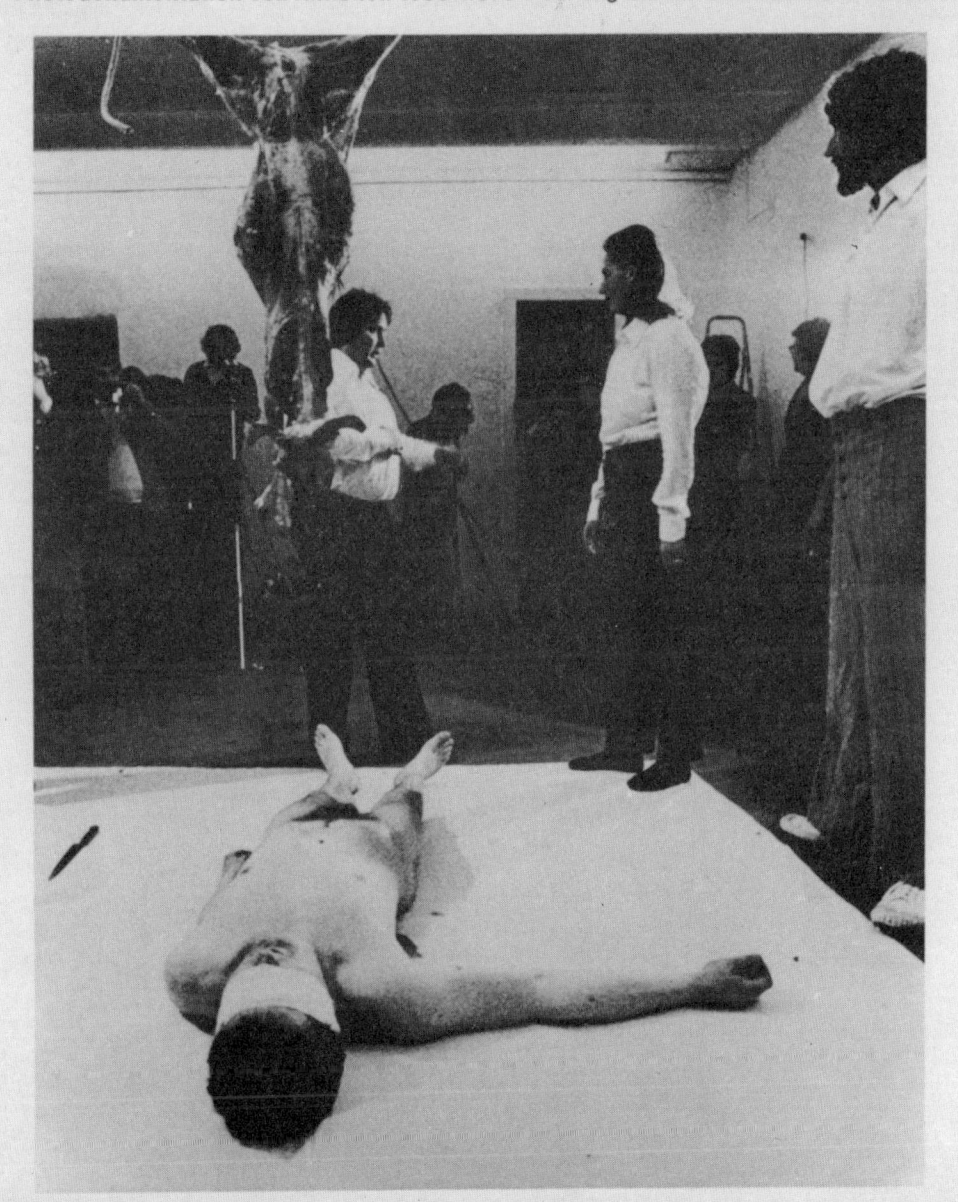

Photodokumentation: Galerie Krinzinger 28. Februar — 14. März 1975
Täglich 16-19 Uhr, A 6020 Innsbruck, Maria-Theresienstr. 4/3.

Vortrag zur Theorie des O. M. Theaters
Samstag, 1. März 1975 um 20 Uhr ct, Gasthof Sailer, A 6020 Innsbruck, Adamgasse 8 - Eintritt S 20.—
Eine Veranstaltung des Forum für aktuelle Kunst

254

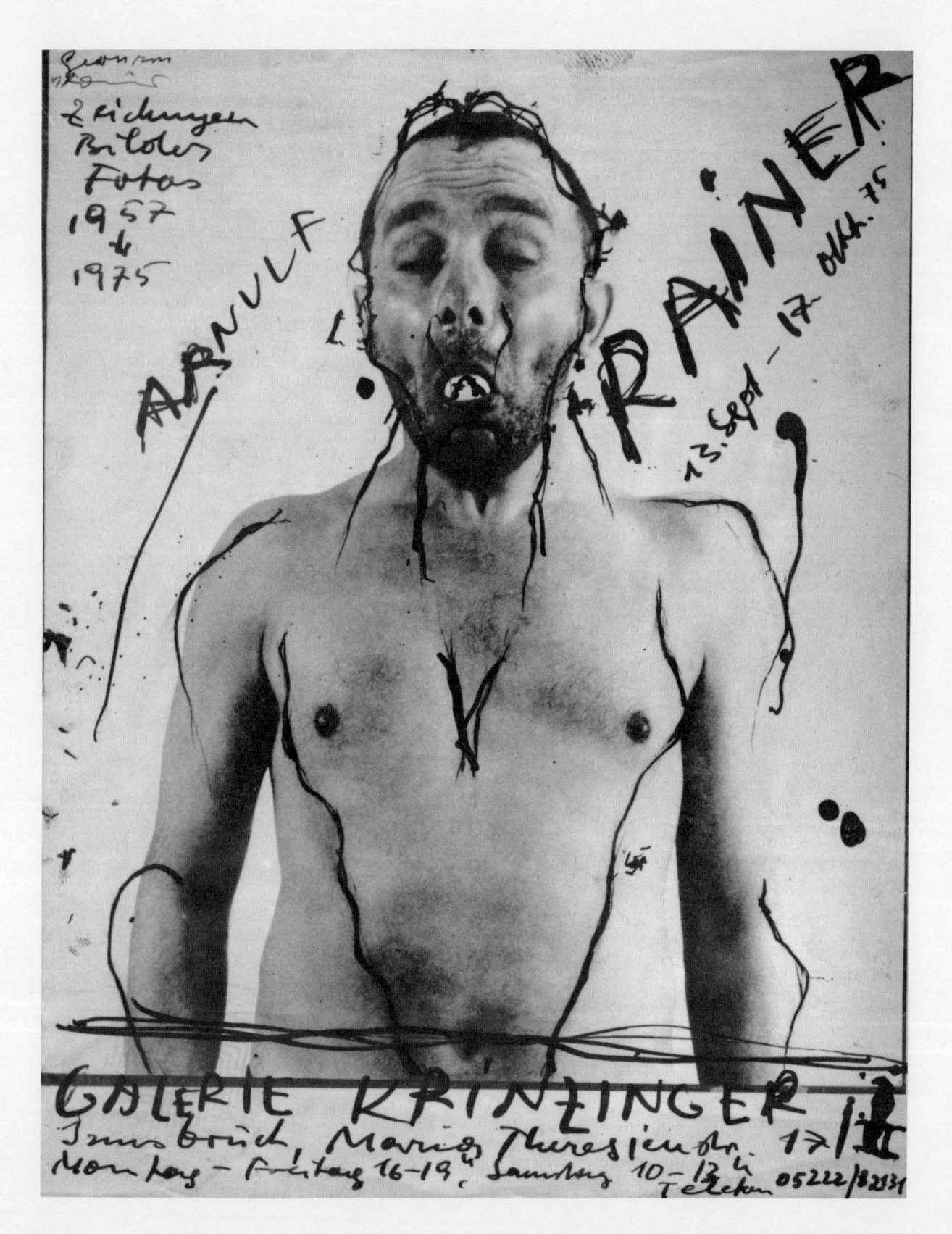

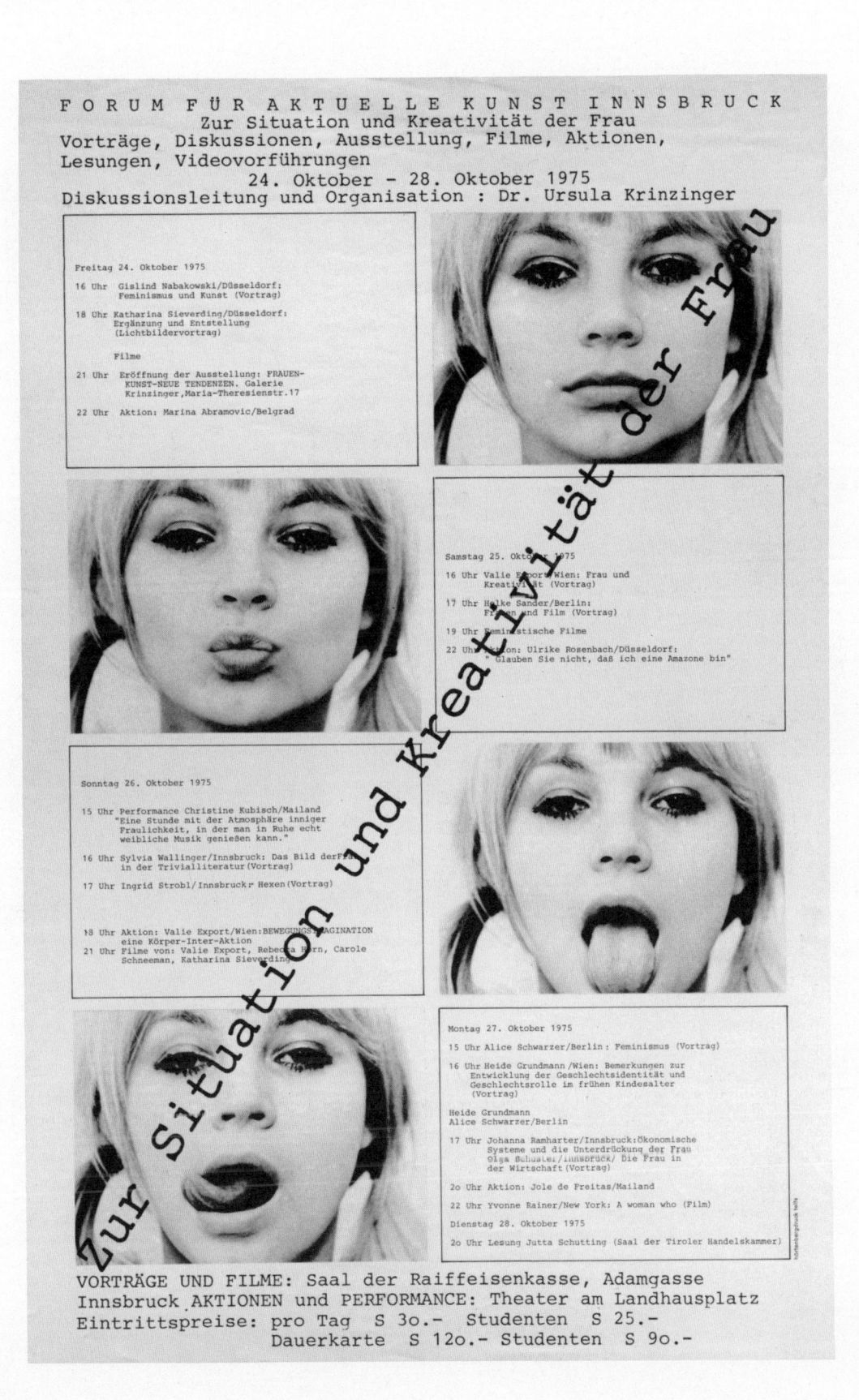

FORUM FÜR AKTUELLE KUNST INNSBRUCK
Zur Situation und Kreativität der Frau
Vorträge, Diskussionen, Ausstellung, Filme, Aktionen,
Lesungen, Videovorführungen
24. Oktober – 28. Oktober 1975
Diskussionsleitung und Organisation : Dr. Ursula Krinzinger

Freitag 24. Oktober 1975

16 Uhr Gislind Nabakowski/Düsseldorf:
        Feminismus und Kunst (Vortrag)

18 Uhr Katharina Sieverding/Düsseldorf:
        Ergänzung und Entstellung
        (Lichtbildervortrag)

        Filme

21 Uhr Eröffnung der Ausstellung: FRAUEN-
        KUNST-NEUE TENDENZEN, Galerie
        Krinzinger, Maria-Theresienstr.17

22 Uhr Aktion: Marina Abramovic/Belgrad

Samstag 25. Oktober 1975

16 Uhr Valie Export/Wien: Frau und
        Kreativität (Vortrag)

17 Uhr Helke Sander/Berlin:
        Frau und Film (Vortrag)

19 Uhr Feministische Filme

22 Uhr Aktion: Ulrike Rosenbach/Düsseldorf:
        "Glauben Sie nicht, daß ich eine Amazone bin"

Sonntag 26. Oktober 1975

15 Uhr Performance Christine Kubisch/Mailand
        "Eine Stunde mit der Atmosphäre inniger
        Fraulichkeit, in der man in Ruhe echt
        weibliche Musik genießen kann."

16 Uhr Sylvia Wallinger/Innsbruck: Das Bild der Frau
        in der Trivialliteratur (Vortrag)

17 Uhr Ingrid Strobl/Innsbruck: Hexen (Vortrag)

18 Uhr Aktion: Valie Export/Wien: BEWEGUNGS-IMAGINATION
        eine Körper-Inter-Aktion

21 Uhr Filme von: Valie Export, Rebecca Horn, Carole
        Schneeman, Katharina Sieverding

Montag 27. Oktober 1975

15 Uhr Alice Schwarzer/Berlin: Feminismus (Vortrag)

16 Uhr Heide Grundmann/Wien: Bemerkungen zur
        Entwicklung der Geschlechtsidentität und
        Geschlechtsrolle im frühen Kindesalter
        (Vortrag)

        Heide Grundmann
        Alice Schwarzer/Berlin

17 Uhr Johanna Ramharter/Innsbruck: Ökonomische
        Systeme und die Unterdrückung der Frau
        Olga Schuster/Innsbruck/ Die Frau in
        der Wirtschaft (Vortrag)

2o Uhr Aktion: Jole de Freitas/Mailand

22 Uhr Yvonne Rainer/New York: A woman who (Film)

Dienstag 28. Oktober 1975

2o Uhr Lesung Jutta Schutting (Saal der Tiroler Handelskammer)

VORTRÄGE UND FILME: Saal der Raiffeisenkasse, Adamgasse
Innsbruck AKTIONEN und PERFORMANCE: Theater am Landhausplatz
Eintrittspreise: pro Tag S 3o.- Studenten S 25.-
                Dauerkarte S 12o.- Studenten S 9o.-

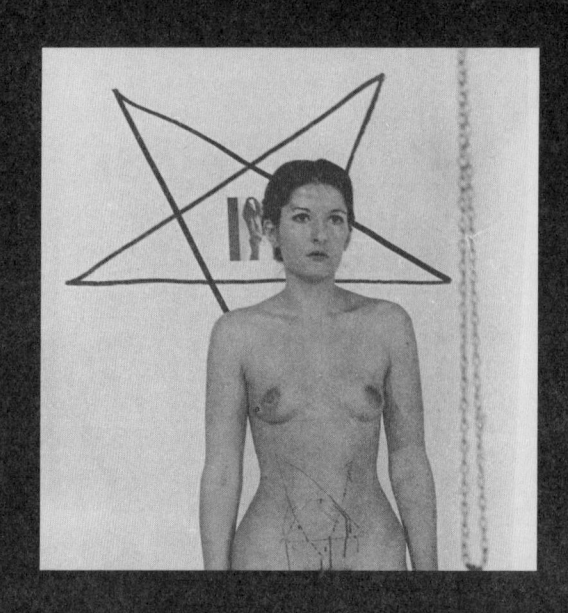

Aktion: Freitag, 24. Oktober 1975, 22 Uhr

Marina Abramovic
„Thomas Lips"

Forum für aktuelle Kunst – Galerie Krinzinger

Innsbruck, Maria-Theresien-Straße 17

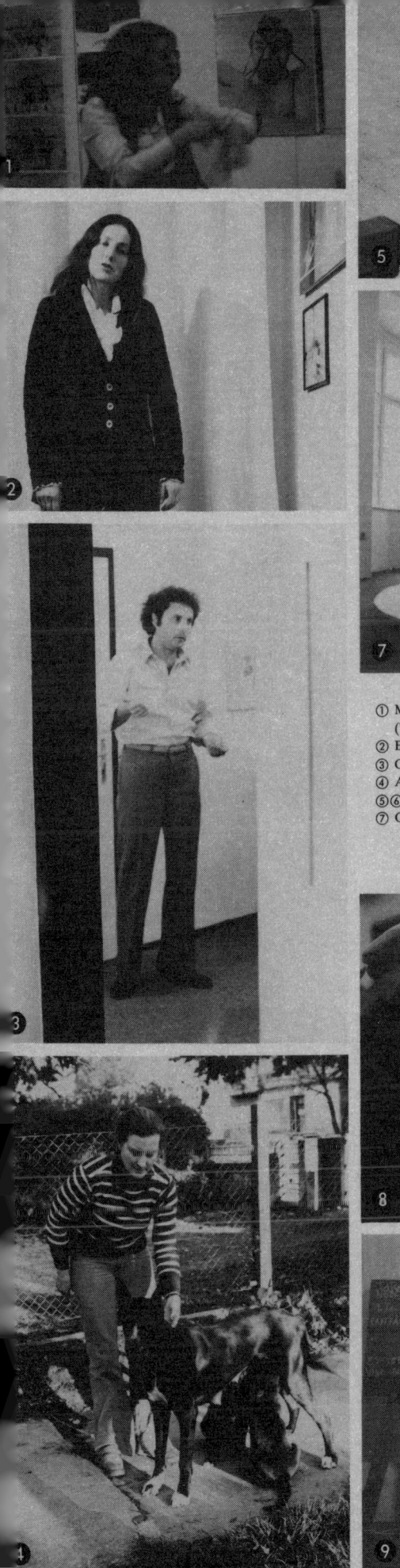

① Marina Abramovic, Washington 1976 (Wash Art, Stand Krinzinger)
② Beate Nitsch, 1975
③ Christian Ludwig Attersee, 1974
④ Anka 1977
⑤⑥ Valie Export, Performance 1975
⑦ Günther Lierschof, Sprachkörper 1978
⑧ Performancefestival Wien 1978 (Nitsch-Aktion)
⑨ Parazeit – Nebenzeit, Peter Weibel Performance 1978
⑩ Eröffnung Performancefestival Wien 1978
⑪ Giuseppe Chiari, Performance 1978
⑫ Dr. Fritz Krinzinger

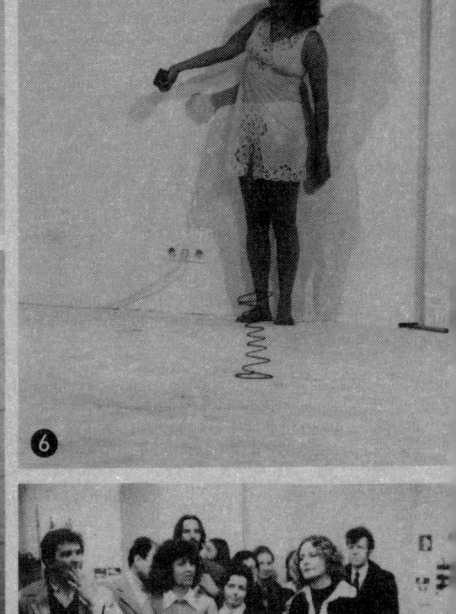

① Marina Abramovic, Washington 1976 (Wash Art, Stand Krainzinger)
② Beate Nitsch, 1975
③ Christian Ludwig Attersee, 1974
④ Anka 1977
⑤ Valie Export, Performance 1975
⑥ Günter Lierschof, Sprachkörper 1975
⑦ Giuseppe Chiari, Performance 1978
⑧ Performancefestival Wien 1978 (Nitsch-Aktion)
⑨ Parazzi – Nebenzeit, Peter Weibel Performance 1978
⑩ Eröffnung Performancefestival Wien 1978
⑪ Giuseppe Chiari, Performance 1978
⑫ Dr. Fritz Krainzinger

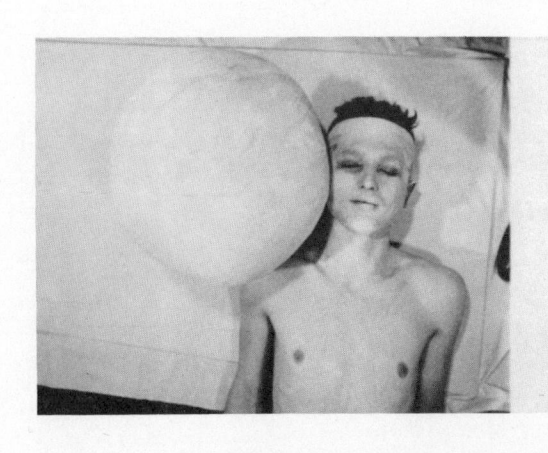

Kölner Kunstmarkt 1975

Rudolf Schwarzkogler 1941 – 1969
Texte - Zeichnungen - Aktionsphotos

Galerie Krinzinger, Maria-Theresien-Straße 17, 6020 Innsbruck
Tel. 05222/32131

AUSSTELLUNG
DOMINIK STEIGER
NERVENKRIBBEL

ERÖFFNUNG: MITTWOCH 10. 3. 1967 20 UHR

GALERIE KRINZINGER
INNSBRUCK, MARIA-THERESIENSTRASSE 17
(über Triumph-Kino)

DAUER DER AUSSTELLUNG 10. 3. – 10. 4. 76

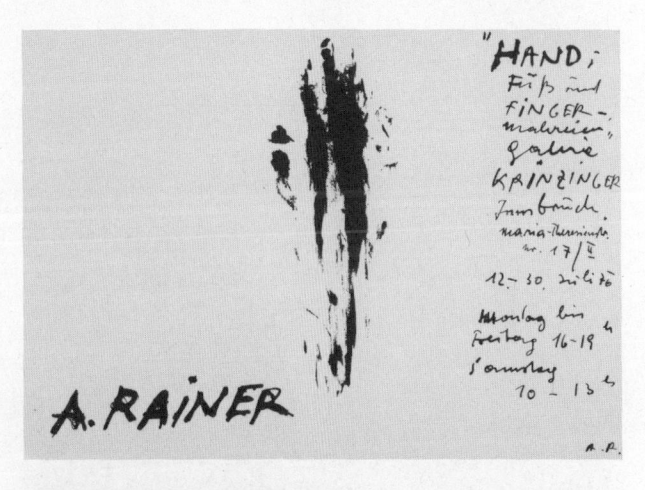

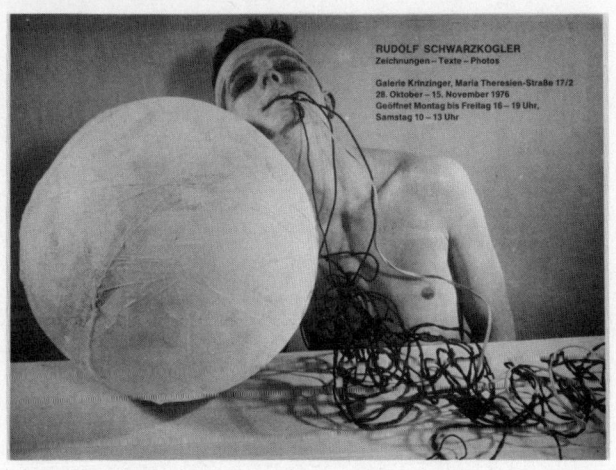

A. RAINER

RUDOLF SCHWARZKOGLER
Zeichnungen – Texte – Photos

Galerie Krinzinger, Maria Theresien-Straße 17/2
28. Oktober – 15. November 1976
Geöffnet Montag bis Freitag 16 – 19 Uhr,
Samstag 10 – 13 Uhr

259

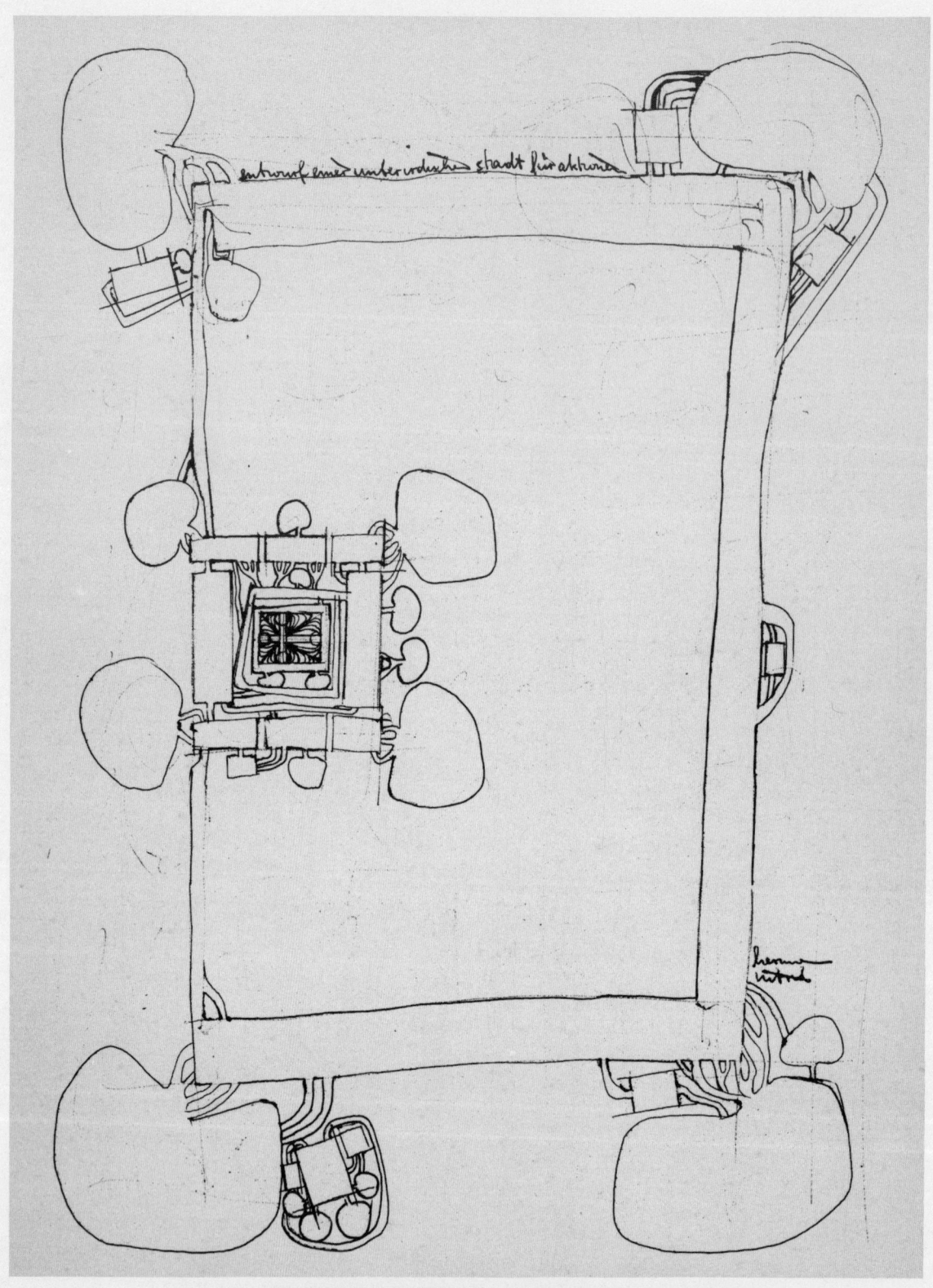

20.–23. 2. 1976, HERMANN NITSCH – Zeichnungen, Interkunst Wien

ATTERSEE

GALERIE KRINZINGER 3. FEB. – 6. MÄRZ '76

A-6020 Innsbruck Maria-Theresienstr. 17-19 Tel. 32131 Mo-Fr 10-12 u. 16-19, Sa 10-13 Uhr

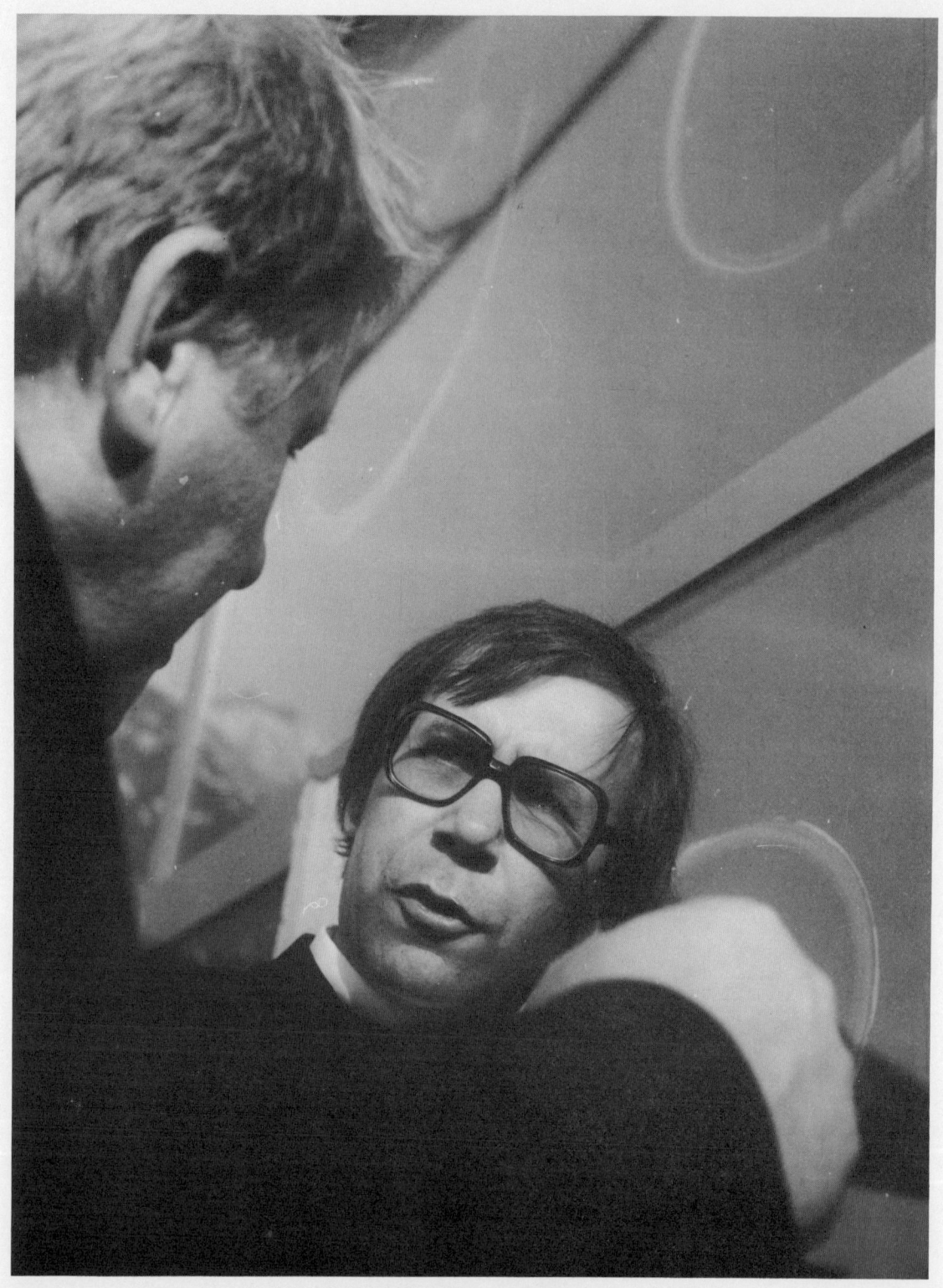

11. 12. 1976, WILLI BONGARD – Ist Kunst meßbar? (Vortrag)

Österreichisch/jugoslawisches
Künstlertreffen Brdo, Oktober 1976

BRDO 1976

ABRAMOVIC MARINA
BAUMSCHLAGER KARL
BECHTOLD GOTTFRIED
CARAMELLE ERNST
CAIRE PATRICIA
CHRISTOPH HORST
CIBULKA HEINZ
DEMUR BORIS
KÖB ROLAND
KRINZINGER URSULA
PARIPOVIC NESA
RADOVANOVIC RAJKO
RENNER PAUL
SLOBODAN SIJAN
STILINOVIC MLADEN
TODOSIJEVIC RASA
TOMIC BILJANA
TRIBULJAK GORAN
WEIERMAIR PETER

Dank der Vermittlung von Frau Tatjana Frković, von Herrn Direktor Pavlicek und Marina Abramovic wurde von der Gemeinde Buje das Schulhaus in Brdo als Kulturhaus zur Verfügung gestellt. Die Adaptierung des 20 Jahre unbewohnten Hauses wurde vom 1. März bis 1. Oktober 1976 mit Eigenmitteln der Galerie Krinzinger durchgeführt.

VALIE EXPORT

Stilles Sprechen
KÖRPERKONFIGURATIONEN 1972 - 76

Anpassung, Ausprägung, Einfügung, Aufhockung, Zufügung
Körperstellungen nachgestellt und bloßgestellt, Körperhaltungen festgehalten

Galerie Krinzinger, Innsbruck, M. Theresienstr. 17
11. Februar bis 15. März 1977
Montag - Freitag 16 - 19 Uhr, Samstag 10 - 13 Uhr

JAMES COLLINS

Galerie Krinzinger
Innsbruck, Maria-Theresien-Straße 17/II
22. April - 13. Mai 1977
Geöffnet Montag bis Freitag 16 - 19 Uhr,
Samstag 10 - 13 Uhr
Eine Veranstaltung
des Forums für aktuelle Kunst, Innsbruck.

MARIA LASSNIG
Zeichnungen 1946 - 1977

Galerie Krinzinger
Innsbruck, Maria Theresienstr. 17
13. Oktober - 6. November 1977
Dienstag - Freitag 16-19 Uhr,
Samstag 10-12 Uhr

Die Galerie Krinzinger, Innsbruck, Maria-Theresienstraße 17,
erlaubt sich, Sie zur Eröffnung der Ausstellung

Urs Lüthi
"The personal dissolves so easily in the typical"

am Freitag, den 10. Juni 1977 um 20 Uhr höflichst einzuladen.

Die Galerie Krinzinger, Innsbruck, Maria-Theresienstraße 17 erlaubt sich, Sie zur Eröffnung der Ausstellung

Ingeborg Lüscher

am Samstag, den 17. September 1977, um 18 Uhr höflichst einzuladen. Zur Eröffnung liest Ingeborg Lüscher eigene Texte.

Die Ausstellung ist von 17. September bis 8. Oktober 1977, Dienstag bis Freitag 16 - 19 Uhr, Samstag 10 - 12 Uhr geöffnet.

---

30. 11. 1977, KARL PRANTL – Bronze-Plastiken

Terry Fox
1977

SLIDE (on the Inn)

Sunday, Nov 20 1-4 o'clock

Ravens, fish jumping in the Inn, bells of Innsbruck, cold
clear day with constantly changing wind, 2 facing empty chairs
on the slope (of the slide) the wooden snow slide into the
river. protecting the domestic flame, maintaining the flame
(heat) the rythm of the water, the rythm of the wind, the
rythm of the flame, the rythm of the bells, the rythm of the
clock, the rythm of the awakening (ressurection) plant, maintaining the movement of the domestic flame towards the fish.
the fish consumes and is consumed by the flame, bound by the
candle, freed by the flame. the plant rises, the wax falls.
hands into house, slide into mountain, wind into storm, river
into rythm, plant into rythm, flame into rythm, match after
match after match ....

performance sponsered by "forum für aktuelle kunst" with
the collaboration of galerie krinzinger, innsbruck.

herausgeber, eigentümer und verleger: "forum für aktuelle kunst"
für den inhalt verantwortlich: peter weiermair, a-6020 innsbruck,
museumstraße 16/II

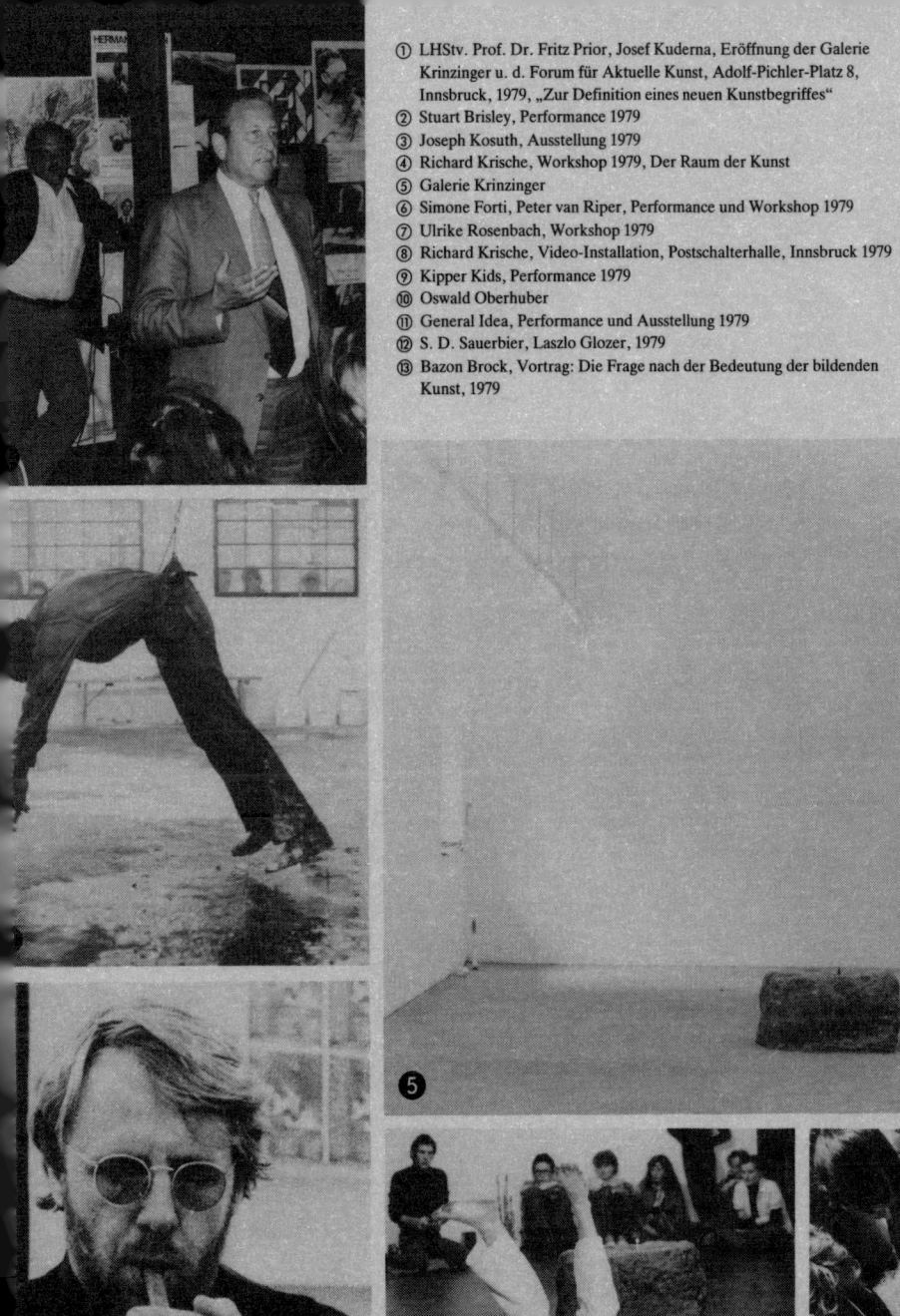

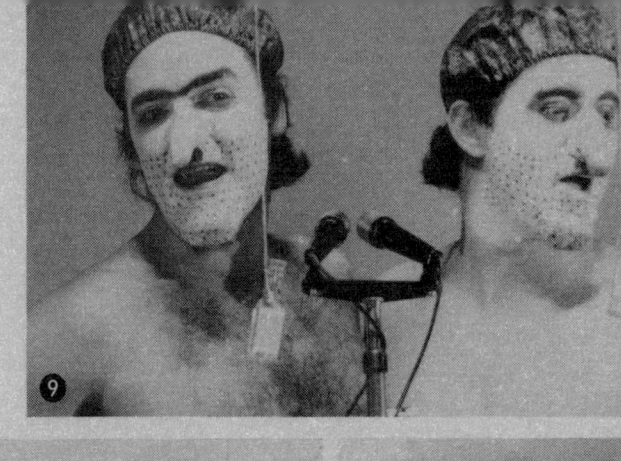

① LHStv. Prof. Dr. Fritz Prior, Josef Kuderna, Eröffnung der Galerie Krinzinger u. d. Forum für Aktuelle Kunst, Adolf-Pichler-Platz 8, Innsbruck, 1979, „Zur Definition eines neuen Kunstbegriffes"
② Stuart Brisley, Performance 1979
③ Joseph Kosuth, Ausstellung 1979
④ Richard Krische, Workshop 1979, Der Raum der Kunst
⑤ Galerie Krinzinger
⑥ Simone Forti, Peter van Riper, Performance und Workshop 1979
⑦ Ulrike Rosenbach, Workshop 1979
⑧ Richard Krische, Video-Installation, Postschalterhalle, Innsbruck 1979
⑨ Kipper Kids, Performance 1979
⑩ Oswald Oberhuber
⑪ General Idea, Performance und Ausstellung 1979
⑫ S. D. Sauerbier, Laszlo Glozer, 1979
⑬ Bazon Brock, Vortrag: Die Frage nach der Bedeutung der bildenden Kunst, 1979

① LHStv. Prof. Dr. Fritz Prior, Josef Kuderna, Eröffnung der Galerie Krinzinger u. d. Forum für Aktuelle Kunst, Adolf-Pichler-Platz 8, Innsbruck, 1979, „Zur Definition eines neuen Kunstbegriffes"
② Stuart Brisky, Performance 1979
③ Joseph Kosuth, Ausstellung 1979
④ Richard Krische, Workshop 1979, Der Raum der Kunst
⑤ Galerie Krinzinger
⑥ Simone Forti, Peter van Riper, Performance und Workshop 1979
⑦ Ulrike Rosenbach, Workshop 1979
⑧ Richard Krische, Video-Installation, Postschalterhalle, Innsbruck 1979
⑨ Kipper Kids, Performance 1979
⑩ Oswald Oberhuber
⑪ General Idea, Performance und Ausstellung 1979
⑫ S. D. Sauerbier, Laszlo Glozer, 1979
⑬ Bazon Brock, Vortrag: Die Frage nach der Bedeutung der bildenden Kunst, 1979

9. 2.–4. 3. 1978, PETER VEIT – Sprachräume, Buchstäbliche Bilder 1972–77

4.–15. 4. 1978, ERNST CARAMELLE – Vierzig vorgefundene Fälschungen

13.–20.4 1978, THE TEL AVIV INTERNATIONAL ART FAIR: Caramelle, Cibulka

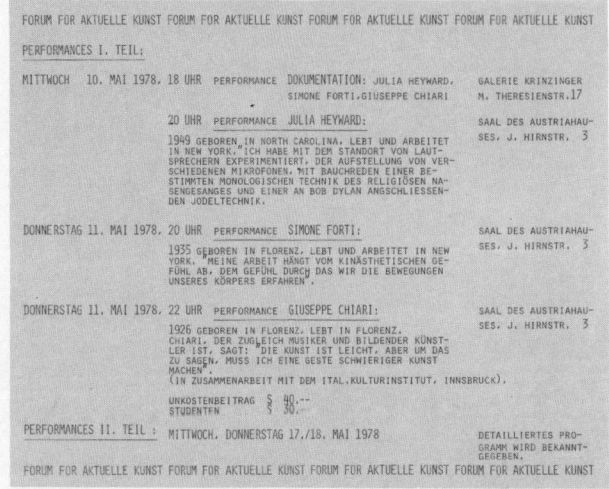

19.–30. 6. 1978, GÜNTER LIERSCHOF Sprachkörper (Peter-Anich-Gedenkausstellung)

4. 7. 1978, PATRICIA CAIRE

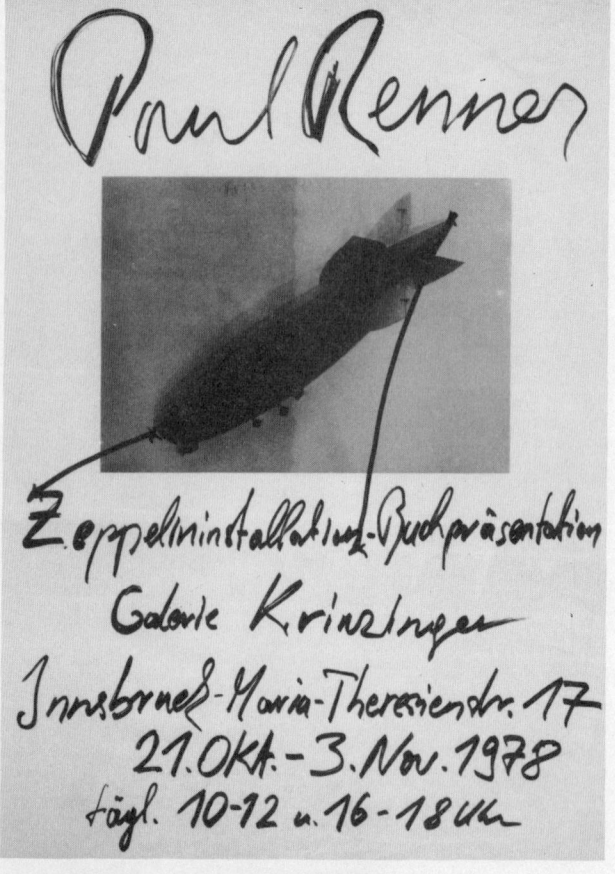

6. 11. 1978, TURI WERKNER.

ÖSTERREICHISCHER KUNSTVEREIN
INTERNATIONALES PERFORMANCE FESTIVAL 1978

21 – 3o APRIL 1978   A-1o1o WIEN   KÖLLNERHOFGASSE 6

TAG	ZEIT	PERFORMANCES/AUSSTELLUNGEN	SEMINAR	ORT
Freitag, 21. 4.	18.00	Dokumentationsausstellung Wiener Aktionismus 1961—1971		Galerie nächst St. Stephan, Grünangergasse 1
	19.00	**Eröffnung: Dokumentationsausstellung Performance Art.**		Kunstverein, Köllnerhofgasse 6
	19.00	Performance für den Kunstsammler? Tapes, Relikte für Fotos, Zeichnungen, Dokumente		Modern Art Galerie, Köllnerhofgasse 6
	20.00		Abramovic/Ulay (NL) Ulay/Abramovic	Hörsaal II d. neuen Institutsgebäudes der Univ. Wien
	21.00	Michael Parr (AUS) 1. Teil		Kunstverein, Köllnerhofgasse 6
Samstag, 22. 4.	17.00	Abramovic/Ulay (NL) Ulay/Abramovic		Wiener Refinstitut Barmherzigengasse 17, 1030 Wien
	20.00	Stuart Brisley (GB)		
Sonntag, 23. 4.	18.00	Helmut Schober (A)		Kunstverein, Köllnerhofgasse 6
	20.30	Marc Chaimowicz (GB)		
	21.30	Valie Export (A)		
Montag, 24. 4.	18.00	Bruce Mac Lean (GB)		Kunstverein, Köllnerhofgasse 6
	19.00		Tom Marioni (USA)	Hörsaal II d. neuen Institutsgebäudes der Univ. Wien
	20.00	Simone Forti (USA)		Kunstverein, Köllnerhofgasse 6
	21.30	Bruce Mac Lean (GB) Wiederholung		
	22.30	Rasa Todosijevic (YU)		
Dienstag, 25. 4.	18.00	Renate Bertlmann (A)		Modern Art Galerie, Köllnerhofgasse 6
	20.00	Linda Christanell (A)		
	20.00	Hermann Nitsch (A)		Kunstverein, Köllnerhofgasse 6
Mittwoch, 26. 4.	16.00	Videovorführung Wies Smals, Galerie De Appel, Amsterdam: Holländische Performance		Kunstverein, Köllnerhofgasse 6
	19.00	Joan Jonas (USA)		
	21.00	Julia Heyward (USA)		
	22.30	Marc Chaimowicz (GB) Wiederholung		
Donnerstag, 27. 4.	16.00	Julia Heyward (USA)		Hauptgebäude d. Univ. Wien
	19.00	Peter Weibel (A)		Kunstverein, Köllnerhofgasse 6
	21.00	Laurie Anderson (USA)		
	22.00	Dennis Oppenheim (USA)		
Freitag, 28. 4.	10.00—12.00		Joachim Diederichs (BRD): „Zum Werkbegriff der Performance Art" Peter Weiermair (A): „Zur Tradition der sog. Performance Art"	Musikfreundehaus Korneuburg
	12.30	Tina Girouard (USA)		Korneuburg, Hauptplatz
	14.00—18.00		Antje v. Graevenitz (NL): „Parallelen zwischen Performance Art und Theater" Jennifer Smit (NL): „Instrumentale Aggressionen in der Fluxus-Newound" Peter Gorsen (A): „Der spielbar gemachte Alltag. Grenzen und Möglichkeiten der Performance-Kunst" Gislind Nabakowski (BRD): „Ich biete Ihnen meine Geschichtlichkeit an" Diskussion	Musikfreundehaus Korneuburg
	19.30	Michael Parr (AUS) 2. Teil		Kunstverein, Köllnerhofgasse 6
	20.00	Robert Kushner (USA)		
	21.30	Jochen Gerz (BRD)		
	23.00	Tom Marioni (USA)		
Samstag, 29. 4.	10.00—12.00		Tomic/Denegri (YU): „L'artista nel primo ruolo" Peter Weibel (A): „Wiener Aktionismus und Performance"	Musikfreundehaus Korneuburg
	12.30	Heinz Cibulka (A)		Korneuburg
	14.00—18.00		Bonito Oliva (I): „Corpo d'arte e maschere del linguaggio" Günter Lierschof (BRD): „Künstler oder Zuschauer — wer leidet für wen?" Georg Schwarzbauer (BRD): „Überlegungen zum Form-Inhalt-Problem der Performance" François Pluchart (F) Diskussion	Musikfreundehaus Korneuburg
	21.00	Gina Pane (I)		Kunstverein, Köllnerhofgasse 6
	22.00	Giuseppe Chiari (I)		
Sonntag, 30. 4.	11.00	Terry Fox (USA)		Kunstverein, Köllnerhofgasse 6
	20.00	Eröffnung Vito Acconci, Installation (USA)		Galerie nächst St. Stephan, Grünangergasse 1
	22.00	Charlemagne Palestine (USA)		Kunstverein, Köllnerhofgasse 6
täglich	14.00	Diskussionen über die Performances des Vortages		Kunstverein, Köllnerhofgasse 6
	16.00	Videovorführungen — Ergänzungsprogramm		

Konzept: Ursula Krinzinger / Team: H. G. Haberl, Grita Insam, Ursula Krinzinger, Rosemarie Schwarzwälder / Auskunft: 52 53 30 / Änderungen vorbehalten / Druck: Styria, Graz

1. 3. 1979, NORBERT PÜMPEL – Raumzeitliche Projekte

---

3. 4.–21. 4. 1979, ALFRED WENEMOSER – Projektives Gestalten

---

9. 11. 1979, GOTTFRIED BECHTOLD – Video- und Filmvorführungen

---

19. 11.–1. 12. 1979, SOUND, MEDIUM DER BILDENDEN KUNST – Ausstellung mit Installationen, Objekten, Schallplatten, Skulpturen, Grafiken, Tonbändern, Videokassetten, Dokumentationen von ANDERSON, APERQUE, BARRY, HAIMSOHN, BERNADONI, KLOPHAUS, KOGLER, KUBISCH, SCHLOSS, STILES, AGNETTI, BULL, CAGE, CLAUS, BRUNNER, FOX, DECRISTEL, GRASS, GEORGE, JONES, MARIONI, MAYR, MURRAY, NANNUCCI, PLESSI, ROSENBACH, RUPRECHTER, SCHOBER, TRAWÖGER UND WEIBEL.

Diese Ausstellung wurde von Grita Insam, Modern Art Galerie, Wien, im Rahmen der Veranstaltungsreihe Audio Szene 79 zusammengestellt

8. 12. 1979 bis 12. 1. 1980

PATTERN PAINTING/DECORATIVE ART

mit Arbeiten von Kim Mac Connel, Tina Girouard, Valerie Jaudon, Joyce Kozloff, Robert Kushner, Rodney Ripps, Miriam Shapiro, Robert Zakanitch

Zur Eröffnung Galeriegespräch mit Dr. Willi Bongard, Köln

»Zur Definition eines neuen Kunstbegriffes« – 11. Juni – 11. Juli 1979

Mo. 11. Juni 20.00	BAZON BROCK (D)	Die Frage nach der Bedeutung in der bildenden Kunst (Vortrag 1. Teil)
Di. 12. Juni 19.00	STUART BRISLEY (GB)	Performance
20.00	BAZON BROCK (D)	Die Frage nach der Bedeutung in der bildenden Kunst (Vortrag 2. Teil)
Mi. 13. Juni 18.00	ART. PLACEM. GROUP (GB) JOHN LATHAM BARBARA STEVENI	Vortrag und Diskussion über APG-Projekte und Erfahrungen
Do. 14. Juni 20.00	ART. PLACEM. GROUP (GB) JOHN LATHAM BARBARA STEVENI	Dia-Vortrag über Scottish office project
Fr. 15. Juni *	REINDEER WERK (GB)	Klausur (Behaviour), Dauer 1 Woche
20.00	KIPPER KIDS (USA)	Performance
Sa. 16. Juni *	RICHARD KRIESCHE (A)	WS: Der Raum der Kunst
So. 17. Juni *	RICHARD KRIESCHE (A)	WS: Der Raum der Kunst
Mo. 18. Juni 16.00	TOM MARIONI (USA)	Vortrag: Museum of Conceptual Art
20.00	TOM MARIONI (USA)	Performance
*	PETER WEIBEL (A)	WS: Die Medienkunst und der veränderte Werkbegriff
Di. 19. Juni *	PETER WEIBEL (A)	WS: Die Medienkunst und der veränderte Werkbegriff
20.00	GENERAL IDEA (CN)	Performance und Ausstellung
Mi. 20. Juni *	GRUNDMANN/ADRIAN (A) GENERAL IDEA (CN)	Dezentralisation - Kommunikation als Inhalt. Diskussionsworkshop
Do. 21. Juni *	GRUNDMANN/ADRIAN (A) GENERAL IDEA (CN)	Dezentralisation - Kommunikation als Inhalt. Diskussionsworkshop
*	PETER WEIERMAIR (A)	WS: Sprache als Medium in der bildenden Kunst - ein Paradoxon?
Fr. 22. Juni *	PETER WEIERMAIR (A)	WS: Sprache als Medium in der bildenden Kunst - ein Paradoxon?
*	THEATRE OF MISTAKES (GB)	Performance Workshop
Sa. 23. Juni *	THEATRE OF MISTAKES (GB)	Performance Workshop
So. 24. Juni *	THEATRE OF MISTAKES (GB)	Performance
Mo. 25. Juni 20.00	JOSEPH KOSUTH (USA)	Text - Context (Ausstellung) Vortrag und Diskussion
Di. 26. Juni *	G. F. SCHWARZBAUER (D)	WS: Die deutschen Kunstzeitschriften und ihre vermittelnden Funktionen
Mi. 27. Juni *	G. F. SCHWARZBAUER (D)	WS: Die deutschen Kunstzeitschriften und ihre vermittelnden Funktionen
Do. 28. Juni *	S. D. SAUERBIER (D)	WS: Die praktische Theorie. Theoriebildung und ästhetische Praxis
20.00	LASZLO GLOZER (D)	Über Selbstverständnis und Vermittlung der Moderne seit Courbet (Vortrag)
Fr. 29. Juni *	S. D. SAUERBIER (D)	WS: Kunst über Kunst. Theorie als Mittel und als Gegenstand der Kunst
20.00	JANA HAIMSOHN (USA)	Performance (Dance)
Sa. 30. Juni *	JANA HAIMSOHN (USA)	Dance Workshop
*	JANA HAIMSOHN (USA)	Kinderworkshop (Dance)
20.00	OSWALD OBERHUBER (A)	Raumkonzepte als Ausgangsbasis einer neuen Architektur (Vortrag + Ausstellung)
So. 1. Juli *	JANA HAIMSOHN (USA)	Dance Workshop
*	JANA HAIMSOHN (USA)	Kinderworkshop (Dance)
*	GUISEPPE CHIARI (I)	Workshop (einige Tage - open end)
Mo. 2. Juli *	SIMONE FORTI/ PETER VAN RIPER (USA)	Dance Workshop
*	SIMONE FORTI	Kinderworkshop (Dance)
Di. 3. Juli *	SIMONE FORTI/ PETER VAN RIPER (USA)	Dance Workshop
*	SIMONE FORTI	Kinderworkshop (Dance)
Mi. 4. Juli 20.00	SIMONE FORTI/ PETER VAN RIPER (USA)	Performance (Dance)
Do. 5. Juli *	ULRIKE ROSENBACH (D)	WS: Schule für kreativen Feminismus
Fr. 6. Juli *	ULRIKE ROSENBACH (D)	WS: Schule für kreativen Feminismus
Sa. 7. Juli *	VALIE EXPORT (A)	WS: FEMA - Feministischer Aktionismus
20.00	PETER GORSEN (A)	»Körpersprache«, Kommunikationsrituale im Bereich visueller Kommunikation
So. 8. Juli *	VALIE EXPORT (A)	WS: FEMA - Feministischer Aktionismus
Mi. 11. Juli 20.00	ARNULF RAINER (A)	Totenmasken (Ausstellungseröffnung)

Kunst: Energie in ihrer schönsten Form **Mobil**

FOTO: ROBERT CUMMING/GENERAL IDEA

* Genauer Zeitplan wird an Ort und Stelle mit den Teilnehmern vereinbart. Detaillierte WS-Programme können separat angefordert werden.
V (Vortrag) S 40 Studenten S 25 WS (Workshop) S 180 Studenten S 150 Dance WS S 250 Studenten 180 Klausur S 200 Studenten S 150.

Galerie Krinzinger, Adolf-Pichler-Platz 8, 6020 Innsbruck, Tel. 05222/32131
in Zusammenarbeit mit dem forum für aktuelle kunst

FORUM FÜR AKTUELLE KUNST
A-6020 Innsbruck, Adolf-Pichler-Platz 8

Galerie Krinzinger

ROBERT ADRIAN X)

Eröffnung der Ausstellung:
Donnerstag, den 21. Februar 1980
um 20 Uhr c.t.

Einführende Worte: Peter Weiermair

Dauer der Ausstellung:
22. Februar bis 8. März 1980

Öffnungszeiten:
Dienstag bis Freitag 12 bis 20 Uhr
Samstag 10 bis 13 Uhr

Robert Adrian X)

Drucksache   Postgebühr bar bezahlt

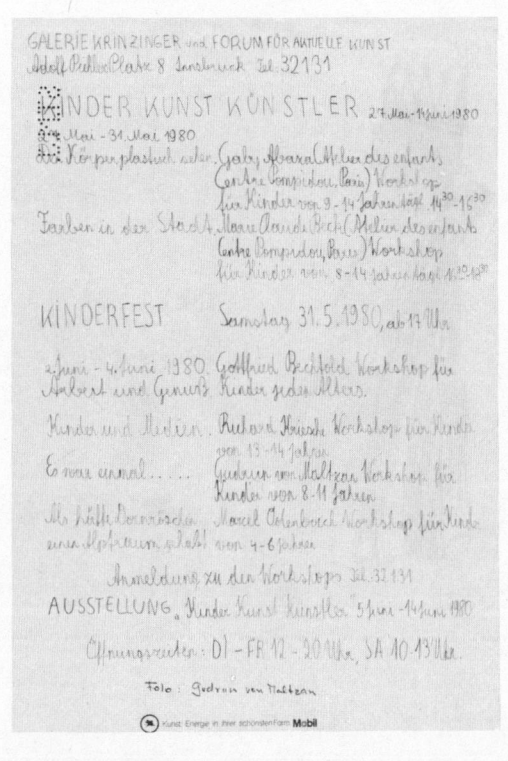

L'exposition comprend des bandes vidéo et de la documentation photographique des artistes suivants :

Abramovic/Ulay
Vito Acconci
Klaus vom Bruch
Peter Campus
Douglas Davis
Valie Export
Jochen Gerz
Rebecca Horn
Joan Jonas
Richard Kriesche
Jürgen Klauke
Bruce Nauman
Marcel Odenbach
Dennis Oppenheim
Nam June Paik
Gina Pane
Friederike Pezold
Ulrike Rosenbach
Helmut Schober
Peter Weibel

video → ← photo
↘ ↙
performance

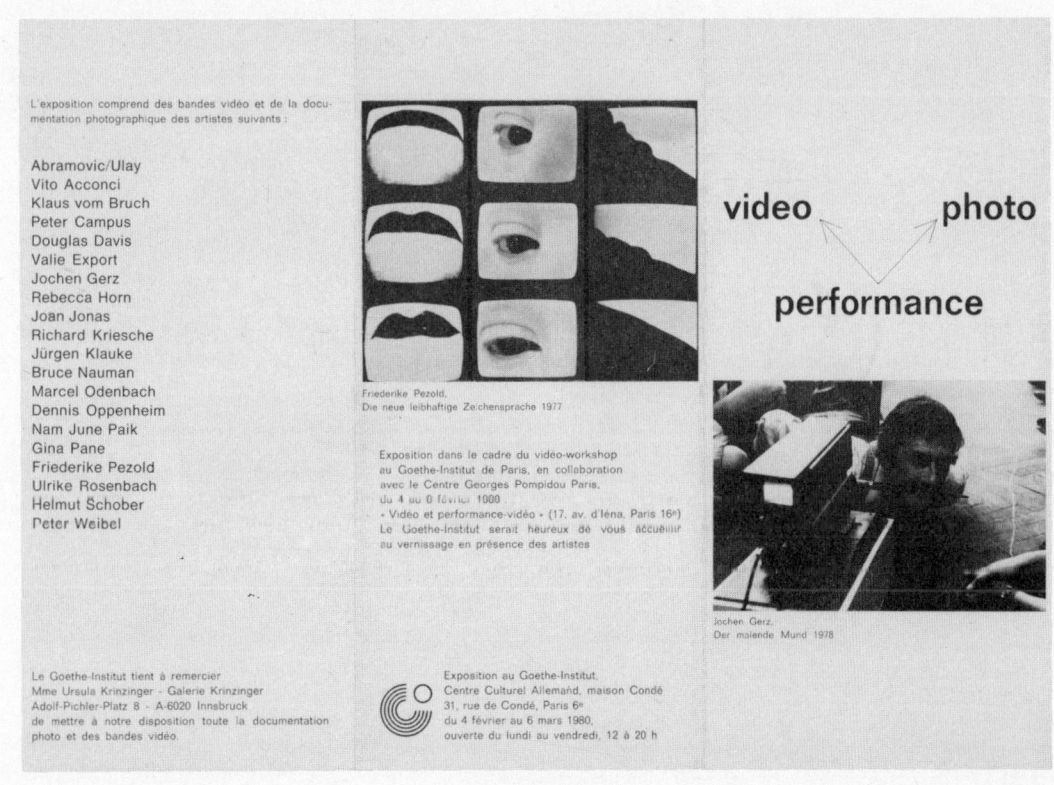

Friederike Pezold,
Die neue leibhaftige Zeichensprache 1977

Exposition dans le cadre du vidéo-workshop
au Goethe-Institut de Paris, en collaboration
avec le Centre Georges Pompidou Paris,
du 4 au 8 février 1980.
« Vidéo et performance-vidéo » (17, av. d'Iéna, Paris 16e)
Le Goethe-Institut serait heureux de vous accueillir
au vernissage en présence des artistes

Jochen Gerz,
Der malende Mund 1978

Le Goethe-Institut tient à remercier
Mme Ursula Krinzinger - Galerie Krinzinger
Adolf-Pichler-Platz 8 - A-6020 Innsbruck
de mettre à notre disposition toute la documentation
photo et des bandes vidéo.

Exposition au Goethe-Institut,
Centre Culturel Allemand, maison Condé
31, rue de Condé, Paris 6e
du 4 février au 6 mars 1980,
ouverte du lundi au vendredi, 12 à 20 h

275

ART 11 '80
Die Internationale Kunstmesse
Basel 12.— 17. Juni 1980

Galerie Krinzinger
A-6020 Innsbruck
Adolf-Pichler-Platz 8

Galerie nächst St. Stephan
A-1010 Wien
Grünangergasse 1

KÜNSTLERFOTOGRAFIEN
Österreich 1965—1980
Halle 20

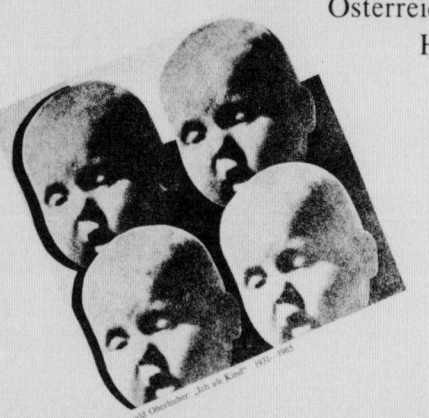

Attersee   Adrian X   Bechtold   Bondy   Brus   Caramelle   Cibulka   Export
Flatz   Gappmayr   Graf/Kowanz   Jürgenssen   Kopf   Kriesche   Matt   Muehl
Nitsch   Oberhuber   Pezold   Pongracz   Rainer   Reinhold   Renner   Rühm
Schober   Schwarzkogler   Skerbisch   Strobl   Veit   Weibel   Werkner

EINLADUNG ZUR SUBSKRIPTION

Wir publizieren anläßlich dieser Ausstellung im Oktober 1980 einen Katalog
„Fotoarbeiten bildender Künstler, Österreichs 1965—1980"
in einer Auflage von 1000 Stück, Format 21×29,7 cm, mit einem Umfang von 64 Seiten.
Der Band wird 30 Fotoseiten, alle Künstler-Biographien und
eine Einleitung von Peter Weibel enthalten.

Subskriptionspreis während der Messe und bis zum 30. September 1980: 10 sFr,
nach dem 1. Oktober 1980: 15 sFr.

11.–18. 10. 1980 – ART 1980 NEW YORK, International Fair of Contemporary Art

① Angelika, Thomas Krinzinger und Nikolaus Oberhuber, 1979
② Martin Disler, Irene Disler, Ernst Caramelle, 1981
③ Gerhard Rühm, B. Blume, 1981
④ Ingeborg Lüscher
⑤⑥⑦ Oswald Oberhuber, „Zur Definition eines neuen Kunstbegriffes" 1979
⑧ Bob Adrian, Ausstellungsraum 1980
⑨ Hofhalle Galerie Krinzinger
⑩ Ausstellung Paul Renner (Nitsch, Schwarzwaelder, Fleck, Oberhuber, Caltik Renner) 1978
⑪ Arnulf Rainer, Ausstellung Totenmasken, 1979
⑫ Bob Adrian, Georg Decristel
⑬ Harald Szeemann
⑭ Meret Oppenheim, 1981

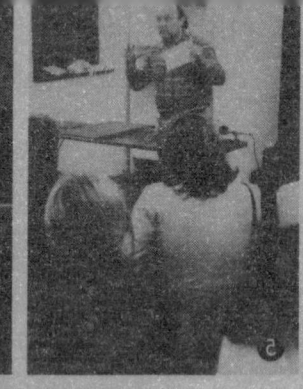

① Angelika, Thomas Kranzinger und Nikolaus Oberhuber, 1979
② Martin Disler, Irene Disler, Ernst Caramelle, 1981
③ Gerhard Rühm, B. Blume, 1981
④ Ingeborg Lüscher
⑤ ⑦ Oswald Oberhuber, „Zur Definition eines neuen Kunstbegriffes", 1979
⑧ Bob Adrian, Ausstellungsraum 1980
⑨ Hofhalle Galerie Kranzinger
⑩ Ausstellung Paul Renner (Nitsch, Schwarzwaelder, Fleck, Oberhuber, Caltik Renner) 1978
⑪ Arnulf Rainer, Ausstellung Totenmasken, 1979
⑫ Bob Adrian, Georg Decristel
⑬ Harald Szeemann
⑭ Meret Oppenheim, 1981

GALERIE URSULA KRINZINGER
FORUM FÜR AKTUELLE KUNST
ADOLF-PICHLER-PLATZ 8 INNSBRUCK

WOLFGANG STENGL 17. bis 28. Juni · F. WEST 17. bis 28. Juni · ALFRED KLINKAN 1. bis 12. Juli · HUBERT SCHMALIX 1. bis 12. Juli · PAUL RENNER 15. bis 26. Juli · BRIGITE KOWANZ, FRANTZ GRAF 15. bis 26. Juli · INGEBORG STROBL 4. bis 16. August · HARTMUT SKERBISCH 4. bis 16. August · NORBERT PÜMPEL 26. August bis 6. September · FRITZ RUPRECHTER 26. August bis 6. September · KARL HIKADE 16. bis 27. September · ANDY CHICKEN 16. bis 27. September · SYLVIANE KÜNZLI 16. bis 27. September · ERWIN WUK 30. September bis 11. Oktober · SIEGFRIED ANZINGER 30. September bis 11. Oktober · KARL KOWANZ 30. September bis 11. Oktober

JUNGE ÖSTERREICHER '80　　　17. Juni bis 11. Oktober 1980

Öffnungszeiten: Dienstag bis Freitag 15 bis 20 Uhr, Samstag 10 bis 13 Uhr　　Entwurf: Brigite Kowanz/ Frantz Graf

Weitere Vorhaben innerhalb der Veranstaltungsserie
»SITUATION SCHWEIZ«
in der Zeit vom 20. März bis 31. Juli 1981:

Meret Oppenheim
Markus Raetz
Martin Disler
Urs Lüthi
Zeichnungsausstellung »Gruppen aus der Schweiz«
Privatsammlung Dr. L. Lambelet, Basel
Sammlung LOEB, Kunstmuseum Bern
Installationen von 5 jungen Künstlern
10 Jahre Video in der Schweiz
Kunstgespräch »Regionalismus und Internationalismus«
Konzerte
Performances

Dieses Projekt wurde von der Stiftung PRO HELVETIA,
vom Bundesministerium für Unterricht und Kunst,
von der Kulturabteilung der Tiroler Landesregierung
und vom Kulturamt der Stadt Innsbruck unterstützt.

»SITUATION SCHWEIZ«

Eine Veranstaltungsserie der Galerie Krinzinger, des Forum für aktuelle
Kunst, Innsbruck, der Galerie nächst St. Stephan, Wien, und der Stiftung
PRO HELVETIA vom 20. März bis 31. Juli 1981

Eröffnung des Projektes mit der Ausstellung
DANIEL SPOERRI
am Freitag, den 20. März 1981 um 17.00 Uhr in der Galerie Krinzinger,
Adolf-Pichler-Platz 8, Innsbruck

Dauer der Ausstellung: 20. März bis 4. April 1981
Öffnungszeiten: Dienstag bis Freitag 10 - 13 Uhr und 15 - 20 Uhr, Samstag 10 - 13 Uhr

Es sprechen in Anwesenheit des Künstlers:
Dr. Ursula Krinzinger, Galerie Krinzinger
Sektionschef Dr. Hermann Lein, Bundesministerium f. Unterricht u. Kunst
Landeshauptmannstellvertreter Prof. Dr. Fritz Prior, Landeskulturreferent
Dr. Christoph Eggenberger,
Ausstellungsleiter der Stiftung PRO HELVETIA
o. Univ. Prof. Bazon Brock: Spoerri als Kulturheros

Eröffnung: Dr. Jürg A. Iselin, Schweizerischer Botschafter

Das Projekt steht unter dem Ehrenschutz von:
Vizekanzler Dr. Fred Sinowatz, Bundesminister für Unterricht u. Kunst
Dr. Willibald Pahr, Bundesminister für Auswärtige Angelegenheiten
Landeshauptmannstellvertreter Prof. Dr. Fritz Prior,
Kulturreferent des Landes Tirol
DDr. Alois Lugger, Bürgermeister der Landeshauptstadt Innsbruck
Dr. Jürg A. Iselin, Schweizerischer Botschafter

Auf den folgenden Seiten die weiteren Ausstellungseröffnungen

---

Galerie im Haus der Landesversicherungsanstalt - Tilandgalerie
Wilhelm-Greil-Straße 10 (Hofeingang), Innsbruck

PRO HELVETIA - DOKUMENTATION EINER SCHWEIZER KULTURSTIFTUNG

Eröffnung: 20. März 1981, 18.30 Uhr
Dauer der Ausstellung: 20. März bis 12. April 1981
Öffnungszeiten: Montag bis Freitag 9 - 12 und 14 - 17 Uhr

Begrüßung durch Herrn KR Dir. Dr. Anton Koller

Es spricht Dr. Christoph Eggenberger,
Ausstellungsleiter der Stiftung PRO HELVETIA

Galerie Annasäule, Adamgasse 8a, Innsbruck

SCHWEIZER PHOTOGRAPHEN VON 1840 BIS HEUTE

Eröffnung: 20. März 1981, 19.30 Uhr
Dauer der Ausstellung: 20. März bis 12. April 1981
Öffnungszeiten: Dienstag bis Freitag 10 - 12.30 und 15 - 18.30 Uhr
Samstag 10 - 12 Uhr

Es spricht Guido Magnaguagno,
Stiftung für die Photographie, Kunsthaus Zürich

Stadtturmgalerie, Herzog-Friedrich-Straße 21, Innsbruck

SCHWEIZER PHOTOGRAPHEN VON 1840 BIS HEUTE

Eröffnung: 20. März 1981, 18 - 20 Uhr
Dauer der Ausstellung: 20. März bis 12. April 1981
Öffnungszeiten: Montag bis Freitag 9 - 12 und 14 - 17 Uhr

Tiroler Kunstpavillon, Kleiner Hofgarten, Rennweg 8a, Innsbruck

ZEICHNUNGEN VON 13 SCHWEIZER BILDHAUERN

(Giacometti, Aeschbacher, Moser, Josephson, Müller, Tinguely, Wiggli,
Presset, Luginbühl, Eggenschwiler, Signer, Camesi, Granwehr)

Eröffnung: 20. März 1981, 20.30 Uhr
Dauer der Ausstellung: 20. März bis 12. April 1981
Öffnungszeiten: Dienstag bis Freitag 9 - 12 und 15 - 18 Uhr, Samstag 10 - 12 Uhr

Es spricht Tina Grütter:
»Ideenskizze zu Zeichnungen von 13 Schweizer Bildhauern«

Galerie Bloch, Herzog-Friedrich-Straße 5, Innsbruck

FELIX VALLOTTON
Zeichnungen und Holzschnitte

Eröffnung: 20. März 1981, 18 - 20 Uhr
Dauer der Ausstellung: 20. März bis 12. April 1981
Öffnungszeiten: Dienstag bis Freitag 15 - 19 Uhr, Samstag 10 - 13 Uhr

Galerie Maier, Sparkassenplatz 2, Innsbruck

FELIX VALLOTTON
Zeichnungen und Hozschnitte

Eröffnung: 20 März 1981, 18 - 20 Uhr
Dauer der Ausstellung: 20. März bis 4. April 1981
Öffnungszeiten: Montag bis Freitag 10 - 12 und 15 - 18 Uhr,
Samstag 9.30 - 12.30 Uhr

IN ALLEN GALERIEN BUFFET

MERET OPPENHEIM
ARBEITEN VON 1933—1981

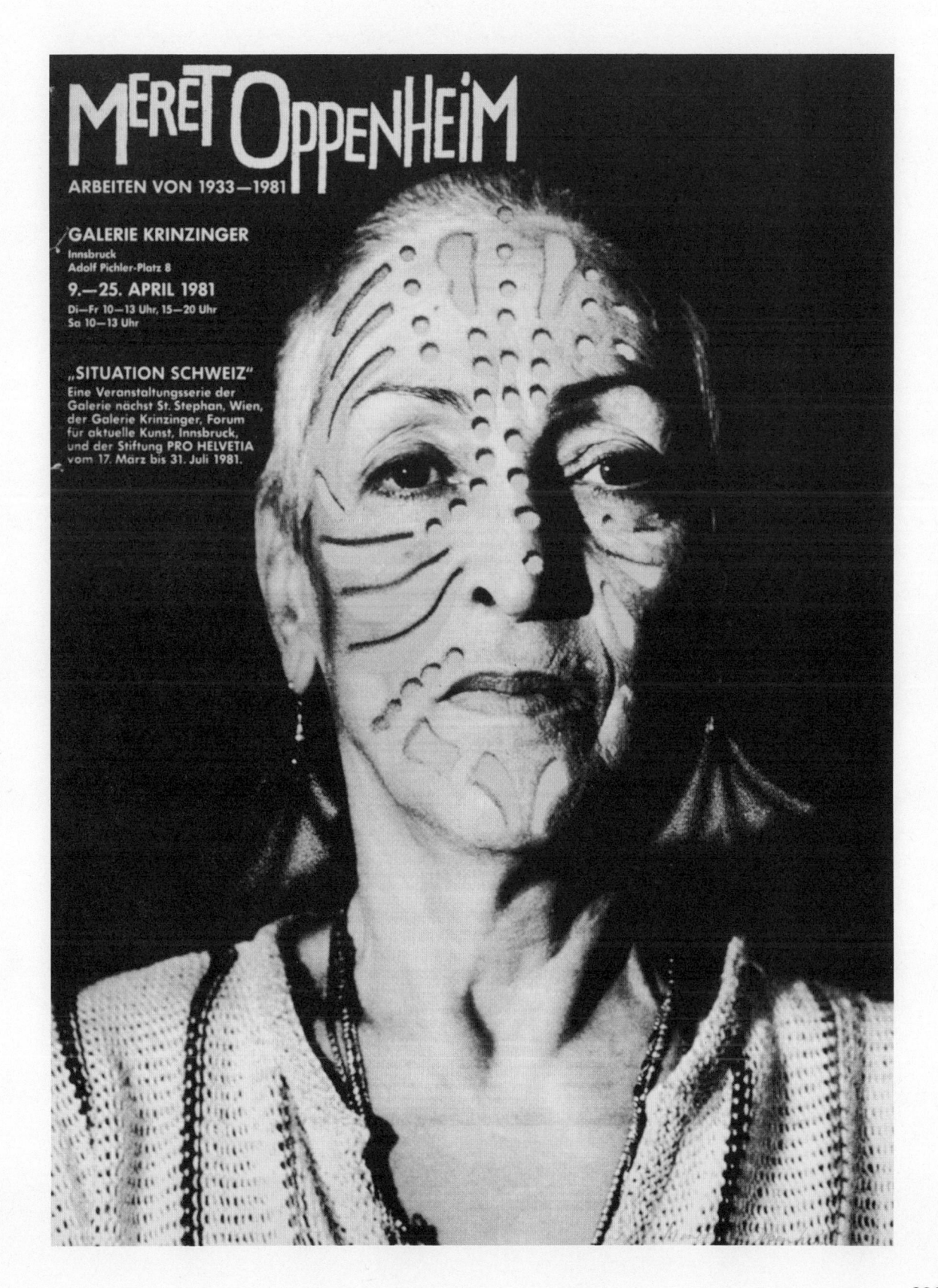

GALERIE KRINZINGER
Innsbruck
Adolf Pichler-Platz 8
9.—25. APRIL 1981
Di—Fr 10—13 Uhr, 15—20 Uhr
Sa 10—13 Uhr

„SITUATION SCHWEIZ"
Eine Veranstaltungsserie der
Galerie nächst St. Stephan, Wien,
der Galerie Krinzinger, Forum
für aktuelle Kunst, Innsbruck,
und der Stiftung PRO HELVETIA
vom 17. März bis 31. Juli 1981.

Die Galerie Krinzinger und das
Forum für aktuelle Kunst,
Innsbruck, Adolf-Pichler-Platz 8,
erlauben sich, Sie zum Besuch
der Ausstellung

MARKUS RAETZ
herzlich einzuladen.

Dauer der Ausstellung:
5. bis 16. Mai 1981
Öffnungszeiten:
Di-Fr 10-13 und 15-20 Uhr, Sa 10-13 Uhr

Zu dieser Ausstellung erscheinen
ein reich bebilderter Katalog
und ein Künstlerbuch.

»SITUATION SCHWEIZ«
eine Veranstaltungsserie der Galerie Krinzinger, des Forum
für aktuelle Kunst, Innsbruck, der Galerie nächst St. Stephan, Wien,
und der Stiftung PRO HELVETIA.

MIRIAM CAHN   ANSELM STALDER

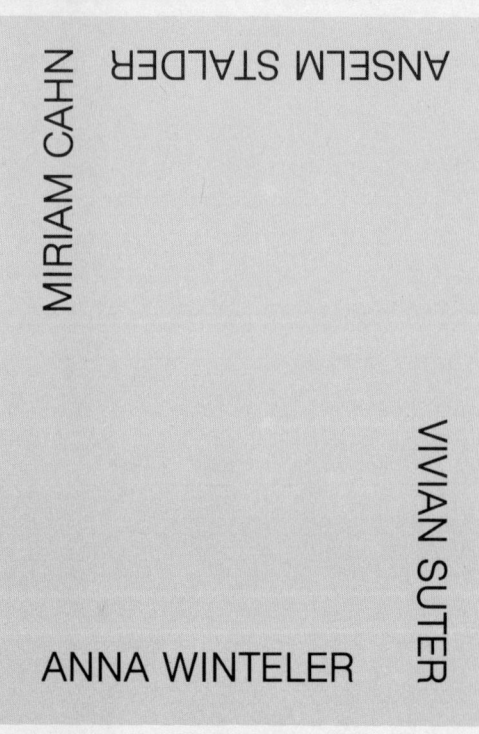

VIVIAN SUTER

ANNA WINTELER

7.–31. 7. 1981,
ASPEKTE JUNGER SCHWEIZER KUNST

18.–30. 5. 1981, MARTIN DISLER

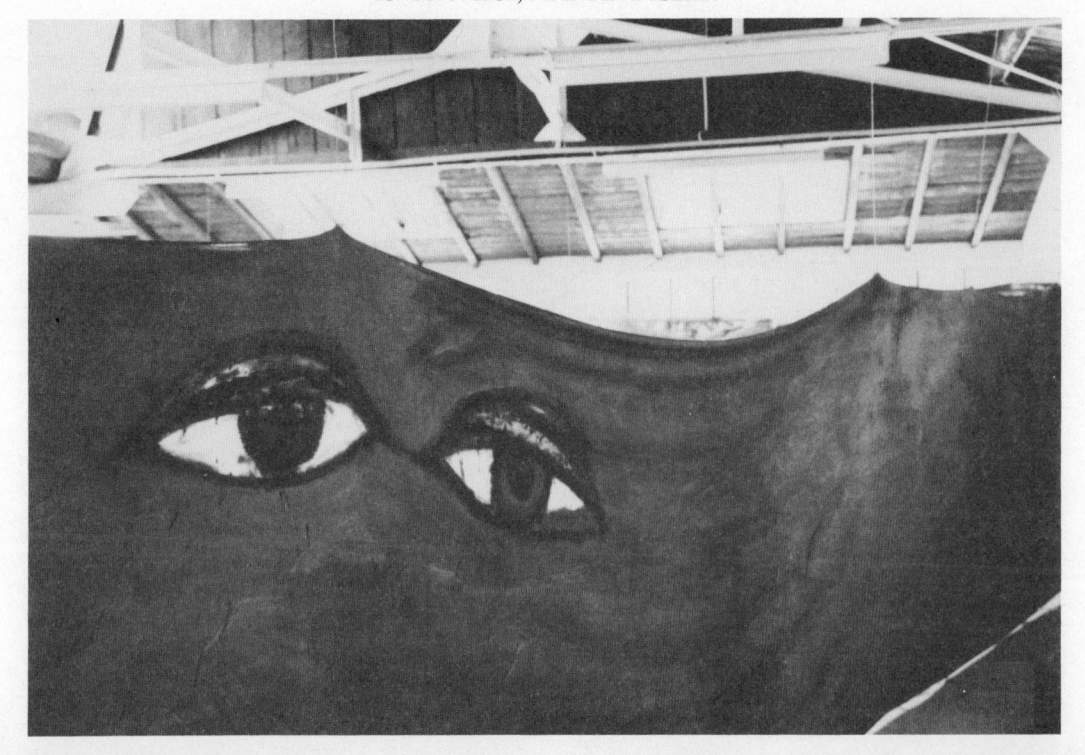

22. 9.–4. 10. 1981, SAMMLUNG HEIDY UND LOUIS LAMBELET BASEL

13.–28. 10. 1981, URS LÜTHI – Im Zeichen der Liebe, Vortrag: Dr. G. J. Lischka, Bern

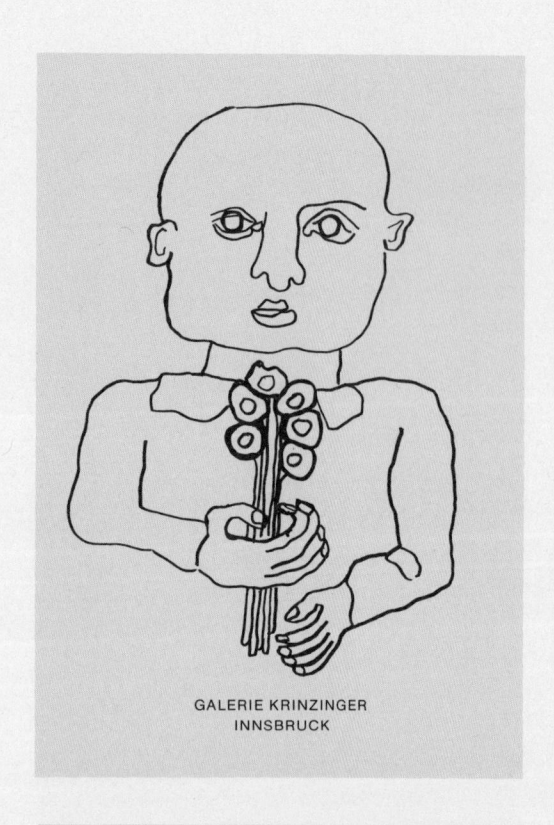

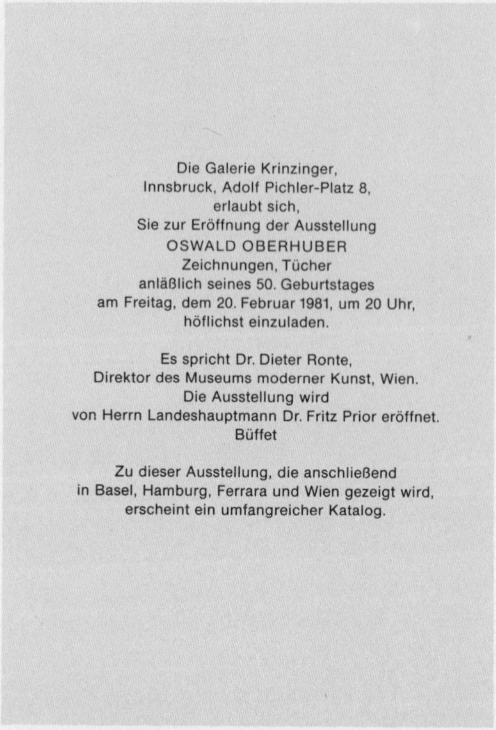

GALERIE KRINZINGER
INNSBRUCK

Die Galerie Krinzinger,
Innsbruck, Adolf Pichler-Platz 8,
erlaubt sich,
Sie zur Eröffnung der Ausstellung
OSWALD OBERHUBER
Zeichnungen, Tücher
anläßlich seines 50. Geburtstages
am Freitag, dem 20. Februar 1981, um 20 Uhr,
höflichst einzuladen.

Es spricht Dr. Dieter Ronte,
Direktor des Museums moderner Kunst, Wien.
Die Ausstellung wird
von Herrn Landeshauptmann Dr. Fritz Prior eröffnet.
Büffet

Zu dieser Ausstellung, die anschließend
in Basel, Hamburg, Ferrara und Wien gezeigt wird,
erscheint ein umfangreicher Katalog.

BLUME RÜHM
ZEICHNUNGEN 1980/81

31. OKT. BIS 24. NOV. 1981
GALERIE KRINZINGER
INNSBRUCK, ADOLF PICHLER PLATZ 8

DIENSTAG BIS FREITAG 10-13 UND 15-18 UHR, SAMSTAG 10-13 UHR

ATTERSEE
DASTRAUMZWEIT
GALERIE KRINZINGER
5.DEZ.81 – 16.JÄN.82   A-6020 INNSBRUCK
DI-FR 10-12 & 15-20, SA 10-13   ADOLF PICHLERPLATZ 8

2.–24. 11. 1981, ERNST CARAMELLE – Blätter 1973–1978

9. 2.–6. 3. 1982, MICHAEL BUTHE – Aus Selbstbildnissen, Installation und Bilder, Arbeiten von 1972–1981

16. 4.–8. 5. 1982, HEINZ GAPPMAYR

GALERIE KRINZINGER FORUM FÜR AKTUELLE KUNST INNSBRUCK ADOLF PICHLER PLATZ 8 — 4. JUNI BIS 7. JULI 1982 — DI-FR 10-12 UND 16-20 UHR, SA 10-13 UHR

27. 9.–16. 10. 1982, INGEBORG LÜSCHER – Bilder 1981/82

7. 12. 1982–20. 1. 1983, OSWALD OBERHUBER – Aquarelle, Zeichnungen, Bilder „Procida 82"

① Martin Disler, Ausstellung 1981
② Ausstellung Anselm Stalder 1981
③ Situation Schweiz, Oswald Oberhuber, Andre Thomkins, Daniel Spoerri, 1981
④ Peter Weiermair, Conte Jacherino
⑤ Thomas Krinzinger mit Paßstück Franz West
⑥ Hubert Schmalix und Angelika Krinzinger, 1980
⑦ Ausstellung Hubert Schmalix 1980
⑧ Günter Norer, Architekt der Innsbrucker Galerie
⑨ Dr. Willi Bongard, 1981
⑩ Wolfgang Stengl, Installation 1980
⑪ Franz Graf/Brigitte Kowanz, Installation 1980
⑫ Stöcklgebäude der Galerie: Kinder, Kunst, Künstler, 1984
⑬ Ursula Krinzinger und Rosemarie Schwarzwaelder
⑭ Pablo Stähli
⑮ Thomas Krinzinger mit Paßstück von Franz West

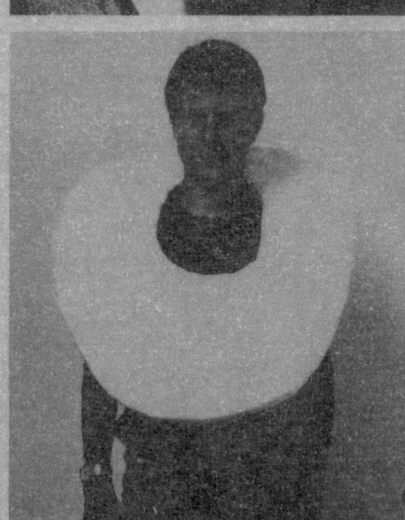

① Martin Disler, Ausstellung 1981
② Ausstellung Anselm Stalder 1981
③ Situation Schweiz, Oswald Oberhuber, Andre Thomkins, Daniel Spoerri, 1981
④ Peter Weiermair, Conte Jacherino
⑤ Thomas Kinzinger mit Paßstück Franz West
⑥ Hubert Schmalix und Angelika Kinzinger, 1980
⑦ Ausstellung Hubert Schmalix 1980
⑧ Günter Norer, Architekt der Innsbrucker Galerie
⑨ Dr. Willi Bongard, 1981
⑩ Wolfgang Stengl, Installation
⑪ Franz Graf/Brigitte Kowanz, Installation 1980
⑫ Stöcklgebäude der Galerie; Kinder, Kunst, Künstler, 1984
⑬ Ursula Kinzinger und Rosemarie Schwarzwaelder
⑭ Pablo Stähli
⑮ Thomas Kinzinger mit Paßstück von Franz West

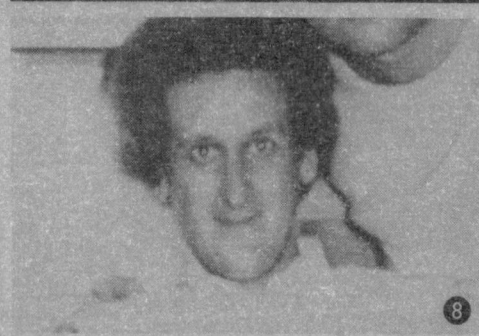

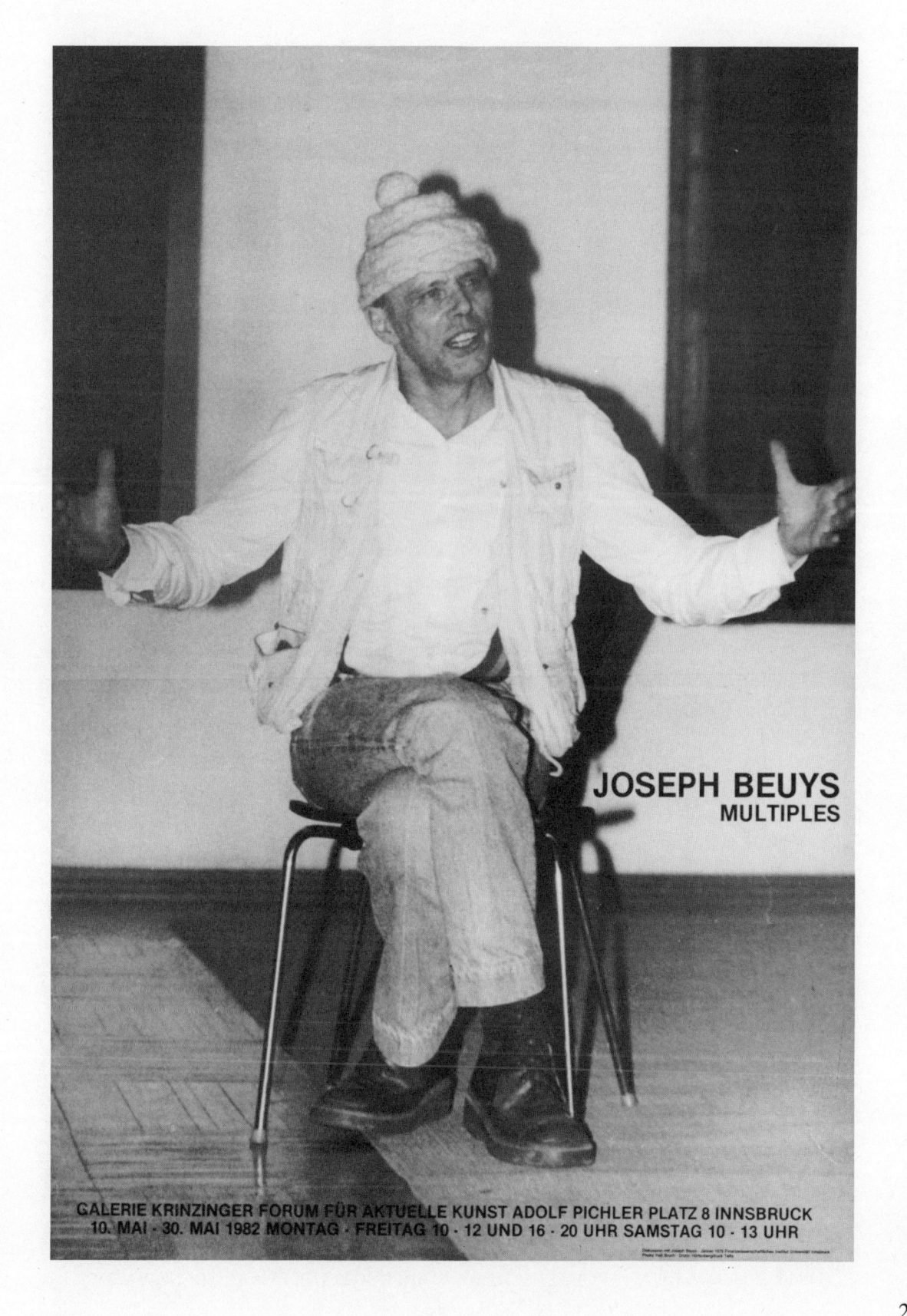

JOSEPH BEUYS
MULTIPLES

GALERIE KRINZINGER FORUM FÜR AKTUELLE KUNST ADOLF PICHLER PLATZ 8 INNSBRUCK
10. MAI - 30. MAI 1982 MONTAG · FREITAG 10 - 12 UND 16 - 20 UHR SAMSTAG 10 - 13 UHR

8. 3.–26. 3. 1983, GERWALD ROCKENSCHAUB, MANFRED SCHU, ELMAR TRENKWALDER

CLEMENS KALETSCH PETER KOGLER THOMAS STIMM ERNST TRAWÖGER
GALERIE KRINZINGER FORUM FÜR AKTUELLE KUNST INNSBRUCK ADOLF PICHLER PLATZ 8
14. FEBRUAR BIS 5. MÄRZ 1983 DIENSTAG BIS FREITAG 10 - 12 UND 16 - 20 UHR SAMSTAG 10 - 13 UHR

Ausstellung vom 25.4.–21.5.83

Heinz Cibulka

Galerie Krinzinger & Forum für aktuelle Kunst
A. Pichlerplatz 8
A-6020 Innsbruck

Fotografische Arbeiten 1969–83

Eröffnung 25.4.83 20.⁰⁰ es spricht Dr. Otto Breicha, Direktor der Salzburger Landessammlung Rupertinum

ALOIS MOSBACHER
GALERIE KRINZINGER INNSBRUCK, ADOLF PICHLER PLATZ 8
21. SEPTEMBER BIS 18. OKTOBER 1983
ÖFFNUNGSZEITEN: DIENSTAG BIS FREITAG 10—12 UND 16—20 UHR, SAMSTAG 10—13 UHR

Die Galerie Krinzinger und das Forum für aktuelle Kunst, Innsbruck,
Adolf Pichler Platz 8 erlauben sich, Sie und Ihre Freunde zur Eröffnung
der Ausstellung

**IMAGES DE LA FRANCE
BILDER AUS FRANKREICH**

JEAN CHARLES BLAIS
REMY BLANCHARD
FRANCOIS BOISROND
CATHERINE BRINDEL
ROBERT COMBAS
DENIS LAGET
HERVE DI ROSA
GEORGES ROUSSE

am Freitag, den 4. November 1983 um 20.00 Uhr herzlich einzuladen.

Den Einführungsvortrag hält Cathérine Strasser, Paris, die wir
gemeinsam mit dem Institut Français d'Innsbruck eingeladen haben.

Für das Zustandekommen der Ausstellung danken wir den Galerien
Farideh Cadot, Gillepsie-Laage-Salomon und Ivon Lambert, Paris.

Zur Ausstellung erscheint ein Farbkatalog in Zusammenarbeit mit den
Galerien nächst St. Stephan und Galerie Grita Insam, Wien.

Dauer der Ausstellung:
4. November bis 10. Dezember 1983
Öffnungszeiten:
Dienstag bis Freitag 10-12 und 16-20 Uhr, Samstag 10-13 Uhr.

293

14. 12. 1983–20. 1. 1984, PETER KOGLER

30. 5.–30. 6. 1984, ERWIN BOHATSCH – Malerei

SYMBOL TIER

ABRAMOVIC, ANZINGER, ATTERSEE, BEUYS, BOHATSCH, CARAMELLE, CIBULKA, DISLER, EXPORT, FORTI, FOX, GIRONCOLI, KERN, KLINKAN, KOGLER, KOWANZ/GRAF, LASSNIG, MOSBACHER, NITSCH, OBERHUBER, PANE, RAINER, RENNER, SCHMALIX, SCHWARZKOGLER, SPOERRI, TRAWÖGER, WALDE, WEIBEL, WERKNER

Galerie Krinzinger und Forum für aktuelle Kunst,
Innsbruck Adolf Pichler Platz 8

Dauer der Ausstellung:
14. Februar bis 17. März 1984

Öffnungszeiten:
Dienstag bis Freitag 10-12 und 16-20 Uhr, Samstag 10-13 Uhr

296

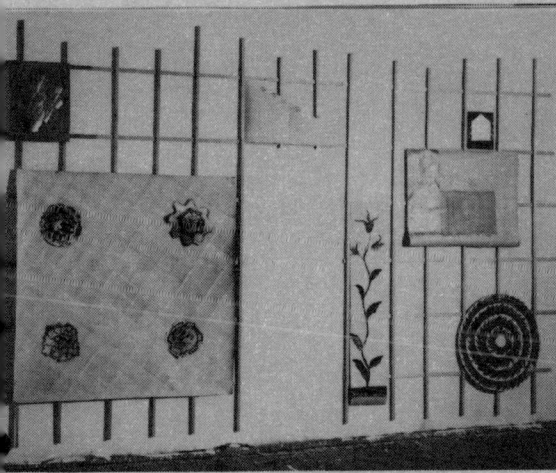

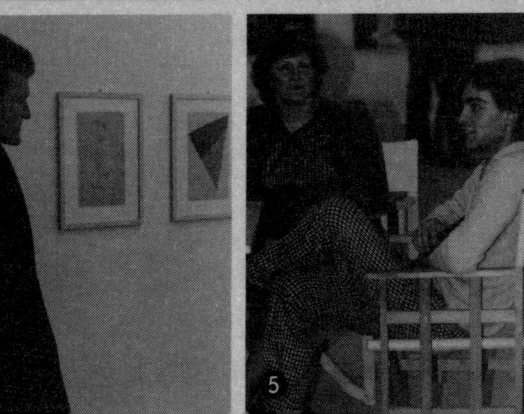

① Ausstellung Peter Kogler 1983
② Helmut Draxler (Eröffnung Lois Weinberger 1985)
③ Ohne Titel, Martin Walde
④ Ernst Trawöger
⑤ Martin Walde
⑥ Jan Hoet, Vortrag 1983
⑦ Ausstellung Neue Deutsche Malerei
⑧ Heike Curtze, Ursula Krinzinger
⑨ Neue Deutsche Malerei, Klaus Honnef, Gerd de Vries, Zdenek Felix
⑩ Peter Kogler
⑪ Six Friedrich, Ursula Krinzinger
⑫ Alois Mosbacher, Erwin Bohatsch
⑬ Dr. Franziska Lettner
⑭ Thomas Stimm
⑮ Klaus Honnef
⑯ Marie Louise Lebschek und Siegfried Anzinger, 1984
⑰ Heinz Cibulka, Performance, N.Y.P.V. Mai 1985

① Ausstellung Peter Kogler 1983
② Helmut Draxler (Eröffnung Lois Weinberger 1985)
③ Ohne Titel, Martin Walde
④ Ernst Trawöger
⑤ Martin Walde
⑥ Jan Hoet, Vortrag 1983
⑦ Ausstellung Neue Deutsche Malerei
⑧ Heike Curtze, Ursula Krinzinger
⑨ Neue Deutsche Malerei, Klaus Honnef, Gerd de Vries, Zdenek Felix
⑩ Peter Kogler
⑪ Six Friedrich, Ursula Krinzinger
⑫ Alois Mosbacher, Erwin Bohatsch
⑬ Dr. Franziska Lettner
⑭ Thomas Stimm
⑮ Klaus Honnef
⑯ Marie Louise Lebschek und Siegfried Anzinger, 1984
⑰ Heinz Cibulka, Performance, N.Y.P.V. Mai 1985

Aloïse
(1886 - 1964)

9. November - 8. Dezember 1984

Galerie Krinzinger und Forum für aktuelle Kunst
Innsbruck Adolf Pichlerplatz 8
Dienstag bis Freitag 10-12 und 16-20 Uhr, Samstag 10-13 Uhr

DIE GALERIE KRINZINGER UND
DAS FORUM FÜR AKTUELLE KUNST
INNSBRUCK, ADOLF PICHLER PLATZ 8,
ERLAUBEN SICH SIE UND IHRE FREUNDE
ZUR AUSSTELLUNGSERÖFFNUNG

MARTIN WALDE
ARBEITEN ZU VITA SANCTI NORBERTI

AM MITTWOCH, DEN 12. DEZEMBER UM 19 UHR
HERZLICH EINZULADEN.

ANSCHLIESSEND AN DIE PRÄSENTATION DER VORARBEITEN
IN DER GALERIE GEMEINSAME FAHRT ZUR PFARRKIRCHE
ST. NORBERT, KÖLDERERSTRASSE, INNSBRUCK.

IN DER PFARRKIRCHE ST. NORBERT VORSTELLUNG DES
BILDZYKLUS VITA SANCTI DURCH DEKAN LAMBERT PROBST.

IN ZUSAMMENARBEIT MIT DER PFARRE ST. NORBERT
ERSCHEINT EINE PUBLIKATION IN DER DIE VORARBEITEN
UND DER BILDZYKLUS VITA SANCTI NORBERTI
DOKUMENTIERT SIND.

DAUER DER AUSSTELLUNG
12. DEZEMBER 1984 BIS 5. JÄNNER 1985
ÖFFNUNGSZEITEN
DIENSTAG BIS FREITAG 10-12 UND 16-20 UHR / SAMSTAG 10-13 UHR

DIE GALERIE KRINZINGER UND
DAS FORUM FÜR AKTUELLE KUNST,
ADOLF PICHLER PLATZ 8, INNSBRUCK
ERLAUBEN SICH, SIE UND IHRE FREUNDE
ZUR ERÖFFNUNG DER AUSSTELLUNG

ELMAR TRENKWALDER

AM MONTAG, DEN 18. FEBRUAR 1985
UM 20 UHR HERZLICH EINZULADEN.

ES SPRICHT PETER WEIERMAIR,
DIREKTOR DES FRANKFURTER KUNSTVEREIN

DAUER DER AUSSTELLUNG:
18. FEBRUAR BIS 16. MÄRZ 1985
ÖFFNUNGSZEITEN:
DIENSTAG BIS FREITAG 10-12 UND 16-20 UHR
SAMSTAG 10-13 UHR

Elmar Trenkwalder: Materialbild 1984, ohne Titel, 80 x 58 x 8 cm

---

ERNST TRAWÖGER
NEUE ARBEITEN
9. BIS 30. APRIL 1985
GALERIE KRINZINGER UND FORUM FÜR AKTUELLE KUNST ADOLF PICHLER PLATZ 8 INNSBRUCK
ÖFFNUNGSZEITEN: DIENSTAG BIS FREITAG 10-12 UND 16-20 UHR, SAMSTAG 10-13 UHR

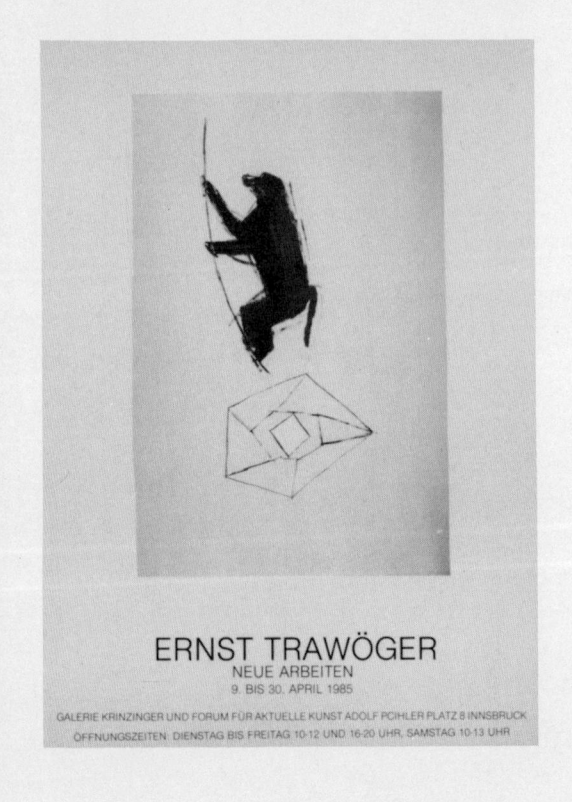

21. 5.–12. 6. 1985, INGEBORG LÜSCHER –
Neue Bilder, Ausstellung und Lesung

10. 7.–3. 8. 1985, ALICE BAILLY –
Werke 1908–1923, Vortrag:
Oswald Oberhuber, Museum für angewandte Kunst, Wien

10. 9.–4. 10. 1985, ALOIS MOSBACHER –
Bilder, Zeichnungen und eine Skulptur, Vortrag: Helmut Draxler, Graz,
Lesung: Ursula Pühringer

8. 10.–2. 11. 1985, HEINZ GAPPMAYR –
Texte und Textinstallationen, Vortrag: Prof. J. Schmidt, Universität Siegen,
Buchpräsentation: „Von Für Über Heinz Gappmayr",
Monographie und Hommage, hrsg. von Peter Weiermair

25. 11.–7. 12., HUBERT SCHMALIX –
Arbeiten 1982–1985, Vortrag:
Prof. DDr. Wilfried Skreiner, Neue Galerie am Landesmuseum Joanneum, Graz, anläßlich der
Übergabe des Mosaiks von Hubert Schmalix an die Neue Univeristät Innsbruck

STRUKTUREN - MODELLE - OBJEKTE

EINLADUNG

zur Eröffnung der Ausstellung

STRUKTUREN - MODELLE - OBJEKTE

Photographien
1955 – 1975

von

Wolfgang Pfaundler

Ort:
Galerie Krinzinger und Forum für Aktuelle Kunst
Innsbruck, Adolf Pichler-Platz 8
Tel. (05222) 32131

Zeit:
Donnerstag, den 27. Jänner 1986, 20 Uhr

Es spricht Peter Weiermair,
Direktor des Frankfurter Kunstvereins

Die Ausstellung wird von Landeshauptmannstellvertreter
Prof. Dr. Fritz Prior eröffnet.

Öffnungszeiten:
Dienstag bis Freitag 10 – 12 Uhr und 16 – 20 Uhr
Samstag 10 – 13 Uhr

Dauer der Ausstellung: 27. Jänner – 28. Februar 1986

tyrolean

**Die Galerie Krinzinger
und das Forum für aktuelle Kunst,**
Adolf-Pichler-Platz 8, Innsbruck,
erlauben sich Sie und Ihre Freunde
zur Ausstellungseröffnung

ROGER HERMAN

Holzschnitte und Bilder

am Sonntag, den 6. April, um 11 Uhr
herzlich einzuladen.

Buffet

Roger Herman, geboren 1947 in Saarbrücken, lebt seit
1976 in Los Angeles und ist einer der bekanntesten
Vertreter der Neuen Malerei an der Westküste.
Roger Herman lehrt an der Academy of Fine Arts,
Santa Barbara.

Dauer der Ausstellung
7. April bis 5. Mai 1986

Öffnungszeiten:
Di. – Fr. 10 – 12 und 16 – 20 Uhr, Sa. 10 – 13 Uhr

10. 12. 1985 – 18. 1. 1986, LOIS WEINBERGER – Skulpturen

ERÖFFNUNG DER GALERIE KRINZINGER, WIEN, 24. 5. 1986